O CAFÉ DA PRAIA

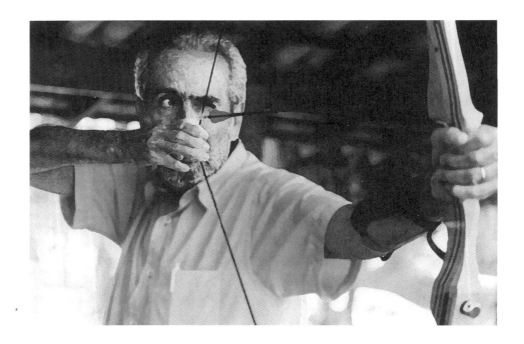

O Arqueiro

GERALDO JORDÃO PEREIRA (1938-2008) começou sua carreira aos 17 anos, quando foi trabalhar com seu pai, o célebre editor José Olympio, publicando obras marcantes como *O menino do dedo verde*, de Maurice Druon, e *Minha vida*, de Charles Chaplin.

Em 1976, fundou a Editora Salamandra com o propósito de formar uma nova geração de leitores e acabou criando um dos catálogos infantis mais premiados do Brasil. Em 1992, fugindo de sua linha editorial, lançou *Muitas vidas, muitos mestres*, de Brian Weiss, livro que deu origem à Editora Sextante.

Fã de histórias de suspense, Geraldo descobriu *O Código Da Vinci* antes mesmo de ele ser lançado nos Estados Unidos. A aposta em ficção, que não era o foco da Sextante, foi certeira: o título se transformou em um dos maiores fenômenos editoriais de todos os tempos.

Mas não foi só aos livros que se dedicou. Com seu desejo de ajudar o próximo, Geraldo desenvolveu diversos projetos sociais que se tornaram sua grande paixão.

Com a missão de publicar histórias empolgantes, tornar os livros cada vez mais acessíveis e despertar o amor pela leitura, a Editora Arqueiro é uma homenagem a esta figura extraordinária, capaz de enxergar mais além, mirar nas coisas verdadeiramente importantes e não perder o idealismo e a esperança diante dos desafios e contratempos da vida.

Lucy Diamond

O CAFÉ DA PRAIA

ARQUEIRO

Título original: *The Beach Café*
Copyright © 2011 por Lucy Diamond
Copyright da tradução © 2019 por Editora Arqueiro Ltda.

Todos os direitos reservados. Nenhuma parte deste livro
pode ser utilizada ou reproduzida sob quaisquer meios existentes
sem autorização por escrito dos editores.

tradução: Vera Ribeiro

preparo de originais: Carolina Vaz

revisão: André Marinho e Suelen Lopes

projeto gráfico e diagramação: Natali Nabekura

capa: Alex Hadlow

imagem de capa: Kate Forrester

adaptação de capa: Gustavo Cardozo

impressão e acabamento: Cromosete Gráfica e Editora Ltda.

CIP-BRASIL. CATALOGAÇÃO NA PUBLICAÇÃO
SINDICATO NACIONAL DOS EDITORES DE LIVROS, RJ

D528c	Diamond, Lucy
	O café da praia/ Lucy Diamond; tradução Vera Ribeiro.
	São Paulo: Arqueiro, 2019.
	336 p.; 16 x 23 cm.
	Tradução de: The beach café
	ISBN 978-85-306-0037-2
	1. Ficção americana. I. Ribeiro, Vera. II. Título.
19-58932	CDD: 813
	CDU: 82-3(73)

Todos os direitos reservados, no Brasil, por
Editora Arqueiro Ltda.
Rua Funchal, 538 – conjuntos 52 e 54 – Vila Olímpia
04551-060 – São Paulo – SP
Tel.: (11) 3868-4492 – Fax: (11) 3862-5818
E-mail: atendimento@editoraarqueiro.com.br
www.editoraarqueiro.com.br

*Para mamãe, papai, Phil, Ellie e Fiona,
por todas as alegres lembranças
das férias de verão na Cornualha.*

Capítulo Um

Segundo uma lenda na minha família, quando minhas irmãs mais velhas, Ruth e Louise, entraram de fininho e de mãos dadas para me ver pela primeiríssima vez no dia em que nasci, mamãe lhes disse:

– Esta é sua nova irmãzinha. Que nome vocês acham que devemos dar a ela?

Ruth, a mais velha das gêmeas, pensou bem, com a vasta sabedoria adquirida em seus incríveis três anos de vida, e acabou por se pronunciar, sem dúvida em uma sussurrada devoção:

– Que tal... Menino Jesus?

Desde cedo, Ruth havia levado muito a sério o papel de santinha. Ou isso, ou estava tentando garantir mais presentes no Natal.

– Hum... – mamãe deve ter respondido, provavelmente no mesmo estilo desaprovador que usou durante toda a minha infância, como no dia em que contei que tinha visto a fada do dente com meus próprios olhos e que não, de modo algum tinha sido eu quem devorara metade dos biscoitos de chocolate... fora outra pessoa.

– E você, Louise, o que acha? – perguntou mamãe em seguida. – Que nome a gente deve dar a sua nova irmã?

É óbvio que eu tinha apenas horas de vida, por isso não me lembro de nada dessa comovente cena, mas gosto de imaginar que Louise fez a carinha franzida que faz até hoje, juntando as sobrancelhas e enrugando o nariz. Segundo mamãe, ela respondeu, com toda a solenidade:

– Acho que um bom nome seria... Ovelhinha Negra.

Ovelhinha Negra! Não sei direito se isso teve algo a ver com o fato de eu ter o cabelo preto e incrivelmente encaracolado desde cedo, ou com uma espantosa previsão da minha irmã. Porque, adivinhe só? Foi basicamente assim que fiquei conhecida, nos meus já maduros 32 anos, sem imóvel, sem emprego em horário integral, marido nem filho para exibir – a quintessência da ovelha negra da família. Acertou na mosca, Louise. Insólita presciência. Eu era a esquisitona, o fracasso, aquela de quem todo mundo falava pelas costas, tentando não parecer alegres demais quando discutiam minhas falhas. *Ai, minha nossa, o que vai ser da nossa Evie? Eu me preocupo com ela, vocês sabem.*

Eu não me incomodava muito com o que eles pensavam. Com certeza era melhor ser especial, alguém que tinha sonhos e fazia as coisas de modo diferente, do que ser uma, bem... uma *ovelha* anônima, comum, seguindo obedientemente o resto do rebanho, sem um só balido de discordância. Não era melhor?

Temos fotografias daquele dia, é claro, fotos granuladas, amareladas, com os cantos arredondados que deviam ser a última moda na época. Lá estava eu, aninhada no colo da mamãe, usando um macacãozinho cor-de-rosa, com Ruth e Louise debruçadas sobre mim, ambas vestindo jardineiras iguais, de veludo cotelê cor de vinho (eram os anos 1970, lembre-se), e olhos arregalados com o que prefiro achar que eram encanto e reverência. (Mas Ruth, sem dúvida, já estava tramando seu golpe da mesada, que durou anos.)

Não posso deixar de achar que há certa semelhança entre o conto da Bela Adormecida e essa foto. Tipo quando as fadas vêm oferecer seus presentes à garotinha, e são todos dádivas realmente esplêndidas – quanto ela será inteligente, talentosa e bonita – até que aparece a fada malvada (que não recebeu um convite), transbordando de maldade, e estraga tudo com sua contribuição: "Ela vai espetar o dedo numa roca e MORRER!"

Essa imagem tendia a voltar à minha mente toda vez que eu me sentava num salão de cabeleireiro, até que comecei a me perguntar se o comentário de Louise sobre a "Ovelhinha Negra" tinha sido uma espécie de maldição, vinda direto do reino dos feitiços de espetar dedo. Isso porque tive cabelo crespo, cheio e preto, impossível de domar, a vida toda. Igualzinho a uma ovelha. Meus cachos pareciam imunes aos poderes de condicionadores e chapinhas milagrosos.

E foi assim que, certa manhã de sábado, no começo de maio, lá estava eu sentada numa cadeirona macia de vinil, num salão de cabeleireiro da Cowley Street, com o cheiro de laquê e loção para permanente fazendo minhas narinas coçarem, ponderando se teria coragem de tosar a lã de ovelha num estilo radicalmente diferente.

– Acho que seu rosto combina com um corte bem curto – sugeriu a cabeleireira, entusiasmada. – Você tem as maçãs do rosto perfeitas, ficaria o máximo com um visual de fada. Talvez, se a gente acrescentar uma franja assimétrica... É, vai ficar excelente.

– Você não acha que vai ficar muito... masculino? – retruquei, hesitante.

Olhei para meu reflexo, incapaz de tomar uma decisão. Tinha ido ao salão toda animada, com planos corajosos de pedir um corte curtinho *à la* Mia Farrow, bem moderno, mas, agora que estava ali, não conseguia parar de me perguntar se esse corte não me deixaria mais parecida com Pete Doherty. Pela milésima vez, desejei ter o cabelo igual ao da Ruth e da Louise – comprido, castanho-claro, um cabelo de comercial da Pantene, do tipo que balança com o vento. Porém, por alguma razão, eu não tinha recebido esse gene específico, nem o cromossomo da vida perfeita.

A cabeleireira (Angela, acho que esse era o nome dela) abriu um sorriso encorajador:

– Você sabe o que dizem: mudança é tão bom quanto tirar férias. – O cabelo da Angela era cor de berinjela e tinha um permanente de efeito molhado. Eu realmente não devia ter confiado nela. – Vou lhe fazer um café enquanto você pensa, está bem?

Saiu batendo os saltos, o bumbum gingando numa saia de brim lavado justa demais. Eu mordi o lábio, sentindo a coragem se esvair a cada segundo. Ela só devia estar sugerindo um corte curtinho porque se cansou das aparadas nas pontas e das escovas. Não devia dar a mínima para a aparência que eu teria no final. E eu também não me convencera com aquele argumento de "mudança é tão bom quanto tirar férias". Eu havia passado duas semanas acampando no parque nacional Lake District no ano anterior, e não era uma experiência que quisesse repetir num corte de cabelo.

Meu celular tocou em meio a minha indecisão. Remexi na bolsa e vi "Mãe" piscando na tela. Já ia deixar a ligação cair na caixa postal quando tive a sensação estranhíssima de que devia atender. E assim o fiz.

– Oi, mãe, tudo bem?

– Evie, sente-se – disse ela, com a voz trêmula. – Tenho uma péssima notícia, querida.

– Estou sentada – respondi, examinando minhas pontas duplas. – O que houve?

A ideia de péssima notícia da minha mãe era seu personagem favorito estar sendo cortado da radionovela *The Archers* ou ela haver sentado acidentalmente em cima dos óculos, quebrando-os. Àquela altura, eu estava imunizada contra seus telefonemas com "péssimas notícias".

– É a Jo – disse ela, a voz embargada. – Ah, Evie...

– Está tudo bem com ela? – perguntei, fazendo um sinal positivo com o polegar quando Angela pôs uma xícara de café diante de mim.

Jo era a irmã caçula da mamãe e a tia mais legal, encantadora e divertida que se poderia desejar. *Preciso ligar para ela*, pensei, fazendo uma anotação mental. Nos últimos tempos, eu vinha sendo muito negligente quando o assunto era manter contato.

– Não – disse mamãe, num terrível e trêmulo gemido. – Ela sofreu um acidente de carro. Ela... Ela morreu, Evie. A Jo morreu.

A princípio, não consegui absorver a notícia. Fiquei lá sentada na cadeira do salão, sentindo-me completamente entorpecida, enquanto as lembranças da tia Jo inundavam minha mente. Por serem irmãs, ela e mamãe sempre foram muito próximas, porém de mundos completamente diferentes. Mamãe, a irmã mais velha sensata, havia se formado na universidade, virado professora, casado com papai, criado três filhas e morava, fazia anos, num ótimo bairro de Oxford. Jo, por outro lado, era mais sonhadora e de espírito livre. Havia abandonado a escola aos 16 anos para viver toda sorte de aventuras pelo mundo, até se instalar em Carrawen Bay, um pequeno vilarejo à beira-mar no norte da Cornualha, e lá administrar seu próprio café. Se desse para resumi-las em uma só cor, seria um elegante cinza-claro, enquanto Jo seria um rosa-choque berrante.

Eu adorava todas as férias que passávamos em Carrawen. O café da tia Jo ficava bem em frente à baía e ela morava no apartamento do andar de cima, de modo que era o lugar mais mágico que conheci. Havia algo de empolgante em acordar naquelas manhãs claras e luminosas, ouvindo o som das ondas e das gaivotas – eu não me cansava disso. Passava os dias com minhas irmãs numa correria louca pela praia, durante horas a fio, brincando de sereias, piratas, contrabandistas e exploradores, procurando conchas, explorando a vida marinha das piscininhas naturais e construindo castelos enormes, em nossas tentativas empolgantes, mas infrutíferas, de barrar a subida da maré. À noite, depois de uma boa chuveirada no banheiro pequenino do apartamento, nossos pais nos deixavam ficar acordadas até bem mais tarde do que o normal, sentadas no deque avarandado do café, com os sundaes especiais cheios de calda da tia Jo, em copos altos, munidas de colheres prateadas compridas, enquanto a luz das velas bruxuleava nas lamparinas e o mar se agitava, soturno, ao fundo.

Naquela época, a própria Jo parecia uma menina – muito mais nova que mamãe, com seu rabo de cavalo louro, as sardas salpicadas no rosto feito grãos de areia, e roupas descoladas, que eu cobiçava em segredo: minissaias, tênis coloridos bizarros, shorts feitos de calças de brim cortadas, e calças jeans e jaquetas grossas de pescador, quando o tempo esfriava.

Já adulta, eu também adorava me hospedar na casa dela, fosse qual fosse a estação do ano. Por algum motivo, a baía parecia ainda mais especial no inverno, a praia larga e plana sem todos os veranistas. Lá passei uma memorável noite de Natal, quando o que me pareceu ser o vilarejo inteiro – de avós de bengala a bebês de colo – se reuniu na praia, no meio da tarde, para entoar em coro várias canções natalinas. Jo levou tortinhas quentes de frutas secas e vinho fumegante, temperado com açúcar e especiarias, e todos brindaram; depois, acenderam uma fogueira e as crianças dançaram em volta, com enfeites vermelhos e dourados no cabelo. Foi como fazer parte da melhor sociedade secreta que já existiu, a um milhão de quilômetros do empurra-empurra frenético da avenida principal de Oxford, com seus consumidores estressados brigando por presentes de última hora.

Mas agora Jo se fora, varrida do mapa em um instante, ao que parecia, atropelada por um caminhão a toda a velocidade na rua sinuosa que levava à baía. Eu nunca mais me sentaria ao balcão do seu café, enquanto ela me tentava com seus cafés expressos com espuma de leite e seus biscoitos amanteigados, salpicados de açúcar; nunca mais bateríamos papo enquanto o sol deslizava lentamente pela vastidão do céu da Cornualha; nunca mais ela me arrastaria para o mar, para um revigorante mergulho de manhãzinha, as duas gritando e espirrando água gelada uma na outra, tão gelada que chegava a pinicar a pele...

Não. Não podia ser verdade. Simplesmente não podia ser verdade. Mamãe devia ter entendido mal. Ou, então, isso era tudo coisa da minha imaginação. Ela não podia ter morrido, assim, do nada. A Jo, não.

– Já se decidiu? – perguntou Angela-berinjela, pairando atrás de mim, segurando a tesoura e o pente.

Pisquei com força. Estava tão mergulhada nas lembranças que foi um susto me descobrir ainda no salão, com a cantoria de Leona Lewis soando nos alto-falantes acima da minha cabeça e o ruído suave das tesouras aparando cabeleiras ao redor.

– Hum... – Eu não conseguia raciocinar direito. – Pode escolher – acabei respondendo, com a mente vazia. De repente, o corte de cabelo me pareceu muito banal. Não tinha importância. – Só... faça o que achar melhor.

Mais tarde, Matthew me deixou na casa da mamãe, porque eu ainda estava atordoada demais com o acidente de carro da Jo para ao menos pensar em me sentar ao volante.

– Não vou entrar – disse ele, dando um beijinho no meu rosto. – Não sou muito bom para lidar com mulheres chorando.

– Ah, mas... – Fiquei desolada. – Você não pode ficar nem um pouquinho?

Ele balançou a cabeça.

– Melhor não. Tenho que buscar o Saul mais tarde.

Saul era o filho de 7 anos do Matthew, que costumava passar os fins de semana na nossa casa. Era adorável, mas, nesse momento, tudo que senti foi decepção por Matthew não poder ficar comigo. Eu tinha conseguido segurar as pontas da melhor maneira possível no salão – acho que ainda estava em choque e em negação –, mas estava me debulhando em lágrimas quando cheguei em casa.

– Mas o quê...? – dissera Matthew, o rosto abalado ao me ver soluçando no corredor. Ele arregalou os olhos. – Está tudo bem, o cabelo vai crescer de novo... – Esse tinha sido seu comentário débil, após alguns instantes. – Não está tão feio assim.

– Não estou chorando por causa do *cabelo*! – gritara eu. – Estou chorando porque a Jo morreu. Ah, Matthew, *a Jo morreu*!

Fazia cinco anos que eu namorava com Matthew, e sabia que ele achava manifestações de emoção algo constrangedor e incômodo, mas nesse dia ele foi perfeito. Abraçou-me com força, deixou-me chorar em seu ombro, molhando sua camisa, fez uma xícara de chá com dois cubos de açúcar e, como não conseguia parar, também me serviu uma dose grande de conhaque. Senti como se algo dentro de mim tivesse morrido junto com a tia Jo, como se uma parte importante e imensa da minha vida tivesse sido apagada como a chama de uma vela.

A culpa e a autorrecriminação se instalaram aos poucos – primeiro um fiozinho, que logo virou uma enxurrada. Fazia séculos que eu não visitava Jo. Não havia nem mesmo telefonado. Por que deixara passar tanto tempo? Por que não havia arranjado tempo? Eu era muito egoísta, a pior sobrinha do mundo. Nem me lembrava da nossa última conversa e não fazia ideia das últimas palavras que havíamos trocado. Por que não tinha prestado mais atenção? Por que deixei que nos distanciássemos? Agora, ela se fora e era tarde demais até para nos falarmos outra vez. Tudo era terrivelmente definitivo.

Depois que o conhaque chegou queimando à minha corrente sanguínea, senti uma necessidade urgente de ver minha mãe, e Matthew insistiu em me levar de carro até lá, o que era totalmente inédito, já que a casa dos meus pais ficava a apenas 2,5 quilômetros de distância. Normalmente, ele me passaria um sermão sobre os males dos trajetos curtos de carro, feitos por motoristas preguiçosos e sem consideração, caso eu me atrevesse a pegar a chave do carro em vez do capacete da bicicleta.

Mas, agora que eu estava ali e que ele ia se afastando, dirigindo com cuidado, olhos fixos na rua à frente, mãos posicionadas no volante exatamente como o instrutor de direção lhe ensinara, desejei que não tivesse ido embora. Passei um momento parada na calçada, na esperança estúpida de que ele manobrasse o carro e voltasse – "Onde é que eu estava com a cabeça? Não posso deixá-la sozinha num momento como este!" –, mas o som do motor foi ficando cada vez mais baixo até desaparecer por completo.

Esfreguei os olhos inchados e segui para a entrada da casa.

Mamãe abriu a porta. Normalmente, minha mãe é o que se chamaria de elegante. Usa sapatos estilosos que combinam com as bolsas. Tem um armário repleto de roupas de bom gosto, em matizes de bege, creme e café, e sempre usa acessórios. Sabe amarrar uma echarpe e fazer penteados com volume, além de usar perfumes muito caros. Passa maquiagem até para cuidar do jardim.

Mas não naquele dia. Eu nunca a vira naquele estado. Rosto inchado de tanto chorar, olhos vermelhos e sofridos, com manchas de rímel, cabelo desgrenhado e estufado nos pontos em que era óbvio que ela havia enfiado as mãos. Escancarou os braços, como se prestes a me abraçar, mas ficou imóvel e soltou um grito de horror.

– Seu cabelo! O que você fez?

– Ai, meu Deus, eu sei! – respondi, passando a mão nele de forma acanhada. – Eu estava no cabeleireiro quando você ligou, e depois eu só...

Não consegui terminar a frase. Mesmo nessa hora, nesse momento terrível em que acabáramos de saber da morte da tia Jo, eu me senti estúpida, a única pateta da família que diria uma maluquice como "Pode escolher" a uma cabeleireira hiperentusiástica. Ela me deixara com 2 centímetros de cabelo em toda a cabeça, afora uma franja comprida e assimétrica; e sim, eu parecia um garoto. Um garoto idiota, chorão e meio punk.

– Ai, ai, ai – disse ela. – Que dia! A Jo indo embora... Você parecendo um moleque de rua...

– Para, mãe! – exclamei com rispidez, sem acreditar que ela seria capaz de equiparar as duas coisas.

E por que ela se incomodava tanto com meu cabelo, afinal? Era na minha cabeça que ele crescia, não na dela. E prioridades: sua querida irmã acabara de sofrer uma morte trágica. Isso não era um pouquinho mais importante?

Papai estava atrás da minha mãe e, ao olhar para mim, fez uma expressão que era uma mistura de advertência e careta, de modo que mordi a língua e contive o sermão inflamado que fervilhava dentro de mim.

– Olá, querida – disse ele, me dando um abraço. Então me soltou e notou meu novo corte de cabelo. – Uau! – disse, parecendo atordoado, antes de se recompor. – Louise e Ruth já chegaram. Entre e tome uma xícara de chá.

Segui-o até a cozinha, onde minhas irmãs me olharam, boquiabertas:

– PUTA MERDA! – exclamou Louise, levantando-se da mesa num salto e cobrindo a boca com uma das mãos.

– Olha a língua! – sibilou Ruth, tapando imediatamente os ouvidos de Thea.

Como era professora de línguas modernas numa das escolas mais chiques da cidade, Ruth só dizia palavrões em línguas estrangeiras na frente dos filhos, para protegê-los dos equivalentes anglo-saxões. Thea, de 2 anos e cabelos cacheados, era a caçula dos três filhos de Ruth e já dava sinais de precocidade.

– Ta-*meda* – repetiu com ar atrevido, lançando uma olhadela para a mãe e checando a reação dela.

– Muito obrigada, Lou – disse Ruth, antes de me fuzilar com os olhos, como se a culpa fosse minha.

Era óbvio que, a seu ver, a culpa *era* minha, por me atrever a entrar na casa da família Flynn com aquele cabelo ridículo. *O que* eu tinha na cabeça?

Ruth e Louise não eram gêmeas idênticas, mas tinham rostos parecidos, com as maçãs salientes e grandes olhos castanhos, o mesmo nariz afilado e reto e pele de porcelana. Mas as duas eram fáceis de distinguir, até para quem não fazia parte da família. Ruth parecia ter saído diretamente de uma revista de moda – cabelos brilhantes e perfeitamente escovados, roupas enfadonhamente informais e impecáveis. Naquele dia, por exemplo, usava calça de sarja sem vinco, blusa listrada, echarpe de seda azul-marinho no pescoço e mocassins marrons da Tod's.

Louise, por outro lado, em geral prendia o cabelo num rabo de cavalo, embora nunca desse a impressão de amarrá-lo direito, pois alguns fios sempre davam um jeito de escapar, caindo em volta do rosto e da nuca. Quase nunca usava maquiagem (ao contrário de Ruth, que nunca saía de casa sem rebocar o rosto todo com cosméticos caríssimos) e tinha um ar permanentemente desarrumado e confuso. Suas roupas pareciam ter sido escolhidas ao acaso – ela misturava uma elegante saia azul-marinho estilo Chanel, digamos, com um pulôver marrom barato da Primark, de gola alta. Mas ninguém se importava, pois ela era o Gênio da Família. Brilhante demais para pensar em estilo, assim era Louise.

– Olá – falei, agora em tom contundente, já que, na verdade, nenhuma de minhas irmãs tinha me cumprimentado de fato.

Louise se recuperou do susto e veio me dar um beijo no rosto.

– É um visual e tanto esse que você arranjou – comentou ela, abrindo um sorrisinho. – Serve para ajudar em quê: crise da meia-idade? Homenagem a Sansão?

Bufei, irritada e de mau humor.

– Pelo amor de Deus! É só disso que sabem falar, da droga do meu cabelo? Qual é o problema de vocês?

Silêncio. Mamãe, Ruth e Louise se entreolharam, e eu cruzei os braços, numa postura defensiva.

– Droga de cabelo – cochichou Thea, radiante. – *Droga* de cabelo.

– Vou pôr a chaleira no fogo – disse papai, o eterno diplomata, enquanto Ruth me encarava com raiva por entre os cachos louros da filha.

Tomamos chá e conversamos sobre a tia Jo, e mamãe nos serviu fatias de um bolo farelento de frutas cristalizadas.

– Ah, eu não devia – disse Louise com um suspiro, mas, ainda assim, conseguiu abater duas fatias grossas.

Depois, papai apareceu com uma garrafa de vinho, que bebemos até o fim enquanto as lembranças da Jo continuavam surgindo.

Passado algum tempo – eu já tinha perdido a noção da hora, mas, de algum modo, havíamos esvaziado a segunda garrafa de vinho –, Tim, o marido da Ruth, chegou com os outros dois filhos do casal (a perfeita Isabelle e o angelical Hugo), e em seguida tornou a sair, levando Thea. O resto de nós permaneceu plantado ao redor da mesa, dentro do que dava a impressão de ser uma bolha.

– Vocês se lembram do Natal que passamos na casa da tia Jo e das pegadas de rena que havia na praia, na manhã de Natal? – perguntou Louise com ar sonhador, o rosto avermelhado pelo vinho. – E que ela nos disse que as marcas eram das renas do Papai Noel?

Mamãe sorriu.

– Ela se levantou ao raiar do dia para fazer aquelas pegadas na areia úmida – disse. – Mas isso era a cara da Jo, não é? Qualquer coisa para tornar o dia mais do que especial.

– Gostei do ano em que fomos lá no meu aniversário, e ela fez uma caça ao tesouro por toda a praia – falei, relembrando a deliciosa animação de correr pela areia à procura de pistas, até finalmente achar um embrulho escondido atrás de um amontoado de pedras pretas.

Rasgara o papel de presente e descobrira uma nova boneca e uma porção de roupas para ela, feitas pela própria Jo. Bella, foi esse o nome que lhe dei. Bella, a Boneca da Praia. De repente, desejei ainda ter aquela boneca.

– Ela era incrível – disse mamãe, a voz embargada. – Fora de série. E jovem e adorável demais para morrer, caramba. – Uma lágrima rolou pela sua bochecha. – Meu Deus, como vou sentir falta dela.

Papai ergueu sua taça e disse:

– À Jo.

– À Jo – repetimos todas nós em coro.

Capítulo Dois

O funeral foi na sexta-feira seguinte, em Carrawen Bay, e eu só me dei conta de quanto tempo fazia que não visitava o lugar quando não consegui me lembrar da saída que precisava pegar para chegar ao vilarejo.

– Hum... – hesitei, reduzindo a uma velocidade de tartaruga e espiando pelo para-brisa.

– Quer que eu veja no mapa? – perguntou Matthew.

Era uma viagem de quatro horas de Oxford até lá, e ele havia dirigido no primeiro trecho, até a estação Taunton Deane, onde havíamos trocado de lugar. Confiante, eu tinha dito que dirigiria pelo restante do trajeto, mas, por algum motivo, o caminho não estava tão claro na minha mente e todos os campos com ovelhas pastando pareciam exatamente iguais.

– Não precisa. Acho que é só um pouquinho mais adiante – falei, sentindo-me culpada por ter esquecido.

Não fazia muito tempo, eu conhecia essas estradas como a palma da minha mão; vivia circulando de um lado para outro entre a casa da Jo e Plymouth, onde frequentava a escola de teatro, especialmente ao me apaixonar pelo belíssimo Ryan, o surfista sensual que havia conquistado (e depois partido) meu coração.

Comprimi os lábios ao pensar nele. Ele me abalara mesmo. Ryan Alexander. Eu tinha 19 anos, e nós havíamos passado o mais perfeito e romântico verão em Carrawen Bay, quando eu supostamente trabalhava para Jo para ganhar uns trocados, mas, na verdade, passava um tempão escapulindo com meu namorado para encontros românticos e transas secretas em locais desertos da trilha costeira e nas encostas íngremes das dunas de areia. Ah, sim. Nada como a sensação áspera da areia nas partes íntimas para fazer a gente se sentir desejada. E precisando de um banho. Que dias felizes! Isto é, até ele me largar para viajar com os amigos e eu nunca mais ter notícias dele. Agora, sempre que eu pensava no Ryan – o que não acontecia com muita frequência, para ser sincera –, ele continuava jovem e parecendo um deus, bronzeado e musculoso em seus eternos 19 anos. Devia ter ido viver com alguém na Austrália ou no Havaí, pensei, ainda atrás das ondas, na esperança de pegar aquela esquiva onda perfeita.

Dei uma freada brusca, bem a tempo de pegar a saída.

– Ei, cuidado! – exclamou Matthew, projetado para a frente no banco.

– Desculpa. Estamos quase chegando. Carrawen Bay fica a 1,5 quilômetro.

Fiquei em silêncio enquanto seguia pela pista estreita e ia avançando devagar, pensando no acidente da Jo, naquela mesma estrada, e com as lágrimas brotando dos olhos pelo que me dava a impressão de ser a centésima vez desde que recebera a notícia. Não parecia possível que ela não estivesse esperando por nós no vilarejo, que não estivesse pronta para me dar um de seus abraços apertados, com o sorriso animado e um brilho no olhar.

– É muito bonito – disse Matthew em tom polido, ao fazermos uma curva e termos nosso primeiro vislumbre do mar, de um azul vivo e luminoso que se estendia até o horizonte.

Lá estavam a conhecida curva dourada da baía, as dunas, as diversas rochas com suas piscinas naturais cercadas de algas, cheias de tesouros. O café da Jo era uma construção com estrutura aparente de madeira, janelas enormes e um deque, e foi ficando visível na extrema esquerda.

– Hum... – murmurei com a voz trêmula, prendendo o choro.

Era absurdo que Matthew nunca houvesse me acompanhado numa das viagens até lá. Ele não gostava de passar as férias na praia; nada o deixava mais feliz do que escalar uma enorme montanha sombria, açoitada por ventos de tempestade. Quanto a mim, nada era melhor do que ficar com os pés na água, o sol batendo no rosto e ouvir o grasnado e o bater das asas das gaivotas no céu.

– Eu diria que é perfeito, não só bonito – retruquei, um momento depois, ao chegarmos ao primeiro conjunto desordenado de casas caiadas e velhos galpões de pedra do vilarejo, com seus telhados de ardósia salpicados de líquen amarelo. – Devon e Dorset são bonitos. A Cornualha é selvagem e primitiva demais para ser outra coisa senão *perfeita*.

Pelo canto do olho, vi Matthew arquear as sobrancelhas diante do meu detalhismo, mas ele não disse nada.

Matthew e eu nos conhecemos cinco anos antes. Eu trabalhava como garçonete num bar... Não, não exatamente. Eu trabalhava atrás do balcão num pub supostamente gastronômico no centro de Oxford, embora pub da gastroenterite talvez fosse uma descrição mais apropriada, dada a falta de higiene básica daquele chef maluco, o Jimmy. Bar com serviço de coquetéis aquilo não era. (O dono, um sujeito corado chamado Len Macintosh – ou Big Mac, como todos o chamavam, por causa do físico de jogador de dardos –, era de Doncaster e achava que coquetel era coisa de veado, como dizia com seu jeito encantador.)

Estava claro que garotas com trajes idiotas eram um fetiche para o Big Mac, razão por que, durante todo o mês de dezembro, ele vestia a equipe feminina do bar com roupas ridículas de elfo, todas aparentemente criadas para oferecer o máximo de desconforto e vergonha. Veja bem, não eram só as garçonetes que sofriam. Os garçons tinham que usar galhadas felpudas de rena com sininhos de verdade. Não era o traje mais masculino que havia, como meu colega Lee ficava resmungando, amargurado.

E assim, lá estava eu, uma noite, com minha roupinha de elfo, que consistia num vestido verde-ervilha horroroso, do mais puro nylon, um cinto vermelho berrante e, para completar, um chapeuzinho absurdo, verde e vermelho. Eu me sentia uma perfeita pateta, além de feliz, do fundo do coração, por não ser Natal todos os dias, ou mesmo todos os meses, quando Matthew apareceu com um bando de colegas do escritório, chegando para seu festejo anual.

A romântica que há em mim gostaria de dizer que nossos olhares se cruzaram por entre as torneiras de chope e que eu me derreti como cera de vela depois de encarar seus penetrantes olhos. Para ser franca, eu estava tão esgotada com a quantidade de pedidos do bar e com o fato de meu vestido de elfo suarento estar me dando alergia que nem prestei atenção. Só quando ele bancou o herói, mais tarde, que o olhei pela segunda vez.

Sim, bancou o herói! Você leu direito. Agora essa história está ficando romântica, não é mesmo?

O grupo do Matthew já chegou ao pub de porre. Eram dezesseis homens, todos funcionários da mesma empresa de TI. (Ou seja: caras com jeito de nerd, mau gosto para se vestir e muito pálidos, batendo um papo animado sobre coisas complicadas de computador, enquanto se entupiam de um risoto nojento de peru. Não estou passando uma imagem muito boa do Matthew, não é? Tenha paciência.)

Quando terminaram a refeição, fui tirar a mesa e tive que me esticar por cima dela para pegar o prato de um sujeito que se mostrou particularmente imprestável, não o entregando a mim (desconfio que tinha esperança de que meus seios saltassem da roupa de elfo), então precisei me esticar muito para apanhá-lo. Como já estava equilibrando uma pilha de pratos no braço esquerdo, fiquei com um ponto cego desse lado, e foi por isso que me debrucei por cima de uma das velas natalinas que Big Mac tinha posto nas mesas, para deixar o lugar com uma aparência animada e festiva.

Vuush!, fez a chama quente e luminosa, subindo direto por meu vestido de nylon.

Crash!, fizeram os pratos, quando derrubei todos na mesa. Eu gritava, outras pessoas berravam, e tudo parecia estar acontecendo em câmera lenta. E então surgiu Matthew, que se levantou de um salto, jogou o casaco em cima de mim e extinguiu as chamas num instante. (Viu? Agora, me diga se *isso* não foi heroico.)

– Ai, meu Deus! – exclamei, completamente histérica e desnorteada com meu momento Joana d'Arc. – Ai, *meu Deus!*

– Você está bem? Se queimou? – quis saber Matthew.

Seus braços ainda me envolviam, assim como seu sobretudo preto. Eu me senti uma mocinha de Jane Austen, desfalecendo em seus braços.

– Eu... eu acho que estou bem – respondi, com voz débil. Abri o casaco e vi o que restava do meu traje, pendendo em farrapos enegrecidos pelo fogo. Tornei a fechá-lo depressa, sem querer que os nerds bêbados notassem que meu sutiã não combinava com a calcinha. Minhas mãos tremiam. – Caramba! Nem acredito que isso aconteceu. Obrigada. – Foi aí que o fitei nos olhos pela primeira vez. Ele tinha um rosto rosado e sem barba, cabelo castanho e olhos cinzentos, preocupados. Meu salvador. – Obrigada – tornei a dizer, ainda trêmula com o susto.

Naquele momento, Big Mac surgiu com um balde de gelo, como se prestes a derrubar todo o conteúdo sobre o elfo em chamas.

– Nossa, benzinho – disse ele, o rosto normalmente sarapintado agora pálido. – Você está bem? Se machucou?

– É claro que ela não está bem! – vociferou Matthew, virando-se furioso para ele. – Não devia estar usando um vestido desses perto de chamas sem proteção. Ela é um risco ambulante de incêndio. É sorte sua ela não ter se queimado feio.

Uau! Alerta de herói. Eu nunca tinha visto Big Mac com um ar tão submisso, tão… pequeno. Matthew tinha lhe dado uma bronca daquelas, com certeza, o que o fez subir ainda mais no meu conceito.

Mesmo assim, há males que vêm para o bem. Daquela noite em diante, os trajes de elfo foram banidos e nunca mais voltaram a ser vistos. Sim, todos nós tivemos que passar a usar a galhada tilintante de rena, mas, francamente, até isso foi um progresso, apesar da vaga sensação de tinido auditivo depois de um turno de quatro horas. Além disso, eu me apaixonei – e fiquei eternamente grata – pelo homem que me salvara de horrendas queimaduras de terceiro grau. Por incrível que pareça, saí totalmente ilesa. Ele havia agido tão depressa, de modo tão instintivo, que apagara completamente o fogo antes que ele tivesse chance de queimar minha pele. Era meu salvador.

Cinco anos depois… Bem, as coisas tinham mudado, é claro, mas isso era o que acontecia com todos os casais, não é? Não se podia ser uma mocinha de Jane Austen 24 horas por dia, assim como não se podia ser o herói salvador de uma donzela aflita em horário integral. Matthew acabou descobrindo (bem depressa, aliás) que, ao contrário dele, eu era uma andarilha sonhadora, sem nenhum projeto de vida que se estendesse até minha aposentadoria (aposentadoria, que aposentadoria?), e eu me dera conta de que ele era… não exatamente sovina, mas cuidadoso com o dinheiro, digamos. E que levava muito a sério investimentos, cadernetas de poupança e perspectivas de carreira, e se irritava comigo por eu não me interessar. Chegava a ter planilhas com suas despesas financeiras e passava horas atualizando todas elas.

Também tínhamos muitas coisas em comum, é claro. Ambos gostávamos de longos passeios de bicicleta nos arredores de Oxford, gostávamos de pubs e de ir ao cinema, gostávamos dos amigos e da família um do outro (bem, na maior parte do tempo) e, apesar de todas as nossas diferenças, nós nos dávamos muito bem. Como seria de se prever, meus pais o adoravam. "Estamos muito contentes por você ter enfim encontrado alguém como o Matthew", dissera mamãe, quase desmaiando de alívio ao se encontrar com ele pela primeira vez. "Ele é muito mais sensato e agradável do que os outros rapazes com quem você andou saindo. É exatamente o que você precisa, Evie."

Às vezes, bem de vez em quando, eu me perguntava se ela estava certa ao dizer que era exatamente dele que eu precisava. Às vezes (também bem de vez em quando), eu temia em segredo que não fôssemos a combinação perfeita que todos diziam que éramos. Meus pais podiam não ter caído de amores pelos meus ex-namorados – o pintor conceitual que morava num barco, perto de Iffley Lock, e tomava alucinógenos demais; o baterista que tinha tatuagens e uma motocicleta e era bem liberal no sexo; o dramaturgo tão tímido que se escondia atrás do próprio cabelo, literalmente –, mas, em muitos aspectos, eu me identificava com eles. Esses homens também eram ovelhas negras. E, ainda que eu não me enquadrasse na minha família, tinha me encaixado com esses namorados em algum nível.

Volta e meia, de forma um pouco desleal, eu me perguntava o que estaria fazendo se Matthew e eu nunca tivéssemos nos conhecido. Na ocasião do perigoso incidente do elfo em chamas, eu vinha economizando para ir à Índia e ao Nepal com duas amigas. Elas viajaram seis meses depois e voltaram com belos sáris, joias de prata e tranças de cabelo coloridas, além de histórias de baseados em praias perfeitas, ao pôr do sol, trilhas em montanhas, agitadas aventuras urbanas, o Taj Mahal e a pior diarreia de todos os tempos. Quanto a mim, eu havia passado esse período cursando secretariado na faculdade, aprendendo digitação e como usar o PowerPoint. "Isso lhe abrirá as portas para muito mais empregos", aconselhara Matthew.

Agora, eu desejava ter ido à Índia, e não só porque odiava digitar. Enfim, ele *tinha* salvado minha vida. E éramos felizes. Estávamos juntos. Eu morava na casa dele, e Matthew pretendia me incluir na hipoteca.

Concentre-se no caminho, Evie, pensei com meus botões, lembrando, quase com surpresa, que estávamos no vilarejo de Carrawen. Para o funeral da tia Jo, é claro. Deixei minhas perambulações pela memória de lado e reduzi a velocidade do carro para 30 quilômetros por hora.

Lá estavam a velha escolinha, a fazenda em que Jo comprava leite e legumes, a loja de surfe – Pura Onda –, que tinha uma arara com roupas de mergulho do lado de fora e pranchas espalhafatosas na vitrine, a mercearia que lembrava uma cabine de polícia e as lindas casas antigas de pedra. Eu tinha inúmeras lembranças daquele lugar, e mal conseguia crer em como tudo parecia familiar quando tudo havia mudado.

Avistei o Golf prata de meus pais estacionado em frente ao pub, logo ao lado da igreja baixa de pedra onde se realizaria o funeral. Eu me espremi numa vaga na frente da dele, tirando um fino da lataria do carro ao calcular mal o ângulo, então desliguei o motor e dei um suspiro fundo e prolongado. Agora, o funeral. Ia ser difícil.

Saltei com dificuldade, sentindo-me amarrotada e malvestida depois de tanto tempo enfurnada no carro, e procurei ajeitar o cabelo e alisar a saia preta no curto trajeto até a igreja. Segurei a mão de Matthew, em busca de consolo, ao entrarmos na antiga construção de pedra. Ainda não conseguia acreditar que aquilo estivesse mesmo acontecendo.

A igreja estava lotada, todos vestidos de preto, cabeça baixa, lenços de papel secando os olhos injetados. Mamãe fez uma leitura, assim como o pastor local, homem de pele curtida e cabelos brancos, que disse palavras comoventes sobre quanto Jo havia sido importante para a comunidade de Carrawen.

Depois de cantarmos o hino "All Things Bright and Beautiful", a melhor amiga de minha tia, Annie, levantou-se para fazer um discurso tocante sobre a pessoa maravilhosa que fora a tia Jo e sobre a saudade que todos sentiriam dela:

– Por seu coração bondoso, pelo seu senso de humor sarcástico e por saber todas as fofocas – concluiu. – E nem me deixem começar a falar da falta que todos sentiremos do seu famoso bolo de cenoura.

Mais tarde, quando já estávamos no cemitério, vendo o caixão baixar à sepultura, com uma brisa balançando os galhos de teixos ancestrais, realmente entendi que ela se fora, partira para sempre. Tinha apenas 57 anos, era nova demais. Não me lembro de já ter ficado tão triste.

O pub do vilarejo, o Velocino de Ouro, tinha preparado um bufê para a ocasião e manteve a bebida fluindo livremente a tarde inteira. Por dentro o ambiente era escuro e acolhedor, com o pé-direito baixo e janelinhas de casa de campo. As paredes eram decoradas com velhas redes de pesca, placas de latão polido de arreios de cavalo e quadros de barcos de pesca.

Mamãe e papai foram ao escritório do advogado conversar sobre o testamento, mas o resto de nós – Matthew e eu, Ruth e Tim, seu marido, e Louise e Chris, o marido dela – ficou por ali. Os filhos deles tinham sido deixados com vários amigos e sogras para passar a noite, de modo que nossa conversa foi pontuada por diversos telefonemas para saber como estavam as crianças.

– Você pode lembrar o Hugo de que ele precisa estudar violino hoje à noite? Ele tem as provas do nível dois na semana que vem – disse Ruth bem alto ao celular, como se esperasse impressionar o resto do pub com seu menino prodígio.

Enquanto isso, Louise teve que cantar "Brilha, brilha, estrelinha" pelo telefone para sua caçula, que não parecia muito contente com a viagem da mamãe. Nas primeiras duas vezes, ela cantou baixinho, curvada sobre o celular, como que profundamente constrangida com o pedido.

– Mais alto? Isto *foi* mais alto. – Ela soltou um suspiro quando Matilda não ficou satisfeita. – Ah, está bem – resmungou, revirando os olhos. – Se é indispensável. – Bebeu todo o conteúdo da taça de vinho e soltou a voz, dessa vez muito mais alto, atraindo vários olhares intrigados dos outros fregueses. – Crianças! – foi sua exclamação cômica, ao encerrar a ligação.

Louise ficou para lá de bêbada em menos de uma hora, as bochechas vermelhas, o cabelo se soltando mais do rabo de cavalo a cada minuto, os gestos tornando-se progressivamente mais amplos. Aparentemente, ela estava brava com mamãe.

– Vocês acreditam que ela foi lá e inscreveu Josh no concurso de "Sósias dos Bichos de Estimação" do abrigo de animais, junto com o Monty? – disse Louise, indignada. – Ora, francamente! Dá para ser mais sem noção? Ela basicamente está dizendo que acha o próprio neto parecido com um maldito yorkshire!

Apesar das circunstâncias, caí na gargalhada. Josh era o compenetrado filho de 7 anos de Louise e Chris e, sim, pensando bem, tinha o mesmo cabelo castanho desgrenhado e os mesmos olhos travessos do Monty, o cachorro rabugento dos meus pais.

– Eu não teria me incomodado tanto se ela tivesse me pedido primeiro – esbravejou Louise. – Mas ela simplesmente foi e mandou as fotos dos dois, sem me dizer nada. Que atrevimento!

– Qual é o prêmio? – quis saber Matthew. – Será que Josh ganharia um ano de ração Pedigree?

Louise lhe deu um tapa com um descanso de copo.

– Não, não ganharia porcaria nenhuma – disse ela. – O prêmio é um vale de

25 libras para fazer compras na lojinha do abrigo. Muito útil para nós, visto que não temos gato nem cachorro. Eu me pergunto quem acabaria gastando isso!

Como única abstêmia do grupo, Ruth era a única que não estava falando enrolado a essa altura. Ela deu um tapinha na mão de Louise e disse:

– Se isto a faz se sentir melhor, ela acha que está elogiando Josh, ao considerá-lo parecido com Monty. Estou falando sério! – acrescentou, já que todos nós (com exceção de Louise) caímos na gargalhada. – Você sabe quanto ela adora aquele vira-lata sarnento. Josh deve ser o neto preferido, já que foi *ele* o escolhido pela nossa mãe para o concurso.

Havia um toque de inveja na voz da Ruth, e me segurei para não soltar um gemido alto. Ela vivia numa competição feroz com Louise, sempre fora assim. Por pouco não sofrera um colapso nervoso na adolescência ao tentar se equiparar às notas de Louise na escola. Louise era um desses tipos brilhantes que não precisam se esforçar tanto, sendo facilmente aprovada em tudo e precisando apenas da folheada mais superficial de suas anotações. Pior ainda, nem parecia notar a corrida frenética de Ruth para alcançá-la. Era claro que até hoje Ruth se ressentia disso.

Eu já ia desviando a conversa para um terreno mais seguro quando nossos pais voltaram ao pub. Todos paramos de rir de repente, constrangidos e lembrando por que estávamos reunidos ali. Mamãe olhou para mim por um instante e se sentou, o rosto pálido. Parecia atipicamente calada.

– Está se sentindo bem, mãe? – perguntei, segurando a mão dela.

A perda de Jo tinha sido pior para mamãe. Ela mal parecia ter dormido desde que recebemos a notícia. Eu sabia que esse dia estava sendo um suplício medonho para ela.

– Hum… estou – respondeu ela, passado um momento, e me deu a mesma olhadela rápida, como se quisesse saber se devia ou não me contar uma coisa.

– O que foi? – perguntei. – O que aconteceu?

– Bem… – começou ela, girando os anéis nos dedos sem olhar para ninguém por um segundo. Em seguida, virou-se para papai: – Conte você a eles. Ainda estou absorvendo a notícia.

Papai pigarreou.

– Acabamos de conversar com o advogado sobre o testamento da sua tia – começou. – E ele é, digamos… peculiar.

Fez uma pausa e senti meu coração acelerar. Não era próprio do papai, afável e brincalhão, assumir um ar tão grave. Teria a tia Jo morrido terrivelmente endividada? Haveria algum segredo tenebroso no seu testamento, como um filho secreto, talvez?

O olhar dele pousou em mim.

– Ela deixou o café para você, Evie – disse sem rodeios, e me entregou um envelope com meu nome. – Tome, isto é para você.

– Ela fez *o quê*? – Olhei fixo para ele, depois para mamãe, meio na expectativa de que os dois rissem e me dissessem que estavam brincando. Não foi o que fizeram. – O que vocês querem dizer com ela deixou o café para mim? Estão falando sério?

Mamãe confirmou com um aceno da cabeça.

– É o que o testamento diz, querida. – Ela apontou para a carta em minhas mãos. – Por que não abre?

– Caramba! – exclamou Ruth, tensa. – Deve haver um engano. Tem certeza de que ela deixou o café para *Evie*?

Baixei os olhos para o envelope, emudecida, e rasguei o papel com dedos atrapalhados, a boca subitamente seca. Olhei de relance para Matthew, que parecia tão perplexo quanto eu. Ruth tinha razão: só podia ser um engano. Tinha que ser. Um mal-entendido bobo, uma confusão, ou…

Tirei a carta do envelope e senti uma pontada ao ver a letra cheia de volteios da Jo. A data era de quatro anos antes, e soltei um grito abafado.

– Mas isso foi escrito há séculos. Com certeza não pode ser…

E então me calei, lendo:

Minha querida Evie,

Acabo de passar o mais adorável fim de semana com você aqui na baía. Você me faz lembrar muito de mim na sua idade: cheia de vida e de sonhos, borbulhando de energia e entusiasmo. Adoro suas visitas – você sempre parece estar no auge da felicidade e do relaxamento quando está junto do mar. Apesar disso, noto que não se sente realmente realizada, que ainda não encontrou o desejo do seu coração, a paz que vem com o puro e profundo contentamento.

Talvez você nunca leia esta carta – talvez a vida tome rumos inesperados para nós duas e minhas palavras percam o sentido. Mas gostaria de dizer, aqui e agora, que, na eventualidade de minha morte prematura, estou deixando o café para você.

Parei de ler, incapaz de absorver as palavras. As frases se embaralhavam diante dos meus olhos e eu me sentia entorpecida pelo vinho e pelo choque. De jeito nenhum. Isso não podia estar acontecendo de verdade, podia?

– O que diz a carta? – questionou Ruth. – Evie?

– Ainda não terminei – murmurei, tornando a voltar os olhos para o papel.

Sim, minha amada sobrinha, é isso mesmo que você leu. Você sabe que sempre foi minha favorita, a filha que nunca tive. Você é a única pessoa a quem eu confiaria meu precioso café, por saber que cuidará dele com o amor e carinho que ele merece. Sempre achei que você tinha certa afinidade com este lugar, e sei que pode fazer isso.

Perdoe as excentricidades de uma velhota. Como disse, talvez você nunca leia esta carta. Mas talvez… talvez um dia a segure nas mãos, e espero que compreenda e respeite meus desejos.

Com muito amor,

Jo

Engoli em seco, sentindo meu rosto esquentar de repente, o sangue fluindo para as bochechas. Então dobrei depressa a carta, sem querer que minhas irmãs lessem a parte sobre eu ser a "favorita". Também não queria que Matthew visse o trecho sobre eu não ter encontrado o desejo do meu coração. Se Jo tinha escrito aquela carta quatro anos antes, eu já estava saindo com ele na época. Era o tipo de coisa que o faria ficar tenso e amargurado.

– Nossa! – exclamei, correndo os olhos pela mesa.

Por um segundo, uma fantasia louca fervilhou na minha mente: eu de novo atrás do balcão do café, servindo os pratos mais incríveis, recebendo estrelas Michelin, enaltecida em artigos de página inteira nos jornais por todos os críticos gastronômicos, com filas saindo porta afora…

Louise tinha aberto um sorriso largo.

– Impagável – disse. – Ah, ela era uma figura, não era? Doida de pedra!

– Ela não era doida! – retruquei, sentida.

– Isso não é jeito de falar dos mortos – rebateu mamãe, ríspida. – Reconheço que não sei o que deu na cabeça dela, ao deixar tamanha responsabilidade para Evie, mas…

– Bem, é só pôr o café à venda, não é? Ganhar uma grana, arranjar uma boa casa em Oxford – disse Ruth, indiferente.

Havia em sua voz um toque falsamente animado, que deixava transparecer quanto estava furiosa, na verdade, por eu ter recebido atenção especial.

– Ei, eu *estou* sentada bem aqui – lembrei aos presentes. – E já tenho uma boa casa em Oxford.

– Bem… – começou Matthew, e enrijeci ao perceber que ele estava prestes a me corrigir.

– Tá, *nós* temos uma boa casa – afirmei, antes que ele pudesse falar. – Ah, pelo amor de Deus, *Matthew* tem uma boa casa, então. Eu só moro lá.

Houve uma pausa incômoda. Ponto sensível.

– Eu não quis dizer… – começou ele, defensivo.

– *Enfim* – continuou Ruth, interrompendo. – Isso não é realmente relevante, é? Pessoalmente, não acho justo Jo ter dado o café a você. Afinal, nós somos *três*.

– Ruth! – explodiu papai. – Não faz nem cinco minutos que a pobre da Jo foi enterrada. Como se atreve a reclamar do testamento? Você não foi esquecida, não se preocupe, Jo deixou algo para você também. – Ele parecia mais irritado do que eu o vira em anos. – Francamente!

Ruth baixou os olhos para a mesa, e Tim passou o braço pelos ombros dela.

– Desculpa – resmungou ela, sem se dirigir a ninguém em particular.

Mamãe me lançou um olhar aflito.

– Evie, é óbvio que isso é uma surpresa para todos nós, mas não precisa ter pressa. Seu pai e eu podemos ajudar com toda a parte burocrática, pôr o café à venda e…

– Quem disse que quero vendê-lo? – retruquei, num impulso.

Tudo parecia estar acontecendo rápido demais. Todos estavam fazendo suposições, tomando decisões por mim. Eu ainda nem tivera tempo de elaborar minhas próprias ideias a respeito dessa bomba.

Matthew me encarou.

– O que isso quer dizer? – perguntou. – Como assim *não quer* vendê-lo?

– Eu… – comecei, mas me interrompi.

As palavras da carta da tia Jo continuavam na minha cabeça; eu quase podia escutá-la dizendo tudo aquilo em voz alta. Meu mundo da fantasia tornou a surgir na minha mente (já podia sentir o gostinho do dinheiro!) com uma visão de Matthew e eu com aventais iguais, atrás do balcão, trocando sorrisos felizes enquanto eu preparava a espuma de leite para os cappuccinos e ele salpicava chocolate em pó em formato de coração. Nós poderíamos fazer isso, não é? Poderíamos fugir para a Cornualha, morar lá e…

– Porque não é nada prático, certo? – continuou Matthew, como se lesse meus pensamentos. – Digo, nós dois moramos e trabalhamos em Oxford.

Ele tinha razão, é claro. Estava completamente certo. Era ridículo devanear sobre uma fuga. Bobagem. Criancice. Meu devaneio se desfez de imediato, como fumaça ao vento.

– Só preciso de um tempo para pensar. – Esfreguei os olhos, sentindo-me esgotada.

Você é a única pessoa a quem eu confiaria meu precioso café, Jo tinha escrito. *Sei que pode fazer isso.* E já estavam todos achando que eu não seria capaz, antes mesmo que tivesse um minuto para pensar. Francamente, era a cara da minha família fazer isso. Não conseguiam levar a sério a ovelha negra, nem mesmo quando um negócio estabelecido caía no colo dela.

– Tenho que pôr as ideias em ordem. Ainda nem absorvi a notícia – afirmei.

– Não é de admirar – disse mamãe, gentil. – O dia foi difícil. Não há pressa em tomar decisão alguma, certamente não esta noite. Há muito tempo para você pensar. – Abriu um sorriso cansado para todos. – Deixem-me contar o que mais havia no testamento…

Ela e papai começaram a descrever o que fora legado aos outros, mas eu me desliguei, incapaz de frear os giros da minha mente com aquela notícia. Jo tinha me dado seu café. Ele era meu. Eu era dona de uma empresa, de uma propriedade bem ali em Carrawen!

Só houve uma coisa que consegui pensar em fazer. Peguei minha taça de vinho e me pus de pé.

– A próxima rodada é por minha conta – declarei. – Quem quer mais?

Capítulo Três

– Evie, você já terminou aquela carta? Preciso dela o mais rápido possível.
– Evie! O Sr. Davis quer café.
– Evie, deixei uma pilha de papéis para arquivar na sua escrivaninha. E não esqueça que aquele pedido à papelaria precisa ser feito hoje.

Era a manhã da segunda-feira seguinte, e Carrawen Bay parecia estar a uma longa, longa distância nesse momento – um oásis tremeluzente e inalcançável, um mero sonho. Eu estava de volta a Oxford, num prédio comercial fuleiro perto do shopping Clarendon Centre, onde já cumprira o primeiro mês de um trabalho temporário de dois meses para o grupo de pessoas mais mal-educadas e mal-humoradas do mundo, que pareciam achar que eu possuía habilidades sobre-humanas, tendo em vista minha caixa de entrada, que lembrava o monte Everest.

Eu não tinha a mais ilustre das carreiras, verdade seja dita. Depois do curso de teatro, tentara trabalhar nos palcos (ou me tornar uma estrela de Hollywood, o que viesse primeiro), mas, após cinco anos com apenas alguns papéis pequenos em produções teatrais e uma única ponta no seriado *Casualty* (no papel da vítima de overdose), admiti a contragosto que sempre estaria mais para uma novela mexicana do que para Hollywood e, com relutância, desisti desse sonho. Depois, tentei ganhar a vida como fotógrafa, o que foi seguido por um período cantando numa banda, mas essas opções de carreira também não deram muito resultado. Foi nesse ponto que conheci Matthew, e então, com o incentivo dele, larguei meu emprego no pub, cursei secretariado e fazia trabalhos temporários desde então. E enlouquecia de tédio. Havia pouco tempo, tinha me resignado a fazer o que meus pais e minhas irmãs sempre insistiram para que eu fizesse: ingressar no magistério.

Pessoalmente, eu não tinha convicção de que seria uma boa professora.

Não tinha muita paciência, irritava-me depressa com crianças resmungonas e, o pior de tudo, não suportava o som do giz riscando o quadro-negro. Minhas irmãs me garantiram que agora só se usam quadros virtuais e programas incríveis de computador, mas eu ainda ficava tensa ao pensar em entrar novamente em uma sala de aula. (E nem me deixe começar a falar do meu medo irracional de banheiros escolares.) Apesar disso, a contragosto, eu havia chegado à conclusão de que fazer um curso de formação de professores talvez fosse, de fato, um pouquinho mais interessante do que permanecer no Inferno dos Trabalhos Temporários pelo resto da vida. E, para ser franca, eu havia esgotado minhas opções. Minha família ficara aliviada, para dizer o mínimo.

– Você está tomando a decisão certa – disse Ruth, assentindo com aprovação. – Ensinar, além de gratificante, também lhe garante um emprego estável para toda a vida. E depois, é claro, você vai receber sua aposentadoria, e nunca é cedo demais para pensar nisso.

Eu discordava completamente. Na minha opinião, aceitar um emprego por razões ligadas à aposentadoria, quando ainda se estava na casa dos 30 anos, era coisa de velho num grau tão espantoso que deveria ser punida por lei. Eu nem tinha certeza de *querer* um "emprego para toda a vida" – a própria expressão me enchia de pavor. Onde é que seguir os próprios sonhos e correr riscos se encaixavam em "emprego para toda a vida"? O que acontecia com a diversão e a espontaneidade?

A questão era que discutir com Ruth era como discutir com um trator em movimento: não havia opção a não ser sair da frente, querendo ou não. Podia protestar o quanto quisesse a respeito de diversão e sonhos e correr riscos, mas bastava ela entrar na questão das hipotecas e das responsabilidades familiares para se tornar impossível detê-la.

E, assim, eu tinha feito a coisa sensata e segura e me candidatara a uma vaga num curso da Oxford Brookes. Para minha grande surpresa, a universidade me ofereceu uma vaga. Quase ri de incredulidade quando a carta chegou. Eles achavam mesmo que eu era uma candidata adequada para ser professora? Era evidente que minhas habilidades de atriz tinham sido magníficas na entrevista. Otários!

Enfim, o curso começaria em quatro meses, em setembro. Originalmente, sabendo que obter o certificado de pós-graduação em pedagogia seria uma tarefa intensa e totalmente exaustiva, eu tinha vagos projetos de tirar férias antes de as aulas começarem, e de gozar meus últimos meses de liberdade. Poderia decorar a casa, desencavar a câmera e tirar umas fotografias, recuperar o jardim ou, quem sabe, tirar férias em algum lugar quente e exótico – talvez pudesse encaixar uma viagem à Índia, afinal...

– É provável que o melhor para você seja juntar todo o dinheiro que puder até setembro – sugerira Matthew, no entanto. – Se vou pôr seu nome na hipoteca, você terá que pagar sua parte sem falta. Afinal, eu não posso carregar tudo nas costas.

Eu não sabia de onde ele havia tirado aquilo, mas supus que ele tinha razão. Não era justo esperar que ele bancasse tudo, enquanto eu tirava um ano sabático, e eu era uma mulher moderna do século XXI que ficava satisfeita por pagar sua parte das contas e o que mais houvesse. Portanto, não, eu não viajara para a quente e poeirenta Índia, com meu cabelo trançado, exibindo uma tatuagem de hena enquanto pechinchava uma pulseira de prata num mercado. Também não estava numa praia cheia de palmeiras, absorta num romance best-seller enorme e absorvendo os raios UV. Em vez disso, estava digitando e tirando fotocópias e arquivando papéis e fazendo café para os feitores e feitoras de escravos nos calabouços de tortura – ou seja, escritórios – da Companhia Crossland de Soluções em Finanças. E, sim, isso era exatamente tão maçante, degradante e terrível quanto parecia.

Havia uma pessoa em particular – Colin Davis, ou Sr. Davis, como eu deveria chamá-lo – que me levava à loucura. Era um homem nojento enfiado num terno marrom justo demais, com cabelo seboso, olhos esbugalhados e pele rosada que sempre parecia ter uma camada de suor. Devia estar beirando os 50 anos, porém agia mais como um idiota de 20 anos, sempre tecendo comentários depreciativos sobre os membros femininos da equipe e reproduzindo baboseiras machistas intermináveis sobre quem ele gostaria de "pegar" (em geral, Katie Price, Alesha Dixon e Cheryl Cole, embora houvesse muitas variações) e sobre o que exatamente gostaria de fazer com elas. Nos últimos tempos, ele parecia ter se interessado pela minha bunda, passando a mão, dando tapinhas e beliscando toda vez que tinha uma oportunidade, o que não era frequente, isso eu posso garantir. Eu havia aperfeiçoado depressa minhas táticas de esquiva.

(Sei o que você está pensando: por que ninguém denunciou esse asqueroso à direção, para que ele fosse posto no olho da rua? Aí é que estava o problema: ele *era* a direção e não iria a parte alguma... a não ser rondar minha mesa e me lançar olhares pervertidos.)

Eu vivia implorando à agência de empregos que me arranjasse outro trabalho, mas eles não eram solidários. "Não temos nenhuma outra vaga no seu perfil", diziam toda vez que eu telefonava em desespero. É claro que diziam isso. Afinal, recebiam uma comissão polpuda por cada hora que eu sofria trabalhando naquele buraco. Por que alguém acionaria os freios de emergência nesse trem da alegria?

– Eu disse que precisava dessa carta o mais *rápido* possível! Quanto tempo leva para digitar algumas páginas?

Lá estava ele, buzinando de sua sala no meu ouvido, pelo interfone. Que sapo horroroso! Como eu gostaria que saísse pulando e fosse coaxar em outro lugar!

– Sinto muito, Sr. Davis – respondi, sem sinceridade. – Já está quase pronta.

Em seguida, abafei depressa o alto-falante do interfone para não ouvir a inevitável piadinha pornográfica que ele faria.

Digitei a carta socando o teclado – uma coisa chatérrima sobre alíquotas tributárias –, enquanto visões de Carrawen Bay enchiam meus pensamentos. Acordar de ressaca na manhã seguinte ao funeral em um quarto abafado de uma pousada não tinha sido muito divertido, mas não havia lugar melhor para se ficar de ressaca do que no litoral, na minha opinião. Eu sabia que só precisaria de uma rajada daquele ar revigorante e salgado tocando minha pele, a brisa do mar despenteando meu cabelo e limpando meus pulmões, para que meu estado de espírito desse uma verdadeira guinada.

Estava chuviscando, mas, depois do café da manhã, Matthew e eu tínhamos vestido os casacos e descido até a praia para queimar as frituras indigestas numa caminhada. Dito e feito, eu me sentira melhor em minutos quando o ar tempestuoso esbofeteara minhas bochechas.

Ficara animada ao rever o café, ao chegarmos às dunas de areia e descermos pela trilha íngreme e sinuosa até a baía em si. Os acontecimentos da véspera voltaram com tudo (o testamento, a carta de Jo, a notícia assustadora de que eu havia herdado o negócio), e eu me peguei olhando para o café – meu café – como se o visse pela primeira vez. *Meu café.* Parecia um sonho, irreal, como se eu houvesse imaginado tudo aquilo.

Havíamos chegado à base da trilha e pisamos na areia. A maré estava baixa e as ondas tinham deixado marcas sinuosas na areia molhada, como escamas. Pedaços de carvalhinhos-do-mar, pretos e brilhantes, jaziam onde a maré os havia largado, e o vento balançava o que havia restado do meu cabelo curtinho, fazendo cócegas na minha nuca. A praia estava deserta, exceto por nós e um homem com um labrador preto saltitante e duas meninas louras, de botas de bolinhas, que gritavam e corriam de um lado para outro com o cachorro.

Não pude deixar de tomar o rumo do café, irresistivelmente atraída por ele. Meus pais tinham passado a noite no apartamento da tia Jo, no segundo andar, pois mamãe queria ter certeza de que todas as providências de ordem prática tinham sido tomadas: geladeira esvaziada, aquecimento desligado, janelas trancadas, esse tipo de coisa.

– Venha – falei ao Matthew. – Vamos entrar, tomar uma xícara de chá e falar com os funcionários.

Ele franziu o nariz, desconfiado.

– Evie, não seria melhor você não se deixar envolver afetivamente? O que vai dizer a eles? Quer dizer...

Eu sabia o que ele queria dizer. Queria que eu me livrasse daquilo com a mesma rapidez com que havia caído no meu colo. Por que falar alguma coisa a alguém? Para que me envolver? Para *ele*, talvez fosse fácil fazer isso sem se emocionar, mas eu, eu não era assim.

– Matthew, o café era da Jo. Como é que eu posso reagir de outra maneira que não com emoção? – rebati.

Queria que ele não tivesse que ser tão negativo. Queria...

Uma voz aguda e anasalada irrompeu em meus pensamentos:

– Evie, o Sr. Davis quer saber onde está o café dele. Quanto tempo mais vai demorar?

Levantei os olhos da tela do computador e vi Jacqueline, a assistente particular do Sr. Davis, me fuzilando com o olhar, por entre os cílios postiços carregados de rímel. Era como confrontar um Bambi raivoso.

– Dois minutos – respondi, sem me alterar, procurando não reagir à provocação dela.

Me parecia ridículo que o Sr. Davis não pudesse arrastar aquela bunda gorda até a cozinha e fazer o próprio café, se estava morto de sede. Eu imaginava que Jacqueline, que não passava de uma secretária metida a besta, também achasse que fazer o café fosse degradante. O que havia de tão aviltante em – ooohh! – acender o fogo sob uma chaleira com a própria mão, pelo amor de Deus, ou mesmo andar até a Starbucks da High Street?

Jo nunca tratara seus funcionários como escória, nunca os intimidava, nunca fazia com que se sentissem mal. Dava para perceber, pelo modo como todos tinham comparecido ao funeral de cabeça baixa, com lágrimas nos olhos. Segundo mamãe, o café passara alguns dias fechado depois da morte dela, por respeito, e, quando passamos por lá no sábado, o pessoal que estava trabalhando ainda parecia traumatizado. Meu olhar voltou-se automaticamente para o balcão, na esperança de ver a tia Jo junto à máquina de café, contando uma piada a um freguês. Mas é claro que ela não estava lá.

O café não era enorme, porém dava uma ilusão de espaço, com o pé-direito alto e o teto de madeira, as janelas grandes e as portas de vidro que se abriam para o deque. Na parte interna havia oito mesas e uns dois reservados junto às janelas. Do lado de fora havia mesas e cadeiras de madeira com barracas coloridas, que proporcionavam sombra quando o sol castigava. Nos dias quentes, as portas de vidro sempre ficavam abertas para que a brisa flutuasse pelo interior, enquanto, nos dias mais frios, elas se mantinham bem fechadas e o lugar ficava aquecido e acolhedor, sobretudo quando se viam as ondas de crista branca se revolverem tempestuosamente, ao se precipitarem cheias de espuma em direção à praia.

Jo sempre fizera ela própria todos os bolos à venda, e me causou outra pontada de dor ver o balcão dos bolos vazio nesse dia. Ficou claro que ninguém se sentia em condições de ocupar o lugar dela, em se tratando de oferecer os brownies de chocolate mais pecaminosamente deliciosos da Cornualha ou as mais saborosas panquecas de frutas. Ah, Jo… Parecia impossível que ela nunca mais tornasse a sair da cozinha com uma bandeja de guloseimas recém-tiradas do forno. "Prove um", ela sempre dizia.

Perguntei-me o que os funcionários estariam achando de trabalhar no café agora. A Cornualha não tinha exatamente uma alta taxa de emprego e eles deviam estar preocupados, sem dúvida, com suas futuras perspectivas de trabalho. Uma das garotas atrás do balcão mal parecia ter 16 anos, com seu rostinho liso e o rabo de cavalo pintado de vermelho. O que faria ela se o café fechasse? O que faria qualquer um deles? Não era apenas uma casa comercial que eu havia herdado, era também a vida de pessoas.

Tentei tirar da cabeça o rosto da garota de cabelo ruivo pintado e voltar à vida real, a este mundo dos escritórios de Oxford, enquanto esperava terminar a impressão da carta do Sr. Davis. Estava demorando um século, percebi, olhando de relance para a impressora. Então notei que uma luz vermelha piscava sinistramente. ERRO DE IMPRESSÃO, dizia o painel.

Meu telefone tocava. As notificações de novos e-mails saltavam na tela do computador. Jacqueline lançava olhares significativos para o relógio, e o Sr. Davis estava levantando pesadamente da cadeira e se arrastando na minha direção, sem dúvida com imagens da minha bunda dançando diante dos olhos. Ai, meu Deus. Mal consegui conter o grito de frustração que brotou na minha garganta.

– É sério, eu *odeio* trabalhar naquele escritório – queixei-me com Amber, minha melhor amiga.

Tínhamos marcado um encontro depois do trabalho num pub acolhedor e tradicionalíssimo da cidade, e eu havia precisado de um copo de gim-tônica bem cheio e um pacote de amendoim para me sentir nem que fosse um tiquinho menos atormentada.

– Odeio, odeio, odeio aquele lugar – continuei.

Amber franziu o nariz.

– De quanto tempo é seu contrato?

– Mais um mês. Quatro semanas terríveis. Vinte malditos dias. Eu não aguento, Amber, simplesmente não aguento. Comecei a esconder num armário os papéis para arquivar, de tão atrasada que estou, e andei fantasiando com uma armadura de bunda, para me proteger das mãos molestadoras do Colin Maléfico. – Soltei um suspiro. – Isso não é bom, não é?

– Não é nada bom, querida – concordou Amber. – Não apareceu mais nada da agência?

– Nada – respondi, soturna. – Eles não estão nem aí. Desde que recebam sua parte, só vão me deixar continuar.

– Bem, você sabe o que vou dizer – começou Amber, os brincos balançando quando se inclinou para a frente. – A vida é curta demais para ser desperdiçada naquela chatice de escritório. Pense em todas as outras coisas que você poderia estar fazendo. Coisas divertidas! Coisas de que você gosta! Coisas que a deixam feliz!

– Eu sei – respondi, mas ela havia pegado embalo. Quando a Amber fica a todo vapor, o melhor é a gente tomar a bebida e deixá-la terminar.

– Digo, há outros empregos em Oxford – ela me recordou, dando um soco na mesa para dar ênfase. – Uma porção de outros empregos. Não é como se você fosse obrigada a trabalhar lá. – Outro soco. Nossos copos balançaram. – Diga a eles para irem para o inferno e peça demissão; é o que eu faria.

– Eu sei que você faria, mas...

E faria mesmo. Amber já havia passado por ainda mais carreiras do que eu. Nós nos conhecemos na escola de teatro, então ela também passou por todos os sofrimentos da vida de uma aspirante a atriz, só que, ao contrário de mim, nunca tinha realmente desistido do sonho. Prova disso eram os pequenos papéis que tinha feito nas telenovelas *EastEnders* e *Emmerdale*, bem como diversas temporadas de pantomima e vários papéis em produções de teatro locais. É claro, também tinha sido caixa de uma loja de museu, experimentado um período como auxiliar de cozinha no restaurante do hotel Randolph, trabalhado como organizadora de eventos (por seis meses) e, mais recentemente, trabalhava na loja de uma florista em Jericho, mas continuava a fazer audições, ainda com esperança, ainda decorando falas e assumindo a identidade de outros personagens. Eu não sabia direito se ela era dedicada ou iludida, porém ao menos podia afirmar que tinha ambição, o que era mais do que eu podia dizer de mim mesma nos últimos tempos.

– Nada de "mas", Evie! – Amber levantou as mãos e seus quatro anéis de prata pesados cintilaram à luz do pub. – Onde foi parar sua coragem? Quando setembro chegar, você vai ficar enfurnada na faculdade desejando ter feito alguma coisa mais empolgante no verão.

– Matthew achou que seria uma boa ideia eu juntar um pouco de dinheiro... – comecei a dizer, mas ela arqueou uma das sobrancelhas e minha voz sumiu.

– Você se lembra da Índia? Ele também achou uma boa ideia você fazer alguma coisa chata – disse Amber, tamborilando na mesa. – E você perdeu completamente a oportunidade!

– Eu sei – admiti, arrasada. – Entendo o que quer dizer. Mas...

– Vou pegar outra bebida para nós – disse ela. – E depois vamos bolar um plano. Volto já.

Observei-a caminhar até o bar. Amber era alta e magra, com longos cabelos ruivos que caíam em ondas pelas costas. Tinha olhos azuis, boca larga e carnuda e uma risada rouca. Não possuía uma beleza clássica, mas tinha um quê especial – uma energia ou efervescência invisível – que fazia com que as pessoas a notassem, virassem a cabeça e olhassem para ela aonde quer que fosse. Como de praxe, estava usando calça jeans skinny, que destacava seu bumbum magrinho (uma "bunda de polícia", eu costumava brincar com ela, como em "chamem a polícia, alguém roubou a bunda dela!"), blusa preta com decote cavado e uma mistura de echarpes e joias no pescoço. Os tênis All Star, revestidos de lantejoulas prateadas, faiscaram quando ela voltou, trazendo dois copos cheios.

– E aquele tal café? – perguntou, voltando a se sentar e empurrando um gim-tônica para mim. Ela tomou um gole de vinho tinto. – O que aconteceu quando você foi lá?

– Bem, bati um papo com a equipe. Eles são só três, no momento, porque a alta temporada ainda não começou. Assim, há o chef, Carl, que parece um perfeito imbecil, e dois adolescentes, Seb e Saffron, que só trabalham lá aos sábados. Eu lhes disse que, como nova proprietária, cuidaria deles e me certificaria de não deixar acontecer nada sem lhes avisar antes, mas… – Dei de ombros. – Fui meio vaga, na verdade. Matthew disse que eu não deveria ter conversado com eles antes de ter um plano, mas eu achei que tinha que dizer *alguma coisa*.

Fora bem embaraçoso, na verdade. A ruiva, Saffron, praticamente me fuzilara com os olhos, de tão desconfiada que ficara ao me ouvir dizer que eu havia herdado o café.

"Tá. Quer dizer que você vai administrar isto aqui lá de Oxford, a mais de 300 quilômetros de distância?", perguntara, incrédula. "Como é que isso vai funcionar?"

Eu tinha forçado um sorriso, não gostara da expressão irritada dela. "Bem, ainda não sei direito", eu confessara. "Acho que precisarei contratar um gerente, alguém que esteja aqui durante a semana, a não ser que você, Carl, possa servir os fregueses, além de cozinhar para eles…?"

Carl, que era magricelo e moreno, com o cabelo castanho oleoso preso num rabo de cavalo, fizera um ar de desdém. "Certo", respondera, com a fala arrastada. "Então você quer que eu sirva os fregueses, cozinhe, lave a louça, cuide do caixa, tudo sozinho? E pelo mesmo salário? Sem chance, meu bem."

Minhas bochechas ficaram quentes ao ouvir aquele "meu bem" condescendente. Eu era pelo menos dez anos mais velha que ele, aquele merdinha metido a besta.

"Tudo bem, foi só uma sugestão", eu respondera com frieza. "Certo, nesse caso, vou colocar um anúncio para encontrar outra pessoa. Enquanto isso, acho que o café terá que ficar fechado durante a semana."

"Ótimo", rebatera Carl, ríspido. "Quer dizer que vou perder quatro dias de trabalho, assim, sem mais nem menos? Incrível."

"Bem, qual é a alternativa?", eu perguntara, cerrando os dentes.

"Ah, está bem." Ele suspirara. "Mas quero um aumento, se vou ter que acumular funções."

Seb, o outro membro da equipe, não tinha falado em todo esse tempo. Parecia ter uns 17 anos, com um rosto bonito, cheio de espinhas, e uma cabeleira cor de palha. Usava uma camiseta roxa berrante, que trazia grafado o lema NÃO SOU NERD. SOU UM WARLORD NÍVEL 9.

"Eu tinha esperança de pegar mais turnos na semana do feriado", dissera, ao me ver virar para ele com ar inquisitivo. "É aí que o café começa a ficar movimentado e a Jo precisa de mais ajuda. Então, talvez a Saff e eu possamos ajudar durante essa semana, e..."

"Fale por você", interrompera Saffron em tom grosseiro.

Eu soltei um suspiro profundo. As coisas não estavam correndo muito bem.

"Olhem, sei que isto não é ideal para ninguém, mas vamos tentar nos ajudar, sim? Em nome da Jo? Seb, seria ótimo se você pudesse vir na semana do feriado, fico muito agradecida. Vai ser no fim do mês, não é? Ótimo. Carl, eu entro em contato sobre seu pagamento, assim que tiver examinado os livros-caixa."

Tinha sido o melhor que eu pudera oferecer. Trouxera comigo montanhas de papéis para decifrar e os vinha examinando lentamente, desde então, na tentativa de me manter em dia com as contas, os salários e os vários tipos de correspondência. De repente, a realidade de ter herdado um negócio tinha se tornado muito intimidante.

– Eita! – exclamou Amber, quando lhe contei tudo isto. – Você vai ficar bastante ocupada, então.

– Eu sei. É uma trabalheira enorme. E todo mundo não para de me dizer que é melhor vender logo o café e acabar com essa história, mas não sei se é a coisa certa a fazer. A Jo amava aquele lugar, era a vida dela. E, para mim, simplesmente fincar uma placa de "Vende-se" e...

Amber franziu o nariz.

– É, mas, em termos realistas, o que mais você pode fazer? Cuidar do negócio aqui de Oxford? Isso nunca vai funcionar – afirmou, sem rodeios.

– Poderia funcionar! Se eu achasse o gerente certo, se pudesse arranjar alguém como Jo para dirigi-lo para mim... – Fui parando de falar, sem convencer nem a mim mesma. A tia Jo era uma em um milhão. Era insubstituível.

– E, se você decidisse *mesmo* vender, não precisaria mais de empregos temporários, não é? – prosseguiu Amber. – Ganharia uma grana! Poderia mandar o tal do Colin ir pastar e pedir demissão amanhã. Tirar umas férias. Talvez até levar sua melhor amiga... – Reclinou-se na cadeira, triunfante, claramente vendo isso como um trunfo.

Ela tinha certa razão. A ideia de ferrar o Colin era tão tentadora que meus dedos tremeram com a perspectiva de se erguerem num V da vitória. A ideia de Amber e eu curtindo uma praia era ainda melhor. Tive uma súbita visão de nós duas, bronzeadas e bêbadas, brindando com taças cheias de uzo numa ilha grega, ou com cerveja gelada na Costa del Sei-lá-o-quê.

Depois, fiquei me sentindo culpada por imaginar férias sem Matthew e tentei inseri-lo na minha visão, mas ele começou a reclamar do calor e a se preocupar com a higiene dos alimentos: "Você sabe como meu estômago é sensível", disse ele na minha cabeça, e estremeci.

Enquanto isso, Amber continuava se animando com o assunto.

– É, acho que essa é sua melhor alternativa: vender o café, ganhar uma bolada, e pronto, faculdade paga e tudo resolvido. É o que eu faria.

– Sério? – Fiquei surpresa por ela se mostrar tão pragmática. – Simples assim, sem mais nem menos?

– Com certeza, sem mais nem menos. Bem, desde que você queira entrar de cabeça nesse negócio de ensinar, é claro.

– Seeeii... – falei, mais hesitante do que pretendia.

Os olhos dela se estreitaram.

– Evie, você não parece muito confiante. Porque, se tiver mudado de ideia, você mesma pode ir para a Cornualha e cuidar do café. O que a está impedindo? Um verão na praia seria incrível!

Eu estava prestes a dizer que havia uma porção de coisas me impedindo, é claro – como Matthew e Saul e o trabalho e... bem, o resto todo, é óbvio –, quando, bem naquela hora, meu telefone tocou e eu o peguei, estranhamente grata por ter sido interrompida. Era só mamãe me convidando para jantar no domingo, mas isso permitiu que eu me esquivasse do feroz interrogatório de Amber, graças aos céus. Um verão na praia em Carrawen seria incrível, mas isso não fazia parte dos planos.

Depois de desligar, já lancei uma pergunta sobre a nova produção para a qual ela estava fazendo audições no Playhouse, e me mantive bem longe dos questionamentos sobre a minha carreira pelo resto da noite. Era mais seguro assim.

Capítulo Quatro

Porém, aquilo me fez pensar. Amber tinha razão numa coisa: por mais que eu fosse afetivamente apegada ao café, seria difícil cuidar dele de Oxford. Mas, se eu o vendesse (sinto muito, Jo), não teria que ficar no meu emprego temporário horroroso. Teria dinheiro e liberdade e, por algum tempo, poderia fazer o que quisesse. Poderia até adiar o curso de pedagogia, que avultava de modo desagradável no horizonte, por mais que eu tentasse pensar nele de forma positiva.

Ao voltar para casa naquela noite, liguei o laptop e entrei numa página de aluguel e venda de imóveis.

– O que está fazendo? – perguntou Matthew, parando atrás de mim e massageando meus ombros. – Não está planejando se mudar, está?

– Não, é claro que não. Só queria saber como andam os preços na Cornualha. Para o café.

– Ah! – O som foi de aprovação. Muito bem, Evie, fazendo a coisa sensata. Parabéns! – É óbvio que você não pode vendê-lo agora: ainda tem que resolver toda a papelada e…

– É, eu sei – interrompi, digitando o código postal e pressionando o botão de busca –, mas quero ter uma ideia. Estive pensando… Bem, talvez eu pudesse largar meu emprego. O que seria incrível. – Dei uma risadinha. – Mais do que incrível, na verdade. Seria uma tremenda dádiva dos deuses.

– Ah… – Dessa vez, foi um tipo diferente de "ah", menos encorajador, mais hesitante. – É óbvio que você não pode contar com uma venda rápida…

– Claro – concordei, me debruçando mais para perto da tela, ao aparecerem os primeiros dez resultados.

– E é óbvio que vai ser preciso pagar a comissão do corretor e…

– É, eu *sei*! – respondi, irritada com seu jeito de falar comigo, como se eu fosse burra, como se não tivesse noção de nada. O simples fato de ele já ter comprado uma casa, enquanto eu havia sido uma eterna inquilina, não lhe dava o direito de me tratar com condescendência, com todos aqueles "é óbvio".

A massagem parou de repente.

– Não precisa ser grossa – disse ele, em tom ofendido, e se afastou. – Só estava tentando ajudar.

– Eu sei, mas... – comecei, embora Matthew já não estivesse ouvindo. – Eu me viro – resmunguei.

Voltei a olhar para a tela e analisei os resultados. Nada. Rolei de novo a tela para ver os dez seguintes. E os seguintes. Hum... Havia uma porção de casas de veraneio bonitas e apartamentos de luxo à venda, mas nada que se assemelhasse minimamente ao café da Jo.

Franzi a testa. Bem, o que eu estava esperando? O café da Jo era único. É claro que não haveria nada parecido no mercado. Eu teria que entrar em contato com um corretor e pedir uma estimativa de preço. Não que já houvesse tomado a decisão de vender o café – não tinha. Só queria conhecer bem o cenário antes de tomar uma decisão.

Anotei alguns números e fui fazer as pazes com Matthew.

No dia seguinte, no escritório, esperei todos saírem para o almoço e telefonei para uma das corretoras imobiliárias, cuja sede ficava em Padstow, a poucos quilômetros de Carrawen. Falei com um sujeito muito amável, que anotou todos os meus dados e pareceu extremamente interessado quando contei que havia herdado um café e estava pensando no que fazer com ele. Quase pude ouvi-lo esfregar as mãos de alegria, na verdade, ao me dizer que sabia exatamente de que café eu estava falando e que ele seria um investimento esplêndido para um negociante ou uma empresa – ficava num terreno valorizado e era perfeito para a reconstrução.

– Como assim? O senhor quer dizer que o comprador poderia simplesmente... derrubar tudo e construir outra coisa lá? – perguntei, insegura.

Detestei a ideia de alguém demolir aquela bela construção antiga, arrancar a estrutura de madeira, desmantelar janelas e portas. Tive uma visão de todas as mesas e cadeiras, da máquina de café e até das fotos emolduradas nas paredes sendo jogadas numa caçamba de lixo e estremeci. Não gostei da ideia de o café ser qualquer outra coisa senão o que já era.

– Com certeza! – respondeu o corretor, entusiasmado. – É claro que, primeiro, o comprador precisaria recorrer ao conselho municipal para pedir a modificação do alvará, mas creio que isso não seria um empecilho. É uma praia maravilhosa; acho incrível que a área não tenha recebido mais construções até agora, para ser franco. Se olharmos para o que aconteceu em Padstow e Rock, veremos que a oportunidade está lá para quem souber aproveitar.

– Sim, mas…

– Também recebemos muitos clientes interessados numa casa de veraneio na área de Carrawen Bay – continuou ele, parecendo não me ouvir. – *Muitos* clientes. E seria fácil alguém transformar o café numa casa de luxo. A vista faria dela um imóvel muito especial.

Fechei os olhos, sentindo que estava traindo a confiança de Jo, enquanto as palavras dele jorravam em meu ouvido. Dava para imaginar a expressão de horror no rosto de minha tia se ela me ouvisse tendo esta conversa.

– Certo – falei. – É só que… bem, há pessoas trabalhando no café no momento, entende? Elas têm emprego e eu não gostaria que o perdessem, se eu vendesse o imóvel. E, se fosse vendê-lo, decididamente faria questão de que continuasse a ser um café, portanto…

Ele deu uma risada.

– Receio que as coisas não funcionem assim, Srta. Flynn. Ficaria a critério do comprador fazer o que quisesse com o imóvel, uma vez concluída a compra. A senhorita quer que eu dê uma passada por lá, para dar uma boa olhada no local e fazer uma avaliação? Eu poderia dar um pulo lá mais para o final desta semana, se for conveniente. E aí, se ficar satisfeita com o valor, poderemos dar a partida, fazer as medições, tirar umas boas fotos e marcar algumas visitas. Assim, de cabeça, posso pensar em pelo menos cinco clientes que ficariam muito interessados. O que acha?

Hesitei. Tudo estava acontecendo muito depressa. Eu só quereria vender o café se… Bem, se alguém como Jo viesse a estar lá, no comando, mantendo o lugar tal como ele havia funcionado em todos aqueles anos.

Dei um suspiro. Eu estava me iludindo, não é? Estava sonhando.

– Srta. Flynn? – insistiu o corretor. – Posso passar na quinta-feira se…

– Não. Não. Eu, ahn... preciso pensar um pouco mais no assunto. Mas obrigada pela ajuda.

– Bem, se mudar de ideia, torne a me telefonar. Meu nome é Greg, e eu ficaria radiante em cuidar desse imóvel.

Aposto que sim, Greg, pensei, desolada, desligando. Greg não se importaria com o tipo de pessoa a quem viesse a vendê-lo. Não esmiuçaria todos os clientes em potencial para ter certeza de que se trataria de pessoas boas e decentes, que zelariam pelo café e cuidariam dos funcionários e do imóvel da maneira adequada, não é? Não. Ficaria felicíssimo em empurrá-lo para a pessoa mais rica que aparecesse, com planos de transformá-lo num spa luxuoso para gente milionária, desde que ele recebesse sua gorda comissão, claro.

Tornei a suspirar e deitei a cabeça na escrivaninha. Eu não podia deixar isso acontecer. Não ia deixar que acontecesse. Mas o que eu deveria fazer?

Bati com força a porta ao chegar em casa, joguei a bolsa no chão e chutei longe os sapatos; um deles bateu no aquecedor do hall com uma pancada seca.

– Aquele tarado idiota, idiota, IDIOTA! – esbravejei.

Era quarta-feira e eu acabara de ter um dia terrível no escritório. O pior de todos os tempos. Havia dormido demais e o pneu da bicicleta furara a caminho do trabalho, o que me deixou duplamente atrasada e me fez levar um esporro da Jacqueline, seguido por uma tonelada de papéis para arquivar, como castigo. Uma cólica de TPM tinha pintado no meio da manhã, depois eu torci o pé na hora do almoço, numa das calçadas de pedra da High Street, e arrebentei o salto do sapato. Mas a cereja do bolo tinha sido à tarde, quando Davis Gordão roçara "acidentalmente" a mão no meu seio, no elevador, me fazendo estremecer de nojo. Eu me afastei dele, enojada, mas o sorrisinho em seu rosto revelou que ele havia adorado a apalpada.

– Idiota, idiota, IDIOTA NOJENTO! Ah... Oi, Saul – interrompi minha chuva de xingamentos ao entrar na cozinha e vê-lo sentado à mesa, montando um quebra-cabeça com Matthew.

Saul era a criança mais maravilhosa do mundo. Costumava ficar conosco nas noites de quarta-feira e sábado e, mesmo no meu pior acesso de fúria, proveniente da TPM e do tarado idiota, a mera visão do menino bastou para fazer com que eu me sentisse melhor, como se o mundo tivesse voltado aos eixos.

Ele pulou da cadeira e veio correndo me abraçar, e eu o envolvi nos braços e beijei seu cabelo castanho adorável e todo espetado.

– Tinha esquecido que era quarta-feira. Puuuxa, como é bom ver você, parece que foi há séculos. Está tudo bem?

– Tudo – disse ele. – Terminei de montar aquele dinossauro de Lego! Quer ver a foto?

– Quero, com certeza – respondi, dando-lhe um último aperto antes de soltá-lo.

Matthew tinha levado seis meses para contar que tinha um filho, na época em que havíamos começado a sair, e, ao me dar a notícia, estava com os nervos à flor da pele, chegando até a se desculpar pela presença do filho em sua vida, um menino que vinha do seu primeiro casamento fracassado. Mas não deveria ter ficado nervoso nem se desculpado: a meu ver, Saul era maravilhoso. Desde que eu fora apresentada a ele, meus horizontes haviam se expandido, passando a abarcar as alegrias do Lego, do Play-Doh e do futebol e, mais recentemente, dos Gogos (criaturinhas de plástico parecidas com alienígenas), do jogo de cartas Match Attax e dos livros da série Beast Quest. Eu adorava tudo isso.

– Ei, Evie, seu cabelo ficou curtinho – disse ele, arregalando os olhos como se tivesse acabado de perceber. – Ficou legal, que nem um garoto.

– Obrigada – respondi, sabendo que, com certeza, esse era o suprassumo do elogio.

– Oi – cumprimentou Matthew, aproximando-se para me dar um beijo no rosto. – Tudo bem?

Retribuí o beijo e soltei um suspiro pesado.

– O dia não foi dos melhores – respondi, reservando os detalhes para depois, já que os olhos brilhantes e interessados de Saul continuavam cravados em mim.

Torci para que ele não tivesse escutado meus primeiros gritos. Matthew me mataria se Saul voltasse para a casa da mãe no dia seguinte e perguntasse "Mãe, o que é um tarado?", com sua vozinha aguda e inocente. Emily, a ex de Matthew, pegaria o telefone em cinco segundos, e eu ficaria na pior por pelo menos um ano.

Matthew foi terminar um trabalho qualquer, enquanto tratei de fazer o jantar. Eu não era uma boa cozinheira, verdade seja dita. No passado, já havia destruído várias panelas, sendo a ocasião mais memorável aquela em que eu me esquecera do ovo que tinha posto para cozinhar e deixara a panela durante horas numa boca ardente do fogão. A água havia secado, o ovo explodira e, na segunda hora, a panela passara a soltar um cheiro horroroso de queimado.

– Como é que alguém pode esquecer que está cozinhando *um ovo*? – gritara Matthew, exasperado. – Você só tem que se lembrar por três malditos minutos, Evie!

– Eu sei – dissera eu, encabulada. – Eu só… esqueci.

Na única vez que tentei preparar um assado, nós dois tivemos intoxicação alimentar. ("Este frango está tão cru que está praticamente vivo!", percebera Matthew, tarde demais.) O bolo de aniversário que tentei assar para ele foi parar na lata de lixo, misteriosamente, depois da fatia repulsiva que cada um de nós comeu (e que parecia ter gosto de curry, não faço ideia de por que ou como). E eu nunca soube fazer um molho de queijo sem ter que peneirá-lo para tirar os grumos.

Mas eu sabia fazer torradas e um café da manhã clássico mais ou menos decentes. E, com qualquer coisa que só precisasse ser levada ao forno, eu quase sempre acertava. Por sorte, o prato favorito de Saul era pizza. Isso até eu era capaz de fazer.

Decoramos a pizza juntos, do nosso jeito tradicional, deixando um quarto como *margherita*, para Saul, dispondo cogumelos e presunto na minha parte e pondo azeitonas, linguiça calabresa e uma porção extra de queijo na de Matthew. Saul gostava de passar séculos fazendo desenhos com as azeitonas e de salpicar à perfeição o cheddar ralado.

– Está chovendo queijo – disse, enquanto deixava os caracóis amarelo--claros caírem das mãos.

– Ou talvez seja areia – sugeri. – Areia de queijo numa praia de queijo.

Ele sorriu.

– Meu pai contou que vocês foram à praia no fim de semana. Encontraram algum caranguejo ou estrela-do-mar?

Peguei a pizza com cuidado e a coloquei no forno.

– Dessa vez, não. Você gosta de animais marinhos?

– Sim! – respondeu ele, como se esta fosse a pergunta mais idiota do mundo. – Adoro! Gosto de procurar por eles nas férias. Minha tia

Amanda mora perto da praia e sempre me ajuda. Ela tem muuuita sorte, muita, muita, muita!

– Hum… – retruquei, distraída, fechando a porta do forno. – Minha tia também morava perto da praia. Adorava ter o mar como vizinho.

– Quando eu crescer, vou morar *na* praia – afirmou ele, limpando as mãos sujas de queijo nas calças da escola antes que eu tivesse chance de impedi-lo. Xi, Emily não ia me agradecer por isso. – Vou construir um CASTELO de areia para morar dentro dele… entendeu? Um castelo de verdade, feito de areia! E aí vou passar O DIA INTEIRO procurando animais marinhos.

– Isso parece bom, mas só se eu puder visitá-lo.

Ele assentiu.

– Vou construir uma parte especial do castelo só para você – prometeu. – Uma ala inteira! – Deu uma risada.

Baguncei o cabelo dele, sendo momentaneamente impedida de falar por uma onda de amor.

– Você é um fofo. E aí, nós vamos ou não vamos pôr esta mesa?

Sonhei com a praia de Carrawen naquela noite. No meu sonho, fazia um dia frio e límpido, com aquele tom azul-claro da manhãzinha que se vê no litoral durante o inverno. O mar estava luminescente e calmo, o sol fraco cintilava na superfície ondulada como um milhão de lantejoulas. Eu era a única pessoa na praia, contemplando a linha azul-marinho do horizonte, deixando a paz e o silêncio me inundarem por inteiro. Estava muito feliz. Muito contente. Muito calma…

E então o rádio ganhou vida junto à minha orelha, tagarelando alguma bobagem e destroçando aquele momento perfeitamente sereno. Resmunguei, esticando a mão e tateando para apertar o botão da soneca. Queria voltar ao sonho, ser tragada pela calmaria deserta daquela praia num dia de inverno, mas, irritantemente, não consegui voltar a dormir.

Rolei para o lado de Matthew na cama, só que estava vazio, e calculei que ele já devia ter se levantado e estava tomando café com Saul. Tinha que levá-lo à escola nas manhãs de quinta-feira e vivia com medo de se atrasar e, com isso, encarar a ira de Emily. Segundo Matthew, havia espiões na escola:

um time especializado de mães que marcavam a hora em que ele chegava com Saul e informavam todos os detalhes de sua observação.

Emily era sempre gentil comigo, mas não propriamente *amistosa*. Era enfermeira, uma pessoa ágil e superorganizada, que parecia passar a ferro tudo que tivesse vinco (inclusive as calças de Saul, pelo amor de Deus) e que, de modo geral, cuidava de sua casa e de sua vida com a precisão de um relógio. Aposto que os lençóis na casa dela eram dobrados à perfeição. Eu tinha a impressão de que ela julgava nossa casa de acordo com isso. (Não havia muitas tentativas de passar nada e nem uma única cama bem-feita, nem é preciso dizer.)

Matthew e Emily tinham se separado fazia cinco anos e meio, quando ela o deixara por um elegante paramédico chamado Dan, que Saul (e Emily, provavelmente) idolatravam, embora Matthew o odiasse, chamando-o em tom depreciativo de "Dr. Dan" toda vez que era forçado a se referir a ele. Seu rosto se fechava sempre que Saul falava no Dan, e eu me solidarizava – devia ser difícil para ele ver o filho crescer ao lado de outro homem. E não apenas isso, mas outro homem que, de acordo com Saul, contava as melhores piadas do mundo, era ótimo no futebol e havia passado um fim de semana inteiro pintando um mural supermaneiro do *Doctor Who* no quarto dele, como presente de aniversário.

Desci e encontrei Saul mastigando uma tigela de cereal na cozinha, enquanto Matthew preparava seu lanche. Observei-o comer cuidadosamente as colheradas de cereal, ainda sonolento naquele início de manhã, o olhar distante, a mandíbula funcionando mecanicamente. Era lindo. Era a única coisa que eu invejava na Emily – o fato de ele ser dela, só dela, e não meu. Fingi por um momento o que sempre fingia: que ele era meu filho, meu e de Matthew, e que éramos uma família feliz, despertando para outro dia feliz. Nada de meus pais e minhas irmãs: aquele era um cenário familiar de que eu realmente sentia fazer parte.

O Inferno dos Trabalhos Temporários, nesse dia, foi... bem, infernal. Passei a contar o número de vezes que alguém me pedia para fazer determinada coisa sem pedir "por favor", e tinha chegado a 27 ao meio-dia. Então, o interfone tocou e o Homem-Lesma falou:

– Pode dar um pulinho aqui no escritório?

Vinte e oito.

– É claro – respondi, tentando não parecer desanimada.

Sabia que ele estaria me observando pelas paredes de vidro de seu Escritório do Poder, no canto do andar, e que a menor careta ou revirar de olhos seriam notados e usados contra mim.

– Ah, e traga um bloco e uma caneta – acrescentou ele, pensando melhor.

Vinte e nove.

– É claro – respondi em tom monocórdio, sentindo-me um robô.

O Sr. Davis tinha o melhor escritório do prédio inteiro, com janelas enormes num dos lados da sala, o que lhe dava uma vista perfeita do centro da cidade; o telhado abobadado da Câmara Radcliffe, as várias torres de igrejas e faculdades, tudo no tom suave das pedras Cotswold. Era bom mesmo ele ter a paisagem, porque não havia exatamente feito grande coisa para enfeitar o resto do espaço. Tinha uma daquelas escrivaninhas no estilo eu-sou-o-chefe-aqui, enorme e numa imitação de mogno, com um belo laptop preto aberto em cima, ao lado de uma foto emoldurada de uma mulher, de que se podia suspeitar que fosse sua mãe. Havia estantes abarrotadas de arquivos às suas costas e armários de um cinza opaco sob as janelas, um deles exibindo uma aspidistra ressecada, com poeira sobre as folhas queimadas pelo sol.

– Então, Srta. Flynn – disse ele, a voz melosa ao pronunciar meu nome. Eu detestava aquela afetação toda. Por que não podia me chamar de Evie como qualquer pessoa normal faria? – Está com um cheiro muito agradável hoje. Perfume novo? Ou será que são os feromônios, hein?

Meu rosto enrubesceu. Feromônios, uma ova. *Nos seus sonhos.* Bati com a caneta no bloco, decidida a acabar logo com aquilo. Não queria ficar ali, num papo cheio de insinuações com aquele nojento, por mais do que o absolutamente necessário.

– O senhor disse que precisava da minha ajuda? – apressei-me a perguntar.

Fez-se um terrível silêncio maldoso. Droga. Aquilo não ia terminar bem.

– Eu disse, não foi? – respondeu ele, após uma pausa, prolongada apenas o bastante para que minhas bochechas ficassem vermelhas de vergonha. Ai, meu Deus. O Sr. Davis estava *lambendo* os beiços. – Eu preciso de você, sim, Srta. Flynn. Pode me dar uma *mãozinha*?

Por impulso, dei um passo para trás e esbarrei num armário de arquivo. Minha pele se arrepiara inteira ao som das palavras dele, mas tirei a tampa da caneta e ergui o bloco, torcendo para que ele me desse suas ordens e me deixasse ir embora. Eu precisava muito de ar puro.

– Srta. Flynn, eu gostaria que… – ele fez uma pausa e me encarou, os olhos esbugalhados e lascivos – abaixasse a calcinha, *digo*, anotasse umas coisinhas para mim.

O sangue latejou nos meus ouvidos. Mal pude acreditar que ele tinha realmente acabado de dizer aquilo. *Eu gostaria que a senhorita abaixasse… a calcinha.* Que canalha devasso e sórdido!

O Sr. Davis deu uma risadinha, com os lábios afastados de um modo que me deixava ver sua horrenda língua vermelha na caverna úmida da boca.

– Acho que não – consegui dizer, passado o momento de choque e perplexidade.

Ele deu um sorriso de desdém.

– Ah, onde foi parar seu senso de humor? Está de TPM hoje, é? Muito bem, vamos em frente, se você não sabe brincar. Prezado Sr. Baxter, escrevo em resposta a sua carta de…

Fechei os olhos por um instante, enquanto ele continuava o ditado da carta, e tive uma visão da praia do meu sonho da noite anterior. A água cintilante, a manhã azul e fria, a calmaria. Fiquei segurando a caneta, incapaz de movê-la sobre o papel. Não queria mais ficar ali. Amber tinha razão. A vida era curta demais.

– É com grande prazer que nós… – prosseguiu ele, monótono, antes de erguer os olhos e notar que eu não estava fazendo nada. – Srta. Flynn! Ficou surda? – indagou, ríspido. – Não vai anotar nada?

Encarei seu rosto com ódio.

– Não – respondi, baixinho. – Não vou.

A adrenalina percorreu meu corpo e, de repente, a música de *Uma secretária de futuro* começou a tocar na minha cabeça, Carly Simon cantando "Let the river run…", os acordes cada vez mais altos, instigando-me a agir. Que tudo aquilo fosse para o inferno. Estava farta de ser secretária, se isso significava ter que aguentar tipos asquerosos como Davis. Joguei a caneta e o bloco na escrivaninha dele.

– Eu me demito. Você é a pessoa mais asquerosa e vil com quem já tive que trabalhar. Você me enoja, você e suas... suas mãos suadas e seus olhos horrorosos de sapo.

Nossa. Não sabia muito bem de onde tinham vindo os olhos de sapo, mas os dele, nessa hora, pareciam prestes a saltar das órbitas e explodir. Olhei-o de cima a baixo. Superioridade moral, *isso* eu tinha aos montes.

– Então eu me demito – repeti, virando-lhe as costas, o queixo erguido. – Pode enfiar esse emprego num lugar que doa.

– Srta. *Flynn*! – vociferou ele, mas não fiquei ali para ouvir o resto.

Saí de cabeça erguida e fui direto à minha mesa, onde não perdi tempo desligando o computador e recolhendo meus pertences pessoais. O telefone começou a tocar e o interfone piscava, mas ignorei os dois. Não era mais meu trabalho.

Jacqueline apareceu ao meu lado feito um míssil teleguiado.

– Aonde pensa que vai? – indagou, em tom ríspido. – Está meio cedo para ir almoçar, não acha?

– Vá para o inferno, Jacqueline. Estou indo embora. Você terá que arranjar outra escrava de agora em diante. Ah, sim, a propósito, deixei um presentinho para você no armário. – Apontei o lugar em que havia largado uma enorme braçada de papéis para arquivar no começo da semana. – Boa sorte.

– Espera! – gritou ela. – Você não pode ir embora assim!

– Quer apostar? – retruquei, e passei a seu lado direto, porta afora, antes que ela pudesse argumentar.

Meu coração dava saltos, eu tremia inteira e minha respiração saía entrecortada e acelerada, como se eu tivesse acabado de correr seis andares escada acima. Ai, meu Deus, Evie, pensei, quando senti o ar fresco da manhã do lado de fora. O que acabou de acontecer? O que foi que você *fez*?

Fui de bicicleta até o escritório de Matthew, do outro lado da cidade, e liguei para ele. Estava alternando entre a euforia de ter pedido demissão e o susto ante a rapidez e a teatralidade com que tudo havia acontecido. Mas ninguém com uma gota de sanidade ou amor-próprio continuaria a trabalhar para o Rei Gosmento, especialmente depois do comentário sobre abaixar a calcinha. A pessoa tinha que conhecer seus limites mais íntimos, como diria minha mãe (de forma bem inapropriada, no caso). E, quando alguém ultrapassava esse limite, era hora de assumir uma posição clara.

Bem, isso eu tinha feito, com certeza.

– Oi – falei, quando Matthew atendeu o telefone. – Quer dar uma fugida de meia hora e me encontrar para um cafezinho rápido?

Houve um momento de silêncio, no qual pude imaginá-lo piscando, surpreso. Que ideia. Matthew não era exatamente o tipo que gostava de dar escapadas do escritório, especialmente não conforme o capricho espontâneo de uma namorada pouco apreciadora do trabalho.

– Quer dizer, você poderia dizer que está saindo mais cedo para o almoço – acrescentei, para ver se ajudava – ou...

– O que está acontecendo? Onde você está? – perguntou ele.

– Estou em frente ao seu escritório. Eu... – *Acabei de pedir demissão*, era o que estava na ponta da língua, mas preferi me conter. Sabia que uma revelação dessas não soaria nada bem ao telefone. – Fiquei com vontade de fazer uma pausa.

– Hum... Bom, estou meio ocupado agora. – Matthew continuava a trabalhar com os mesmos nerds de TI daquela festa de Natal, tantos anos antes, programando softwares. – Desculpa.

– É meio importante – insisti. – Por favor?

– Isto aqui também é. Desculpa, Evie, talvez mais tarde.

– Tá – respondi, procurando não soar desanimada. Afinal, eu tinha todo o tempo do mundo, agora que não tinha mais um emprego. – Posso esperar. Vou para o Marian's. Venha me encontrar quando puder.

O Marian's era um café na rua do escritório do Matthew. O interior era encardido, com o teto ainda exibindo manchas marrons de tabaco dos anos anteriores à proibição de cigarros em locais públicos, e quase todas as outras superfícies tinham um vestígio persistente de gordura de batatas fritas. Meu chá veio num desses bules de aço inoxidável que não conseguem realmente vertê-lo sem fazer uma lambança – uma falha bem elementar da concepção do produto, imagino –, e o "leite" UHT era servido em caixinhas de plástico praticamente impossíveis de abrir. Dei a louca e pedi também um pacote de biscoitos amanteigados, mas eram massudos demais e me deram a sensação de estar com a boca cheia de papelão quando dei a primeira mordida.

Não pude deixar de comparar tudo aquilo com o café da tia Jo: a brisa marinha em contraste com o zumbido de um ventilador de teto encardido, os sanduíches de pão fresco em vez de fatias de pão pálido, produzido em grande escala, os bolos e biscoitos quentinhos, recém-saídos do forno, em vez daqueles produzidos em fábricas e embrulhados em papel celofane, sabe Deus havia quanto tempo... É, não havia comparação. Os dois estavam em polos diametralmente opostos.

Você é a única pessoa a quem eu confiaria meu precioso café. Lembrei-me das palavras de Jo na carta e me veio por dentro uma sensação de ser puxada. E então eu soube exatamente o que devia fazer. Não, não apenas "devia fazer". O que eu *precisava* fazer.

A garota atrás do balcão pôs a trilha de *Mamma Mia!* para tocar justo nesse momento, e ouvi a voz clara e aguda de Amanda Seyfried cantando "Eu tenho um sonho...".

Larguei o resto do chá e me levantei. Matthew não havia aparecido, mas eu não podia esperar mais. Tinha planos a fazer, malas para arrumar. A Cornualha estava me chamando e, pela primeira vez em séculos, eu tinha um sonho.

Capítulo Cinco

Sonhos são ótimos no calor do momento, mas podem parecer diferentes na manhã seguinte. Os meus pareceram, pelo menos. Na noite anterior, eu estivera inflamada pela visão de que honraria a memória da tia Jo, assumiria o café e o tornaria ainda melhor do que já fora no passado. Eu o redecoraria, talvez construísse até uma nova área, para expandir os negócios. Contrataria um gerente fantástico, que cuidaria do estabelecimento no dia a dia, enquanto eu, a dona, passaria lá uma vez por mês, para fazer discursos motivacionais e levar inspiração para minha equipe dedicada. Talvez sugerisse novos acréscimos ao cardápio, ou desse festas para os moradores do vilarejo, para lhes agradecer por serem fregueses do café. E juntos construiríamos uma clientela fiel, que viria de quilômetros de distância para se sentar, admirar a paisagem e desfrutar das delícias de dar água na boca oferecidas em nossos menus. Os fregueses já não seriam meramente pessoas voltando da praia... ah, não. Eu poria Carrawen Bay no mapa. Haveria veranistas indo até lá especialmente por eu ter transformado o café em tamanho sucesso.

"Sua tia ficaria orgulhosa", diriam os moradores do vilarejo ao entrarem. "Mal podemos acreditar em como você tem cuidado bem do café sem ela, e fazendo isso lá de Oxford, ainda por cima!"

No dia seguinte, porém, já a meio caminho da Cornualha, eu não tinha tanta certeza se tivera um sonho ou se estava *vivendo* num sonho. A realidade maçante ia se infiltrando aos poucos, embolorando todas as minhas grandes ideias. Eu não conseguia administrar nem mesmo minha conta bancária, que dirá um café. Não fazia a mínima ideia de como comandar uma equipe ou fazer discursos motivacionais. E Oxford ficava muito longe da Cornualha. Longe demais para eu ficar indo e vindo o tempo todo.

Matthew descrevera a situação de forma curta e grossa:

– Que tipo de pessoa largaria o emprego para servir de babá de um café à beira-mar a 320 quilômetros de distância? – perguntara no jantar do dia anterior. – Evie, isso é até meio… irresponsável. Acho que você não pensou direito nisso.

Bem, se eu estava sendo irresponsável, a sensação era surpreendentemente boa. Perigosamente boa, na verdade. Pro inferno com a realidade maçante. Ali estava eu no carro, com minha mala arrumada para uma estada curta, as chaves do café e a certeza de que nunca mais teria que atender o telefone dizendo "Soluções Financeiras Crossland, meu nome é Evie, em que posso ajudá-lo?". Nunca mais teria que estar no mesmo cômodo que o nojento do Colin Davis. E, toda vez que imaginava a cara de horror da Jacqueline, ao descobrir aquela pilha de papéis para arquivar que eu deixara para trás, eu não conseguia parar de rir. Era sexta-feira, o sol lançava seus raios brilhantes, eu estava cantando a plenos pulmões junto com o rádio e, o melhor de tudo, estava a caminho da praia. Minha praia. Sim, eu estava animada demais para ter algum tipo de crise. Era como se houvesse destrancado uma gaiola e me libertado. Agora, eu estava abrindo as asas, alçando voo e…

BIII-BIIIII!

Havia uma caminhonete branca apertando a buzina e piscando os faróis atrás de mim, e eu me dei conta de que estivera tão absorta em meu devaneio que tinha reduzido a velocidade para 80 quilômetros por hora. Precisava me concentrar. Estava quase chegando a Exeter e eu sempre pegava a pista errada quando a autoestrada terminava.

– O que você vai fazer lá, afinal? – perguntara Matthew, ao me ver preparar uma mala com roupas e artigos de toalete.

– Bem, você sabe – respondera, descontraída. – Vou me certificar de que está tudo correndo bem e de que a equipe está cuidando bem do café. Talvez ajude na cozinha, ou…

– Você? Na cozinha? – desdenhara Matthew. – Enfim, eu estava achando que você ia vender o café. – Ele parecera desconfiado, como se eu estivesse planejando passá-lo para trás, de algum modo. – Pensei que já tivesse se decidido.

Não, Matthew, eu respondera mentalmente. *Você é que tinha decidido isso. Mas eu, não.*

Eu dera de ombros, enfiando na mala alguns livros que queria ler fazia séculos.

– Só quero estar lá agora, só isso – eu havia respondido. Sabia que isto soaria irritantemente vago para Matthew, que não fazia nada movido por vontades ou fantasias, de modo que acrescentei: – Olha, preciso fazer isso, está bem? Estarei de volta dentro de alguns dias e a vida voltará ao normal.

Ele me parecera estar espichando o lábio inferior. Não ia ficar aborrecido por causa disso, não é?

– Eu lhe trago um pastel da Cornualha, que tal? – eu havia perguntando, tentando deixar o clima mais leve.

Matthew me lançara um olhar de desdém. *Estava* de mau humor.

– Nem gosto deles – tinha dito, bufando ao sair do quarto.

Eu me sentira um tantinho mal, mas nem de longe mal o bastante para que isso me impedisse de viajar. E por que diabos eu não deveria ir? Essa herança era importante. Muito mais do que um emprego temporário com a Lesma Humana. E, sim, tudo bem, eu ainda não tinha um plano sobre o que faria, realmente, ao chegar à Cornualha, mas isso não vinha ao caso agora. Eu só precisava ter certeza de que estava tudo funcionando como devia. O resto eu poderia inventar quando chegasse lá.

Suspirei, relembrando o momento da nossa despedida esta manhã. Não tinha sido exatamente nos melhores termos. Nenhum de nós havia dormido bem na noite anterior. Eu tentara abraçá-lo, na esperança de fazer as pazes, mas ele me dera as costas. O sexo não entrara na programação naquela noite – não que isso fosse grande surpresa. Já fazia semanas. Estava começando a achar que Matthew tinha perdido o interesse por mim. Havia um limite para o número de vezes em que um cara podia dizer que estava "muito cansado" antes que a garota começasse a levar isso para o lado pessoal.

O café da manhã tinha sido bem silencioso – eu por me sentir vazia e aérea, depois de rolar de um lado para outro a noite inteira, e ele porque… Bem, tinha a impressão de que Matthew continuava irritado comigo. Grunhiu quando lhe perguntei se queria café e mal olhou na minha cara. Estaria tentando me fazer sentir culpada, para eu mudar de ideia e não ir? Foi o que me perguntei. Se era isso, não estava funcionando.

– O que houve? – perguntei, depois de algum tempo. – É porque vou para a Cornualha hoje? Eu preciso resolver isso, você sabe. Aconteça o que acontecer, seja qual for minha decisão, preciso ir até lá pelo menos mais uma vez. E agora me parece um bom momento.

– É, já que largou seu emprego num rompante – rebateu ele, meio cáustico demais para meu gosto.

Fuzilei-o com o olhar, farta do seu mau humor.

– Pois é, isso mesmo. Já que larguei meu emprego num rompante. Não sei o que deu em mim. Era tão maravilhoso trabalhar lá. Eu devia estar louca.

Ele se levantou, apesar de não ter terminado a refeição.

– Faça como quiser – resmungou, e saiu da cozinha.

Cerrei os dentes ao ouvi-lo subir a escada, pisando duro. Ele estava mesmo em grande condição de falar sobre sair dos lugares num rompante, e...

Interrompi meu fluxo de pensamento ao me dar conta de que estava na pista completamente errada para pegar a saída A30 e seguia alegremente para o centro de Exeter. Que saco! Soquei o volante, frustrada, culpando Matthew por meu lapso.

Levei quase cinco horas para chegar à Carrawen Bay, incluindo uma parada de improviso em Exeter para almoçar e, em seguida, vinte minutos de xingamentos enfurecidos, enquanto tentava reencontrar o caminho para a estrada da Cornualha, sob uma chuva torrencial, tão forte que temi que meus limpadores de para-brisa estivessem prestes a voar longe. E aí, assim que passei por Launceston e achei que estava na reta de chegada, fiquei presa atrás de um espalhador de esterco, que se arrastava a uns 20 quilômetros por hora na estrada. Passei séculos sem espaço para a ultrapassagem e senti a impaciência fervilhar dentro de mim, enquanto ele ia seguindo sem pressa, deixando torrões de lama na estrada à sua passagem.

Por fim, porém, o espalhador de esterco saiu da estrada em Pendoggett, e meu bom humor voltou quando tive o primeiro vislumbre do oceano Atlântico, por mais escuro e cinzento que estivesse. Então, as árvores foram ficando mais recurvadas, obrigadas que eram a crescer em estranhas formas vergadas pelo açoite do vento que vinha do mar. A bandeira preta e branca da Cornualha tremulava no alto dos pubs e das pousadas e, dez minutos depois, eu estava entrando em Carrawen, e o temporal pareceu amainar.

Só ao passar pela mercearia – a Despensa da Betty – foi que me dei conta de não ter levado absolutamente nenhum mantimento comigo, nem mesmo um litro de leite. Parei junto à calçada e hesitei. Devia haver coisas no café que eu pudesse usar, mas não me pareceu correto simplesmente me servir. Assim, desliguei o motor, peguei a bolsa e entrei correndo na loja para comprar algumas coisas.

Betty – se é que era ela a mulher corpulenta de cabelos alvíssimos e avental atrás do balcão – tirou os olhos da revista que estava folheando na hora que entrei apressada e me encarou por um momento, como se tentasse me situar. Depois, bufou de desdém e continuou a ler.

Fiquei meio sem graça – aquele desdém fora dirigido a mim? –, mas logo me convenci de que não, é claro que não. Betty não sabia quem eu era, então, por que bufaria de escárnio? Deve ter sido por causa de algo que leu na revista. Celebridades malcomportadas, sem dúvida, ou membros bêbados da aristocracia. Muito justo. Eu às vezes bufava quando lia sobre isso também.

Comecei a encher minha cesta. Cereal, pão, manteiga, leite, pacotinhos de chá, uma enorme barra de chocolate – ora, por que não? Era uma espécie de viagem de férias, não?... E então ouvi o cochicho:

– É ela, a sobrinha da Jo.

– Qual, aquela que...?

– É. Ela mesma.

Dei meia-volta, surpresa. Betty estava debruçada sobre o balcão, conversando com uma mulher mais nova de cabelo louro oxigenado curtinho e moletom cor-de-rosa. As duas me olhavam descaradamente, com uma expressão de desprezo no rosto.

Retribuí o olhar por um momento, com o coração palpitando.

– Vocês... vocês estão falando de mim?

– Sim – respondeu Betty, cruzando os braços roliços.

Seus olhos escuros e miúdos cintilavam de antipatia. Foi como se, de repente, eu tivesse entrado num salão de bar do Velho Oeste.

– Você tem coragem de aparecer aqui – disse a loura, estalando a língua em sinal de reprovação e me olhando de cima do narizinho afilado para baixo. – Que atrevimento! – Ela me deu as costas e se dirigiu à Betty: – Um maço de Lambert & Butler, por favor, querida.

Fiquei boquiaberta.

– Não sei do que vocês estão falando – disse, sentindo meu rosto esquentar. – Mas, seja o que for, com certeza é algum mal-entendido. Eu só vim aqui para...

– Ah, não precisa explicar – interrompeu Betty, sem se dignar olhar para mim. Entregou o maço de cigarros à loura e recebeu o dinheiro. – Já soubemos de tudo. E, deixe que eu lhe diga, a Jo ficaria envergonhada de você. Completamente envergonhada.

Fiquei sem reação, ainda sem entender nada.

– Escute, é óbvio que houve algum mal-entendido – repeti, desolada, mas Betty não me deixou terminar.

– Poupe seu blá-blá-blá – rebateu –, mas entenda uma coisa: você não é bem-vinda na minha loja. Portanto, pode pôr essas coisas de volta nas prateleiras, agora mesmo, porque não vou vender nada para você. – Dito isto, colocou o troco na mão da loura. – Oitenta, noventa, cinco libras. Obrigada, Marilyn.

A loura saiu da loja, e fui até o balcão.

– Por favor, será que a senhora pode me explicar o que está acontecendo? – perguntei, na esperança de apelar para algum retalho de decência que a bruxa velha pudesse ter.

Ela apenas apontou para a porta.

– Quantas vezes tenho que repetir? Fora! Sai daqui!

Desisti. Deixei a cesta de compras no chão – até parece que eu ia colocar tudo de volta nas prateleiras depois daquilo – e saí da loja, sentindo-me ofendida e ainda perplexa. Que diabo vinha a ser aquilo tudo?

– Está bem – resmunguei comigo mesma, voltando a entrar no carro. – Então... vou direto para o café.

Já havia passado do meio-dia e o vilarejo parecia silencioso. Passei por um senhor que se apoiava pesadamente na bengala e por um rapaz que passeava com um collie, porém havia pouca gente nas calçadas. As casas e as ruas reluziam, molhadas pela chuva, o relógio da igreja soou e eu me senti constrangida, imaginando cortinas se fechando à passagem do meu carro e os murmúrios de desprezo: *Lá vai ela. Ela. O que está fazendo aqui, afinal? Não sabe que não é bem-vinda?*

Procurei ignorar minha paranoia. Estava sendo boba. Betty havia entendido mal alguma coisa, mas isso não significava que os demais moradores do vilarejo quisessem me prejudicar. Vaca velha e grosseira. Eu ficaria bem longe da sua loja enquanto estivesse ali, isto era certo. Imaginei que ela teria um pesado gancho de direita.

Dobrei uma esquina, depois de atravessar quase todo o vilarejo. Lá estava o mar diante de mim, bravio e revolto, com cristas brancas sobre as ondas frias e cinzentas que quebravam na praia. As gaivotas sobrevoavam a água com seu lamento, seus grasnidos agudos soando como risadas vingativas, enquanto mergulhavam e alçavam voo. Abri o vidro da janela, subitamente com vontade de respirar o revigorante ar marinho, depois da experiência desconcertante na loja de Betty, e o vento frio irrompeu carro adentro, enroscando-se em volta do meu rosto em chamas.

E então, finalmente, lá estava o café – graças a Deus. Postava-se ali como um refúgio; eu não me lembrava de já ter me sentido tão contente ao vê-lo, tão aliviada por estar de volta. Também fiquei meio apreensiva, no entanto, ao entrar no pequeno estacionamento atrás dele. Ainda não havia absorvido tudo aquilo muito bem – eu como dona do café e a Jo não mais presente. E, tal como Betty, os funcionários não tinham ficado exatamente satisfeitos ao me verem, na última vez que estivera lá. Na verdade, Carl e a garota ruiva, Saffron, tinham sido bem grosseiros. Mas eu tinha certeza de que tudo isso mudaria quando a gente se conhecesse melhor, e poderíamos trabalhar juntos para manter o café movimentado e bem-sucedido, como uma grande família fe...

Ah. Tinha acabado de notar todo o lixo espalhado pelo estacionamento. O vento ergueu duas embalagens de batata frita do chão aos rodopios, como borboletas verdes e azuis. E... Que nojo! Um dos latões de lixo havia caído e o saco tinha sido parcialmente puxado para fora, provavelmente pelas gaivotas. O saco se rasgara e o conteúdo tinha se espalhado por toda parte.

Franzi a testa. Não era exatamente a melhor primeira impressão. Na época em que eu havia trabalhado para ela, Jo era rigorosa a respeito de sempre fecharem bem as tampas das lixeiras. Eu implicava com ela, chamando-a de obsessiva, mas talvez tivesse razão.

Bom, enfim, talvez fosse demais esperar que os funcionários continuassem a fazer tudo à perfeição sem ela. Deviam estar sob tremenda tensão, tentando manter o local em funcionamento sem a orientação da Jo. Eu podia apostar que sentiam muita falta dela. Não poderia ser dura demais com eles nesse momento.

Tranquei o carro e comecei a andar em direção à entrada do café. Alguma coisa farfalhou atrás de mim e eu me virei bem a tempo de ver uma cauda comprida e escamosa balançar atrás da lixeira e sumir. Ah, meu Deus. Um rato! Eu detestava ratos mais do que tudo. E tinha certeza de que o pessoal da vigilância sanitária também não fazia muita questão de vê-los rondando cafés. Merda. Eu teria que bancar o Tira Malvado com a equipe e lembrar a todos de recolherem o lixo da maneira adequada. Maravilha.

Estremecendo, corri para a entrada do café. A praia estava deserta depois do temporal, e o mar parecia furiosamente cinza, rebentando nas pedras com enormes chafarizes de espuma branca. Uma escadinha de madeira conduzia à área do deque na parte externa do café e, ao subi-la, a primeira coisa que vi foi uma embalagem velha de refrigerante caída no chão. Mais lixo. Esplêndido.

Soltei um muxoxo, peguei a embalagem e notei que todas as cadeiras do lado de fora tinham permanecido armadas durante a chuva e haviam acumulado poças d'água nos assentos. Balançando a cabeça, irritada, fiz o circuito completo, inclinando todas elas para que a água escorresse e secasse. Meu Deus, isso não era um bom começo. Torci para que a situação estivesse melhor do lado de dentro.

Respirei fundo, tentando dar ao Carl e aos funcionários o benefício da dúvida. A embalagem de refrigerante podia ter caído apenas um ou dois minutos antes, afinal, deixada por alguém que estivesse saindo do café, ou talvez tivesse sido jogada ali pelo vento. As latas de lixo... Bem, era fácil esquecê-las, me pareceu. Eu esperava que, uma vez tendo feito um lembrete a todos, o problema não voltaria a acontecer. Não houvera nenhum dano grave.

Entrei, extremamente necessitada de uma revigorante xícara de café após minha longa viagem, e me contraí imediatamente ao ouvir que um reggae retumbava na cozinha. Jo gostava de deixar o rádio ligado – uma gracinha retrô que ela mantinha empoleirada no balcão. Só que ele não estava mais lá. (*Teria sido roubado?*, pensei, aborrecida.)

O café não estava cheio – um casal mais velho sentava-se a uma mesa para dois, com um bule de chá, e uma família com duas menininhas irrequietas ocupava uma mesa de canto, ao fundo. Uma mulher miúda, de cabelo louro-acinzentado, estava no balcão e revirou os olhos ao me ver.

– Não espere grande coisa do serviço – disse. – Já estou esperando aqui há cinco minutos. Acho que ele está fazendo uma festa particular lá dentro, ou algo assim.

Fiquei desolada e também irritada.

– Sinto muito – disse, passando para trás do balcão e largando minha bolsa. Peguei um avental pendurado no gancho e o vesti rapidamente. – O que posso lhe oferecer?

A moça arregalou os olhos, surpresa.

– Ah! Você trabalha aqui? – perguntou.

– Não exatamente – respondi. – Bem, mais ou menos. O que gostaria de tomar?

– Dois chás brancos, um café sem açúcar, um expresso com espuma de leite e uma Coca, por favor. Vocês têm algum bolo?

Só então notei que os pratos onde costumavam ficar expostos os bolos magníficos da Jo estavam vazios, a não ser por umas migalhas secas. Ótimo.

– Vou ver na cozinha – respondi, enquanto anotava o pedido. Estava meio zonza. Não tinha esperado pôr a mão na massa tão depressa. – Me dê um minuto.

E fui até a cozinha.

Lá dentro, o reggae soava ainda mais alto, fazendo as janelas vibrarem com o ruído do baixo. Carl estava de costas para mim, mexendo alguma coisa picante e muito temperada no fogão, completamente alheio.

– Carl! – chamei, tomada pela irritação. Que brincadeira era aquela? E o que ele estava cozinhando, afinal? Cheirava a curry, e eu sabia que Jo nunca tivera isso no cardápio. – Carl! – repeti, quando ele pareceu não escutar.

Desliguei a música e a cozinha ficou em silêncio. Ele se virou no mesmo instante, me olhou de relance e tornou a me olhar, ao deparar comigo ali.

– E aí? O que foi? – perguntou.

– Eu poderia lhe perguntar a mesma coisa – respondi. Minha voz soou pedante e fria, mas não me incomodei. – Há uma cliente lá fora que disse estar esperando há cinco minutos. E a música está alta demais, e vi um *rato* lá fora, e há lixo por toda parte!

Parei de repente, quando notei sua expressão se fechar. Opa. Lá se foi minha decisão de não entrar atacando.

– Calma aí, cara – disse ele, balançando uma das mãos. – Está tudo sob controle.

– Ah, é? – retruquei, fria. – Não é o que parece. – Cruzei os braços, sentindo meu rosto enrubescer. Eu não era boa em lidar com confrontos.

– Enfim, você pode pegar essas bebidas para a freguesa, por favor? Ah, e tem algum bolo pronto?

– O bolo acabou. Não é minha praia. Que bebidas ela quer?

Descrevi rapidamente o pedido, descontente com seu olhar desdenhoso.

– Vou pegar a Coca – acrescentei.

Ele baixou o fogo da panela de curry e enxugou as mãos no avental.

– Então eu vou fazer todo o resto, é isso? – perguntou.

Cravei os olhos nele, furiosa com sua grosseria.

– Bem, é o seu *trabalho* – resmunguei entre os dentes.

Francamente! Como é que Jo tinha conseguido trabalhar com um sujeito asqueroso desses? Dois minutos com ele num espaço confinado e eu já estava cuspindo marimbondos.

Enfiei a cabeça na despensa, pensando no que mais poderia oferecer à moça, já que não havia nenhum bolo. O estoque parecia muito baixo, pensei, coçando a cabeça enquanto olhava em volta. Na época em que trabalhava ali, a despensa estava sempre cheia de caixas de batatas fritas de sabores diferentes e caixinhas e latas de refrigerantes, além de embalagens de tamanho industrial de chá, pó de café, açúcar e todos os ingredientes para os bolos da Jo. Naquele dia, quase todas as caixas de batatas fritas pareciam vazias, exceto por alguns pacotes solitários de sabor coquetel de camarão, e a farinha de trigo parecia ter explodido no piso. E o que havia acontecido com todos os refrigerantes? Não vi nenhum.

Felizmente, ainda havia duas latas de Coca-Cola na geladeira atrás do balcão, então peguei uma delas.

– Acho que nossos bolos acabaram, mas temos algumas batatas fritas. Você quer? – perguntei, segurando um saquinho cor-de-rosa em cada mão.

– Hum… – Ela fez um ar desanimado e balançou a cabeça. – Não, não se preocupe. Eu compro alguma coisa na loja ali adiante, obrigada.

– Sem problema – falei, com a sensação de que meu sorriso revelava todo o meu desconforto.

– Dois chás, dois cafés, um preto, um branco – disse Carl, largando tudo no balcão. – Mais alguma coisa?

– Não, obrigada – disse a moça, olhando de mim para ele.

Ela pagou e foi embora, e Carl voltou com ar arrogante para a cozinha, onde a música recomeçou no volume máximo.

Fiquei parada ali, pensando no que deveria fazer em seguida. O que eu queria mesmo era levar minhas coisas para o apartamento, lá em cima, desfazer a mala e tomar uma chuveirada rápida, para dissipar a sensação grudenta que sempre tenho depois de uma longa viagem de carro. Mas já podia imaginar Carl resmungando alguma coisa sarcástica se eu escapulisse e não queria lhe dar nenhum motivo para me criticar. Não, eu precisava ficar ali, sujar as mãos e mostrar que estava falando sério.

Notei que a senhora idosa fez uma careta para seu companheiro quando a música recomeçou. Nenhum dos dois estava satisfeito, a julgar pelas expressões. Fui depressa até a mesa deles, tentando limitar os estragos.

– Está tudo bem? – perguntei.

– Bem, não – respondeu a senhora, com ar pesaroso. – Será que você poderia baixar um pouco a música? Não conseguimos conversar.

– É claro – respondi. – Agora mesmo. Posso lhes trazer mais alguma coisa, enquanto estou aqui?

Ela balançou a cabeça.

– Nós tínhamos esperança de tomar um chá completo, mas parece que saiu do cardápio. Vocês vão receber mais *scones* amanhã? É só que nós sempre nos deliciamos com eles, todo ano, quando passamos as férias aqui, e…

– Eu acabei de chegar, mas verei o que posso fazer – prometi.

Eu mesma faria os malditos *scones*, se fosse preciso, jurei. Se esse casal vinha aqui fazia anos, nas férias, ansioso para tomar um chá completo no café da Jo, era crucial que pudessem continuar a dispor disso. "O show tinha que continuar!", berrou Freddie Mercury na minha cabeça.

Marchei até a cozinha e baixei o volume do rádio.

– Está muito alto – disse a Carl. – Alguns clientes reclamaram.

Ele apenas deu de ombros. *Não estou nem aí. QUE SACO!*

– O que você está cozinhando, afinal? – perguntei. – É um prato novo do cardápio?

Era bom ele estar tomando a iniciativa, eu disse a mim mesma. Ótimo que viesse fazendo experiências.

– Uns amigos vão vir aqui à noite – respondeu ele. – Eu disse que faria alguma coisa para eles comerem.

Olhei para o curry castanho-esverdeado, depois para ele.

– Como assim? Aqui no café? – indaguei. – Achava que ele sempre fechava depois das cinco.

Outro dar de ombros. *E o que você tem com isso?*

– Sexta-feira é noite de pôquer – explicou. – Eu disse aos caras que eles podiam vir.

Comprimi os lábios.

– Certo. Quer dizer que esse curry que você está fazendo não é nem mesmo para vender, não é? Não tem nada a ver com o café.

Ele me lançou um olhar de desdém.

– Você tem algum problema com isso?

– Bem, sim, na verdade, eu tenho, Carl. Você está em horário de trabalho, deveria estar servindo os clientes. E eu não quero este lugar transformado num… num antro de jogatina para você e seus amigos.

Pedante, pedante, pedante. Eu parecia uma princesa de gelo, mas não pude me segurar. Foi assim que todos os refrigerantes haviam sumido? Com os amigos do Carl se servindo à vontade?

– Olhe aqui, meu bem – disse ele, as palavras cheias de sarcasmo. – Você não pode simplesmente entrar aqui e me dizer o que fazer, com esse papo de eu-sou-a-patroa. Não tem sido fácil, sabe? Ficar sem estoque, as contas chegando sem parar. – Ele escancarou os braços, fuzilando-me com os olhos. – Onde é que você estava, hein?

– Sinto muito, eu…

Tentei me defender, mas agora ele estava a todo vapor.

– Pois é, exatamente. Você não estava aqui. Não sabe de nada, então, não me venha soltando os cachorros enquanto não conhecer a história toda.

– Está bem – concordei. – Você tem razão, *não conheço* a história toda, mas, quando chego e vejo o lugar neste estado, não posso deixar de tirar conclusões.

Ele soltou um muxoxo, e eu tive que respirar fundo.

– Escute, vamos começar de novo – propus. – Começamos com o pé esquerdo, mas agora estou aqui, então vamos tentar consertar as coisas.

Houve um silêncio incômodo e, por uma fração de segundo, achei que ele ia me mandar para o inferno e ir embora. Então, ele assentiu.

– Está bem.

– Ótimo – apressei-me a dizer, tentando não demonstrar meu alívio. – Olhe, está calmo neste momento. Por que não pegamos um café e batemos um papo?

– É claro – respondeu ele. – Leite e dois cubos de açúcar para mim.

Certo. Então, seria eu a preparar os cafés. Já tinha o "por favor" na ponta da língua, do jeito que mamãe sempre dizia quando éramos pequenas, mas me contive e fui docilmente até o balcão.

– Hum…

Encarei a máquina, desamparada, sem saber que botão apertar. Era um modelo muito mais tecnológico do que o que eu estava acostumada na época em que eu tinha trabalhado no café, todos aqueles anos antes.

Carl tinha saído de trás do balcão e estava me observando.

– Caramba, você não sabe nem usar uma máquina de café? – zombou. – É melhor eu mostrar, se pretende ficar por aqui. Observe e aprenda, Patroa.

Trincando os dentes, cheguei para o lado enquanto ele me mostrava como fazer cappuccinos, americanos e expressos.

– Sem problema – comentei, com ar altivo, apesar de já ter esquecido metade das instruções.

Eu quebraria a cabeça com o manual da máquina, jurei a mim mesma, não querendo lhe dar a satisfação de pedir mais ajuda.

Nesse momento, o pai com as menininhas instalados no canto apareceu no balcão, com um ar muito irritado, segurando um prato com sanduíches parcialmente comidos. Usava óculos retangulares sem aro, uma camisa polo rosa-clara e tinha um pomo de adão proeminente.

– Com licença – disse, o pomo de adão subindo e descendo. – O presunto desses sanduíches… Acho que está estragado. Está com um cheiro horrível.

Levantei a fatia de pão de um deles, notei a camada mísera de margarina, as tiras murchas de alface, e aproximei o prato do nariz. Retraí-me, enojada.

– Nossa! – disse. – Está com cheiro de podre. – O presunto brilhava num tom rosa-vivo, uma coisa realmente horrorosa. – O senhor tem razão. Sinto muitíssimo. Deixe-me preparar outro.

O homem cerrou os lábios.

– A questão é que minha filha já comeu metade. E, se ela tiver uma intoxicação alimentar, não vou ficar contente. Na verdade, vou direto ao conselho municipal. Fico estarrecido por vocês poderem servir uma coisa dessas. – Tamanha era a agitação de seu pomo de adão que fiquei hipnotizada. – O que aconteceu com este café? A gente sempre veio aqui e gostou da comida. Mas agora…

Senti vontade de chorar. Não conseguia olhar nos olhos do Carl. Será que ele não tinha a menor noção de higiene? Até um idiota seria capaz de ver que aquele presunto estava estragado.

– Eu sinto muitíssimo – repeti. – Deixe que eu lhe prepare alguma outra coisa. Carl, nós temos mais presunto?

Ele balançou a cabeça.

– Não falei que estávamos ficando sem estoque? – resmungou, como se isso servisse de desculpa.

– Sim, mas... Bom, depois falamos disto – sibilei, antes de me virar novamente para o homem. Só que ele já tinha voltado para a esposa e as filhas.

– Não deem nem mais uma mordida – ouvi-o dizer à família. – Vamos procurar outro lugar para tomar chá. Isto aqui virou uma espelunca.

Meu rosto ardia de vergonha quando eles se retiraram, uma das meninas desatando a chorar.

– Mas eu tô com fooome! – berrou ela, lágrimas brotando dos grandes olhos azuis.

Eu já ia jogar para eles as batatas fritas sabor coquetel de camarão – "Por conta da casa!" –, mas, quando consegui pegar os pacotes, já tinham ido embora.

Ai, meu Deus. Eu murchei, desanimada. Ele tinha razão. O café tinha *mesmo* virado uma espelunca. Nesse ritmo, eu não conseguiria impedir a queda antes que se espatifasse no fundo do poço.

Capítulo Seis

Fiquei com a impressão de que Carl não gostou muito de receber ordens minhas. Embora eu houvesse tentado apoiá-lo nessa tarde – perguntando, num tom firme, mas bondoso, de que modo eu poderia melhorar as coisas no café e o que precisava ser feito –, ele continuou se isentando da responsabilidade pelo modo como as coisas tinham se deteriorado. Era tudo culpa minha, insistiu ele, por não ter estado lá para cuidar do café. E, sim, você adivinhou, fui eu que tive que limpar o estacionamento no fim da tarde, nervosa com o possível aparecimento de intrusos roedores, enquanto ele se mandava com o caldeirão de curry para rearranjar a maldita noitada de pôquer num local alternativo.

– Como vão as coisas? – perguntou Matthew quando telefonei à noite. – Já deixou a concorrência preocupada?

– Ha-ha – falei. – Não exatamente. Ai, meu Deus. Na verdade, foi uma merda – prossegui, incapaz de me segurar.

Despejei todas as minhas mazelas: a reação da Betty quando entrei na mercearia, o lixo, a música, a noitada de pôquer, o sanduíche de presunto, as centenas de libras que eu havia acabado de gastar no mercado atacadista para nos dar um estoque mínimo. Enquanto eu os desfiava, todos os problemas pareceram me cercar feito nuvens negras. Em que diabo eu tinha me metido? Quão idiota eu era, para achar que podia chegar ali e segurar as pontas, assim, sem mais nem menos?

– Caramba – disse Matthew, quando enfim terminei. – Que pesadelo!

– Eu sei. Chego quase a querer voltar a trabalhar para aquele pervertido da Crossland. Para você ver como está tudo indo mal. Quer dizer, e se a garotinha ficar mesmo doente, depois de comer aquele sanduíche nojento de presunto? Poderia ser a gota d'água para o café. Fim de papo. Serei processada, irei à falência e...

– Por falar em Crossland – interrompeu ele, ignorando meu drama. – Sua agência de empregos temporários telefonou, querendo falar com você. Passei o número do seu celular, já que eles pareciam não ter.

Fiz uma careta. Havia uma razão para eles não terem o número do meu celular.

– Ai, meu Deus, eles devem estar telefonando para me esculhambar por ter largado aquele outro emprego. Formidável. Bem, vou esperar ansiosamente essa ligação.

Devo ter soado completamente arrasada, porque o tom dele se abrandou.

– Evie, você não tem que se submeter a isso tudo, você sabe, não é? Pode simplesmente...

– Vender, é, eu sei. Hoje fiquei muito tentada, pode crer. – Dei um suspiro. – Enfim, é melhor eu desligar. Preciso fazer *scones* para amanhã.

– Você? – Agora ele estava rindo. – Você, fazendo *scones*?

– É, eu sei – retruquei, na defensiva. – Não zombe.

– Não vou zombar, não se preocupe – garantiu ele, ainda rindo. – Não se você os assar, pelo menos.

Ri também.

– Engraçadinho. Falo com você amanhã. Eu te amo.

– Também te amo.

Pus o fone no gancho e afundei no sofá. O sofá da tia Jo. Ele ainda tinha um vago aroma do perfume de Issey Miyake que ela gostava de usar, e senti uma fisgada de saudade ao inspirar aquele aroma. Jo passara vários anos naquele apartamento – durante um tempo, com Andrew, um cara com quem ela mantivera um longo e complicado relacionamento, antes de ele morrer de câncer de garganta, alguns anos antes. Os dois tinham tido brigas terríveis por causa deste lugar; Andrew queria que Jo vendesse o café para os dois assumirem juntos um restaurante maior e mais refinado em Newquay. Ela não queria. "Jamais misture sua vida profissional com sua vida amorosa", gostava de dizer. "Eu não vou a lugar algum." E não foi mesmo.

Andrew não fora o único em sua vida. Eu havia descoberto recentemente que meus avós – os pais da Jo – sempre haviam reprovado sua decisão de se instalar na Cornualha e levar essa vida de praia. Na época, queriam muito que ela se casasse com o jovem pastor do vilarejo de Hampshire, onde Jo e mamãe foram criadas, e não conseguiram entender quando, em vez disso, a filha saiu pelo mundo. Jo e Andrew nunca se casaram nem tiveram filhos, e por isso, aos olhos dos pais, ela havia fracassado. Ignore o fato de que Jo era feliz, tinha um negócio bem-sucedido e levava a vida que sempre quisera levar – isso não tinha importância para eles.

– Bom, eu sempre achei você genial, Jo – declarei em voz alta, ao lembrar a expressão tensa e fechada no rosto de minha avó toda vez que falavam da tia Jo. – Para mim, você acertou em cheio.

Era estranho ficar no apartamento sem ela; não parecia certo. O cômodo em que eu me encontrava, a sala, dispunha da mais perfeita vista da praia e do mar – o tipo de vista que era impossível a gente se cansar de contemplar. Ela havia pintado as paredes de um branco-pérola acolhedor e mantivera a decoração simples e sem afetação: o quadro com a marinha acima da lareira, um par de vasos de cristal azul e... Meus olhos se arregalaram ao pousarem num conjunto de fotografias emolduradas, em cima da estante baixa de livros, pintada de branco. Ei! Essas eu reconhecia.

Fui até lá sorrindo. Eram três fotos, todas da praia, sob luzes diferentes. Uma era do amanhecer, com os primeiros raios rosados refletidos na água calma. Outra era de um dia tempestuoso, muito parecido com o de hoje, quando a praia ficava cinzenta e deserta e as ondas pareciam raivosas e incontroláveis.

O terceiro era a clássica cena do pôr do sol, com o céu rajado em tons de damasco, rosa e fúcsia e sombras compridas estendendo-se pela areia.

De repente, lágrimas surgiram nos meus olhos, pois todas eram fotografias que eu havia tirado quando estava hospedada na casa dela. Jo fora a primeira pessoa a me dizer que eu tinha um bom olho para a fotografia: "Você faz um enquadramento perfeito", dissera. "Tem um talento natural." Ela sempre me incentivava a transformar isso numa carreira, sempre acreditara em mim; fora a única pessoa de toda a minha família que não tentara me empurrar à força para uma carreira no magistério. Jo me entendia.

Gostei de pensar nela olhando minhas fotos todos os dias, talvez endireitando-as ou tirando a poeira, de vez em quando. Aquilo me deu vontade de pegar minha máquina fotográfica outra vez, de redescobrir a satisfação de captar uma foto perfeita. Eu havia desistido da fotografia, assim como desistira de tantas outras coisas, mas nessa hora desejei ter tirado outras fotos para Jo, talvez de Oxford e Cotswold, e montado um álbum inteiro: *A Coleção Evie Flynn*. Teria sido um ótimo presente de aniversário ou Natal. Mas agora era tarde demais.

Enfim, aquela não era hora de pensar no que poderia ter sido. Eu tinha que fazer *scones*, e eles teriam que ficar bons à beça, se aquele casal idoso havia ansiado por eles o ano inteiro. Sem pressão.

Eu nunca fui uma grande cozinheira, mas acabei me convencendo de que era só porque não me importava muito com toda aquela história de picar e ralar e bater. Tipo, qualquer um podia cozinhar, não é? Qualquer um podia jogar umas coisas numa tigela e bater e, depois, enfiar tudo no forno. Eu tinha certeza de que saberia fazer assados maravilhosos para o jantar, e sopas incríveis, além de bolos com coberturas requintadas, se tentasse dar absolutamente o melhor de mim, concentrando-me ao máximo e não me deixando distrair pelo rádio ou pela mensagem de texto de uma amiga.

A questão é que, agora que eu estava de fato na cozinha da tia Jo, franzindo a testa para sua receita de *scone*, aquilo pareceu muito mais difícil. A manteiga não se misturava direito com a farinha de trigo – a maior parte dela parecia ter ficado presa sob as minhas unhas – e eu não sabia ao certo a diferença entre açúcar refinado e açúcar mascavo. Quanto a leitelho... Que diabos era isso? Algum tipo de leite? Nunca tinha ouvido falar. Mordi o lábio, me perguntando se deveria jogar leite comum na massa, ou se isso seria um terrível *faux pas*. Será que a senhorinha apaixonada por *scones* morderia um dos meus esforços e ficaria horrorizada com a ausência de leitelho? "Desculpa, querida, mas isso definitivamente não é um *scone*", diria. "Que pena. Aqui era um café *tão bom*..."

Droga. Por que era tão complicado? Por que eu não tinha prestado mais atenção quando trabalhava ali, pedido a Jo para me dar umas aulas sobre confeitaria? Fui ficando nervosa, ainda com as mãos na tigela, me perguntando se seria embaraçoso demais ligar para minha mãe e pedir orientações. Veja bem, ela também não era um ás na feitura de bolos. Na verdade, seu conselho provável seria "Ora, compre *scones* no mercado".

Eu estava chegando rapidamente à conclusão de que, na verdade, essa poderia ser a melhor opção para todos os envolvidos, quando fui detida por outra olhadela na receita. O papel estava desbotado e marcado por dobras, havia uma impressão digital gordurosa num dos cantos, como se ele tivesse sido segurado por uma mão suja de manteiga, e havia até vestígios ainda visíveis de farinha de trigo. Claramente, essa era uma receita que tinha sido muito usada e querida. Tive uma visão da Jo, parada bem ali onde eu estava, usando seu avental, cantarolando ao som do rádio e pesando, misturando e abrindo sua massa de *scone*.

Eu não podia simplesmente dar as costas a essa receita, como se ela não existisse, e ir ao mercado. Essa receita fazia parte da história do café – simbolizava tudo que havia de bom e real nesse lugar.

Respirei fundo e li a receita até o fim, mais uma vez. Eu não seria derrotada por uma receita de *scone*. Assaria uma fornada perfeita, nem que fosse a última coisa que eu fizesse na vida.

Essa é a minha garota, disse Jo na minha cabeça.

No sábado, acordei às seis da manhã com o sol entrando pela janela. Certo. Era o grande dia. O dia mais movimentado do café. Mãos à obra!

Tornei a fechar os olhos, exausta. Havia passado horas em pé, na noite anterior, na tentativa de fazer os melhores *scones* da Cornualha. Ou pelo menos alguns que fossem vagamente comestíveis.

Os primeiros não tinham crescido nada, por alguma razão – apenas ficaram pálidos e massudos. Droga. Foram direto para a lata de lixo. O segundo lote crescera, o que tinha sido gratificante, mas a maioria havia queimado (menos gratificante). Eu conseguira salvar três que pareciam ter ficado bons, mas não soubera ao certo se bastaria. E se tivéssemos muitos clientes? E se o primeiro freguês a experimentar um deles dissesse "Nossa, isso está incrível, preciso comprar todos"? Talvez aquela senhorinha nem chegasse a provar o fruto dos meus esforços. Eu não podia desapontá-la.

A terceira tinha ficado perfeita. Estou falando sério. Tudo bem, alguns tinham ficado um pouco tortos, mas haviam crescido e ganhado um adorável tom acastanhado. Na verdade, ficaram tão apetitosos que eu quase me sentara, munida de um pote de geleia de amora e um pouco de coalhada, e começara eu mesma a comê-los. A senhorinha ficaria satisfeita. Seria a glória de suas férias. Isto, se ela aparecesse, é claro. E era melhor que aparecesse, caramba, depois daquele esforço todo, pensei, com súbita ferocidade. Se não aparecesse, eu a procuraria pelo vilarejo inteiro com um megafone.

Zonza com meu sucesso, decidira fazer um bolo de cenoura e nozes. Jo sempre servira bolo de cenoura no café, ficara famosa por ele em todo o vilarejo. Costumava fazer uma versão em três camadas, com uma adorável cobertura fofa de queijo cremoso, versão que ocupava o lugar de honra no balcão. Eu tinha que recolocá-lo no cardápio, disse a mim mesma. Era o que a tia Jo ia querer. Era o que os fregueses também iam querer, com certeza.

Só ao pôr os tabuleiros de massa no forno (finalmente! Eu nunca mais ia ralar uma cenoura na vida, meus dedos estavam em frangalhos) é que meu pensamento se voltou para a cobertura. E, nesse momento, eu me dera conta de que não tínhamos queijo cremoso. Nem uma gota. Droga! Eu poderia me safar com uma cobertura comum? Não. Haveria alguma loja aberta por perto, vendendo queijo cremoso às onze da noite? Não.

Eu sentira vontade de soltar um grande uivo de frustração. Sem dúvida, Carl riria do meu bolo sem cobertura. A notícia chegaria à Betty Malévola e ela olharia com desdém para mais esta prova de que eu não deveria estar ali. *Ela* não me venderia nenhum queijo cremoso, venderia? Era mais provável que cuspisse em mim, se tentasse comprá-lo. Bem, eu simplesmente teria que me levantar ao raiar do dia seguinte e sair do vilarejo, numa missão de busca do queijo cremoso.

O plano tinha sido esse, mas agora era o dia seguinte e a ideia do queijo cremoso me deixou claramente enjoada. Mesmo assim, me forcei a sair da cama e fiquei embaixo do chuveiro até me sentir um pouquinho mais viva. Vamos lá, Evie. É um novo dia. Um dia inteiro na companhia de Carl, o Escroto. E eu estava pronta para o que der e vier.

Às nove da manhã, tudo estava perfeito. O bolo de cenoura recebera sua cobertura (a cobertura cobriu todos os furinhos e pedaços tostados da massa, uma maravilha), a cozinha e a área do salão estavam impecavelmente limpos, eu treinara com a máquina de café e havia decidido que, com um pouco de sorte, poderia me virar, além de ter reposto todo o estoque que mantínhamos atrás do balcão. Ah, e eu também escrevera um informe a giz no quadro-negro: ESPECIAL DO DIA: CHÁ COMPLETO DA CORNUALHA – £2.95. Se isso não fizesse a clientela entrar correndo, não sabia o que faria.

Pronto, Jo. Está bom assim para você?

Cantarolando baixinho, destranquei a porta da frente, virei a placa para "Aberto", abri as barracas no deque da área externa e parei um instante para contemplar a praia. Era uma bela manhã. O céu exibia um azul brumoso, suave, decorado com nuvenzinhas brancas – um céu sarapintado, diria Jo, se estivesse ali comigo. Um casal idoso caminhava lentamente pela areia, de braços dados. Um cara de short e regata vermelhos passou correndo, o iPod ligado, braços balançando no ritmo de uma batida inaudível. Ouvi latidos exuberantes e um cachorro cor de chocolate disparou para a praia, balançando a cauda de alegria ao galopar pela areia.

– Lola! Vem pegar! – Um homem havia seguido o cachorro até a areia e segurava uma bola verde com o braço erguido.

Ao ouvir seu nome, a cadela virou-se e tornou a latir. O homem atirou a bola, que voou pelo ar tão alto que parecia um pontinho verde. A cadela correu loucamente atrás dela, cabeça erguida, observando o arco, com as pernas poderosas impelindo-a pela areia úmida e deixando um rastro de pegadas.

O café ficava do lado esquerdo da baía, quando se olhava para o mar, e, para vir da praia até ele, era preciso subir dez degraus de madeira. Tive vontade de continuar assistindo, do meu posto de observação, mas não queria que o homem se virasse e me pegasse olhando, então voltei para dentro, relutante. Muito bem. Hora do pontapé inicial... Tudo certo! O Praia Café estava em pleno funcionamento. Só havia tempo para eu fazer uma rápida xícara de chá, antes que os fregueses começassem a invadir.

– Olá?

Enrijeci ao ouvir o chamado minutos depois. Ah, a invasão já estava começando. Ou seria Betty com seu bando de linchadores? Então ouvi um latido alto e calculei que devia ser o homem da praia, com sua cadela.

Reemergi da cozinha para a área do salão.

– Oi – falei. – Em que posso servi-lo?

Ele era alto e devia estar na casa dos trinta, calculei, cabelo preto curto, olhos castanhos e uma barba rala ao redor da boca. Usava uma camiseta azul desbotada pelo sol e calça jeans detonada. Vi pela porta que tinha prendido a cadela lá fora. Ela estava deitada, com a cabeça sobre as patas dianteiras, como que esgotada pelas corridas na praia.

O homem sorriu. Um sorriso largo, descontraído, que exibiu dentes uniformes, perfeitos.

– Uma xícara de chá seria ótimo, por favor. E água para a cachorra, se for possível.

Ufa. Então, ele não tinha sido mandado pela Betty para soltar a cadela em cima de mim, pelo menos. Fiz chá para nós dois, pus água num pote velho de margarina e levei para a cadela.

– Quer dizer – disse o homem, puxando conversa, quando voltei – que você é a sobrinha malvada.

Senti todos os meus pelos se eriçarem. Talvez a Betty Malévola o tivesse mandado, afinal.

– Sou quem? – perguntei, cruzando os braços.

Ele sorriu.

– A sobrinha malvada. É o que andam dizendo no pub, pelo menos.

– No pub? – Eu parecia um disco arranhado. – Não entendi. Por que estão dizendo isso? O que as pessoas acham que eu fiz?

Ele bebericou o chá.

– Bem, você está vendendo o café, não é? Estão todos alvoroçados por causa disso. Ao que parece, alguém quer transformar o café numa casa de veraneio de luxo, e aqui já há um número suficiente de não residentes, e isso está destruindo o vilarejo. Eles estão aborrecidos porque sua tia morreu, e tinham esperança de que você assumisse o negócio... – Ficou claro que ele andara bisbilhotando um bocado a conversa alheia. – Para mim, não faz a menor diferença o que você vai fazer. Não é da minha conta. Mas o resto do pessoal... Todos estão revoltados. Não conseguem falar de outra coisa.

Minhas bochechas ficaram quentes.

– Ora, isso nem é verdade! O café não está à venda! – Balancei a cabeça, zonza com aquela informação. Podia imaginar todos eles cochichando a meu respeito no pub; fiquei surpresa por minhas orelhas não terem virado torrada. Não era de admirar que Betty tivesse sido tão gélida. – Ninguém falou comigo sobre transformar o café numa casa de veraneio de luxo – afirmei, indignada. – Ninguém me perguntou se podia comprá-lo. É tudo fofoca. Fofoca sem sentido.

Ele deu de ombros.

– Você sabe como as notícias correm nesses lugares. Boatos sem fundamento. Acho que eu deveria ser grato por não estarem falando de *mim*, pra variar. – Então me lançou um olhar por cima da xícara de chá. – Quer dizer que você não está vendendo o café?

Respirei fundo, sentindo-me atordoada.

– Eu... Na verdade, ainda não decidi o que vou fazer – confessei, encostando-me na parede de azulejos. Era fria sob as palmas das minhas mãos. – Talvez eu tenha que acabar vendendo. Eu moro em Oxford, de modo que, para mim, não é exatamente prático cuidar dele. Mas foi por isso que vim para cá, para decidir o que fazer. Não sei por que todos já tiraram as próprias conclusões e começaram a me tratar mal, quando ainda nem decidi nada. Caramba!

Minha voz ficou trêmula, e ele ergueu as mãos.

– Desculpa – disse. – Eu não devia ter acreditado nos boatos. Devia imaginar que era tudo babaquice, depois do lixo que inventaram sobre mim.

– E qual é sua história? – perguntei, querendo mudar de assunto. – Por que andaram fazendo fofocas sobre você?

– Ah, por um monte de coisas – respondeu ele, displicente. – Não morei aqui nos últimos duzentos anos, logo sou suspeito, como você. E tenho levado esse pessoal à loucura, por não contar muitas coisas a meu respeito, e por isso eles estão fazendo a festa, faz um mês, aliás, especulando e tentando adivinhar quem eu sou e por que estou aqui. – Ele deu um sorriso. – No começo, parecem ter achado que eu era um fugitivo da lei. Afinal, por que mais estaria me escondendo no vilarejo deles na baixa temporada?

Retribuí o sorriso.

– Fico surpresa por nenhum cidadão comum ter lhe dado voz de prisão.

– A você e a mim – concordou ele. – Mas a verdade é muito menos empolgante. Estou bancando a babá de cachorro para um amigo, enquanto ele passa uns dois meses trabalhando no exterior. Tirando férias de algumas coisas, sabe como é.

– Ah! E... – Estava prestes a perguntar exatamente de que ele estava tirando férias, quando entrou um jovem casal com um bebê num suporte tipo canguru. Abri um sorriso gentil e disse: – Olá. Em que posso servi-los?

Quando terminei de pegar os pedidos, o homem estava se levantando.

– Obrigado – disse, trazendo a xícara vazia. – Quanto lhe devo?

– Ai, meu Deus, eu esqueci de cobrar? – Senti uma onda de vergonha percorrer meu corpo. Não ganharia o título de Profissional do Ano se continuasse a dar as coisas de graça. – Puxa, 1 libra e 50, por favor.

Ele me entregou o dinheiro, dizendo:

– Foi um prazer conhecê-la. Meu nome é Ed.

– Evie. Também foi um prazer conhecê-lo. E pode dizer àqueles fofoqueiros que as informações deles estão erradas.

– Pode deixar – disse Ed, deu meia-volta e saiu. – Vamos embora, Lola – ouvi-o chamar. – Hora de ir para casa.

Tive que lidar com alguns clientes – chás, cafés e uns dois pedidos de torradas –, mas já eram quase dez horas quando um dos outros membros da equipe resolveu aparecer. Seb foi o primeiro, o garoto que ajudava nos fins de semana, e ficou horrorizado ao me ver lá.

– Desculpe o atraso – disse, ficando totalmente vermelho. – Achei que ainda não estaríamos abertos. Na semana passada, Carl disse...

Não terminou a frase, mas pude adivinhar o resto. Carl lhe dissera para não se dar o trabalho de chegar no horário de praxe, já que só abriria mais tarde. Tinha previsto uma ressaca, sem dúvida, depois da noitada de pôquer.

– Não se preocupe – respondi, descontraída.

Estava aliviada demais por ter mais alguém atrás do balcão para ficar realmente aborrecida com ele.

Nesse momento, dois jovens de 20 e poucos anos entraram, pedindo café e um sanduíche de bacon. Seb e eu nos entreolhamos.

– Eu cuido dos cafés – disse ele.

– Certo – concordei, correndo para a cozinha antes que alguém visse a expressão de pânico no meu rosto.

Era só bacon, lembrei a mim mesma. Isso eu era capaz de fazer. Qualquer um podia fritar umas tiras de bacon, até eu. Era só... Cadê o Carl? Eu não havia esperado ter que fazer nenhum prato na cozinha enquanto estivesse lá; não era nem de longe a minha especialidade. Que tensão!

Fiz os sanduíches de bacon sem maiores desastres e, depois disso, tivemos um fluxo contínuo de clientes em busca de bebidas quentes, torradas e itens de café da manhã. Senti que ia ficando com mais calor e mais suada à medida que ia vendo os pedidos atrasarem. A letra do Seb era tão medonha que eu precisava voltar ao balcão para conferir o que ele havia rabiscado nos papéis, e ele continuava a confundir as coisas, esquecendo quem tinha pedido o quê. Depois, se queimou na máquina de fazer espuma de leite e ficou tão pálido e trêmulo que achei que ia desmaiar.

Saffron, a ruiva mal-humorada, finalmente deu as caras às onze, e ao menos foi um pouco mais eficiente, porém era muito grosseira com os clientes. Mesmo do meu pesadelo infernal da cozinha, fritando bacon e queimando torradas, notei seu jeito rude e sem interesse de falar com os fregueses. "Torrada de pão branco ou integral?", disparava ela. "Vai querer leite no chá?"

Senti medo pelos clientes. Imaginei-a apontando uma lanterna ofuscante para o rosto deles enquanto os interrogava. E adivinhe só: ninguém, nem uma única pessoa, havia comprado uma fatia do meu bolo ou pedido um chá completo. Safados ingratos.

Quando estava prestes a entrar em colapso, depois dos 97 mil sanduíches que tinham me pedido para fazer, Carl surgiu na cozinha com seu andar gingado, pálido e desmilinguido, com a mesma camiseta que estava usando na véspera. Teria *dormido* com ela? Foi o que me perguntei, semicerrando os olhos.

– Carl, onde você estava?! – exclamei. – Por que está tão atrasado?

Ele deu de ombros.

– Sabia que você estaria aqui. Não achei que houvesse nenhuma pressa.

Tive vontade de acertá-lo na cabeça com minha espátula engordurada.

– Isso é papo furado, e você sabe! – retruquei. – Eu poderia ter ido a outro lugar hoje. Esse não foi o combinado. Você não pode relaxar só porque estou aqui. Não vou ficar para sempre.

– Graças a Deus – respondeu ele, lavando as mãos. Secou-as num pano de prato antes de pegar a própria espátula e se dirigir calmamente ao fogão, onde quatro tiras rosadas de bacon chiavam e espirravam. – Eu assumo aqui.

Fechei a cara.

– É muita gentileza sua – resmunguei, passando margarina no pão.

– Disponha – disse ele, gentilmente.

Foi o dia de trabalho mais longo, calorento e mal-humorado de que eu tinha lembrança em muito tempo. Saffron teve um tremendo bate-boca com uma adolescente que entrou no café – sua arqui-inimiga, aparentemente, não que *isso* me interessasse – e chamou um senhor de "velhote surdo", quando ele não respondeu de imediato ao seu "Vai querer leite no chá?". Carl foi grosseiro e desagradável o dia inteiro. O leite acabou, o pão acabou, o queijo acabou e, para completar, Seb derrubou meu bolo. Sim, meu bolo de cenoura, meu orgulho e alegria, aquele pelo qual eu tinha me matado de trabalhar até meia-noite. Tive vontade chorar quando o vi esfacelado em um milhão de lascas fofas no chão.

– Xi... – disse Saffron em tom maldoso, com os olhos brilhando ao virar o rostinho fino na minha direção. – Vai ser um porre tirar a cobertura do piso.

Seb também parecia à beira das lágrimas. Deve ter se desculpado pelo menos quinze vezes. Eu não teria me importado tanto se o bolo estivesse quase no fim, ou se tivesse ao menos sido provado por alguém, mas aquela fora a primeira fatia que lhe pediam para cortar, o dia inteiro.

Nem queira saber quantos chás completos nós vendemos. Zero.

– Bem, isso foi um pesadelo – comentei, amargurada, ao fazermos a limpeza no fim do dia. – Digam que não é sempre assim.

– É sempre assim – respondeu Saffron.

– Não costuma ser tão ruim – afirmou Seb quase ao mesmo tempo.

– Mas também não é bom, certo? – indaguei, fazendo uma pausa no meio da limpeza de uma mesa. – Digo, nós conseguimos mais ou menos nos safar por um triz, mas acho que Jo não teria ficado satisfeita com o resultado.

Seb, que estava varrendo o piso, pareceu ter levado uma bofetada, ao passo que Saffron ergueu o nariz pontudo.

– Se a Jo estivesse aqui, as coisas não teriam corrido tão mal – afirmou a garota. – Ela teria feito todos nós rirmos, teria levado na brincadeira, em vez de andar batendo os pés e ficar de cara amarrada o dia inteiro.

Que vaca, pensei. Eu ia mostrar a ela o que era bater os pés e ficar de cara amarrada.

– O que quero dizer – falei, ignorando deliberadamente a alfinetada dela – é que, para que isto funcione, temos que juntar nossos esforços. Ser um time.

Seb assentiu, mas a expressão de desdém de Saffron me deu vontade de jogar o pulverizador em cima dela.

– *Time, juntar nossos esforços* – debochou. – Como é que você pode dizer isso na nossa cara, quando todo mundo sabe que está planejando vender o café?

Dei um suspiro.

– Ah, não, vocês também não.

A garota pôs as mãos na cintura, triunfante.

– É, nós não somos burros. As notícias se espalham, sabe como é. A Lindsay, lá no pub, ouviu vocês falarem disso depois do funeral. Depois, veio um cara de uma imobiliária para sondar. Você o reconheceu, não foi, Seb?

– Ele vendeu a casa da minha avó – explicou Seb. – Eu o reconheci de cara.

– Que filho da mãe atrevido, ele veio mesmo aqui? – perguntei, deixando de lado a limpeza da mesa. – Vocês têm certeza de que ele não estava só passando para comer um pastel?

– Temos – disse Seb, com ar tímido. – Ele estava com outro cara e eu o ouvi explicando como seria fácil transformar o café numa casa de veraneio enorme.

Balancei a cabeça. Que audácia daquele sujeito!

– Ótimo – resmunguei. – Sabem, vocês podiam muito bem ter me perguntado, em vez de tirarem conclusões precipitadas…

– Bem, estamos perguntando agora – disparou Saffron. Ela era muito insolente, não havia como negar. – Você vai ou não vai vender o café? Porque a gente precisa saber.

Fez-se silêncio, e ela e Seb me encararam. Tudo também ficara em silêncio na cozinha, onde Carl estava escutando a conversa, sem dúvida.

– Bem, eu… – comecei a falar. Meu coração palpitava. Pareceu-me um momento realmente importante. Deveria ser honesta, dizer-lhes que não tinha a menor ideia do que estava fazendo? Ou isso levaria todos a largarem o trabalho e saírem porta afora? – Não – concluí, por fim. – Não vou vender. Satisfeitos?

Capítulo Sete

Domingo foi outro dia movimentado no café. Acordei com os passarinhos – ou melhor, com as gaivotas – e tentei fazer uma sopa de legumes que pudesse aquecer qualquer pessoa que fosse doida o bastante para nadar naquelas ondas tão geladas. Ah, e quão difícil seria preparar uma sopa, afinal?

Cortei e cozinhei os legumes, acrescentei alguns temperos e bati tudo no liquidificador, mas a mistura pareceu... bem, o conteúdo de uma fralda de bebê, para ser sincera. Barrenta, lodosa e marrom, definitivamente nada que alguém quisesse botar na boca.

Cobri a panela da sopa com a tampa e fui abrir o café, mas, quando pus os pés no deque, tomei um susto. Enroscada no chão, encostada na parede do café, havia uma garota dormindo num saco de dormir. Devo ter feito barulho, porque de repente seus olhos se abriram e, ao me ver, ela se levantou de um salto, enfiou o saco de dormir embaixo do braço e desceu depressa a escada para a praia.

– Ei! – chamei. – Está tudo bem? Volte!

Ela me ignorou totalmente, apenas disparou pela areia, com o cabelo comprido esvoaçando às suas costas. Parecia ter mais ou menos 16 anos, pobrezinha. De onde teria vindo e como acabara dormindo no meu deque? Talvez estivesse de férias na baía e tivesse havido uma festa na praia na noite anterior. Será que era isso? Franzi o nariz, duvidando. Não, com certeza eu teria ouvido uma festa na praia, se houvesse acontecido bem debaixo do meu nariz.

Cruzei os braços quando uma brisa fria do mar provocou arrepios na minha pele nua. A garota já tinha sumido de vista, ido sabe-se lá para onde. Torci para que tivesse um lar.

∗ ∗

Mais uma vez, meus primeiros fregueses do dia foram Ed e a cadela Lola, que se enroscou no mesmo canto do deque em que tinha ficado antes.

– Olá – cumprimentei-o, satisfeita ao vê-lo entrar.

– Bom dia. – Ele sorriu para mim. Tinha uma covinha numa das bochechas, notei. Em seguida, o sorriso desapareceu. – Nossa, que cheiro horroroso é esse?

Devo ter feito uma expressão desolada, porque ele se desculpou de imediato.

– Desculpa. Isso foi grosseiro. – Sua boca se mexeu, como se ele se divertisse com alguma coisa. – Mas, se não se importar em responder, que *cheiro é esse?*

– Esse cheiro horroroso – respondi, sem conseguir soar arrogante – é a sopa do dia, na verdade. – Mas em seguida, abandonei a pose e soltei um suspiro. – Ela não ficou exatamente como eu queria – admiti. – Na verdade, está com um aspecto tão repulsivo quanto o cheiro. Meu conselho é: não a tome. Mas temos *scones* ainda frescos, de ontem… bem, anteontem, acho… – Minha voz foi sumindo e um calor invadiu minhas bochechas. – Não, tudo bem. Está meio cedo para *scones*. Em que posso servi-lo?

– Um café e um sanduíche de bacon, por favor – respondeu ele. – Mas os *scones* estão mesmo bonitos – acrescentou, gentilmente. Apoiou um braço moreno no tampo do balcão enquanto eu pegava uma caneca limpa para o café. – Então, agora é você que está cozinhando aqui? Mandou embora aquele tal de Carl?

– Bem que eu queria – respondi sem pensar, antes de dar um tapa na boca. – Ops, isso nunca saiu da minha boca. E não gostaria nem um pouco de estar cozinhando. Não é exatamente meu ponto forte. – Expliquei-lhe toda a situação enquanto preparava o café. – Portanto, como pode ver – prossegui, acrescentando a espuma de leite –, está tudo meio em aberto. Não faço a menor ideia do que vai acontecer agora. – Empurrei a caneca de café para ele. – Certo. Saindo um sanduíche de bacon no capricho.

– Você pode tostar o pãozinho por uns trinta segundos, e será que pode pôr nele uma raspinha de manteiga, por favor? – pediu. – Ah, e gosto do bacon crocante. Eu mesmo ponho o ketchup.

Encarei-o.

– Se não for problema – ele se apressou a acrescentar. – Por favor.

Pisquei, despertando do estupor.

– É claro. Você é muito preciso nas suas preferências sobre o sanduíche de bacon.

Ele deu de ombros.

– Apenas sei o que é mais saboroso – retrucou, em tom manso.

Fui para a cozinha, joguei uma fatia de pão na grelha e duas fatias de bacon na frigideira. Notei então que ele me espiava pela porta.

– O bacon fica melhor grelhado. Se não for muito incômodo.

Tentei não demonstrar minha irritação. Ele parecia uma versão masculina da Sally, de *Feitos um para o outro*. Dali a um minuto, ia criticar meu modo de passar manteiga no pão e eu teria que jogá-lo bem na cara dele, num acesso de raiva. *Respire fundo*, disse a mim mesma. *Inspirações fundas, calmantes.*

Tirei o bacon da frigideira e o pus na grelha.

– Sem problema – disse, em tom neutro. – Por que não vai se sentar, e eu levo o sanduíche quando ficar pronto?

Ele fez ao menos a gentileza de parecer acanhado.

– Em outras palavras, pare de interferir e cale a boca – traduziu, e deu uma risada. – Desculpa. Sou meio perfeccionista em matéria de comida.

Não me diga, pensei, mas lhe dei um sorriso sereno. Depois, fiz mais algumas inspirações profundas e calmantes – tão profundas e calmantes, na verdade, que minhas narinas começaram a inflar. Apesar de ele já estar sentado no salão, continuei a me sentir tensa. Fazia quanto tempo que aquele pão estava na grelha? Merda, um dos lados ficou ligeiramente torrado. Ele notaria, com certeza, se eu não cortasse fora os ofensivos pedacinhos pretos. Que saco! Era como receber Egon Ronay para o almoço.

Nessa hora, eu gelei. Ah, meu Deus, e se ele fosse um crítico gastronômico, julgando meu café? Seria por isso que era tão cheio de exigências?

Tirei os pedacinhos torrados do pão com todo o cuidado e espalhei a manteiga. Uma "raspinha", ele havia pedido, como se fosse uma supermodelo fazendo dieta. Mesmo assim, o freguês sempre tinha razão etc. Raspinha de manteiga era o que ele teria.

O bacon já estava chiando e com aspecto crocante, por isso o tirei cuidadosamente da grelha e arrumei reverentemente as fatias no pão. Hum... o cheiro, pelo menos, estava incrível. Pus tudo num prato e o levei para ele, sentindo-me uma reles criada servindo um príncipe. Quando me aproximei, vi que ele rabiscava alguma coisa num pedaço de papel, que enfiou no bolso da jaqueta ao me ver. Ai, meu Deus. Ele era crítico gastronômico. De repente, aquele sanduíche de bacon pareceu a coisa mais importante do mundo.

– Valeu! – disse ele.

Pus o prato na mesa. Ele abriu o sanduíche, esguichou um círculo de ketchup no bacon, fechou o pão e o mordeu.

Percebi que estava prendendo o fôlego. Ridículo. Controle-se, Evie!

– Está uma delícia – foi seu pronunciamento, levantando um polegar. – Perfeito.

Soltei o ar, aliviada.

– Ótimo – disse, tentando soar displicente, como se aquilo não fosse a menor surpresa para mim.

Ponha lá na sua crítica e engula essa, pensei, com um sorriso secreto.

A porta se abriu nesse momento e entrou uma família japonesa, todos de viseira e capa de chuva, e começou a fazer o pedido mais complicado e obscuro que eu já tinha anotado, cheio de mudanças de ideia e exclusões disto e daquilo. Logo atrás deles entrou um casal que obviamente acabara de sair do motel: cabelos desgrenhados, mãos dadas e sorrisos sonhadores e meio bobos. E assim, quando acabei de servi-los, Ed tinha ido embora, antes que eu pudesse lhe dizer mais alguma coisa. Apenas o avistei saindo com a cadela e fiquei intrigada. Pensando bem, ele não devia ser crítico gastronômico, mas não pude deixar de me perguntar o que estaria fazendo no vilarejo e como podia ter vindo para ali por dois meses, para cuidar de um cachorro. Será que não tinha emprego?

Mas não houve tempo para pensar nisso, porque mais fregueses foram aparecendo e os pedidos de café da manhã entravam depressa e em quantidade. E, para variar, todos os meus funcionários estavam atrasados de novo.

Saffron foi a última a chegar, esbaforida, fedendo a patchuli, com uma camada grossa de delineador nos olhos verdes e, no bolso, um celular que não parava de tocar. Mas será que ela pensou *Ah, é, agora estou no trabalho, é melhor não atender*? Ou até pensou *Ah, é, agora estou no trabalho, é melhor desligar o telefone*? Não, não pensou.

– Saffron! – acabei gritando, exasperada, ao terminar de recolher louça e talheres, limpar mesas e, mais uma vez, encontrá-la encostada na parede, absorta na conversa e ignorando completamente os fregueses. – Quer fazer o favor de desligar o telefone? É para você estar trabalhando, não batendo papo o dia inteiro.

Seus olhos se estreitaram e sua frieza habitual retornou. Com uma carranca de desagrado, ela enfiou o celular no bolso.

– Em que posso servi-lo? – berrou para o pobre freguês na fila.

Ela não era mesmo a melhor pessoa para se ter como garçonete, pensei, ao notar que Saffron ia escondendo com destreza uma nota de 5 libras, que, claramente, pretendia guardar no bolso da calça jeans. Fui até lá e parei ostensivamente a seu lado, até ver com meus próprios olhos que ela a havia colocado no caixa.

Mas Saffron não era o único problema. Seb mostrou-se mais estabanado do que nunca, derramando um bule de café nele mesmo e queimando a perna. As lágrimas brilharam em seus olhos, como se ele quisesse chamar a mãe para consolá-lo. Quanto ao Carl... eu ainda estava sentida com seus comentários grosseiros sobre minha sopa.

– A gente não pode servir essa gororoba – zombara ele. – Evie, obrigado, meu bem, sei que está tentando ajudar, mas deixe a cozinha comigo, pelo amor de Deus.

– Eu só pensei...

– É, bom, pois não pense. Não pense. Eu sou o chef, certo? Sou o homem do chapelão alto. Você cuida das suas coisas que eu cuido das minhas.

Minhas bochechas pegaram fogo e eu saí de supetão da cozinha, a pretexto de servir um cliente. O homem do chapelão também tinha uma vaidade do tamanho do mundo, pensei, trincando os dentes. Era de uma condescendência irritante! Um homem horrível. Como é que Jo havia aguentado trabalhar com ele por tanto tempo?

Às quatro da tarde, justamente quando o café ia ficando calmo e eu começava a pensar em encerrar o dia, Annie entrou. Annie era a melhor amiga da Jo em Carrawen Bay e fazia anos que eu a conhecia. Era uma pessoa fofa, carinhosa, com o sorriso mais doce que se poderia imaginar. Eu vinha pretendendo entrar em contato com ela desde o dia que cheguei, mas, entre uma coisa e outra, ainda não havia conseguido pegar o telefone.

– Oi! – exclamei, saindo de trás do balcão e correndo para abraçá-la.

Seu cabelo era de um ruivo brilhante, com grandes cachos encaracolados que emolduravam o rosto redondo.

– Olá, sumida! – disse ela, me dando um abraço apertado. – Como vão as coisas? Soube que você estava aqui, cuidando do café. Está tudo bem?

– Bem... – comecei, mas parei de repente. Não queria me lançar numa lamúria sobre como as coisas estavam indo mal na frente de meus funcionários. – Estou chegando lá – continuei, após um momento. – A curva de aprendizado é meio íngreme, mas vou chegar lá.

– Ótimo – disse ela, num tom caloroso. – É excelente ter você aqui, especialmente agora que a Jo... – Eu vi as lágrimas brotarem em seus olhos. – É o que ela queria para você – disse, recuperando-se. – Enfim, só dei uma passada para convidá-la para jantar uma noite dessas. Quando você está livre?

Sorri.

– Seria maravilhoso – respondi, agradecida. Por mais que eu gostasse de estar no apartamento da Jo, era meio solitário ficar lá sozinha. – Eu estou livre... bem, todas as noites, para ser sincera. Quando for melhor para você.

– Que tal hoje? – perguntou ela. – Continuamos no mesmo lugar, no número 10 da Silver Street. Por que você não aparece por volta das seis? Podemos comer alguma coisa e pôr o papo em dia.

– Obrigada, Annie – respondi. – Seria esplêndido. Vejo você às seis.

Annie morava numa casinha geminada numa rua tranquila. Longas plumas penugentas de capim-dos-pampas balançavam num canto do seu jardinzinho da entrada e havia uma coleção de conchas muito brancas junto à porta da frente. Bati duas vezes com a aldraba de metal e esperei.

– Oi, querida, pode entrar! – disse Annie, abrindo um sorriso largo ao escancarar a porta. Cheiros gloriosos de comida vinham da cozinha: frango assado, limão, alho. – Chegou bem na hora certa. Acabei de pôr as ervilhas para cozinhar.

– Maravilha – falei, acompanhando-a no corredor estreito, pintado de branco. Ouvi música tocando em algum lugar no andar de cima, uma batida animada de contrabaixo que atravessava o teto. Annie me levou à cozinha, que era pequena e despretensiosa, e onde panelas ferviam alegremente no fogão, enquanto o frango assado esfriava sob papel-alumínio na bancada.

Entreguei a ela uma garrafa de vinho e disse:

– Tome. Foi realmente muito gentil você me convidar.

– Ah, o prazer é meu. Sei quanto a Jo adorava você, então, também é boa para mim a sensação de ainda ter uma ligação com ela, ao convidar você. – As lágrimas encheram seus olhos e eu segurei suas mãos. – Desculpa – disse ela, produzindo um som que era meio soluço, meio riso. – Eu ainda sinto muita saudade dela. Não consigo acreditar que ela se foi, Evie, realmente não consigo.

– Eu sei. Comigo também é assim. Foi um choque terrível.

Annie assentiu.

– Ela desempenhava um grande papel nesta comunidade. As coisas não são as mesmas sem ela. Todo mundo sente saudade. – Respirou fundo. – Mesmo assim – continuou –, é uma maravilha você estar aqui, ocupando o lugar dela. Acho que as pessoas ficarão felizes com isso.

Revirei os olhos.

– Nem todas – retruquei, e lhe contei o que tinha acontecido com Betty. – Até hoje não tive coragem de voltar lá.

Annie abriu o vinho e serviu uma taça para cada uma.

– A Betty é… a Betty. Ela só faz o que lhe apetece. Mas, sinceramente, Evie, ela está mais para cão que ladra e não morde. Andava era com medo de que você fosse vender o lugar a uma construtora, só isso. – Entregou-me a taça de vinho. – Saúde! Não somos muito favoráveis a mudanças por aqui, receio.

Encostei minha taça na dela.

– Saúde! – falei. – Um brinde a Jo. Eu gostaria, mais do que qualquer outra coisa, que ela pudesse estar aqui conosco neste momento. Nunca a esqueceremos.

– Apoiado! – disse Annie. – Se bem que – deu uma rápida espiada para o alto, depois foi até o fogão –, se ela estivesse aqui agora, provavelmente estaria me lembrando de tirar as batatas assadas do forno e falando para cortar logo o maldito frango.

Ri, por saber que ela estava certa e que a tia Jo teria dito exatamente isso. Nunca fora dada a esquecer algo tão importante quanto comida.

– Eu posso ajudar – falei.

Fazia séculos que eu não passava uma noite tão agradável. Martha, a filha de 17 anos da Annie, esguia e de olhar inocente, com longas pernas e cabelo louro comprido, era meiga e risonha. A comida estava deliciosa, Annie era uma grande anfitriã, e conversamos sobre tudo: o emprego dela (Annie trabalhava numa loja de produtos naturais em Wadebridge, embora andasse apertada de dinheiro, desde que seu horário tinha sido reduzido); as provas da Martha, que estavam chegando (ela estava especialmente apavorada com a de francês); e o namorado dela, Jamie, cujo nome a deixava com um olhar sonhador toda vez que era mencionado.

– Ele é pintor – explicou Martha, com a mesma reverência na voz que usaria se falássemos de Picasso. – E é muito bom.

– Nossa! – falei, trocando um sorriso secreto com Annie. Ela parecia apaixonada, que gracinha. – É isso que ele faz para ganhar a vida?

A expressão de Martha abateu-se ligeiramente.

– Não – respondeu –, ele também trabalha no pub. Mas é difícil ter sucesso no mundo artístico – acrescentou, defensiva.

– Ah, eu bem sei – concordei. – Também passei por isso, tentei ser fotógrafa durante algum tempo, mas... – Dei de ombros. – Como você disse, é difícil. É preciso ter um golpe de sorte, mas isso nem sempre é possível.

– Ele vai exibir trabalhos na exposição de verão do norte da Cornualha, logo, logo. Temos esperança de que seja a grande oportunidade dele. Vamos cruzar os dedos!

– Vamos cruzar os dedos – repeti, levantando os meus para lhe mostrar.

– Ele é mesmo muito talentoso – confirmou Annie. – Seus quadros são meio diferentes das marinhas tradicionais que a gente costuma ver por aqui. Aquele ali é dele. – Apontou para a parede em que estava pendurada uma pequena tela quadrada, e eu me levantei para olhar mais de perto. Era uma cena onírica, retratando um cardume de peixes embaixo d'água, com os corpos destacados em cores vivas e luminosas e o mar em volta mesclando tons suaves de azul e verde. O efeito era espantoso – puxava totalmente o observador para o mundo submarino e conferia aos animais um aspecto mágico.

– Gostei mesmo – comentei. – Gosto muito das cores que ele usou.

Achei que Martha fosse explodir de orgulho.

– Ele fez toda uma série desses. Não só com peixes, mas também com tubarões, golfinhos e tartarugas, toda sorte de criaturas marinhas.

– Você vai ter que me avisar quando vai ser a exposição – pedi. – Eu gostaria muito de ver o resto.

– Eu aviso – disse Martha. – Vou arranjar um ingresso para você, quando eles forem postos à venda.

Tiramos a mesa, e Annie trouxe a sobremesa: um enorme bolo de chocolate com cobertura de chocolate e avelãs.

– Ai, meu Deus! – exclamei, com uma das mãos na barriga. – Agora estou mesmo me arrependendo daquela porção extra de batata assada. Por que me empanturrei a ponto de explodir com a primeira parte do jantar, quando a segunda também parece incrivelmente apetitosa?

Martha riu.

– Os bolos da mamãe são incríveis – disse, lançando um olhar afetuoso para Annie. – Nenhuma das minhas amigas se atreve a vir aqui quando ela faz algum, especialmente quando estão de dieta. Todas sabem que são irresistíveis.

Annie pegou a espátula de bolo.

– Então, Evie, você quer me dizer que está satisfeita demais para comer uma fatia? – perguntou, com a lâmina pairando sobre a cobertura.

– De jeito nenhum – respondi, horrorizada por ela pensar que eu dispensaria um pedaço. – Estou satisfeita, mas não *tão* satisfeita assim! – Eu sorri. – O caminho até o café não é muito longo, então não tem problema me empanturrar. Eu adoraria uma fatia, por favor.

Senti água na boca quando ela cortou um pedaço tão grande que um gigante usaria como peso de porta.

– Bem, fico feliz por não estar de dieta, porque desistiria dela agora – comentei, tirando uma garfada. – Obrigada, Annie.

Então, a doçura do chocolate atingiu minhas papilas gustativas e senti a textura crocante das avelãs, e meu cérebro registrou como a massa de pão de ló era perfeitamente fofa.

– Ai, meu DEUS! – Eu suspirei, reclinando-me na cadeira e fechando os olhos. – Isto está uma delícia. – Engoli, já com o garfo cortando avidamente o pedaço seguinte. – De verdade, Annie, é incrível. – Sorri do outro lado da mesa. – Quisera eu saber fazer bolos iguais a este. Sinceramente, os desastres que eu...

De súbito, uma ideia brilhante me veio à cabeça.

– Annie, você deveria fazer bolos lá para o café! Posso contratá-la? Quer ser minha nova confeiteira?

Ela pareceu surpresa.

– Bem, não quero arranjar problemas com o Carl – disse, com ar de dúvida.

– Ora, quem está ligando para o Carl? Ele é um idiota, mãe, todo mundo sabe – argumentou Martha.

– Carl não pega num tabuleiro de bolo desde o dia em que a tia Jo... desde... faz séculos – falei, tropeçando nas minhas próprias palavras. – Ele dá mais importância a fazer um curry horroroso para os amigos. Nós realmente precisamos de um bom confeiteiro, Annie. E você mesma disse que o emprego na loja não vem pagando um salário fantástico, então...

Annie ainda parecia surpresa.

– Você está falando sério? Não está apenas sendo gentil, por ter jantado aqui e tomado umas taças de vinho?

– Estou falando muito sério – respondi. – É claro que precisaríamos combinar os detalhes, quanto você cobraria e quantos bolos eu ia querer por semana, e de quais tipos, mas... – Eu estava assentindo com tanta força que quase contundi o pescoço. – Mas, em tese, se nós duas ficarmos satisfeitas com o arranjo, então, sim! Por que não?

– É, por que não? – Martha entrou na conversa. – Você não pode deixar essa oportunidade passar, mãe. Você adora fazer bolos e todas as pessoas do mundo adoram seus bolos. E você estaria ajudando Evie. A Jo ia gostar que você fizesse isso – completou, dando uma piscadela para mim.

Foi o argumento decisivo, ao que parece.

– Bem, quando você coloca a questão dessa maneira, ó sábia filha, tem certa razão – disse Annie. – Evie, eu adoraria ser sua confeiteira.

Nós trocamos um aperto de mão.

– Excelente! – falei, incapaz de parar de sorrir. – Nem sei expressar o alívio que sinto por nunca mais ter que fazer *scones*. O único lado negativo – continuei, cortando mais um pedaço de bolo – é que vou engordar pelo menos 6 quilos, toda vez que estiver trabalhando lá e servindo seus bolos o dia inteiro. Mas, ei, é um preço que estou disposta a pagar. Quando você pode começar?

Capítulo Oito

Eu me senti mais otimista naquela noite, ao voltar para o apartamento. Não só estava completamente empanturrada de comida e vinho de boa qualidade, como também transbordava de planos para o futuro do café. Minha nova confeiteira e eu estávamos totalmente dispostas a ver como se passariam as coisas e a aumentar ou diminuir os pedidos de acordo com as vendas, mas, de início, Annie concordou em entregar dois bolos grandes, dia sim, dia não, junto com cupcakes, brownies ou panquecas. Ela fazia *scones* levíssimos, segundo Martha. Eu seria capaz de beijar as duas.

– Então, vamos ver: que tal eu levar um bolo de chocolate, um bolo de limão e uma porção de panquecas de frutas na terça-feira de manhã? – disse Annie, anotando tudo. – E então um bolo de cenoura e um bolo da Rainha Vitória na quinta, com uns brownies de chocolate? E mais alguma coisa no sábado? Podemos ver o que tem mais saída nas primeiras semanas, e aí organizamos os pedidos de acordo com a demanda. – Ela sorriu, com as bochechas enrubescidas pelo vinho e pela empolgação. – Evie, estou muito animada! Adoro fazer doces, mas, sendo só eu e a Martha aqui, tenho que me controlar. Mas agora tenho uma desculpa para fazer bolos, bolos e mais bolos e ainda vou ser paga. É perfeito!

– É perfeito para mim também. E para os fregueses. Eles vão ficar aliviados por não terem mais que provar nenhum dos meus experimentos. E talvez isso seja um estímulo para o Carl melhorar também, se souber que estou trazendo você como meu braço direito.

Ah, sim, era uma situação em que todos sairiam ganhando, com certeza. Senti Jo sorrindo para mim lá do céu quando me deitei naquela noite. Com Annie ao meu lado, eu ia pôr o café de volta nos eixos, isso é fato.

Acordei ainda de bom humor na segunda-feira. Jo nunca abria o café às

93

segundas, a menos que fosse feriado ou férias escolares, e eu sabia que Carl não apareceria, então decidi me dar um dia de descanso e checar a papelada e a situação do estoque.

De banho tomado e vestida, preparei uma bandeja com o café da manhã e a levei para o deque. Pela primeira vez desde que chegara à Cornualha, tive a sensação de estar de férias. Chovia a cântaros em Oxford, dissera Amber quando eu lhe telefonara para um bate-papo na noite anterior. Bem, não ali na baía. O céu era uma vastidão azul, luminosa e límpida, e o sol brilhava, fazendo a água cintilar.

A brisa fria agitou meu cabelo, e pus os pés para cima ao me recostar na cadeira reclinável de madeira quentinha para beber o restinho do café. Isso é que era vida, tomar café com uma vista dessas! Dava para perceber por que a tia Jo havia gostado de morar ali.

Depois, num impulso, tranquei o café e desci para a praia, chutando longe as sandálias e deixando-as na base da escada.

A areia estava fria e granulosa sob meus pés, mas foi uma sensação gostosa. Caminhei em direção ao mar, com o vento frio na nuca, e pus as mãos nos bolsos. Andei até chegar às primeiras ondas e levei um susto quando a água gelada bateu nas minhas pernas. Depois, chapinhei pela água rasa, sentindo-me revigorada à medida que as ondas molhavam meus tornozelos, encharcando a bainha da calça jeans. Ali a areia molhada era macia feito seda, infiltrando-se por entre meus dedos.

Volte para casa, repetira Matthew ao telefone, mas minha casa parecia ficar em outro mundo agora. Era difícil imaginar a manhã de segunda-feira em Oxford nesse momento: a Cowley Street num fluxo movimentado de ciclistas, ônibus e carros, crianças sendo levadas a pé para a escola, Matthew e eu tomando café da manhã na nossa cozinha pequena e escura, com o rádio tagarelando ao fundo. Perguntei-me se ainda estaria chovendo por lá e imaginei o sibilar e arranhar dos limpadores de para-brisas, as poças nas ruas, os guarda-chuvas abertos e os capuzes dos casacos erguidos em legítima defesa.

Ali na baía, a luz brilhava de forma quase sobrenatural e o mar cintilava com os raios dourados do sol da manhã. Senti-me profundamente viva, agudamente consciente de mim mesma e de meus arredores, com todos os sentidos à flor da pele. Tive vontade de sair correndo e gritando feito criança, diante da glória daquilo tudo. Desejei estar com minha máquina fotográfica.

O celular começou a tocar no meu bolso, e eu o peguei e vi um número desconhecido na tela. Um número desconhecido de Oxford.

– Alô? – atendi, desconfiada.

– Oi, Evie. Aqui é a Sophie, da Recrutamentos Pearson – disse uma voz aguda e animada.

Meus ombros arriaram na hora. Droga.

– Ah, sim, oi – respondi, fracassando de forma espetacular na minha tentativa de soar entusiasmada.

Meus dedos dos pés tinham afundado na areia, com a tensão repentina, e eu os mexi para soltá-los.

– Tenho uma notícia ótima: encontramos uma nova vaga para você. É um trabalho temporário de dois meses, substituindo uma funcionária na administração de uma companhia farmacêutica, pertinho do anel rodoviário…

Fiz uma careta. Companhia farmacêutica pertinho do anel rodoviário? Isso não soava exatamente como um passeio no parque.

– É horário integral, 35 horas semanais, com um salário ligeiramente melhor do que estavam lhe pagando na Crossland, e eles querem que você comece na quarta-feira, às nove – explicou ela. – E então? Dou uma ligada para lá e digo que você topou?

Meus olhos estavam hipnotizados pela luz que cintilava nas ondas; tive que me arrastar de volta para o que a mulher dizia.

– Esta quarta?

Olhei de relance para o café. Ah, meu Deus. Isso significaria ir embora no dia seguinte, e eu ainda tinha tanta coisa para resolver!

– Sim, isso mesmo, esta quarta – respondeu ela. – É mesmo uma sorte ter aparecido uma vaga tão rápido, não é? Eu sabia que você ia ficar satisfeita.

Satisfeita? Eu não me sentia nada satisfeita. Eu me sentia… dividida. Confusa. Fiquei contemplando o mar, sem ter ideia do que responder.

– Vou dar uma ligada para eles, certo? – indagou ela, quebrando o silêncio. – E posso lhe mandar por e-mail o endereço da firma e o site, para você dar uma olhada. O que acha?

Meus dedos dos pés voltaram a se enterrar na areia, como se tentassem me fazer criar raízes na praia. Mas a vida real também me chamava, como murmúrios ao vento: Matthew, Saul, dinheiro vivo…

– Acho ótimo – respondi, por fim, sem conseguir impedir que um suspiro saísse junto com minhas palavras. Eu tinha que voltar para a vida real em algum momento, não é? Não podia ficar ali para sempre, por mais tentador que fosse. – Estarei lá na quarta-feira.

Desliguei o telefone e, no mesmo instante, foi como se tivesse tomado a decisão errada. Desejei poder retroceder os últimos dois minutos, rebobinar o filme até o momento em que ela dissera "O que acha?", e responder: "Acho péssimo." Justo quando estava me sentindo mais à vontade na baía, teria que ir embora outra vez.

Mas pelo menos eu veria Matthew, tentei me consolar, e minha mãe também. O aniversário dela era na sexta-feira, e todos deveríamos sair para comemorar, jantar fora em Jericho. Ah, sim. A vida real ia retornando aos poucos para minha consciência. Eu precisava voltar. E, uma vez em Oxford, também veria Saul – o que era ainda melhor. A ideia do seu rostinho radiante foi consolo suficiente para enfim desfazer alguns nós no meu estômago.

Todas as sensações de férias tinham desaparecido quando voltei para o café, a lista de tarefas que eu precisava fazer só aumentando.

Na manhã de terça, pouco antes das nove, Annie chegou com a primeira encomenda de bolos. Pareciam perfeitos: o bolo de chocolate com uma cobertura espessa e brilhante e um aroma celestial, o de limão com uma aparência deliciosamente úmida. Foi difícil resistir a cortar uma fatia de cada um ali mesmo e encher a boca com eles.

– Também trouxe as panquecas – disse ela, entregando-me uma forma quadrada. – Vinte simples e vinte com recheio de frutas. Depois me diga qual das duas tem mais saída, para as futuras fornadas.

– Annie, você é um anjo – falei, tirando as panquecas da embalagem e as passando para os pratos. Eram um encanto de tão firmes, não desmanchavam como as panquecas que eu me lembrava de ter feito na escola. – Obrigada. Escute, preciso voltar para Oxford hoje, então…

Seu semblante murchou.

– Ah, não! Tão depressa?

Eu assenti.

– Receio que sim…

Soltei um suspiro, desejando mais do que nunca ter rejeitado o emprego temporário. Ainda não me sentia pronta para deixar a Cornualha, especialmente agora que tínhamos bolos de aparência tão incrível para vender. Eu queria ver os rostos das pessoas quando os provassem, queria sentir a emoção vicária de observar seu prazer.

– Também não sei quando vou voltar, infelizmente. Venho assim que puder, é óbvio, mas... – Dei de ombros. – É realmente difícil tentar administrar duas vidas, aqui e em Oxford.

– Eu entendo. Você quer que eu continue a fazer os bolos, mesmo sem estar aqui?

– Sim, com certeza! – respondi. – Vou deixar instruções com Carl e me certificar de que você seja paga. Aqui. – Rabisquei os números do meu celular e do telefone de casa para ela. – Mantenha contato, certo? Avise se houver algum problema. Vou falar com Carl sobre a venda dos bolos e te ligo para fazer os novos pedidos. Tudo bem assim?

Torci para que tudo estivesse bem mesmo. Administrar o café por telefone não era nem remotamente ideal, mas era o melhor que eu podia fazer naquele momento. Felizmente, Annie assentiu.

– Bem, não posso fingir que não fico triste por você ir embora. Eu estava com muita expectativa de trabalharmos juntas e adorei recebê-la no domingo. Martha e eu estivemos falando de como gostamos daquela noite. Mas eu compreendo. Trate de se certificar de voltar logo, está bem?

Dei-lhe um abraço.

– Pode apostar que eu volto – afirmei.

Ao meio-dia, pus a bagagem no carro, com uma estranha sensação de mau presságio.

– Não demoro a voltar – prometi a Carl. – No mínimo, volto na semana do feriado.

Eu convenceria Matthew de que poderíamos levar Saul para uma pequena viagem, jurei. Venderia à Emily a ideia de um tempo de folga para ela e Dan, depois fingiria que Saul era meu filho por uns dias, e que éramos uma família feliz, passando as férias no litoral. Ele ia adorar a praia, tinha certeza. Dava até para imaginá-lo, com as perninhas magras e brancas saindo de um short, erguendo o mais gigantesco dos castelos para servir de residência para seus Gogos.

– Até mais – disse Carl, de braços cruzados.

Senti seus olhos em mim quando entrei no carro e liguei o motor. Torci para que não estivesse pensando em mandar mensagens de texto para os amigos no instante em que eu partisse, dizendo *AS NOITADAS DE PÔ-QUER VOLTARAM, GALERA*.

Saí dirigindo, procurando não pensar nisso. Eu só havia passado alguns dias na Cornualha, mas já estava acostumada com a vida de lá: a luz incrível logo de manhã cedo, o ar puro glorioso, a paisagem espetacular, o ritmo mais lento. Foi um choque para meus nervos voltar a uma autoestrada movimentada e ser novamente cercada pelo tráfego. Tentei não pensar na calma da minha praia e no rolar ritmado das ondas, na vastidão aberta do céu.

Pelo menos, a primeira reação aos bolos tínha sido boa. Notei alguns *oh* e *ah* autênticos quando as pessoas os viram e, até umas onze horas, já tínhamos vendido um bom número de panquecas. Lamentei não estar lá à tarde, na hora do dia em que todas as pessoas de bom senso queriam um pedacinho de bolo. Elas não se arrependeriam, se entrassem no meu café com vontade de comer um doce, pensei, orgulhosa.

Cheguei a Oxford quatro horas depois, tamborilando no volante ao entrar no anel rodoviário. Os carros faziam fila nos trevos, um atrás do outro, e todos os motoristas exibiam um ar frustrado. Era um dia quente, e eu havia aberto as janelas, mas logo tornei a fechá-las, quando o cheiro de diesel penetrou minhas narinas.

– *Vamos* – murmurei entre os dentes, sentindo a impaciência me invadir. – Andem logo!

Após mais uns vinte minutos de "para e anda", estacionei em frente a nossa casa. Meu lar. Tirei as malas do carro e entrei. E empaquei. Tudo parecia... diferente. Havia um cheiro muito limpo e o corredor parecia incomumente arrumado. Normalmente, o cabideiro vivia sobrecarregado de casacos, echarpes, chapéus e guarda-chuvas, mas parecia ter emagrecido na minha ausência. Tudo que restava era um par de agasalhos, minha capa cinza e um único guarda-chuva, cuidadosamente fechado.

Nossa! Se eu não tivesse reconhecido os respingos de lama na bainha da minha capa, teria precisado conferir se estava na casa certa. Arqueei as sobrancelhas, me perguntando se aquela vontade súbita de arrumar tudo na minha ausência era sinal de que Matthew havia sentido minha falta. Tomara. Sorri, gostando da imagem dele todo atarefado, melhorando ainda mais a aparência da nossa casa, para se distrair do tédio. Era até um pouco romântico.

Saindo do hall de entrada, a casa parecia ainda mais limpa. Sinistramente limpa, na verdade. Como se Matthew tivesse virado o melhor amigo do Mr. Músculo e feito um convite para vir demonstrar seus produtos. Perambulei pelos cômodos, de olhos arregalados e prendendo o fôlego. A mesinha de centro da sala, uma mesa baixa de madeira, quase sempre coberta de revistas, jornais, livros, cartas e canecas vazias, estava impecável e com um brilho lustroso e suspeito. Inclinei-me para cheirá-la e aspirei o aroma inconfundível de lustra-móveis com cera de abelha. Cera de abelha! Matthew andara *mesmo* entediado.

Em outros pontos da sala, todos os CDs tinham sido recolocados em suas caixas e enfileirados no porta-CDs. O console da lareira – que tendia a ser um lugar para fotografias, contas, convites e outras coisas importantes – estava vazio, exceto por um par de castiçais e o relógio. Até o pó fora retirado, notei, arqueando as sobrancelhas.

A cozinha estava igualmente impecável – chaleira e torradeira brilhando, lava-louça vazio, fruteira cheia de maçãs reluzentes e bananas perfeitas. Compreendi que as uvas velhas e murchas que antes espreitavam por ali tinham virado coisa do passado, destinadas às pilhas da composteira com as tangerinas idosas e murchas que, por algum motivo, eu não chegara a comer.

– Belo trabalho, Matthew – murmurei, olhando em volta, espantada.

Aquilo devia ter demorado várias horas. Apanhei a chaleira com cuidado e a enchi, depois limpei minhas impressões digitais do metal cintilante com um pano de prato. Enquanto ela pegava fervura, levei as malas para o andar de cima.

Tomei um susto ao entrar em nosso quarto. Eu nunca o tinha visto tão limpo desde o dia em que me mudara para lá. Meus olhos se arregalaram ao avistar a poltrona creme que ficava num canto. Ela costumava ser coberta por pilhas de roupas minhas. Não mais. Todas haviam desaparecido, supostamente guardadas pela primeira vez na vida. Eu quase havia esquecido que, na verdade, havia uma poltrona embaixo delas.

As duas mesas de cabeceira também estavam vazias. Pisquei ao ver a minha, admirada: antes de partir para a Cornualha, havia uma torre meio bamba de livros ali, além de um relógio e vários copos d'água abandonados. Agora não havia... nada.

Percebi que tinha cruzado os braços. A surpresa e o prazer tinham se transformado em inquietação. Estar no nosso quarto era como estar num quarto estéril e despersonalizado de um hotel. Não parecia mais minha casa.

Não sei quanto tempo fiquei parada ali (não ousei me sentar na cama, por medo de amarrotar o edredom), mas, quando dei por mim, havia uma chave girando na fechadura e ouvi Matthew entrar. Seus passos soaram pesados e seguros, e então houve um silêncio momentâneo. Ah, ele tinha dado com minha jaqueta de brim no cabideiro, calculei. A bagunceira estava de volta. Eu não sabia qual seria a reação dele. Decerto estaria satisfeito, não? Satisfeito por eu, sua namorada de longa data, ter voltado para casa... sim, é claro. Mas também não o teria perpassado uma ondinha de aborrecimento ao notar a bolsa que larguei no chão, ao lado da sapateira? Teria cerrado os punhos ao ver que eu havia jogado de qualquer jeito a correspondência na mesinha do corredor?

Balancei a cabeça. Estava sendo ridícula. Completamente ridícula. Afinal, era *Matthew*, meu namorado, o homem que salvara minha vida!

– Oi! – exclamei, correndo para o alto da escada. – Tudo bem?

Ele estava parado no corredor e, por um momento, foi como ver um estranho. E então ele sorriu.

– Você voltou. Olá.

Desci a escada correndo e o abracei.

– Mal reconheci a casa – comentei, com o rosto enfiado na camisa dele. Estava ligeiramente úmida com o suor da pedalada de bicicleta na volta para casa. – Você andou ocupado.

Ele retribuiu o abraço.

– Bem, eu tinha que fazer *alguma coisa* enquanto você estava fora – disse, em tom leve. – Fico feliz por você estar em casa.

– Eu também. – Apertei-o com um entusiasmo bem maior. – Nós devíamos sair – sugeri, quando a ideia me veio à cabeça. – Jantar juntos em algum lugar agradável e romântico, pôr o papo em dia da maneira certa. Tenho a sensação de que faz séculos que não nos vemos.

Animei-me ao pensar em me produzir toda e arranjar uma mesa num bistrô ou restaurante acolhedor. E também em ter a comida preparada e trazida para nós, o que era melhor ainda. Nos últimos tempos, eu tivera um número suficiente de meus próprios pesadelos culinários para merecer a visita do Gordon Ramsay.

Os braços dele se afrouxaram.

– Hum... Mas, começando no seu emprego amanhã, provavelmente você deveria dormir cedo. E *nós vamos* sair na sexta-feira, lembre-se, para o jantar da sua mãe. Vai custar uma fortuna. Não tenho certeza de que devamos sair hoje à noite.

Hesitei. Ele devia ter razão. Era quase certo que tivesse. Era melhor ser sensata, e não aparecer no meu novo emprego com os gênios da pesquisa farmacêutica fedendo a vinho e alho da véspera. A primeira impressão é a que conta e blá-blá-blá. Mas... parte de mim queria que, para variar, pelo menos uma vez, ele jogasse a cautela para o espaço e dissesse *Sim, vamos ser espontâneos, vamos achar uma festa em que possamos entrar de penetras, vamos fazer alguma coisa divertida e escandalosa juntos. AGORA!* Mas ambos sabíamos que isso não ia acontecer.

– É verdade – falei. – Sorte minha ter você para me manter na linha, não é?

– Muita sorte.

Tive a nítida impressão de que havia mais alguma coisa acontecendo por trás dessa conversa – algo nas entrelinhas, como se outro diálogo não dito estivesse ocorrendo entre nós –, mas não pude captar muito bem o quê, não consegui decifrar.

Mais uma vez, balancei a cabeça com força. Devia ser apenas o fato de que não nos víamos direito fazia séculos, só isso. Mais algumas horas e tudo voltaria ao normal, eu tinha certeza.

Capítulo Nove

– E aí, está gostando do emprego novo? – perguntou Ruth na noite de sexta-feira.

Estávamos sentados na Brasserie Blanc, na Walton Street, no jantar de aniversário da mamãe, e havia um brilho conhecido no olhar da minha irmã, como se ela intuísse a chegada iminente de outra história do tipo "e a Evie estragou tudo". Ela me conhecia tão bem.

– Não – respondi, sem rodeios, folheando o cardápio.

Aspargos, ovos poché, molho de manteiga e limão. Uau. A simples descrição da comida no menu fazia com que ela parecesse deliciosa. Lá no café, a tia Jo escrevia tudo a giz no quadro-negro, já que nunca houvera um cardápio de verdade. Era uma lista tipo *Pastel de forno: trad., carne e cerveja preta, frango c/ leg.* Talvez, da próxima vez que fosse lá, eu pudesse fazer os pratos soarem mais apetitosos. *Siga a dica do Raymond e dê uma glamourizada na lista*, pensei.

– Como assim, "não"? – insistiu Ruth.

Ela estava sentada diante de mim e se inclinou para a frente, com o longo colar de contas de âmbar preto balançando até encostar no copo d'água com um tinido. Parecia quase sedenta para saber do meu último fracasso. Fiquei surpresa por não esfregar as mãos em antecipação.

– Ah, é um saco – respondi, com um gesto displicente da mão. Este era o eufemismo do ano. Meus novos colegas eram tão chatos e mal-humorados que faziam o pessoal da Crossland parecer uns anjinhos. Eu não queria pensar neles numa noite de sexta-feira. Hora de uma rápida mudança de assunto: – Vou tomar uma sopa de entrada, depois pedir um rissole de peixe. O que vocês vão querer?

Felizmente, todos começaram a discutir as opções de pratos e esqueceram um pouco minha carreira. Éramos oito: mamãe e papai, Matthew e eu, Louise e Chris, Ruth e Tim. Mas, apesar de ser aniversário da mamãe (e ela deveria ser o principal foco de atenção), e embora, em geral, Ruth não gostasse de falar de outra coisa senão do mundo da Ruth, a conversa continuou voltando para mim e o café e meu emprego, como se esses fossem temas fascinantes.

– Como foram as coisas na Cornualha, Evie? – perguntou mamãe, falando de seu lugar à cabeceira da mesa. Já parecia ligeiramente embriagada. – Você ainda está pensando em vender, ou...?

– Não – interrompi. – Não vou vender.

– *Sério?* – questionou Louise, de olhos arregalados. – Pensei que você fosse vender. Achei que ela *ia* vender. – Essa última frase foi dirigida a Matthew, como se eu não pudesse responder por mim mesma.

De repente, fiquei cansada dessa conversa, que àquela altura eu parecia já ter tido um milhão de vezes, com todos os membros da família, e também com metade da população de Carrawen Bay.

– Não – repeti com firmeza. – Não vou vender. Não até o final do verão, pelo menos. E correu tudo bem, mãe. Eu me diverti à beça. Então... – Olhei em volta, à procura de um novo assunto. De novo. – Será que alguém já...

– Mas como é que você vai cuidar do café a distância, morando em Oxford, se não vai vender? – quis saber Ruth. – Sem querer ofender, Evie – *É, sei,* pensei –, como é que isso vai funcionar? Eu simplesmente não entendo.

Meus punhos estavam cerrados e eu os escondi no colo, embaixo da mesa, tentando manter a calma.

– Eu ainda não pensei nos detalhes, está bem? Não sei como vai funcionar, mas *vai.* Sei que todos estão aflitos para que eu faça papel de idiota, como sempre – ergueu-se um clamor diante disso, é claro, todos fazendo negações veementes –, mas vou tentar, vou ver o que acontece. É o que a tia Jo queria, afinal. E que tal, se não se importam, a gente falar de outra coisa, para variar?

Fez-se silêncio, e eu me dei conta de que tinha praticamente gritado a última frase. Várias pessoas que jantavam em outras mesas viraram a cabeça para olhar. Esvaziei minha taça de vinho de um só gole e os encarei.

– Isso, deem uma boa olhada – sugeri, de mau humor. – Gostaram? Mulher furiosa na mesa nove. Viram o bastante? Ótimo.

– Evie! – sibilou Matthew, segurando meu braço. – Comporte-se!

Comporte-se. Como se ele fosse meu pai, pelo amor de Deus. Puxei o braço, feito uma adolescente rebelde. De que lado ele estava, afinal?

– Bem, estou certa de que todos sentimos muito por estar *preocupados* – disse Ruth com sarcasmo. Um sorriso vitorioso brincou em seus lábios. *E a Evie caiu feito um patinho, mais uma vez. A ovelha negra provou, sim, pela centésima vez, que é merecedora do título.* – Todos lamentamos *profundamente* se...

– Já chega, Ruth – disparou papai.

– ... a ofendemos, por termos perguntado sobre sua vida, como fazem as famílias normais – concluiu Ruth, ignorando nosso pai.

Famílias normais. Ha! Que piada.

– Nós iremos lá nas férias escolares – disse Tim. Ele tinha um rosto grande e insosso, como que produzido numa fábrica. O modelo Marido-Bonzinho-Mas-Chato. – À Cornualha, quero dizer. Podemos dar uma passada para ter certeza de que está tudo bem, se você...

– Podemos? – perguntou Ruth, em tom incisivo.

O rosto dele murchou, e senti pena do homem. Pobrezinho. Só estava tentando manter a paz na família. Ruth jogou sua tentativa no lixo.

– Obrigada, Tim – falei, enfática. – É mesmo muita gentileza sua.

Ruth bufou, fulminando com o olhar qualquer um que fosse tolo o bastante para manter contato visual com ela.

– Esta é para ser uma ocasião alegre – disse mamãe, parecendo chateada por ter sido temporariamente esquecida. – Será que temos que brigar até no meu aniversário? Vamos, meninas.

– Desculpa, mãe – disse Louise, dando um tapinha na mão dela e lançando olhares de "parem com isso" para Ruth e para mim. – O seu cabelo está lindo, aliás. Foi ao cabeleireiro esta semana?

Satisfeita, mamãe iniciou uma longa explicação sobre seu estilo mais recente e a inspiração por trás dele, e sobre o que dissera o cabeleireiro (muitas coisas sobre como o penteado a fazia parecer jovem, blá-blá-blá) e sobre onde ele iria passar suas férias (no Marrocos, com o namorado, durante uma semana no mês de junho), e sobre como ela havia experimentado um novo laquê para encorpar o cabelo, e tinha ficado maravilhoso.

O tema da ovelha negra foi deixado de lado. Mas não esquecido, a julgar pelos olhares desdenhosos de Ruth, que pontuaram a refeição. Senti-me afundar num clima de fossa embriagada que nem mesmo uma transa morna com Matthew, em casa, foi capaz de desfazer.

– Eu queria que você tivesse tomado meu partido – falei, quando a transa terminou e estávamos deitados na cama, de volta a nossos lados separados.

Minha voz soou miúda no escuro.

– O quê? – fez ele, sem se mexer, e percebi que estava à beira de pegar no sono, com a respiração profunda e lenta, a voz distante.

Hesitei. Adiantaria alguma coisa levar a conversa adiante? Afinal de contas, era impossível obrigar uma pessoa a ficar do nosso lado ou a nos defender numa discussão.

– Não é nada – acabei respondendo.

Mas não dava a impressão de ser nada. Era um problema que me manteve acordada, pensando e me deixando preocupada por horas, noite adentro.

Matthew foi à academia na manhã seguinte, e eu sabia que ficaria horas na rua, de modo que telefonei para Amber e combinei de almoçar com ela no Fratellis. Depois disso, mantive-me ocupada, separando a roupa para lavar e fazendo uma arrumação (minhas coisas pareciam ter voltado a se espalhar pela casa inteira, nos poucos dias em que eu estivera de volta), antes de me sentar e examinar a movimentação bancária do café.

Tentei não me perguntar como estariam as coisas na Cornualha sem mim. Também tentei não pensar na noite anterior. Toda vez que o "Comporte-se!" do Matthew me passava pela cabeça, eu fazia o equivalente mental de enfiar os dedos nos ouvidos e cantar "Lá-lá-lá, não estou ouvindo".

Eu decidi que não falaria dos meus sentimentos (Que sentimentos? Que problemas?) com Amber. Ela nunca admitira em voz alta, mas eu meio que sabia que ela não gostava muito do Matthew. Naturalmente, eu desejara muito que os dois se dessem bem e, nos primeiros meses do nosso namoro, havia arranjado toda sorte de idas a pubs e jantares em que eles pudessem se conhecer, mas isso não saíra exatamente como o planejado.

Matthew a achava irresponsável e imatura, e ela o achava... bem, sempre tomara todo o cuidado de dizer que ele era "agradável", mas, no fundo, eu sabia que Amber não ia com a cara dele.

Uma vez, quando Amber e eu tínhamos ficado meio bêbadas numa saída do nosso grupo de amigas, ela deixara escapar que o achava um chato, mas depois dera a impressão de querer arrancar a própria mão a dentadas por causa dessa gafe. "Ops", havia resmungado. "Desculpa. Esquece isso... Eu nunca disse nada, está bem?"

Eu tinha dado risada, mas aquelas palavras haviam ficado gravadas, claras e nítidas como um texto impresso, mesmo durante a confusão mental da ressaca do dia seguinte. E eu ficara pensando no que mais ela achava dele, mas não queria admitir.

Portanto, não, eu não diria nada, jurei, enquanto andava pela rua para me encontrar com ela, horas depois. Enterraria minhas dúvidas, faria uma cara alegre. Não queria mexer nesse vespeiro.

Mas, por outro lado, nunca fora muito boa em esconder meus sentimentos. Na verdade, era uma tarefa impossível para mim. Razão pela qual, apesar das minhas melhores intenções, assim que nos sentamos, antes mesmo de me dar conta, eu me vi dizendo:

– Matthew e eu não estamos nos entendendo muito bem.

Estávamos no jardim de inverno, com um luminoso sol de maio brilhando no céu. Amber ergueu os óculos escuros para me encarar nos olhos.

– O que aconteceu? – perguntou.

E bastou isso para eu derramar todas as minhas apreensões. Nossas opiniões diferentes sobre o café e o que eu deveria fazer pelo resto da vida; o modo como ele fizera uma limpeza tão espetacular na casa, durante minha ausência, que era como se eu tivesse sido retirada de lá com o esfregão; e a discussão da véspera no restaurante.

– Hum... – fez ela, pondo uma azeitona na boca. – E como vai a vida sexual de vocês? Sobreviveu a isso tudo, ou...?

– Está uma merda – respondi, desolada, baixando os olhos. Tinha posto os cotovelos na mesa e apoiei o queixo nas mãos. – Ontem eu tomei a iniciativa, por me sentir meio... carente, sei lá. E ele topou, mas, sabe, já não existe aquela paixão toda. Nada daquele *Vem cá, gostosão, que tal a gente...* – Dei de ombros, ciente de que a mulher da mesa ao lado estava escutando a conversa. – Você sabe como é.

– Hum... – Amber tornou a dizer. – E você disse a ele como se sentia? Vocês conversaram sobre isso?

Balancei a cabeça.

– Eu fico adiando – confessei.

O garçom nos trouxe duas garrafas suadas de cerveja, tinindo de geladas, e levei a minha à boca, tomando uma golada grande, sem me preocupar em vertê-la num copo.

– Minha impressão é que eu só... o irrito – apanhei-me dizendo. – Como se eu fosse um inconveniente na vida dele. Sinceramente, ontem à noite, o jeito que ele falou comigo me desnorteou. "Comporte-se", como se eu fosse uma criança. Fico surpresa por não ter me posto de castigo ou me mandado para o quarto.

– Isso é uma merda – disse Amber, cautelosa. – Afinal, é para vocês serem parceiros, não...

– Eu sei! – A cerveja ia se infiltrando em mim de forma muito prazerosa e soltando minha língua. – Aquilo foi muito condescendente, muito... para me pôr no meu lugar. Eu nunca sonharia falar com *ele* desse jeito, então por que ele acha que tem o direito de mandar em *mim*? E, francamente, Amber, essa coisa toda do café... tem sido uma verdadeira tarefa hercúlea tentar fazer o Matthew enxergar meu ponto de vista.

Engatei em discurso inflamado. Nada podia me deter. Todas as minhas pequenas queixas e irritações em relação a Matthew foram saindo numa chuva de impropérios, de A a Z. Seu jeito de pigarrear alto demais. Seu jeito de nunca esquecer nada e sempre saber exatamente onde havia deixado as chaves. Seu jeito de estar sempre adiantado para tudo. Às vezes, até seu jeito de respirar me irritava.

Só parei quando a comida chegou – os cogumelos pretos e reluzentes, picantes e cheios de alho, as sardinhas prateadas no azeite, uma tigela grande de folhas crocantes de salada verde e uma cesta de pão. Eu já tinha bebido minha cerveja inteira e notei o garçom erguendo as sobrancelhas.

– Quer outra? – perguntou.

– Por que não? – resmunguei. – Sim, por favor.

Bem, era sábado e eu estava passando por uma grande crise. Era permitido, não?

– Certo – disse Amber, enquanto dividíamos a comida. – Agora me fale coisas boas sobre ele. Vocês estão juntos há anos. Também deve haver uma porção de coisas de que você gosta nele.

– Ah, é claro – concordei, espetando um cogumelo. – Bom, existe o Saul, é claro, e...

Amber balançou a cabeça.

– Evie, o Saul não conta. Ele não é o Matthew. Continue.

Eu estava começando a ficar meio atordoada com a cerveja, o sol e a seriedade daquela conversa.

– Está bem – concordei. – Coisas boas sobre Matthew. Bem... – O problema era que, toda vez que eu tentava pensar nas coisas de que gostava no Matthew, o rosto do Saul ficava aparecendo na minha cabeça, sorrindo para mim. – Hã... bem, ele é prático – afirmei, após um tempo. – Confiável...

– Você o está fazendo parecer um Ford Focus – assinalou Amber.

– Ele me faz rir – acrescentei, depressa.

– Ah, é?

Mastiguei um pedaço de sardinha enquanto pensava nisso.

– Não, na verdade, não. – Meus ombros murcharam. – Nossa, isso é terrível.

– Você ainda gosta dele? – pressionou Amber. – Olha para ele e pensa *Oi, gostosão*, e dá um beliscão malicioso na bunda dele?

Hesitei.

– Eu o amo, sim...

– Você não respondeu minha pergunta – disse Amber, apontando o garfo na minha direção.

– Eu... eu não sei. Mas ele salvou minha vida, lembra? Eu o amo por *isso*.

– Hum...

E não disse mais nada.

Comemos em silêncio por alguns minutos.

– Hipoteticamente – disse ela, depois de algum tempo –, se você e Matthew... seguissem rumos diferentes, o que você sentiria?

Mordi o lábio.

– Não fale assim. O fato de eu estar me queixando para você não significa que estejamos prestes a terminar.

– É claro que não – fez ela, abanando a mão. – Mas, e se...?

Não consegui encará-la nos olhos. Meu primeiro pensamento tinha sido a saudade que sentiria do Saul. Como é que eu podia ser tão terrível?

Sentir saudade do Saul antes de sentir saudade do pai dele. Alguém podia ser mais traiçoeiro?

– Se nós nos separássemos – respondi devagar, testando meus sentimentos enquanto falava –, eu ficaria…

Franzi a testa, tentando digerir a imagem. Separar-me do Matthew significaria voltar a ficar solteira, e eu meio que havia presumido que, um dia, Matthew e eu teríamos uma família, nos casaríamos. A ideia de passar o resto da vida sozinha e de perder todas essas coisas trouxe uma sensação de náusea.

– Bem, minha vida inteira ficaria de pernas para o ar. – Baixei o garfo e a faca, enquanto sentimentos conflitantes rodopiavam em minha cabeça. – Eu me sentiria… solitária. E… com medo. Não saberia o que fazer.

Peguei um pedaço de pão.

– Não vamos mais falar nisso – pedi. – Está me dando uma sensação estranha.

– Tudo bem – concordou Amber. – Mas você sabe que estou aqui, não é, se um dia quiser falar sobre o assunto de novo.

– Sim, eu sei.

Apesar das minhas palavras, eu já estava fechando mentalmente a porta que havia aberto sem querer, tentando trancar essa conversa, para não ter que pensar nela. Imaginei-me deslizando enormes trancas de metal na porta: *paft, paft*. Pronto.

– E então, como vão as coisas com você? – perguntei.

Coloquei os óculos escuros enquanto pegava uma garfada de salada. Não queria que ela notasse a aflição que eu sabia estar visível em meus olhos.

Capítulo Dez

A conversa com Amber ficou ressoando na minha cabeça durante todo o fim de semana, deixando-me confusa e mal-humorada. Ah, passamos algumas horas bem agradáveis – Saul chegou no sábado à noite, o que foi ótimo, como sempre, e no domingo, depois que o deixamos na casa da Emily, Matthew e eu passeamos de bicicleta pela margem do rio e fizemos um piquenique numa campina ensolarada. Por trás de todas as amenidades, porém, havia alguma coisa diferente. Era como se eu estivesse fora de mim mesma, observando nosso namoro com um olhar crítico. E não tinha certeza de que gostava do que via.

Houve uma época em que talvez agíssemos guiados pelo desejo, pensei com tristeza, enquanto ele tirava uma garrafa térmica da mochila e nos servia xícaras de chá. Ficaríamos lá deitados, dando uns amassos, rindo e cochichando feito adolescentes, sem conseguir tirar as mãos um do outro. Agora, sentávamos ali, comendo sanduíches de queijo e tomando chá numa mantinha da Marks & Spencer, como um casal velho e maçante.

Brinquei com a ideia de empurrá-lo no tapete e montar nele, mas sabia que Matthew provavelmente reclamaria de dor nas costas, ou soltaria um grito de susto ao se queimar com o chá. Então, não fiz nada.

Até mesmo a tarde anterior, passada com Saul, pareceu assumir uma nova amargura depois da conversa com a Amber. Ele havia trazido umas peças de Lego, e nós dois passáramos séculos construindo um castelo, com torreões e passagens secretas e calabouços. "Este quarto é para você e o papai", dissera ele, apontando. "E ali é o quarto da mamãe e do Dan. O meu fica bem no meio, está vendo?" E eu tinha respondido "Perfeito", mas aquilo me doera fundo.

Hipoteticamente, ouvira Amber dizer na minha cabeça, *se você e Matthew seguissem rumos separados, o que você sentiria?*

Tristeza, eu havia pensado. Tristeza por não mais poder fazer aquilo com o Saul. Se Matthew e eu nos separássemos, algum dia eu voltaria a ver meu menino? Ele cresceria sem mim, talvez fizesse castelos com outra namorada do pai, construísse para Matthew e uma mulher diferente uma suíte de Lego...

"Evie, você tá chorando?", eu ouvira Saul perguntar, atônito, e enxugara os olhos depressa.

"Acho que é só uma alergia", dissera eu. "E aí, o que está acontecendo no calabouço?"

Mais tarde, à noite, depois de ele tomar o chá e um banho, tínhamos ficado aninhados no sofá e eu havia começado a ler para ele o exemplar de *A família Moomin* da minha infância, enquanto Matthew folheava o jornal. O cabelo do Saul espetava-se em tufos úmidos, cheirando a morango, quando ele se encostara em mim, e sentira de novo a mesma felicidade penetrante, com um toque de tristeza, enquanto lia. Eu havia guardado pilhas de meus livros favoritos de quando tinha a idade dele – os de Roald Dahl, Helen Cresswell e Enid Blyton – e era encantador ficar sentada ali, lendo sobre os Moomins para o Saul, tal como mamãe os tinha lido para mim. Mas ainda havia inúmeros livros que eu não lera com ele. Será que teria alguma chance de lê-los?

Balancei a cabeça. Estava sendo piegas, agindo como se Matthew e eu já tivéssemos decidido nos separar, quando nem havíamos conversado sobre isso. Devia ser só TPM, eu me convenci, procurando me livrar daquele estranho estado de ânimo.

Tudo parecia mudado nos últimos tempos, era isso. A morte da tia Jo, eu herdando o café e aquela sensação incômoda de que talvez Matthew e eu não fôssemos um casal tão sólido quanto havia pensado. Era como se alguém houvesse pegado minha vida e a sacudido, misturando todos os elementos de tal modo que eles já não se encaixavam tão bem quanto antes.

A semana seguinte transcorreu com monótona familiaridade. Meu emprego temporário continuava incrivelmente horroroso, e a situação entre Matthew e eu parecia desarmônica e frágil. Fui tentando preparar o terreno para uma Grande Conversa sobre aonde estávamos indo e que futuro haveria para nós, mas a ideia sempre me trouxe uma tensão tão paralisante que o papo não chegou realmente a acontecer.

Dei um pulo à casa da mamãe, certa noite, e a encontrei com uma vermelhidão suspeita nos olhos, debruçada sobre um dos velhos álbuns de fotografias da Jo.

– Ainda não consigo acreditar que ela se foi, Evie. – Mamãe fungou, e eu a envolvi em um abraço. – Eu me sinto perdida sem ela, como se tivesse algo errado com o mundo.

Assou o nariz e virou a página, e ambas fomos vendo as fotos de uma Jo muito jovem, de biquíni numa praia cheia de palmeiras, em algum lugar exótico. Exibia um sorriso radiante para a câmera, com o braço em volta de um cara de óculos escuros, musculoso e sarado, como se estivesse se esbaldando.

– Sabe, sempre a invejei por ter a coragem de fazer o que queria – disse mamãe, enxugando os olhos. – Ela era muito... valente. Muito mais valente que eu. Especialmente por enfrentar nossos pais do jeito que enfrentou. Estive relendo as cartas dela, e as dos seus avós são muito venenosas, quase a intimidado por causa das escolhas que fez.

– Ah, não... – comentei.

Vovó e vovô nunca tinham sido os avós mais fofos, nem quando eu era pequena. Eram cerimoniosos e certinhos e gostavam de crianças quietas e comportadas, não barulhentas e apaixonadas por diversão.

– Pois é – disse mamãe. – Senti o mesmo. Como alguém seria capaz de tentar esmagar a própria filha daquele jeito, pressioná-la a seguir um caminho que ela não queria, e então se voltar contra ela por não obedecer. Isso está além da minha compreensão.

Não falei nada e, após um silêncio bastante carregado, ela me olhou, apreensiva.

– Evie... você não acha que seu pai e eu já fizemos isso com você, acha? Sei que as coisas não funcionaram tão bem para você quanto para Ruth e Louise, mas você sabe que só queremos o seu bem, não é?

Hesitei. Não estava *certa* se sabia disso, mas não queria magoá-la, dizendo que sim.

– Bem... – comecei, procurando as palavras adequadas.

– Porque nós sempre a amaremos, independentemente do que você decidir – interrompeu ela, envolvendo-me com um dos braços. – Seja o que for.

Brinquei com meus dedos no colo.

– Posso não ter uma vida perfeita, como Ruth e Lou – comecei –, mas...

– Não *existe* um jeito certo de viver, Evie. E sabe, talvez você não acredite, mas, no fundo, acho que elas sempre tiveram muita inveja de você, assim como eu invejava Jo.

Bufei e respondi, sarcástica:

– Tá, sei. Porque há mesmo muito a invejar.

– Estou falando sério – retrucou mamãe. – Nenhuma delas se atreveria a romper com o que se espera delas, assim como eu nunca rompi. Já você... você é valente, como a Jo. E eu acho isso uma qualidade admirável, meu amor. Acho mesmo, de verdade.

– Nossa! – exclamei, conferindo se ela falava sério. Falava, e isso me deixou sem palavras. – Ahn... obrigada, mãe.

– Acho que a morte tão repentina da sua tia me fez pensar na vida e no que é importante – continuou ela. – E uma coisa ficou clara: a vida é curta. Não dá para desperdiçá-la fazendo coisas de que não gosta. – Tornou a fungar e abriu um sorriso. – Então, eu, por exemplo, vou tomar uma taça de vinho e fazer um brinde à Jo, que viveu plenamente cada minuto. Quer me acompanhar?

Retribuí o sorriso.

– Pode apostar.

Minha cabeça girava enquanto ela servia o vinho. Caramba! Mamãe nunca me dissera nada parecido. Aquilo me fez me sentir diferente, de algum modo. Era incrível ela achar que eu era valente como a Jo.

– Saúde – disse mamãe, entregando-me uma taça.

Fizemos tim-tim.

– Saúde – ecoei, pensativa.

Na quinta-feira, durante o expediente, recebi uma ligação da Annie.

– Oi, Evie – disse ela. – Desculpa incomodá-la, mas estamos com um problema. Faz alguns dias que o café não abre e...

– *O quê?* – perguntei.

Denise, a auxiliar de escritório que trabalhava mais perto de mim, com seu perfeito rabo de cavalo louro e seus cílios claros, deu uma olhada de esguelha na minha direção e eu baixei a voz.

– O que você quer dizer?

– Bem, fui lá entregar os bolos, ontem de manhã, e o lugar estava fechado. Eu tinha que ir para o trabalho, por isso não pude esperar, infelizmente.

Assim, tentei dar outra passada ontem à noite, mas continuava fechado. Também não abriu hoje. Não sei o que Carl está aprontando, mas achei que devia saber.

– Ai, merda – resmunguei, ganhando outra olhadela da Denise e uma do Tweedy Brian, o gerente do escritório, que se levantou e me lançou um olhar severo por cima da divisória. – É justo disso que eu não precisava. Vou ligar para o Carl e saber qual é a dele. Obrigada, Annie.

– De nada. Avise se houver alguma coisa que eu possa fazer para ajudar.

– Obrigada – respondi, desligando. Fiquei de pé. – Vou dar um pulinho na rua. Alguém quer café?

Tweedy Brian consultou o relógio. *Alerta do funcionário certinho.*

– Ainda faltam vinte minutos para o intervalo – disse, todo pomposo e reprovador.

O queixo carnudo balançou, e tive uma ânsia repentina de jogar um clipe de papel nele.

– Ah, bom, eu não conto, se você não contar, Brian querido – retruquei, com um sorriso maroto, e atravessei o escritório.

– Espera! – disse ele. – Só um segundo, senhorita… hum…

– Acho que o nome dela é Eva – interveio Denise, em tom desinteressado, como se estivesse falando de papel higiênico.

– É *Evie* – corrigi, sem interromper o passo –, e volto daqui a cinco minutos.

Pude ouvir o protesto do Tweedy e um bufo indignado quando cruzei a porta, mas ignorei todos. Detestava a política dos escritórios. Toda aquela mesquinharia sobre quem era dono de qual grampeador, e quem não tinha substituído o toner da impressora, e quem tinha a insolência de sair do escritório doze minutos antes do intervalo. *Pelo amor de Deus*, tive vontade de gritar. *Nada disso importa!*

Do lado de fora do escritório, sentei numa mureta e liguei para o Carl. Eram onze horas da manhã, logo, ele devia ter chegado ao café havia uma hora, mas soou como se eu o tivesse acordado, quando finalmente atendeu.

– Alô? – disse.

– Carl, é a Evie – falei em tom seco. – A Annie acabou de me telefonar e dizer que o café não abriu nos últimos dias. Eu queria saber...

– Ah, é, eu estava para falar com você – interrompeu ele, com a voz soando arrastada e grogue.

Ouvi-o dar uma tragada num cigarro e torci para que não estivesse perto do estoque. Onde estaria ele?

– Falar de quê? – rebati. – Porque...

– Com licença – veio uma voz alta masculina atrás de mim.

Levantei os olhos e vi um segurança corpulento inclinando-se para fora da porta da recepção.

– Não é permitido sentar aí, meu bem. Trate de circular, por favor.

"Trate de circular, por favor." Como se fosse um policial.

– Eu trabalho aqui – retruquei, irritada. – Só estou dando um telefonema rápido.

– É, bom, seja lá o que está fazendo, pode fazer isso em outro lugar, por favor. Obrigado. – O homem tinha uma dessas caras bolachudas de batata, de olhos redondos e bochechas caídas. Era alto e acima do peso e parecia desconfortável com seu uniforme: o tipo de homem que a gente imaginaria vermelho de tanto suar, nos dias de calor. – De preferência agora, por favor – insistiu, quando não me mexi.

Estalei a língua em desdém e revirei os olhos. Qual era a dessas pessoas, afinal? Esse escritório só parecia atrair esquisitões. Então me levantei, andando com toda a calma um metro adiante da porta do escritório.

– Você ainda está aí, Carl? – perguntei. – Desculpe a interrupção. Então, como eu ia dizendo...

– Eu ia telefonar mais tarde, aliás – interrompeu ele. – Para avisar que me demiti.

Fiquei imóvel, como se tivessem me acertado um tiro de tranquilizante.

– Você... se demitiu? – repeti. A palavra ficou quicando na minha cabeça feito eco. – O que está querendo dizer? Você não pode se demitir e me largar de uma hora para outra.

Ouvi suas baforadas no cigarro, *puf, puf, puf,* como se ele soprasse anéis de fumaça.

– Bom, sinto muito – retrucou. – Recebi uma oferta melhor. Estou trabalhando num lugar em Tregarrow. Comecei ontem.

– É muita gentileza sua me avisar – rebati, sentindo-me desamparada de frustração. Tive vontade de gritar. – Você precisa me dar um aviso prévio maior do que isso, Carl, não pode simplesmente ir embora!

Houve uma pausa, e eu o imaginei dando de ombros.

– Bem, agora já foi.

Trinquei os dentes.

– Foi, sim – confirmei, com vontade de estrangulá-lo. – Então, acho que é isso. – Desliguei, depois chutei a parede com tanta força que pensei ter quebrado o dedão do pé. – Porra! – gritei para o estacionamento. – MER-DA! PUTA QUE PARIU!

– Tenho que ir para lá – avisei ao Matthew naquela noite. – Simplesmente tenho que ir. Não há nenhum cozinheiro, agora que Carl se mandou, o que significa que não há mais dinheiro entrando. Encomendei bolos da Annie que estão sem saída, é um desastre. Tenho que resolver essa situação.

Ele assentiu, como se já esperasse. Estávamos sentados, jantando comida chinesa que pedimos por telefone (escolha dele), diante de um programa de talentos na tevê (escolha minha). Matthew observou, indiferente, enquanto o chamado "pequinês falante" permanecia mudo, para grande aflição de sua dona vestida de lantejoulas.

– Vamos, Ruffles – murmurava ela em tom amoroso. – Diga o seu nome.

– Quer dizer, eu tenho que ir – repeti, balançando o garfo no ar. Vários grãos de arroz caíram dele, feito minúsculos flocos de neve. – Quando liguei de volta para Annie, ela me garantiu que vai ficar de olho na propriedade por mim, mas, ainda assim, não posso deixá-la abandonada.

Matthew abriu a boca, como se fosse perguntar sobre o emprego temporário, mas tornou a fechá-la. Já sabia a resposta.

– Vamos, Ruffles – cantarolava a vovozinha desesperada na televisão. – É só dizer seu nome, querido. Diga "Ruffles" para os moços bonzinhos. Diga "Ruffles".

BZZZ, fez um dos jurados, apertando uma campainha para dar seu voto de tirá-la do programa.

– E... para ser sincera – prossegui –, talvez eu tenha que passar algum tempo lá. Contratar outro chef, garantir que tudo está funcionando como deve.

Matthew ficou sentado ali, mudo como o pobrezinho do Ruffles. Isso me deixou tensa.

– Por que não está dizendo nada? – perguntei.

Ele suspirou e baixou o garfo no *chow mein*, que estava ficando gelado.

– Evie, se você tem que... – começou, mas comprimiu os lábios, sem terminar a frase.

Meu coração dava pulos dolorosos. Eu sabia o que ele ia dizer. E meio que queria que o dissesse, mas, ao mesmo tempo, sentia pavor de ouvir as palavras.

BZZZ, fez o segundo jurado do painel da tevê, Simon Cowell, revirando os olhos com ar impaciente.

– Matthew – apressei-me a dizer, antes que ele pudesse prosseguir. – Talvez...

– Acho que você deve ir – disse ele, como se não me ouvisse. – Sei que é isso que o seu coração deseja.

Sua terminologia antiquada fez meus olhos lacrimejarem.

– Meu coração também está aqui – tentei retrucar. – Mas...

BZZZ, fez a terceira jurada, aquela atriz meiga cujo nome eu jamais conseguia recordar.

– Sinto muito, querida – disse ela à velhinha –, mas isso é um *não*.

Desliguei a tevê com o controle remoto e olhei fixo para Matthew.

– O que você está dizendo? – perguntei, com a voz rouca. – Está dizendo...?

– Acho que nós devemos terminar. Desculpa, Evie. Tenho pensado nisso há algum tempo, e não sei mais ao certo para onde estamos indo.

Fechei os olhos com força, incapaz de fitá-lo. O garfo caiu da minha mão e ouvi seu baque surdo no carpete. Mais sujeira. Pude imaginar os grãos afundando, pegajosos, por entre as cerdas. Não era de admirar que ele quisesse distância de mim.

– Eu...

Ah, meu Deus. Estava acontecendo. *Hipoteticamente*, veio a voz da Amber na minha cabeça, pela enésima vez. A voz do Juízo Final. Mas agora não havia necessidade de hipóteses, não é?

Matthew segurou minha mão.

– Evie, eu sinto muito. Sinto muito, muito mesmo.

Mas isso é um não.

As lágrimas rolavam por meu rosto e pingavam no prato. *Acabou*, pensei, melodramática. *Acabou mesmo. Estamos realmente terminando.* E em seguida, com um baque. *Nunca mais vou ver o Saul.*

– Diga alguma coisa. – Matthew parecia estar sofrendo. – O que você está sentindo?

– Eu... – Parte de mim queria esbravejar, dizer que ele estava errado, que éramos bons juntos, estávamos bem juntos. Mas, ao mesmo tempo, sabia que não conseguiria dizer essas coisas com a menor convicção. – Estou muito triste.

Era verdade. Triste e assustada por estar agora totalmente só. Com medo, por já não contar com Matthew para organizar minha vida. Seria um inferno sem ele, eu sabia. E estava desolada por perder meu menino, meu filho postiço, cuja companhia era uma luminosa luz dourada que cintilava em minha vida duas vezes por semana.

– Vou sair – disse, pondo-me de pé. Não conseguia olhar para ele. – Preciso clarear a mente.

Queria fugir dessa conversa tóxica, terrível, chorar umas boas lágrimas sozinha, tentar entender o que estava acontecendo.

– Espere um pouco – disse Matthew. – Não quer conversar?

Balancei a cabeça.

– E dizer o quê? – perguntei. – Olhe... eu entendi, tudo bem. Acabou. No fundo, eu meio que também sabia, para ser sincera. Você merece uma pessoa limpa e arrumada e sensata, e...

– Não se trata de ser limpa, arrumada e sensata! – disse ele, quase aos gritos, na verdade. Pensei que também ia chorar nessa hora. – É mais uma questão de que... acho que estou prendendo você em Oxford. Esse café... ele está mexendo mesmo com você, eu percebo. Sei que é importante para você. E não vai funcionar, se você ficar dividida entre dois mundos diferentes. Você tem que fazer isso. Então, eu estou... deixando você ir.

Tornei a me sentar, atirei os braços em volta dele e solucei.

– Mas isso não quer dizer que tenhamos que nos separar – afirmei, chorando em sua camisa.

– Quer, sim – retrucou ele, afagando minhas costas. Trazia em si uma nova gentileza. Por um momento, essa cena entre nós foi quase romântica, até eu me lembrar de que, na verdade, ele estava me dando o fora. – Quer dizer, sim, Evie. Eu realmente espero que o café seja um sucesso. Mas nós dois nos afastamos, você também deve ter notado. Só estou sendo realista.

– Eu sei – respondi, fungando.

Agarrei-me a ele, zonza. Meu Deus. Aquilo era real. Estávamos terminando. Estávamos mesmo terminando. Não havia mais Evie-e-Matthew. Não havia mais Matthew-e-Evie. O que eu faria agora?

Boa pergunta.

Capítulo Onze

– Ah, que merda – disse Amber, quando telefonei no dia seguinte para lhe contar que Matthew e eu tínhamos terminado. – Ah, meu bem, por essa eu não esperava.

Dei uma risada fraca.

– Ah, tá. Não foi o que pareceu, no sábado.

– Eu não achava a sério que... Ah, merda. Você está bem? Quer morar um tempo lá em casa?

Assoei o nariz. Estava chorando desde a hora em que havia acordado de manhã.

– Estou bem – respondi.

Era uma mentira tão flagrante – na verdade, gaguejei no "bem", transformando a palavra numas cinco sílabas –, que ela disse:

– Quer que eu vá até aí? Está muito calmo na loja, tenho certeza de que Carla vai me deixar dar uma saída.

– Sinceramente, não, estou bem – comecei, mas mudei de ideia. – Na verdade... você pode vir?

– É claro – respondeu ela. – Chego em cinco minutos.

Desliguei o telefone e continuei a fazer as malas. Estava separando todas as minhas coisas, empilhando meus livros e CDs em caixas e deixando buracos tristonhos nas prateleiras. Desviei o rosto, sem querer olhar para aqueles desoladores espaços vazios. Aqueles espaços me representavam – eram minha presença sendo removida da casa aos poucos. Não foi um pensamento agradável.

Passado um momento, obriguei-me a me virar e prosseguir. Era a coisa certa a fazer. Matthew estava sendo corajoso, forçando as coisas a chegarem a sua conclusão inevitável. Fazia muito tempo que o relacionamento não ia bem. O término era um golpe de misericórdia.

Agora, meu plano era fazer as malas, pôr tudo que pudesse no carro e ir passar o verão na Cornualha. E, depois disso, quem saberia dizer? Podia ir para outro lugar que me agradasse. *A vida é curta*, mamãe tinha me lembrado. *Não dá para desperdiçá-la fazendo coisas de que não gosta.* E, com as sábias palavras dela ressoando em meus ouvidos, eu havia me demitido do meu emprego temporário logo de manhã cedo, o que me rendera um gélido silêncio da consultora da agência de empregos.

– Entendo – ela acabara dizendo. – É um aviso muito curto, de modo que não tenho certeza de que podemos lhe oferecer outra coisa...

– Tudo bem – respondi. – Tenho meu próprio negócio para cuidar. Tchau.

Minha mão pairou sobre *A família Moomin* quando cheguei a ele na estante. Eu não terminara de lê-lo para o Saul e havia ansiado por chegar aos capítulos com Thingumy e Bob, por saber que eles o fariam rir. E agora...

Uma lágrima rolou pela minha bochecha. Agora eu teria que deixar o livro para que Matthew o lesse para o filho. Peguei uma caneta e escrevi na folha de rosto: "Querido Saul, você é o máximo. Espero que goste de como esta história termina. Com amor, Evie." Então tive que largá-lo depressa, antes que minhas lágrimas manchassem o papel.

Por sorte, a campainha tocou naquele exato momento, e foi um alívio imenso ver Amber parada ali, com sua bicicleta, um buquê de tulipas brancas e uma barra enorme de chocolate.

– Estas são da Carla – disse, jogando as flores para mim. – E o chocolate fui eu que trouxe. Venha cá – falou, me abraçando. – Sinto muito mesmo, Evie.

Ao menos tenho Amber, pensei com gratidão, enquanto ela me abraçava.

– Entre – falei. – Vou pôr a chaleira no fogo.

Fomos para a cozinha e eu me apanhei olhando-a com novos olhos, examinado o cômodo para saber o que precisaria embalar. Pareceu mesquinho levar o calendário do Andy Warhol, apesar de ter sido eu quem o comprara, ou levar embora o conjunto de panelas não aderentes (meu), deixando Matthew se virar sem elas. Isto posto, de jeito nenhum eu poderia deixar para trás minha velha leiteira listrada ou os pratos com girassóis dos anos 1970, que eu havia comprado num brechó, ou o bule de chá vermelho-vivo...

Uma coisa de cada vez, lembrei a mim mesma, enchendo a chaleira.

– E então, o que vai fazer? – perguntou Amber, recostando-se na bancada.

– Falei sério sobre você se mudar lá para casa. Pode ficar o quanto quiser no quarto de hóspedes.

– Obrigada – falei, pegando as canecas. – Mas pretendo passar um tempinho na Cornualha. Quero me dedicar ao café, me distrair, esquecer o coração partido... – Dei um risinho fraco. – Você sabe como é.

– Sério?

– Sim, sério.

Contei-lhe sobre o telefonema da Annie na véspera (teria sido apenas na véspera? Parecia haver passado muito mais tempo) e disse que, com o término, fazia sentido eu ir direto para lá, o mais cedo possível, e mergulhar no trabalho.

– Pelo menos, não vou ficar na fossa por aqui – acrescentei, pondo os saquinhos de chá no bule. – E estou mesmo um tiquinho empolgada. Quase como se tivesse me libertado.

– Uau – disse ela. – Meu Deus.

– Pois é – falei, começando a me empolgar. – Estou mesmo. Não é que eu estivesse na prisão nem nada, mas é como se novas possibilidades se abrissem. E isso dá medo, e não faço a mínima ideia do que estou fazendo, mas, na verdade, *gosto* de pensar que posso fazer o que eu quiser. – Esfreguei os olhos. – Digo, estou muito triste por causa do Matthew e tudo. Não é que eu goste de termos terminado, mas...

Balancei a cabeça. Não conseguia achar as palavras certas nessa manhã.

– Eu faço o chá – disse Amber. – Sente aí e coma um pouco de chocolate. E respire fundo algumas vezes, antes que sua cabeça exploda.

Fiz o que ela mandou. Cadeira. Chocolate. Respirar fundo.

– Toma – disse Amber, pondo uma caneca fumegante na minha frente e sentando à mesa com a dela. – Escute... sobre ir à Cornualha. Quer que eu vá com você por alguns dias? Só para lhe fazer companhia e dar uma mãozinha no café? Não quero você dirigindo por aí toda chorosa, e depois se sentindo solitária e sem ter com quem conversar. Não estou dizendo que vai ser assim – acrescentou, depressa. – Quer dizer, é provável que você fique bem. Que se divirta horrores. Mas, pelo sim, pelo não...

– Está falando sério? Você iria mesmo comigo para a Cornualha? E o trabalho?

Ela soltou uma risada de desdém.

– Dane-se o trabalho. Em primeiro lugar, esta semana tem o feriado, então a loja não vai abrir na segunda-feira. E, em segundo, Carla está me devendo férias, e também me deve um favor, pelo número de buquês de noiva que fiz para ela à noite durante as últimas semanas. Além disso, a filha dela vive bolando maneiras de ganhar uns turnos extras. Carla não vai ficar sem pessoal. – Ela apertou minha mão. – Isso se você *quiser* que eu vá. Entendo perfeitamente se preferir ficar sozinha, arejar a cabeça, dar uns gritos no alto dos morros, ou seja lá o que for que você tenha em mente.

Quebrei mais um pedaço do chocolate e o pus na boca enquanto pensava. Mal tinha dormido na noite anterior, de tão perplexa que ficara com o que Matthew e eu tínhamos dito um ao outro, de tão desnorteada que estava com todas as tarefas à minha espera. Minha esperança tinha sido ser forte o bastante para fazer as malas e ir embora, sem querer ficar pensando na dor que eu sabia que sentiria por dentro, apesar de toda a conversa corajosa sobre minha liberdade. Começar de novo num novo lugar seria empolgante, sim, mas também solitário. Então, será que eu queria que Amber fosse comigo e segurasse minha mão?

Pode apostar que sim.

– Tem certeza? – perguntei. – Tem certeza absoluta, mesmo?

Os olhos dela cintilaram.

– Você me conhece – respondeu, franzindo o nariz ao sorrir. – Adoro umas férias. E então, a que horas partimos?

Quatro horas depois, estávamos deixando Oxford, levando na mala do carro sacos de lixo com minhas roupas e outros pertences embalados às pressas. Foi estranho fechar a porta da frente e me perguntar se algum dia voltaria. Amber já se oferecera para buscar as coisas que eu tivesse deixado para trás, como seria inevitável. A menos que Matthew e eu tivéssemos um reencontro apaixonado no futuro, acabava ali minha relação com o número 23. De agora em diante, aquela não seria minha casa; aquele já não era meu lugar. Eu não sabia direito *qual* era meu lugar.

Hesitei, depois joguei as chaves pela abertura da caixa de correio, sentindo um leve enjoo ao ouvi-las caírem no chão, do outro lado. Senti que aquele era um momento irreversível. Já era. Não havia como voltar atrás.

– Está pronta? – perguntou Amber, em tom delicado.

Eu ainda estava com a mão na caixa de correio e relutava em tirá-la. Era como se, ao soltá-la, eu cortasse minha última ligação com a casa. Será que estava mesmo fazendo a coisa certa? Será que, em vez disso, eu deveria correr até o escritório do Matthew e tentar fazê-lo mudar de ideia, persuadi-lo a nos dar outra chance?

– Vou esperar no carro – disse Amber, quando não respondi.

O som de seus passos se afastando rompeu o encanto.

– Adeus – murmurei para a casa, deslizando os dedos pela tampa fria de latão da caixa de correio, como se acariciasse o rosto de um amante.

Então, com um suspiro profundo, virei as costas, entrei no carro, dei a partida e saí dirigindo. Não olhei para trás.

– Tudo bem com você, Thelma? – perguntou Amber, olhando de soslaio para mim enquanto rumávamos para o anel rodoviário.

– Tudo bem, Louise – respondi, e abri um sorriso rápido. – Estou feliz por você estar aqui comigo. Se não estivesse, provavelmente estaria em prantos, cantando ao som de "Stand By Your Man".

– Ao passo que agora – disse ela, ligando o rádio e mexendo no botão de sintonia –, você está comigo e... – Ambas começamos a rir quando, de repente, "Freedom", do George Michael, berrou no rádio. – Ah, George – disse ela com carinho, aumentando o volume –, eu mesma não saberia me expressar melhor.

Quanto mais nos afastamos de Oxford, melhor foi ficando meu humor. O sol saiu de trás das nuvens, e tive a sensação de estarmos rumando para um lugar mais feliz. Havia algo de satisfatório em tomar as rédeas da situação, em recomeçar. Amber também estava de bom humor, com suas férias inesperadas no horizonte, e foi a melhor companheira de viagem, fazendo-me rir, achando ótimas músicas no rádio, que cantamos a plenos pulmões, e conversando sobre uma coisa e outra.

– Faz séculos desde a última vez que fizemos algo assim – comentou ela, depois de algum tempo. – Só nós duas, tendo uma pequena aventura. Só saímos em casal nestes últimos anos, não é?... Eu com o Jackson, depois o Bill, e depois aquele idiota do Neil, e você com o Matthew... Realmente gosto da ideia de voltarmos a ter um momento só nosso.

– Eu também – concordei, imaginando nós duas de camisolas felpudas no sofá da casa da tia Jo, usando máscara facial e rolinhos no cabelo, assistindo a um filminho água com açúcar e comendo chocolate. Sim, passar um tempo com minha amiga era exatamente aquilo de que eu precisava.

– Podemos nos emperiquetar, cair na pista e dançar até não aguentar mais – disse ela, com ar sonhador, estourando num instante minha bolha de serenidade. – Quer dizer, imagino que a vida noturna em Carrawen Bay não seja lá grande coisa, não é? – acrescentou, passado um momento.

Balancei a cabeça.

– Não é muito movimentada.

– Bem, quem melhor do que nós duas para começar a animá-la?

Fiz uma careta e protestei, sem muito entusiasmo.

– Não sei bem se quero mesmo animar as coisas...

Ela pegou um espelhinho de mão e, com habilidade, passou uma nova camada de batom nos lábios.

– Bem, isso nós vamos ver – disse Amber.

Ao chegarmos a Carrawen Bay, já eram quase oito horas da noite e estava escurecendo. Havia luzes acesas em todas as janelas das pousadas da rua principal e, ao passarmos pelo pub, ele pareceu abarrotado e cheio de vida.

– Maravilha – disse Amber, em tom apreciativo. – Este lugar é bonito à beça. Nossa, olhe lá a praia! Linda!

Mesmo à meia-luz enevoada, tive que concordar. A areia tinha um tom cinza esfumaçado e a água era azul-marinho, escurecendo na linha do horizonte, mas não havia como disfarçar a curva generosa da baía e aquele imenso céu. Tudo era mesmo lindo. Orgulhei-me daquela cena, como se a tivesse feito com minhas próprias mãos.

– É linda – concordei. – E ali está o café.

Entrei no estacionamento e desliguei o motor. Por um momento, nenhuma de nós falou nada, e então Amber disse, num sussurro:

– Posso ouvir o mar.

Sorri para ela.

– Sim. É bom, não é?

E falei sério. Pela primeira vez em todo aquele dia, deixei-me inundar pela calmaria do som das ondas. Eu estava de volta à baía e tudo daria certo.

Tínhamos comprado peixe com fritas em Polzeath e levamos os sacos de papel ainda quentes para o deque do café, onde o aroma de sal e vinagre misturou-se com o cheiro salgado de maresia. Estava escuro ali, com umas guimbas velhas de cigarro sendo sopradas feito folhas para lá e para cá. Um copo de plástico girava num lento semicírculo, e eu o apanhei.

– Carl, aquele desgraçado! – exclamei, não pela primeira vez. – De todos os caras indignos de confiança, inúteis, grosseiros, preguiçosos...

– Ah, você está bem longe dele – interrompeu Amber. – Ele é coisa do passado, e nós duas somos o futuro. Certo, e então, vamos entrar?

Destranquei a porta e acendi as luzes. Ora, ora, parece que Carl não se dera o trabalho de fazer a limpeza antes de cair fora. Havia pratos e xícaras sobre as mesas e o piso estava sujo de areia e migalhas. Cerrei os punhos. Na próxima vez que eu pusesse os olhos nele, Carl ia levar um tapa. É sério.

– Puxa, isto aqui é incrível – disse Amber, olhando em volta. – Deve ser uma beleza de dia, com a luz entrando. Meu Deus, Evie, mal consigo acreditar que é tudo seu.

Sorri para ela, apesar do meu aborrecimento.

– Eu sei – respondi. – Também não consigo. Tem uma aparência ainda melhor quando está limpo.

– Ah, isso não vai nos tomar muito tempo – garantiu Amber. – Mas, primeiro, as prioridades. Onde estão seus pratos? E você tem ketchup para as batatas fritas? Vamos comer, depois podemos fazer a limpeza.

Era uma ideia maravilhosa. Achei na geladeira duas latas de Coca Diet para nós, sentamos no reservado do canto e devoramos tudo. Com um sobressalto, eu me dei conta de que fazia séculos que não pensava em Matthew. Àquela altura, era de se supor que ele houvesse chegado do trabalho. Devia ter sido estranho entrar em casa e perceber que eu tinha ido embora. Talvez ainda nutrisse esperança de me encontrar lá, toda chorosa e suplicante: *Não me deixe, não posso viver sem você...*

Imaginei-o sentado sozinho na sala e senti uma pontada de tristeza. *Estaria com saudade?*, pensei. *Ou estaria se espichando no sofá, comemorando minha partida com uma cerveja?*

Pisquei com força, consciente de que devia haver uma umidade suspeita nos meus olhos. Também percebi que havia conseguido comer o resto das batatas fritas sem nem sequer sentir o sabor delas.

Amber também havia terminado.

– Estou empanturrada – disse, empilhando os pratos e se levantando. – Que tal tirarmos as malas do carro, e depois você me mostra o lugar? Mal posso esperar para conhecer tudo. E aí começaremos a limpeza.

– Está bem – concordei, disfarçando um bocejo.

Minha noite insone estava me alcançando para valer, agora que eu tinha conseguido dirigir até lá em segurança, e toda aquela comida me deixara sonolenta. Senti meu nível de energia despencar.

– Vamos nos acabar na Cornualha! – disse Amber, partindo para a cozinha. – Vai ser ótimo.

– Com certeza! – gritei para ela, tentando soar entusiasmada.

Uma enxurrada de imagens brotava em minha mente, uma atrás da outra, feito uma apresentação de slides. Matthew dizendo que queria terminar; a expressão arrogante da Ruth; Saul e eu aninhados no sofá, lendo as histórias dos Moomins; meu café sujo e empoeirado...

Ah, o que eu tinha feito, largando tudo em Oxford por isso? ONDE eu estava com a cabeça?

Capítulo Doze

Às onze horas da noite, havíamos desembalado quase todas as minhas coisas, feito a limpeza, enviado um anúncio por e-mail ao jornal local para contratar um novo cozinheiro, encomendado uma compra num supermercado atacadista pela internet (a ser entregue na segunda-feira) e bebido quase duas garrafas de vinho. Ah, e experimentado os licores meio suspeitos que havíamos descoberto no fundo do armário de bebidas da Jo.

Eu estava tentada a fechar o café até conseguirmos um cozinheiro e termos o estoque plenamente renovado, mas Amber me convenceu de que devíamos abrir normalmente no dia seguinte.

– Amanhã é sábado e a previsão é de sol e céu azul – disse, com a cabeça encostada no sofá. – E, ei, já tive minha época de bancar um pouco a chef, não é? Posso dar uma mãozinha nessa parte.

Eu tinha minhas dúvidas – especialmente porque, tanto quanto podia lembrar, o trabalho da Amber no restaurante do hotel Randolph tinha envolvido, acima de tudo, fatiar legumes, e não preparar muitos pratos (se bem que se tratasse de fatiar legumes daquele jeito acelerado e impressionante dos chefs) –, mas o vinho estava me deixando afável e superconfiante.

– Tá, a gente dá um jeito – concordei. – Vou dar uma saída rápida logo cedo e fazer um estoque do que precisarmos para o fim de semana. Vai ser moleza.

Infelizmente, essas palavras voltariam mais de uma vez para me assombrar, no dia seguinte.

Após uma noite abafada de bebedeira e pouco sono, acordei às oito da manhã com uma ressaca de estourar a cabeça e percebendo que era para eu ter saído muito mais cedo para comprar os mantimentos de que iríamos precisar nos próximos dias. E então, tornei a me lembrar de tudo que havia acontecido:

meu rompimento com Matthew, a mudança, o número assustador de coisas que eu precisaria fazer para pôr o café em ordem...

Essas ideias desfilaram uma a uma na minha cabeça, a uma velocidade nauseante. Era como assistir a um trailer da implosão da minha vida – um trailer que eu não conseguia desligar nem apagar, por mais que tentasse. Soltei um gemido e tornei a fechar os olhos. O sol brilhava forte através das cortinas fininhas, me dando dor de cabeça. (É. Porque era tudo culpa do *sol*. Nada a ver com os litros de Pinot Grigio que Amber e eu havíamos bebido, nem com aquele estranho licor azul que tinha me feito lacrimejar.)

Fiquei pensando no que Matthew estaria fazendo nessa manhã de sábado. Já devia estar de pé, a mil, tendo tomado café ou comido alguma coisa saudável e sensata, como mingau. Teria saído para uma corrida de 5 quilômetros à margem do rio, depois compraria uma porção de legumes e verduras orgânicos na feira de agricultores, ainda presos a torrões de terra, no estilo acabou-de-ser-arrancado. Depois, talvez se presenteasse com mais um pouco de faxina e arrumação, esfregando até apagar o último vestígio da minha presença, até eu ser completamente eliminada de sua vida, antes de ele se acomodar com suas planilhas, à noite.

Enquanto isso, ali estava eu, fedida e de ressaca, um fracasso comercial antes mesmo de rastejar para fora da minha fossa.

Arrastei-me para o chuveiro, depois vesti uma roupa, preparei dois cafés fortes e vigorosos como um par de luvas de boxe e fui acordar Amber. A meteorologia havia acertado em cheio – o céu exibia um azul impecável e o mar parecia brincalhão, cheio de ondinhas de renda branca. Se continuasse assim, a praia ficaria agitada em poucas horas, e o café também, se conseguíssemos ter forças para abrir, é claro. No momento, a única coisa agitada era meu estômago.

Duas horas depois – que consistiram em várias sessões de ânsias de vômito no banheiro, uma gigantesca corrida às compras, duas xícaras de chá, um prato de fritura e um expresso duplo –, virei a plaquinha de "Fechado" para "Aberto".

– Vamos lá, garota – disse Amber, balançando uma espátula com um floreio. – As meninas do Praia Café estão PRONTAS.

E começamos.

Vou lhe dizer uma coisa: trabalhar no café foi uma experiência totalmente diferente com Amber na cozinha. Até em nossos períodos mais atarefados, como a hora do almoço, ela foi rápida, eficiente e agradável enquanto Seb, Saffron e eu lhe entregávamos um pedido atrás do outro. Ela passou manteiga e recheou um milhão de sanduíches, preparou bateladas de desjejuns ingleses tradicionais, aqueceu todos os pastéis de forno que eu havia comprado, sem confundir nada, e, mesmo depois disso tudo, continuou a fazer piadas e a cantar junto com o rádio. O dia foi, na verdade, muito agradável. Consegui até relevar o momento em que Seb derramou limonada em dois garotinhos, que se desmancharam em soluços assustados e grudentos.

O que não foi tão fácil foi ignorar o habitual tratamento atroz que Saffron dava aos clientes. Ela chegou se arrastando, atrasada – que grande surpresa –, com os olhos semicerrados e o cabelo desarrumado de quem sofria com uma tremenda ressaca, e ficou se escondendo no estoque para matar o trabalho, quando achava que eu não estava olhando. Não senti um pingo de pena, não quando eu havia acabado de batalhar contra meu próprio pesadelo de vinho e licor suspeito. Isso é que ser fraca para bebida, pensei com desdém. A garota não tinha ideia do que era sofrer de verdade.

Ficamos atarefados o dia inteiro, com filas que se estendiam até o lado de fora, em alguns momentos. Duas semanas antes, aquilo me deixaria apavorada, mas agora eu estava familiarizada com o cardápio e sabia operar a cafeteira como uma profissional, enquanto me certificava de mandar Seb ou Saffron tirarem e limparem as mesas regularmente, para podermos continuar a servir os novos fregueses.

– Estamos mandando ver, galera! – apanhei-me dizendo mais de uma vez, com um toque de triunfo na voz. – Estamos conseguindo!

Só depois do almoço me dei conta de que Ed e sua cadela ainda não tinham aparecido. Será que ele já havia ido embora da praia, já que abri o café mais tarde? Ele tinha aparecido cedo nas duas vezes anteriores. Decerto não podia estar mantendo a distância, depois daquele sanduíche de bacon perfeito que eu havia preparado da última vez, não é?

No meio da tarde, Amber gritou da cozinha que ia dar um pulo lá fora para fumar um cigarro.

– Vou dar cobertura na cozinha – avisei a Seb. Estava tudo razoavelmente calmo, agora que a correria do almoço havia chegado ao fim. Com sorte, não teria que cozinhar nada. – Você e a Saffron, onde quer que ela esteja, podem receber os pedidos e cuidar das coisas por aqui, não é?

Seb mordeu o lábio.

– Acho que a Saffron saiu – resmungou, sem me olhar nos olhos.

Terminei o cappuccino que estava preparando e salpiquei o chocolate em pó.

– Pronto, aqui está. São 9 libras e 75 centavos – falei a meu freguês, e tornei a me virar para Seb. – Como assim, "a Saffron saiu"? – perguntei, franzindo a testa. – Onde ela está?

Ele baixou a cabeça, coçando a penugem do queixo e parecendo decididamente sem jeito.

– Sei lá. Esqueça que eu falei alguma coisa – resmungou, e foi atender a mulher de ar estressado na fila. – Olá, em que posso servi-la?

– Gostaria de um sanduíche de atum com maionese, dois de presunto no pão de grãos, dois bules de chá e uma vitamina de morango – disse ela, e tive que correr até a cozinha para começar a preparar o pedido, por mais que quisesse questionar Seb sobre o que ele queria dizer com aquilo.

Por que teria ficado tão esquivo quando perguntei pela Saffron? Estava claro que havia alguma coisa acontecendo, mas o quê?

Descobri, trinta segundos depois, ao ouvir vozes alteradas pela janela dos fundos da cozinha.

– O que você pensa que está fazendo?! A Evie sabe que você pegou essas coisas?

Era a voz da Amber, alta, chocada e acusadora.

Parei de espalhar a manteiga no pão. Coisas? Que coisas?

Ouvi então a resposta da Saffron, a voz mais baixa e debochada:

– Cuide da própria vida. Isto não tem nada a ver com você.

A Amber, de novo:

– Bem, é aí que você se engana, mocinha. Tem tudo a ver comigo. Volte já lá para dentro. Você tem explicações a dar.

Seb irrompeu cozinha adentro.

– Um sanduíche de atum, dois de presunto no pão de grãos – disse ele, prendendo o pedido no espeto.

– Sim, deixa comigo – murmurei, distraída.

131

Fiquei parada ali, imóvel, faca de manteiga pairando sobre a baguete, enquanto os passos se aproximavam.

A porta dos fundos se escancarou, e Saffron e Amber entraram na cozinha. Os olhos da Amber eram como mísseis, a boca comprimida numa linha raivosa.

– Evie, você deu ou não deu essas coisas à Saffron? Acabo de pegá-la roubando isso para os amiguinhos, lá nos fundos.

Largou sobre a bancada uma sacola de compras cheia de mantimentos. Havia latas de refrigerante, bolos que eu havia comprado naquela manhã, uma montanha de pacotinhos de batata frita, vários pastéis de forno...

Olhei da bolsa para Saffron, que retribuiu com um olhar de raiva, parecendo não se arrepender.

– Um sanduíche de bacon, uma salada de queijo com pão integral, dois sanduíches de geleia para crianças, tudo para viagem – anunciou Seb, entrando apressado com outro pedido.

– Com certeza *não dei* essas coisas à Saffron – respondi devagar, sentindo uma pontada de raiva. Como é que ela se atrevia? Como se *atrevia* a roubar do café? Todas aquelas vezes que se metera no estoque, ela estivera pilhando sacolas de alimentos e bebidas em segredo. – Há quanto tempo isso vem acontecendo, sua ladra?

Ela arrastou o pé no chão e deu de ombros, como se não se importasse.

– Bom, isso acaba neste instante – falei, a voz trêmula de raiva. – Você está demitida, Saffron. Ande logo, caia fora. Já tenho problemas demais com que me preocupar sem que meus próprios funcionários roubem o estoque.

– Sem problema – resmungou ela, e empurrou a sacola da bancada, jogando todo o conteúdo no chão. Um dos pacotes de batata frita estourou, espalhando lascas douradas e salgadas por toda parte. – Isto aqui é uma pocilga, de qualquer jeito, e você não vai durar nem cinco minutos. É melhor ir embora mesmo.

Saiu batendo o pé, com o nariz empinado. Tive vontade de sair correndo e cravar a faca de pão entre as espátulas daquela garota arrogante.

– Puta merda! – exclamou Amber, apanhando as latas de refrigerante (agora amassadas) e os alimentos do chão. – Com funcionários assim, quem precisa de inimigos?

– Dois chás completos, duas porções de torradas de pão de forma com geleia – disse Seb, com o rosto corado ao entrar de novo. – O que aconteceu com a Saffron?

Eu pisquei, confusa.

– Eu... hum... parece que eu a despedi – informei, sentindo-me zonza.

Nunca tinha feito nada tão gerencial até aquele momento. Teria sido apressada demais? Severa demais? Não era como se algum dia eu tivesse sido Funcionária do Mês em algum dos meus empregos de merda.

Não, pensei no momento seguinte. Eu não me precipitara ao demiti-la. Além dos furtos ao estoque, houvera também a postura permanentemente arrogante, os atrasos, a ocasião em que eu a flagrara tentando surrupiar uma nota de 5 libras. Era incrível que Saffron tivesse durado tanto tempo.

Balancei a cabeça para afastar aquelas ideias.

– Depois a gente conversa sobre isso – ordenei, em tom enérgico. – Vamos cuidar destes pedidos antes que fique tudo atrasado.

– Cacete! – resmungou Amber às seis e vinte da noite, quando havíamos encerrado o expediente. – Bem, este dia valeu pela semana inteira.

– Setenta, oitenta, noventa, cem... Costuma ser muito pior – falei, interrompendo a contagem do caixa. – Para ser sincera, sei que foi um dia atarefado e que houve aquele incidente horrível da demissão, mas, afora isso, foi realmente divertido ter você na cozinha, em vez do cretino do Carl. – Peguei um maço de notas e o pus na mão dela. – Tome, é seu pagamento. Você foi o máximo hoje, chef. Obrigada.

Ela pôs o dinheiro de volta no caixa e disse:

– Não seja boba, você não tem que me pagar. Sou sua amiga, só estou aqui para dar uma ajudinha.

– Sim, mas... – retruquei, pegando o dinheiro e o enfiando no bolso dela. – De verdade, Amber...

– Não! – exclamou ela, tornando a arrancar o dinheiro e a colocá-lo no caixa. Depois, fechou a gaveta da registradora e se encostou nela, de braços cruzados. – Caramba, Evie. É só me levar ao pub e me pagar uma cerveja. Sou fácil assim.

– Mas amanhã vai ser a mesma coisa – avisei. – Na verdade, acho que, por causa das férias escolares, tudo vai ficar lotado durante a semana que vem, se o tempo continuar firme. E também estaremos com pouco pessoal, agora que botei a Saffron no olho da rua, portanto...

– Portanto, vou ficar o tempo que puder – interrompeu Amber –, só até você conseguir seu novo chef, ou até Carla começar a gritar por telefone para eu voltar para a loja. Ou, é claro, até eu ser chamada para uma nova peça... – Ela fez uma careta. – A esperança é a última que morre. Enfim, hoje nós nos saímos bem, não foi? Um belo trabalho de equipe.

Ela levantou uma das mãos e bati a minha palma na dela.

– Belo trabalho de equipe – concordei. – E agora, vou pagar seu jantar e uma bebida grande no pub.

– Combinado.

Terminei de fechar o caixa enquanto ela tomava banho e trocava de roupa. A receita foi bastante boa – certamente, a melhor de qualquer dia em que eu havia trabalhado lá. Isso me fez pensar em quanto Saffron teria embolsado no passado. De acordo com Seb, fazia algum tempo que isso vinha acontecendo. "Mas não queria dedurá-la", dissera o garoto, ficando com o pescoço vermelho. "Ela é o tipo de pessoa que..."

Não havia concluído a frase, mas nem era preciso. Carrawen era um vilarejo pequeno, e eu bem podia imaginar quanto ela infernizaria a vida dele se Seb a dedurasse e ela descobrisse. Bem, ele não precisava mais se preocupar com isso. Nenhum de nós tinha que se preocupar. Saffron tinha sido posta no olho da rua, e já fora tarde.

Com esse pensamento alegre, tranquei a registradora e subi para o apartamento, assobiando à toa e achando que agora tudo dera uma guinada para melhor. O único pequeno inconveniente era Ed não ter aparecido. Seria mesmo *decepção* o que eu estava sentindo, por ele não ter visitado o café naquele dia?

Capítulo Treze

O pub estava cheio de veranistas levemente bronzeados, vários dos quais reconheci. Lá estava a Sra. Ovo-Com-Pepino-Sem-Casquinhas-Por-Favor, passando um sermão nos filhos barulhentos; lá estava a Srta. Vitamina-de-Banana, bebericando um coquetel extravagante e dando risada com os amigos; lá estava o Sr. Sanduíche-de-Salsicha entornando uma caneca de cerveja... Era agradável entrar e não me sentir deslocada. Senti uma onda de prazer ao imaginar que talvez as pessoas me reconhecessem como a Evie-do-Café. Deu a impressão de que ali era meu lugar, nem que fosse um pouquinho.

Pedimos a comida e levamos as bebidas para o lado de fora, para a pequena área gramada do pub, com seus bancos de piquenique e toldos. Ainda fazia calor, embora uma brisa fresca começasse a soprar do mar. A julgar pela aparência de alguns fregueses com cara de lagosta, fizera um calor de rachar na praia, mais cedo.

– E então, o que achou? – perguntei a Amber, tomando um gole do meu gim-tônica. Estava tão geladinho, refrescante e delicioso, que foi difícil eu me impedir de tragar a coisa toda num só gole prolongado. – Do café, quero dizer.

– Acho que é ótimo. Muito legal, mesmo. Você poderia fazer uma porção de coisas com ele. O cardápio é meio básico... Eu incluiria *paninis* ou umas batatas recheadas, para começar, e talvez umas refeições noturnas, se você estiver planejando deixá-lo aberto até mais tarde...

Franzi a testa. Abrir até mais tarde? A tia Jo nunca abrira até mais tarde.

– E eu faria algum tipo de reforma – prosseguiu Amber. – Quer dizer, ele é bem agradável do jeito que está, é claro, mas uma camada de tinta renovaria o ambiente, e talvez uns quadros novos nas paredes.

– Certo – falei, surpresa. Não tinha pensado em nenhuma dessas coisas;

135

para mim, fora suficiente entrar na batalha para me entender com a máquina de café. – Por favor, me lembre por que sou eu a comandar o café e não você.

Ela me deu uma cotovelada.

– Ah... Eu só tenho uma visão de fora. Você se acostumou com ele sendo sempre o mesmo, durante anos e anos, não é? Olha para ele como o estabelecimento da sua tia, que você herdou, ao passo que eu o vejo pelos olhos dos fregueses.

Assenti, percebendo que Amber estava certa.

– Minha impressão é mesmo a de estar seguindo os passos da Jo – admiti. – Fico esquecendo que agora o café é meu e que posso mudar as coisas.

Bebi mais gim. Foi ainda mais delicioso que o primeiro gole.

– Você pode mudar tudo – disse Amber. – Pode transformá-lo num pequeno bistrô, servir jantares saborosos... Aposto que não há nenhum outro lugar para se comer por aqui, além deste, não é? As pessoas adorariam ficar sentadas naquele deque à noite, com velas nas mesas... – Ela bebericou sua bebida, pensativa. – Falando sério, você devia fazer isso. Arranjar umas toalhas de mesa bonitas e montar um cardápio chiquérrimo. Poderia ganhar uma grana preta.

– Desde quando você virou o Jamie Oliver? – perguntei. – Está se esquecendo de um probleminha: sou péssima na cozinha.

Amber deu uma piscadela.

– *Janie* Oliver, se não se importa. E, depois que contratar seu novo chef fabuloso, você pode deixar toda a cozinha por conta dele, dã. – Deu uma olhadela no meu copo. – Caramba, esse aí desceu depressa. Quer outro?

– Eu vou buscar – respondi. – Hoje você está na boca livre a noite inteira, lembra-se? Volto já.

Andei calmamente até o bar, minha cabeça examinando possibilidades sem nenhum compromisso. Amber era um gênio! Gostei muito da ideia de abrir o café à noite, ao menos durante o verão. Talvez só nos fins de semana, a princípio, pensei com meus botões, para sondar o terreno...

E então congelei, me esquecendo de todos os planos para um bistrô. Uma voz conhecida, depois uma risada conhecida, pareceram me atravessar inteira, transformando meu sangue em cimento. Fixei os olhos nas profundezas do pub, com o coração disparado. Eu tinha ouvido mal, com certeza. Devia estar imaginado coisas.

Mas não. Ali no bar, dando risadas com a atendente do balcão a respeito de alguma coisa, estava ninguém menos do que minha paixão adolescente havia muito perdida, Ryan Alexander. Tive certeza de que era ele. Era sua risada – sua gargalhada descomedida, desenfreada. *Ryan Alexander!*

Fiquei parada por um momento, olhando, com a mente quase incapaz de processar o que meus olhos e ouvidos lhe diziam. O cabelo estava mais curto que antes – já não descia em ondas até a linha do maxilar –, mas sim, decididamente, era o perfil dele. Sem dúvida nenhuma.

Voltei depressa para a área externa do pub, com as bochechas ganhando um tom escarlate.

– Ah, meu Deus! – comentei com Amber, tornando a me sentar e cobrindo o rosto com as mãos, numa tentativa patética de me esconder.

– Nossa, voltou rápido – disse ela, confusa, olhando para mim. – Ah, parece que você esqueceu uma coisa. Tipo… as bebidas?

Eu não podia falar em bebidas. Só havia um assunto na minha cabeça.

– Você se lembra de eu contar, séculos atrás, sobre o surfista sarado com quem tive um caso tórrido?

– O das transas nas dunas de areia? – perguntou Amber. – É claro que sim. Você passou pelo menos um ano alugando minha orelha por causa dele. Fiquei cansada de ouvir falar dele depois… – Ela se interrompeu e levou uma das mãos à boca. – Por que você está falando disso agora? Não me diga…

– Sim – confirmei, zonza e risonha. – SIM. Ele está aqui.

– Impossível! – Seus olhos estavam arregalados e redondos feito bolas de gude.

– É verdade – retruquei, a animação só aumentando dentro de mim. – Pode acreditar. Tenho certeza de que foi ele que acabei de ver no bar. Ele está mesmo aqui, neste vilarejo, neste pub, NESTE EXATO MOMENTO.

– Ah! Meu. DEUS. – Amber debruçou-se sobre a mesa e segurou minhas mãos. – É bom demais para ser verdade. Sai Matthew e entra o surfista gatérrimo do passado, aquele que fugiu. Parece coisa de cinema.

– Eu sei. Em um minuto, Hugh Grant vai entrar em cena e o Richard Curtis vai gritar "Corta!" e…

– Uau! – Amber balançou a cabeça. – Isso é ótimo. Parece que sua sorte virou, Evie. Vai ser tão *divertido*.

Eu reconhecia a expressão em seu rosto. Era a cara que ela fazia quando estava prestes a se meter em confusão, e fiquei nervosa de repente.

– Ah, não, nem vem – eu disse depressa. – Nã-na-ni-na-não. Nem pense em meter o nariz nisso. Nada de interferência. – Fiz uma careta. – Olhe, meu namoro acabou há cinco minutos, lembra? Estou triste e de luto, e preciso de tempo para superar Matthew. Você sabe, lamber as feridas e...

– Lamber *as feridas*? Há coisas muito melhores para se lamber – disse ela, bufando. – E depois, toda essa tristeza e esse luto e essa angústia, você sabe qual é a melhor solução para isso, não sabe?

– Sim, doses enormes de vinho e lágrimas – respondi, com astúcia. – E chocolate, e o apoio de melhores amigas solidárias, que não tentem nos manipular emocionalmente, e...

– Não – interrompeu Amber. – Não, não, não, não. A melhor solução é transar. Com um, ou quem sabe sete caras. De preferência, com um ex-namorado tesudo que tenha ressurgido das cinzas, depois de muitos anos. Isso! – Ela bateu palmas. – Agora, é só torcermos para ele ter alguns amigos surfistas sarados para mim, e pronto, tudo tranquilo.

Soltei um gemido.

– Não, Amber... Não estou com disposição para nada disso. É sério. Sério mesmo.

Ela arqueou as sobrancelhas e me lançou um olhar entendido.

– A melhor coisa a fazer quando se cai do cavalo é subir de novo na sela – foi tudo que ela disse. – Ou na cama.

– Não – tornei a dizer, tentando soar tão firme quanto seria humanamente possível. – Absolutamente não.

– Ceeeerto – fez ela, arrastando a voz, como se não acreditasse em mim nem por um segundo. – E como ele está, afinal? Continua gostoso?

Parei para pensar. Na pressa de fugir antes que ele me avistasse, eu mal havia absorvido os detalhes. Ouvir sua risada grave e rouca e ver seu perfil – a linha forte do maxilar, o nariz um tantinho grande demais, os ombros musculosos – haviam bastado para me fazer lembrar do nosso lascivo romance adolescente. Ah. Meu. Deus.

– Talvez seja melhor voltar para o apartamento – sugeri, insegura. – Digo, não estou exatamente disposta a viver um novo romance.

– Quem foi que falou em romance? – questionou Amber. – Vamos, entre lá, mocinha. Essa pode ser justamente a transa que você estava precisando. "*Memories...*" – começou a cantarolar, com ar teatral.

Duas mulheres na mesa ao lado estavam virando a cabeça e olhando para nós, com expressões intrigadas.

– Cala a boca – sibilei. – Vamos sair daqui, pelo amor de Deus. Faz séculos que não depilo as pernas, ainda mais... qualquer outra coisa.

Ela deu uma risada alta.

– Arrá! Quer dizer que você *andou* pensando em ficar nua com o cara, pelo menos – disse Amber, fazendo pequenos gestos para me mandar embora. – O que está esperando? Vá lá e se reapresente. E não volte enquanto não tiver feito isso. Não estou morrendo de sede nem nada, não há pressa.

Hesitei, mordendo o lábio enquanto pesava minhas opções. Ryan e eu éramos adultos. Que mal haveria num sorriso e num alô pelos velhos tempos? O provável era que ele nem me reconhecesse. Mas, por outro lado... Talvez se lembrasse daquele verão com o mesmo carinho que eu.

– Nada de espionar – avisei. – E nem pense em sair daqui. – Alisei a saia, sem graça. Estava usando minha saia jeans favorita e uma blusa preta justa, de alcinha. Não era exatamente o suprassumo da moda, porém ao menos eu havia penteado o cabelo e posto um colar de contas azuis reluzentes. – Estou bonita?

– Sensacional – respondeu ela.

Era uma mentira para animar, é claro, mas ajudou.

– Ainda não tenho certeza de que isto seja uma boa ideia...

– Vai logo – foi tudo que ela disse. – Até daqui a pouco.

Dei meia-volta e fui andando para o bar, nervosa e insegura. Não ia acontecer nada, é claro. Eu ainda estava tentando superar a perda do Matthew, que fora um namorado de verdade, de vários anos, do tipo que mora junto, e não um mero casinho de férias que um dia sumira nas ondas, feito uma miragem, para nunca mais ser visto. Eu apenas diria ao Ryan um olá amistoso, estilo puxa-que-prazer-revê-lo, enquanto pedisse as bebidas, e olhe lá.

Voltei ao interior do pub, piscando enquanto meus olhos se adaptavam à meia-luz. Ele continuava no bar. Ai, merda. Eu meio que estava torcendo para que tivesse ido embora, para não ter que passar por isso. Mas lá estava ele, ainda batendo um papo animado com a moça do balcão. Tudo bem...

Pigarreei. Só ia dizer um oi, pelo amor de Deus. E, pelo menos, isso faria Amber calar a boca.

Parei atrás dele por um momento, fingindo esperar para ser atendida, mas, na verdade, aproveitando a chance para dar uma boa olhada. O jovem se transformara num homem. Ele usava camisa azul de risquinhas verticais brancas e calça de sarja. Os cachos de surfista tinham sido cortados rente, e seu pescoço parecia gordo e vermelho. Na verdade, não era só o pescoço que parecia gordo; todo ele parecia mais volumoso do que na adolescência. Mas, caramba, não era o que acontecia com todos nós? Era injusto comparar alguém com seu eu de 19 anos.

Ryan estava gargalhando com alguma coisa dita pela atendente do bar.

– Você é brega – disse ele. – Todo o seu visual de sandálias de dedo de brechó e esmalte vermelho lascado é *muito* brega.

Olhei para meus pés, que também exibiam sandálias de dedo compradas em um brechó e esmalte vermelho lascado. Ah. Será que isso também me tornava brega?

– Ei, não seja abusado – respondeu ela, abrindo um sorriso brilhante e indo atender outra pessoa.

Tive a impressão de que o sorriso era falso e de que ele realmente a havia ofendido. Hum…

Respirei fundo. Certo. Vamos lá, Evie. É agora ou nunca. *Ação!*, ordenou Richard Curtis na minha cabeça.

– Ryan – arrisquei, cutucando seu ombro. – É você?

Ele se virou e semicerrou os olhos. Tinha o rosto marcado e envelhecido, típico de quem ficou bastante tempo sob o sol, a textura da pele ligeiramente curtida, mas com certeza era ele.

Houve um lampejo de reconhecimento em seus olhos.

– Ei, estou me lembrando de você – disse, devagar. – Você trabalhava no café. A filha da Jo.

– Sobrinha – corrigi-o, abrindo um sorriso. – Evie.

– Evie, isso mesmo – disse ele, e deu um tapa na coxa. – Isso é que é retorno do passado! – Olhou para mim de cima a baixo, demorando os olhos nos meus seios. Eca. Eu tinha horror a homens que faziam isso. Nem era como se houvesse muito que olhar, no meu caso. – Bem, é um prazer revê-la – disse ele, com voz mais baixa e aveludada. – Onde andou se escondendo durante todos esses anos?

– Eu… – comecei a dizer, meio horrorizada com o jeito de seu olhar ficar voltando aos meus seios. A quem ele se dirigia: a eles ou a mim? Era difícil dizer. – Eu voltei para Oxford. E você?

– Ah, fiquei um pouco aqui e ali, em toda parte – veio a resposta, com um aceno displicente da mão. Presumi que isso devia significar o Havaí e outros points de surfe pelo mundo, mas ele continuou: – Passei algum tempo em Kent. Nos condados dos arredores de Londres. Vou para onde a vida me levar...

– Certo. E o que tem feito nos últimos tempos?

– Trabalho com vendas – respondeu ele, com ar pomposo. – Sou gerente de contas de uma empresa de engenharia. E tenho me dado muito bem, modéstia à parte, ha-ha. – A risada falsa me fez trincar os dentes. – Mas, onde é que estão meus modos? – perguntou ele aos meus seios. – Aceita uma bebida? Podemos relembrar os velhos tempos.

Hesitei. A essa altura, ele *realmente* me dava calafrios. Era como se alguém houvesse mudado o rádio para a estação Sordidez e posto no volume máximo.

– Hum... – comecei, mas, antes que pudesse dizer mais alguma coisa, senti alguém esbarrar em mim.

– Ryan, você vai ou não vai pegar as bebidas? – veio uma voz esganiçada, enquanto uma loura abria caminho à força.

Fuzilou-me com o olhar, fez o mesmo com ele, e então a reconheci, para meu azar, como a mulher que me agredira na loja do vilarejo. Não a dona da loja, Betty, mas a outra. E naquele momento, ela parecia decidida a reivindicar Ryan. Ah. Talvez estivesse na hora de me afastar do ex.

– Evie, esta é minha adorável esposa, Marilyn – disse Ryan, pondo um braço carnudo sobre os ombros dela. – Marilyn, esta é Evie, uma velha amiga.

Ele deu uma piscadela para mim, e eu me senti nauseada.

A expressão de Marilyn ficou ainda mais furiosa, se é que isso era possível. A mulher parecia transbordar de raiva reprimida, como se ansiasse por me dar uma surra, e talvez outra no marido, por tabela. Ah, meu Deus. Agora eu já me arrependia completamente de ter me apresentado.

– Sim, sei bem quem ela é – declarou Marilyn, azeda. A frieza de seus olhos me fez estremecer. – Ela é a mulherzinha que despediu nossa filha hoje.

Comecei a sentir um frio terrível no estômago, como se estivesse prestes a desmaiar. "Nossa filha", dissera ela. O que calculei significar que eles eram... os pais da Saffron. Ah, merda.

A expressão do rosto de Ryan mudou.

– Foi você? – perguntou ele, semicerrando os olhos. – Você a mandou embora? Ela estava muito nervosa quando chegou em casa. Ela é só uma criança. Por que diabos você teve que mandá-la embora?

Meu rosto ficou vermelho.

– Por que a mandei embora? Porque ela estava roubando meu estoque e tirando dinheiro do caixa, foi por isso – respondi, em tom defensivo. – Sinto muito, eu não sabia que ela era sua filha, mas...

– Essa é boa, vindo de você! – desdenhou Ryan. – Eu me lembro de vê-la tirando coisas de lá o tempo todo, quando era adolescente, naquele verão em que nós...

Ele se calou. Marilyn parecia prestes a entrar em combustão.

– Sempre perguntei à minha tia primeiro antes de pegar qualquer coisa – retruquei, indignada com a simples ideia de que Saffron e eu tivéssemos qualquer coisa em comum. – E ela era minha tia, minha família. É diferente.

– Bem, nós não vamos deixar isso barato – cuspiu Marilyn. – Demissão sem justa causa, foi isso. Você devia sentir vergonha. A Jo também sentiria vergonha de você.

Foi a gota d'água.

– A Jo teria posto Saffron na rua, exatamente como eu fiz – rebati, furiosa, transbordando de raiva. – A Jo teria demitido qualquer pessoa pega roubando. Enfrente a realidade: sua filha é uma ladrazinha ordinária, e já vai tarde. Vocês têm sorte de eu não ter dado queixa na polícia.

Um silêncio medonho se fez quando acabei de falar – ou de gritar, melhor dizendo. Olhei em volta e vi que todas as pessoas próximas estavam escutando, de olhos grudados no bate-boca. Ah, que ótimo. Lá se foi a Evie--do-Café, amiga de todo mundo. Eu devia ter perdido metade da clientela de uma vez só.

Marilyn ergueu a mão, como se fosse me dar uma bofetada, mas Ryan segurou seu braço.

– Como ousa dizer isso da minha filha? – sibilou ela. – Como OUSA?!

Ryan pôs-se de pé. Seu olhar era duro feito pedra.

– Você mudou, Evie – disse ele com desdém. – Vamos, Marilyn.

E, com isso, pegou suas bebidas e os dois voltaram para sua mesa.

Fiquei ali parada, morta de vergonha, olhando para os dois, feito uma tremenda otária. Certo. Tudo bem. Provavelmente aquilo não poderia ter corrido pior se tivéssemos escrito um roteiro de antemão.

– Em que posso ajudá-la? – perguntou a atendente do bar, e eu me virei, tentando sair do estupor. Ela me viu olhando para Ryan e Marilyn (que me fuzilavam com o olhar de tempos em tempos) e soltou um muxoxo, em sinal de solidariedade. – Ignore-os – disse, em voz baixa. – Ela é uma vaca e ele é igualzinho. É vendedor de automóveis lá em Wadebridge, não gerente de firma de engenharia, ou seja lá o que for que lhe contou.

– Eles não são exatamente o casal mais simpático que já conheci – consegui dizer, tentando manter um tom leve.

Por dentro, meu coração estava disparado. Minha impressão era a de ter acabado de fazer alguns inimigos perigosos.

– Não – concordou ela. – Fique longe deles, é meu conselho. Quisera *eu* poder fazer isso, mas... – Encolheu os ombros e apontou para o bar. – Enfim, o que posso lhe oferecer?

Pedi as bebidas, com o rosto ainda pegando fogo, e voltei para Amber, evitando deliberadamente olhar na direção de Ryan e Marilyn. Que pateta! Imagine criar esperanças em relação a uma antiga chama, quando todos sabiam que era melhor deixar os primeiros amores no passado. O que dera na minha cabeça? E depois, descobrir que ele e aquela vaca da esposa dele eram, na verdade, os *pais* da Saffron. Que sorte a minha. Típico. Olhei para o céu ao entrar no jardim. Eu tinha a sensação de que havia uns seres celestiais me pregando peças e dando boas risadas às minhas custas. Por que outra razão as coisas poderiam ter dado tão catastroficamente errado?

– Puxa vida – disse Amber, quando voltei à mesa. – A tentativa de aproximação entrou pelo ralo?

Pus sua bebida diante dela e tomei um gole demorado e sedento da minha.

– Ha! – foi tudo que consegui responder.

Ela tomou um gole da bebida, com cara de quem estava tentando não rir.

– Quer dizer que ele já não é mais o mesmo cara de antes?

– Ele é asqueroso, e não conseguiu me olhar nos olhos. E foi grosseiro com a atendente do bar, e é casado com uma mulher que faz a Bruxa Má do Oeste parecer um amor de pessoa. Ah, sim, e eles são a mamãe e o papai da Saffron. E também consegui berrar para o pub inteiro que a filha deles é uma… Como foi que eu disse? Uma ladrazinha ordinária.

Amber caiu na gargalhada.

– Mentira! Você não fez isso!

– Ora, se fiz. – Afundei a cabeça nas mãos. Isso é que era desastre. Eu mal podia acreditar na forma pavorosa pela qual uma conversa inocente havia fugido completamente de controle. – Sinceramente, Amber, sei como é este lugar. Todos ficarão sabendo. Todos vão falar mal de mim. Vou ser expulsa daqui a toque de forcados antes do fim da semana, espere só para ver.

– Ah, meu amor, não vai, não – disse ela, ainda se acabando de rir.

– Para você está tudo bem – rebati, irritada. – Tudo isto é uma grande piada para você, não? Mas eu tenho que morar aqui. Era para eu estar fazendo as coisas darem certo aqui, mas só estou piorando tudo, dia após dia. – Dei um soco na mesa. – Merda! – gemi. – O que é que eu vou fazer?

Ela me envolveu num dos braços, enfim parando de gargalhar.

– Desculpa. Eu não devia rir…

– Não, não devia mesmo.

– Mas você tem que admitir que é meio engraçado.

Fiz uma careta.

– É, hilário.

Amber me cutucou.

– Vamos lá, rabugenta, vai ficar tudo bem.

– Vai? Aquela mãe horrorosa da Saffron estava falando ainda há pouco em entrar com uma queixa por demissão sem justa causa. É a última coisa que eu quero.

– Isso não vai acontecer – afirmou Amber, zombando. – Demissão sem justa causa por… furto? Ela viraria piada no tribunal. Sem a menor chance. Está só tentando assustar você.

Dei um suspiro.

– Que decepção – comentei. – O Ryan, digo. Verdade, tive sonhos eróticos com esse homem nos últimos treze anos. Nunca mais.

– Agora serão pesadelos – disse Amber, com sua franqueza habitual. – Pesadelos daqueles de se acordar gritando no meio da noite, pelo andar da carruagem.

– E que decepção, também. Toda aquela coisa preciosa do primeiro amor... daquele que se foi... – Bufei de um modo que teria feito inveja a um javali. – Depois de falar com ele, agora há pouco, fico extasiada por ele ter ido embora. Na verdade, gostaria que fosse para um pouco mais longe, e levasse junto a esposa e a filha.

– É – concordou Amber. – É como todos aqueles astros da música pop de que eu gostava na adolescência. Vê-los engordar, começar a ficar calvos... Está tudo errado. Eles deviam ser conservados em formol, esses caras das primeiras paixonites, e nunca poder envelhecer, muito menos ter filhos nojentos.

– Sim! E pensar que, na última vez que vi Ryan, ele estava de short e carregando um pack de seis cervejas. Agora, é só um pai de meia-idade com cara de porco.

Amber ergueu o copo.

– A não ter se casado com um pai de meia-idade com cara de porco – disse em tom solene, e fez tim-tim no meu copo.

– A não ter me casado com um pai de meia-idade com cara de porco – repeti, com um suspiro.

Nossa comida chegou – peixe com fritas, de novo –, e caímos de boca, famintas. Não foi o jantar mais incrível que eu já tivera: as batatas estavam brancas e ligeiramente malcozidas e o empanado do peixe estava bem gorduroso. Se eu realmente começasse a servir refeições noturnas no café da praia, pensei, ao menos podia ter certeza de que a concorrência não seria grande coisa.

Então ouvi uma voz masculina atrás de mim.

– Oi, sumida. Quando voltou para a cidade?

Nós viramos a cabeça e vimos Ed com um copo de cerveja lager, e não pude evitar que meu humor melhorasse mil vezes.

– Olá – falei, virando-me no banco. – Andei pensando no que teria acontecido com você. – Fechei a boca depressa, torcendo para não ter soado como uma dessas loucas que gostam de espionar a vida dos outros. – Quer dizer...

– Também andei me perguntando o que teria acontecido com você – respondeu ele, graças aos céus, antes que eu metesse os pés pelas mãos. – Primeiro, aquele cozinheiro idiota voltou ao café, depois ele ficou fechado e... – Ed deu de ombros – comecei a achar que você tinha dado no pé.

– Não. Bem, sim, mas agora estou de volta. De volta durante o verão, deixando várias pessoas irritadas em Oxford.

Amber estendeu a mão.

– Olá, por falar nisso. Eu sou a Amber, já que a Evie se esqueceu com tanta indelicadeza de nos apresentar.

– Ah, meu Deus, desculpa – falei, alvoroçada. – Ed, esta é minha melhor amiga, Amber. Amber, este é o Ed.

– É um prazer conhecê-la – disse ele. – Posso sentar com vocês?

– Claro! – respondeu Amber, com fervor. – Evie acabou de ter um acesso de fúria nos últimos cinco minutos, e não sei bem se consigo mais aguentar. – Mostrou a língua para mim, com jeito insolente, e fiquei vermelha.

– Você está bem? – perguntou Ed – Desculpe se é um momento particular, posso me sentar noutro lugar, mas...

– Não, fique – falei. – Tudo bem. É só que eu... banquei a imbecil. De novo.

– Ela só gritou bem alto, no bar, com um ex desaparecido há séculos e sua esposa maléfica – disse Amber. – Xingou a filha deles em público e deve ter feito ainda mais inimigos entre os moradores locais. O resumo é esse, mas...

– Sim, está bem, está bem – interrompi, ríspida. – Ele não precisa saber de todos os detalhes escabrosos.

Amber me deu uma piscadela.

– Só estou puxando conversa. E então, quem quer outra bebida?

– Eu – respondi, em tom desesperado.

Ed teve a gentileza de não fazer nenhuma outra pergunta sobre o que havia acontecido com Ryan e Marilyn, graças a Deus, e, quando Amber voltou com as bebidas, estávamos absortos numa discussão sobre o que era melhor, nadar no mar à luz da lua ou em plena luz do sol, e todo o constrangimento fora esquecido. Amber, como seria inevitável, teve que dar seu palpite, e aí entramos num debate sobre nadar nus e sobre os lugares mais audaciosos em que o tínhamos feito, e depois partimos para uma conversa sobre outras empreitadas escandalosas, e rimos tanto que o tempo passou sem que notássemos. Quando dei por mim, o céu estava ficando mais escuro e havia uma friagem chegando, sorrateira. Senti um arrepio e esfreguei meus braços nus, desejando ter tido o bom senso de sair com um casaco ou uma jaqueta.

– E você, o que tem feito por aqui? – perguntou Amber ao Ed, após algum tempo. – Está trabalhando, ou...?

Deixou a pergunta no ar, educadamente, e notei nele uma levíssima tensão no rosto. Espichei as orelhas, aguardando a resposta. Também estava curiosa. Na verdade, não sabia muito sobre ele, percebi, afora o fato de ele ter mergulhado nu na praia de Bondi, de gostar de nadar no mar em noite de lua cheia e de, certa vez, ter deixado que o maquiassem como Barbara Cartland para uma festa de estudantes.

– Não estou trabalhando, no momento – disse ele. – Apenas cuidando do cachorro do meu amigo. Eu trabalhava em Londres, mas... não trabalho mais.

Detectei certo constrangimento nele, como se realmente não quisesse falar sobre isso. Amber não pareceu notar.

– Então, continue, estamos curiosas: o que aconteceu? Onde você trabalhava? – Ela semicerrou os olhos. – Ah, não me diga. Você é um daqueles banqueiros que caíram em desgraça. Um bilionário dos fundos de hedge que perdeu tudo.

– Amber! – protestei. – Deixe-o em paz.

Mas ele deu uma risada fraca.

– Não, não sou um banqueiro desonrado – disse ele. – Na verdade, trabalhava no ramo de restaurantes.

Eu arregalei os olhos e olhei para Ed. Uma clássica encarada do tipo "foi isso mesmo que ele DISSE?".

– No ramo de *restaurantes*? – perguntei, esganiçada, me inclinando para a frente. Não admirava que ele tivesse sido tão perfeccionista a respeito do seu sanduíche de bacon. Teria eu acertado de verdade, na primeira vez, ao achar que ele era crítico gastronômico? – Por que não me contou isso antes? Eu teria explorado seus conhecimentos, se soubesse.

– Pois é – interpôs Amber. – Ela vem quebrando a cara lá... bem, não hoje, é óbvio, contando comigo para dar uma ajudinha, mas... – De repente, ela sorriu. – Não nos diga. Você é chef de cozinha.

Ele assentiu.

– Acertou em cheio.

Eu ainda estava encarando. E depois, rindo.

– Você está de zoação?

– Que *incrível*! – gritou Amber, dando um soquinho no ar. – Beleza! Ah, isto é bom demais para ser verdade! Bem, pronto, Evie, problema resolvido. Você precisa de um novo chef e nosso amigo Ed está desempregado. Perfeito!

– Eu nunca disse que… – começou ele, mas eu já estava falando junto.

– Ah, Ed, que notícia maravilhosa! – exclamei, efusiva. – Você me ajudaria mesmo? Carl foi embora sem aviso prévio e Amber terá que voltar para Oxford em breve, e estou pondo um anúncio para arranjar um cozinheiro, mas ninguém se candidatou até agora, e é provável que leve séculos, então… Você pode me ajudar?

Ed não pareceu tão encantado quanto eu com o rumo daquela conversa, percebi. Na verdade, estava decididamente se remexendo no banco de piquenique, como se voltar para a cozinha fosse a última coisa que desejava.

Para sua infelicidade, eu estava bêbada e aflita, e disposta a implorar.

– Por favor! – pedi, juntando as mãos numa imitação de prece. – Por favor, por favorzinho!

Ele hesitou.

– Ah, tá bom – concordou. – Não por um monte de horas, porque tenho que cuidar do cachorro, mas… certo. Só por alguns dias, até você contratar alguém em horário integral. Nada permanente.

– Viva! – gritei, atirando os braços em volta do seu pescoço. – Ed, você é meu herói. Ah, meu Deus, de repente esta noite ficou MUITO melhor! E não há a menor dúvida de que vou lhe oferecer outra bebida, imediatamente. O que você está tomando?

– Estou precisando tomar é juízo – disse ele, sério, fazendo careta. – E uma Stella Artois.

Eu me levantei com certa dificuldade (estava mais bêbada do que tinha imaginado) e fiz uma saudação.

– Saindo num instante! – afirmei, ainda rindo feito uma idiota. – Chef.

Capítulo Catorze

Sem dúvida, Ed estava levando a coisa a sério, percebi quando chegou ao café, na manhã seguinte. Falamos de pastéis de forno, *paninis* e pratos especiais para surfistas, e ele até concordou em experimentar um cardápio de jantar. No fim da conversa, eu praticamente fervilhava de animação. Foi muito útil conversar com alguém que realmente entendia de restaurantes, que podia me guiar pelas águas revoltas do café, ainda que só fosse me ajudar por uma semana ou duas. Fiquei muito grata pela ajuda – tão grata, na verdade, que devo ter agradecido aproximadamente dez mil vezes, enquanto batíamos papo.

– Tudo bem, de verdade – disse ele, no fim. – Para ser sincero, eu andava meio entediado, sozinho aqui durante esse tempo todo. Será bom ter alguma coisa para fazer, além de passear com a cadela e aprender a surfar.

– Bem, obrigada de novo – falei, apertando a mão dele quando Ed se levantava para sair. Sua mão grande e áspera de chef. Era muito máscula, eu me flagrei pensando, e enrubesci violentamente. – Vou encomendar os ingredientes. Vejo você amanhã.

Eu o vi correr pela praia, acompanhado pela cadela, e soltei risinhos, sem conseguir acreditar na minha sorte. Vai ser bom, pensei. Bom mesmo. Era só do que o café – e eu – precisávamos.

Tivemos outro dia agitado de trabalho: era o fim de semana do feriado, logo a praia estava lotada. Com um membro a menos na equipe, tivemos que trabalhar ao máximo, mas valeu a pena não ter que aguentar o mau humor e os acessos de raiva da Saffron. Mas então, no final do seu turno, Seb disse, com toda a calma do mundo:

– Então, não vou poder vir trabalhar nas próximas duas semanas, ok? É que as provas vão começar logo depois das férias escolares, e minha mãe disse que eu preciso estudar.

– A sua mãe disse que você... – repeti, deixando a voz morrer no meio da frase. – Ah. Certo. Seb, você podia ter me avisado com um pouco mais de antecedência. Estava contando com que você fosse estar aqui a semana inteira, entendeu?

Ele me encarou, um pouco surpreso com o tom irritado da minha voz.

– Ah, não. Desculpa – disse. – Eu não achei...

– Tudo bem – interrompi-o, em tom sombrio. – Deixa para lá. Boa sorte nas provas, Seb.

Fechei a porta do café depois que ele saiu e soltei um gemido.

– Entra um, sai outro – resmunguei. – Sinceramente, Amber, justo quando acho que a minha sorte mudou e que vou conseguir alguma coisa com este lugar, outra coisa dá errado.

Ela estava mexendo no celular e passou um momento sem erguer os olhos.

– Que saco – resmungou Amber. – Olha, não é a melhor hora, eu sei, mas Carla acabou de me mandar uma mensagem.

– Ah, não...

Eu sabia o que vinha pela frente.

– Ela me quer de volta na loja na terça-feira – continuou. – Desculpa, amiga. Ela não conseguiu arranjar ninguém para ficar no meu lugar, e...

– Não se preocupe – respondi.

Sentia-me como a comandante de um navio naufragado. Graças a Deus que o Ed vai ajudar, pensei de novo. Não fosse por ele, eu estaria fazendo um monólogo... ou não, é claro. Na verdade, não fosse por ele, provavelmente eu estaria batendo em retirada.

– Então, vou fazer o que puder antes de ir embora, amanhã, mas... – Ela estava praticamente torcendo as mãos, de tão desolada.

– Não se preocupe – repeti, tanto para mim mesma quanto para ela. – Vai ficar tudo bem. Eu dou meu jeito.

E terei mesmo que dar, acrescentei entre os dentes. *Vou dar um jeito, nem que isso me mate.*

Amber só havia passado uns dias comigo, mas senti uma pontada dolorosa na manhã seguinte, ao ver que ela havia guardado a escova de dentes e o sabonete líquido, preparando-se para a partida, mais tarde naquele dia. Tinha sido fantástico tê-la a meu lado, me impelindo a sempre seguir em frente com sua produção ininterrupta de sanduíches, suas piadas bestas e sua cantoria, que de tão ruim chegava a ser boa.

– Vou sentir saudade – falei, entristecida, ao descermos do apartamento. – Queria que você não fosse embora.

– Você vai ficar bem – garantiu Amber. – Você é capaz de fazer isso, Evie. Será ótimo. Você vai ter a ajuda do Ed, e ele parece ser bem competente, além de um colírio para os olhos...

Olhei-a de relance enquanto destrancava a porta interna para o café.

– Não comece com isso de novo – avisei. – Sei bem o que você quer. Lembre-se do que aconteceu da última vez que você se envolveu, Cupido.

Entramos no café e vi uma coisa verde-cáqui pelas portas de vidro, do lado de fora. Um saco de dormir. A garota que eu vira no deque antes tinha voltado. Nos últimos dias, minha mente andara num turbilhão que ela me escapara totalmente da lembrança.

Corri para destrancar a porta da frente.

– Amber, vem cá – chamei em voz baixa. – Há uma garota dormindo no deque.

A menina acordou com o movimento do trinco e se sentou, os olhos arregalados cheios de medo. E então, antes que eu pudesse acabar de abrir a porta e detê-la, ela se pôs de pé, saiu do saco de dormir e correu com ele para longe, como antes.

– Espere! – chamei, correndo para o deque. – Volte!

Amber estava do meu lado.

– Quem é ela?

– Não sei. É uma adolescente. Já a vi aqui antes, mas ela também fugiu da última vez. – Mordi o lábio, sentindo-me desamparada. Detestava a ideia de a garota dormir ao relento. Era jovem e vulnerável demais para passar a noite sozinha do lado de fora. – Pobre menina. Eu me pergunto de onde ela será.

Nós a observamos sumir de vista.

– É essa coisa das cidades à beira-mar, eu acho – disse Amber. – As pessoas vêm para cá na esperança de arranjar um emprego sazonal, achando que, por ser um local de veraneio, elas vão se divertir... – Deu de ombros. – Espero que ela fique bem.

– Vou ficar de olho nela – afirmei. – Eu não queria assustá-la, ia ver se ela queria tomar café. Só Deus sabe o que anda fazendo para arranjar comida, se não tem nem lugar para dormir.

Permanecemos no deque por alguns momentos. Era uma manhã fria, ligeiramente nublada e cinzenta. Não havia ninguém na praia.

– Gosto de estar aqui, tão perto da água – disse Amber, com ar sonhador, contemplando o mar. – Nem posso imaginar o que seria conviver com uma paisagem em que é fácil não se ver ninguém por horas a fio. Deve ser incrível morar aqui no inverno.

Engoli em seco. Não havia pensado tão adiante.

– Não sei – respondi, cheia de dúvida. – Deve ser bem solitário, eu acho, ficar presa aqui, sozinha.

Ela me deu um cutucão.

– Vamos lá, anime-se. Você tem tudo isto na porta de casa, está morando num dos lugares mais bonitos e desejados do país inteiro… As coisas poderiam ser muito piores, Evie Flynn. Pelo menos, você não tem que enfrentar um trem de volta para Oxford durante o feriado, como euzinha aqui.

– Imagino que sim – respondi, percebendo com um sobressalto que mal havia pensado em Oxford desde que a deixáramos para trás, três dias antes.

Fiquei pensando no que Matthew teria feito no fim de semana. Teria combinado alguma coisa agradável com Saul? Ele andara falando em sairmos juntos para um passeio de bicicleta, agora que Saul estava ficando muito bom sem as rodinhas. Imaginei-os saindo, talvez com uma cesta de piquenique, para uma aventura em algum lugar sem mim, e, de repente, meus olhos se encheram de lágrimas.

– Tudo bem aí? – perguntou Amber, pondo a mão no meu braço.

– Sim. É só… muita coisa para absorver. De vez em quando vem o impacto do tanto que minha vida mudou no último mês. Sabe, em abril, eu estava feliz da vida, fazendo planos com Matthew e…

– Bem, não – interrompeu Amber. – Eu não diria que você estava feliz da vida.

Parei.

– Não?

Ela balançou a cabeça.

– Você não queria fazer aquele curso de pedagogia. Isso era óbvio. E, além de detestar seu emprego temporário, você e Matthew também não pareciam assim muito loucos um pelo outro. Desculpa – prosseguiu ela, ao ver meu queixo cair. – Só estou dizendo o que eu notava. Já este lugar aqui – ela correu o braço pela paisagem, abarcando o mar, a praia e o café – é incrível. Um paraíso. E acho que você tem, sim, muita sorte, Evie. *Muita sorte*. – Amber cruzou os braços, como quem não se dispusesse a tolerar nenhum argumento contrário. – E então, estamos prontas para trabalhar, ou o quê? É nosso último dia juntas, pelo menos por um tempo. Vamos aproveitá-lo ao máximo, que tal?

Assenti, ainda absorvendo suas palavras. Uma pessoa *de muita sorte*, ela me dissera. Sorte? Eu não me sentira com sorte nessa história toda. Tinha me sentido assoberbada, ansiosa e triste, em alguns momentos. Mas, sim, do ponto de vista de uma pessoa de fora, acho que eu poderia ser descrita como sortuda. A garota que havia dormido do lado de fora do café trocaria de lugar comigo num segundo, provavelmente. E esta simples ideia bastou para me tirar da fossa.

– Estou pronta – respondi, pondo uma cunha na porta para mantê-la aberta e pendurando a plaquinha de "Aberto". – De volta às trincheiras, amiga.

– Você quer dizer de volta à praia. – Ela riu, desaparecendo no interior do café. – Vou preparar uns recheios de sanduíche para depois.

Servi um café para nós duas, enquanto esperávamos os primeiros clientes, e levantei as mãos para o céu. Amber tinha razão. Eu era uma mulher de sorte, já que aquela oportunidade tinha caído no meu colo. Agora, eu só tinha que me certificar de não deixá-la escapar.

Ficamos loucamente atarefadas no feriado de segunda-feira, o que não foi ajudado por três coisas: primeira, Amber e eu fazendo tudo sozinhas na maior parte do tempo; segunda, a entrega dos mantimentos chegar ao meio--dia e meia, que era, é claro, o horário mais movimentado; e terceira, a droga da minha irmã Ruth aparecer sem avisar na hora do rush.

Eu poderia ter chorado ao ver o rosto dela na fila, com umas seis pessoas à sua frente (era uma fila comprida), correndo os olhos pelo café e registrando tudo num único olhar inquisitivo: a louça empilhando-se nas mesas ainda não limpas, aonde eu não tivera tempo de chegar para retirá-la; os murmúrios e resmungos na fila sobre quanto o serviço estava lento e, o pior de tudo, a expressão aflita no meu rosto, que sem dúvida dizia: estou tensa, estou tensa, não consigo lidar com isso. COMO SEMPRE.

O rosto *dela*, por outro lado, dizia: Ah, céus. *Xiii*. Evie meteu os pés pelas mãos de novo. COMO SEMPRE.

Graças a Deus pelo Ed, que escolheu aquele momento para entrar. Por um instante, achei que ele era um delírio, uma miragem trazida pelo meu pobre cérebro, inundado de substâncias químicas estressantes. E então, ele disse as palavras mágicas:

– Precisa de uma mãozinha?

– Sim, por favor – respondi em voz baixa, enquanto punha as tampas em seis chás e cafés para viagem que tinha acabado de preparar.

– Vou tirar as mesas – disse ele, sem que eu nem sequer lhe pedisse.

Se ele não tivesse entrado na cozinha nesse momento, para buscar um pano de prato, acho que *eu* o teria agarrado ali mesmo e lhe tascado um beijo na boca, de pura gratidão.

Foi um verdadeiro borrão a tentativa de receber pedidos, preparar bebidas, contar o troco e, acima de tudo, passar a imagem de que eu estava lidando com tudo muito bem, para impressionar Ruth, que se regozijava na fila. Parecia um pesadelo, saber que ela estava presente enquanto eu me afogava de uma forma tão pública. Perguntei-me se lhe havia ao menos ocorrido a ideia de oferecer ajuda. Duvidei disso. Ela devia estar guardando alegremente todos os detalhes da minha gestão atroz do café para relatá-los ao resto da família. "Coitadinha da Evie. Acho que ela não sabe *muito bem* no que se meteu..." Merda. Até dava para ouvir o tom de falsa solidariedade, tão claro quanto se ela enunciasse as palavras em voz alta.

– Em que posso servi-la? – perguntei à cliente seguinte, que tinha aproximadamente cinco mil crianças sujas de areia circulando ao seu redor.

– Gostaríamos de sorvetes, por favor. Que sabor vocês querem, crianças?

– Chocolate... não, morango. Na verdade, aquele verde.

– Quero batata frita, não sorvete.

– Preciso fazer xixi.

Meu sorriso foi ficando forçado. A fila ia se alongando. E os resmungos impacientes começaram a ficar mais altos. Então, ouvi a clara e sonora voz de professora da minha irmã, elevando-se acima de todas as demais:

– Evie, nós damos uma passada depois, quando não estiver tão caótico. – Em seguida, dirigindo-se à fila em geral, acrescentou: – Ela começou há pouco tempo. Tenho certeza de que vocês acabarão sendo atendidos. Não sejam muito severos com ela, certo?

Meus pelos se arrepiaram tão depressa que fiquei surpresa por não romperem minha pele. Um rosnado grave parecia estar se formando na minha garganta, feito um cão raivoso.

– Vaca condescendente – resmunguei ao vê-la sair com os filhos a tiracolo.

– Certo, e então, já decidiram sobre os sorvetes? – perguntou Ed, aparecendo ao meu lado como num passe de mágica.

Ele sorriu para as crianças que esperavam junto ao balcão, depois para a mãe delas.

– Sabem de uma coisa? O meu sabor favorito é o caramelo crocante. Ele vem com caramelo de verdade e aqueles biscoitos gostosos. Quem quer um desses?

– EU! – gritaram as crianças em coro, inclusive a que estivera de olho nas batatas fritas.

A mãe abriu um largo sorriso de alívio.

– Maravilha – disse, pestanejando várias vezes com ar sedutor. – Vamos levar cinco.

Lado a lado, Ed e eu fizemos a fila diminuir aos poucos. Ele foi fantástico: sempre educado e amável com os fregueses, mas também rápido e eficiente, manejando com destreza as comidas, as bebidas e o dinheiro. Foi como ter uma fada madrinha – bem, não, não exatamente uma *fada*, corrigi-me, correndo os olhos por seus braços musculosos e bronzeados. Um cavaleiro de armadura reluzente e avental de estampa florida, perito no manuseio da máquina de café.

Depois que a fila ficou sob controle, ele desapareceu na cozinha, para começar a fazer os pastéis de forno, e pude finalmente respirar. Ufa. Tinha sido uma correria, mas havíamos mais ou menos conseguido nos safar, e vendemos mais sanduíches, bebidas e bolos do que eu imaginava ser possível. Annie tinha trazido alguns bolos novos: um de gengibre em formato de pão de forma e um bolo Rainha Vitória, ambos de aspecto admirável. Havia também brownies de chocolate e quadrados de chocolate crocante com marshmallow, para todos que precisassem urgentemente de chocolate, e vinham tendo uma boa saída.

– Estava uma delícia – disse uma senhorinha sorridente, quando retirei seu prato vazio. – A massa de pão de ló mais leve dos últimos tempos. Vocês estão com um novo cozinheiro?

Sorri e disse:

– *Sim*, temos uma nova confeiteira fazendo os bolos. Direi a ela que a senhora gostou.

– Faça isso, por favor – respondeu ela, os olhos brilhando por trás dos óculos. – Estava realmente muito bom.

Senti meus passos mais leves ao me afastar. Satisfação do cliente era o máximo!

Amber saiu da cozinha e me entregou um café.

– Toma, pra você. Agora vou ficar na linha de frente com você. O projeto de Gordon Ramsay me expulsou da cozinha.

– Ei, eu ouvi isso! – gritou Ed, divertindo-se.

– Mudei de ideia a seu respeito! – berrou ela de volta, revirando os olhos. – Mandão que só ele – acrescentou, num sussurro bem alto.

Sorri.

– É o roto falando do esfarrapado – lembrei-lhe, e me dirigi à mulher que havia acabado de aparecer no balcão. – Olá, em que posso ajudá-la?

Era alta e com corpo de nadadora, ombros largos e cintura fina. O cabelo castanho era comprido, olhos muito azuis, e ela falava numa voz que era puro sotaque australiano. Todas as suas frases pareciam terminar numa interrogação.

– Oi. Estou procurando emprego, na verdade? Suponho que este café não esteja contratando nenhuma garçonete?

Minha boca abriu-se num sorriso perplexo e, por um momento, não consegui responder.

– Sim – disse Amber, falando em meu nome. – Estamos, sim. Ou melhor, ela está, porque estou caindo fora hoje.

Consegui fechar a boca e acabar com a impressão de ser o bobo da corte.

– Você tem experiência como garçonete? – perguntei, procurando soar eficiente e gerencial.

Relembrei todas as ocasiões da minha vida em que eu havia rodado por cafés e restaurantes à procura de emprego, raramente conseguindo algum. Eu recebera inúmeros foras, inúmeras rejeições, e, de modo geral, aquilo tinha sido profundamente desanimador. Pelo modo como os olhos da mulher se iluminaram, tive a impressão de que ela também havia passado por isso.

– É claro – respondeu ela, prontamente. – Tenho muita experiência lá na minha terra, em Melbourne? E trabalhei num restaurante no West End nos últimos seis meses? – Remexeu numa volumosa bolsa azul de couro, que trazia pendurada num ombro, e tirou umas folhas grampeadas, dizendo: – Aqui. Tenho currículo, referências, a coisa toda.

– Obrigada – falei, pegando os papéis.

Bisbilhoteira, Amber se debruçou sobre o meu ombro para ver também. Eu tinha chegado ao pedaço em que li o nome da moça – Rachel – quando duas famílias entraram pela porta e seguiram até o balcão.

– Escute, Rachel, mais tarde eu vejo isso e lhe dou uma ligada. Está bem?

– Legal – disse ela. – Seria o máximo. Eu topo qualquer coisa, qualquer horário, lavagem, faxina…? – Abriu um sorriso largo e dentuço, com covinhas que pareciam parênteses dos dois lados. – Trabalho muito e também sou de confiança. Falo com você mais tarde?

– Ótimo, tchauzinho – respondi, sorrindo.

Gostei dela. Sabia que era preciso confiar em mais do que apenas uma boa intuição ao contratar uma pessoa, mas Rachel parecia muito calorosa e amável. Era impossível imaginá-la sendo ríspida com os fregueses ou roubando o estoque, como Saffron tinha feito.

– Falo com você depois – me despedi.

Ela ergueu uma das mãos, deu tchau e saiu do café, enquanto eu me voltava para o freguês seguinte.

– Olá, o que posso lhe oferecer?

Ruth não tornou a dar as caras no café, mas me mandou uma mensagem de texto à tarde: *Espero que tudo esteja ok. Está sobrevivendo? Dou pulo logo mais para um papo. Bjs R*

“Está sobrevivendo”, ora essa. Senti a raiva emergir diante do insulto implícito. Estivéramos perfeitamente bem depois daquele período agitado que minha irmã tinha visto, muito obrigada.

– E não, você não vai dar porcaria de passada nenhuma – murmurei com selvageria, entre os dentes –, porque não estarei aqui.

Mandei uma mensagem de volta.

Desculpa, compromisso esta noite. Amanhã? Bjs E

Não era mentira, eu tinha que levar Amber a Exeter para ela pegar o trem para casa. Ela havia protestado que ficaria muito bem pegando o trem que saía de Bodmin, e que não havia necessidade de eu me dar a esse trabalho, mas as conexões seriam um pesadelo e eu não podia lhe impor uma viagem de sete horas, especialmente depois de ela ter sido uma amiga tão genial nas minhas horas de aperto, nos últimos tempos. Era o mínimo que eu podia fazer.

Enquanto isso, Ed tinha feito a primeira fornada de pastéis – Mediterrâneo de legumes, bem como frango com legumes –, e eles exalavam um aroma absolutamente divino.

– Aí, Ed! Dá-lhe, Ed! Dá-lhe, Ed! – Amber e eu tínhamos gritado quando o primeiro tabuleiro saiu do forno.

Bati palmas, sentindo-me ligeiramente descontrolada, com vontade de rir de alegria e chorar de alívio, tudo ao mesmo tempo.

Ele arqueou as sobrancelhas.

– Qual é a de vocês? Ainda nem experimentaram. E posso ter colocado arsênico em algum pastel.

– Eu me arrisco – decidiu Amber.

– Dane-se, eu também – concordei. – Parecem bons o bastante para merecer que eu arrisque minha vida.

Ele riu e cortou dois pastéis em três pedaços, dividindo-os em três pratos, para que todos tivéssemos uma provinha de cada um.

– Saúde, senhoras – disse ele, trazendo os pratos e se postando conosco atrás do balcão.

– Saúde, Ed – respondi. – Isso está com uma cara linda.

Peguei meu pedaço do pastel de frango com legumes e o soprei para esfriá-lo. Estava cheia de pedacinhos de frango e cubos de batata, cenoura, cebola e ervilhas, tudo revestido por uma cobertura de massa quente e dourada.

Mordisquei a pontinha. A massa era uma delícia – não grossa a ponto de grudar na boca, mas leve e solta, com a textura perfeita. Dei uma mordida maior e provei o molho saboroso que ele tinha feito, um pouco do frango macio e suculento e um pedaço de cenoura.

– Hum! – exclamei, apoiando-me na bancada enquanto sentia todos os sabores. Estava realmente bom. – Ah, Ed, está uma *delícia*.

– Absolutamente delicioso – concordou Amber, lambendo um respingo de tomate do canto da boca. Estava comendo o pastel de legumes. – NHAM.

Um freguês aproximou-se do balcão justo nessa hora, um sujeito de 30 e poucos anos que pareceu intrigado ao nos ver ali, os três, empanturrando-nos de pastéis e parecendo cada vez mais extasiados a cada mordida.

– Eu quero o que vocês estão comendo – disse, rindo. – O cheiro é ótimo.

Acontece que ele estava com alguns amigos numa despedida de solteiro e, na mesma hora, pediu quatro pastéis de cada sabor.

– Diga-nos o que achou – pedi, pondo os pastéis num saquinho. – E, se vocês passarem alguns dias aqui, voltem. Estamos preparando uma porção de novos sabores esta semana.

– Combinado – disse ele.

O resto da tarde passou depressa, com praticamente todos os pastéis sendo vendidos. O bolo da Rainha Vitória e os brownies também tiveram ótima saída e obtivemos reações excelentes dos fregueses. Quase senti pena de fechar às cinco horas, em especial por isso significar que meu tempo com Amber estava praticamente encerrado.

– Eu gostaria de poder ficar mais – disse ela, ao partirmos no meu carro, meia hora depois, com sua bagagem na mala. Amber virou para trás no assento, para dar uma última olhada no café. – Foi incrível.

– Eu também gostaria que você pudesse ficar mais tempo – falei, com os olhos subitamente marejados, ao passarmos pelo vilarejo. – Mas fiquei muito feliz por você ter vindo. Eu não teria conseguido encarar isso sem você.

– Ah, não me venha com essa – zombou ela. – Você se sairia lindamente, estivesse eu aqui ou não. E é provável que não tivesse insultado os pais da Saffron de forma tão vociferante, se eu não a tivesse enchido de álcool e obrigado você a falar com o Surfista Envelhecido.

Isso me fez rir.

– É verdade, mas eu também não teria o Ed entrando na dança, não fosse o seu interrogatório naquela noite. E ele bem que vale um ou dois confrontos em público.

– Vale, sim – concordou Amber. – Ei, não se esqueça de ligar para a australiana, ouviu? Ela pareceu boa gente. Você vai lhe dar um período de experiência?

– Com certeza – respondi. – O currículo dela teria que ser diabólico para que eu não tentasse. – Dei um leve suspiro ao deixarmos o vilarejo para trás. – Além disso, com você indo embora, preciso de uma amiga aqui, não é? – Olhei-a de relance. – Nos despedirmos aqui vai trazer a sensação de estar rompendo meu último laço com Oxford.

– Não, não vai – discordou Amber. – Não é como se você nunca mais fosse me ver. E depois... – Deu um sorriso matreiro. – Sua adorável irmã está na cidade, não é? Está aí um vínculo com Oxford que continua firme e forte.

– Não se eu tiver alguma coisa a ver com isso – retruquei, em tom amargo.

– Ah, não se deixe afetar – disse Amber. – Você é tão boa quanto ela, trate de não esquecer. Algum dia ela dirigiu o próprio negócio? Não. Já teve peito para fazer alguma coisa espontânea? Não. Já chegou perto de ter uma melhor amiga tão legal quanto a que você tem? Não. Caso encerrado.

– Obrigada. Vou lembrá-la disso quando a vir.

– Pois lembre mesmo – retrucou Amber. – São as maneiras de fazer uma mulher adulta chorar, números um, dois e três.

Como seria previsível, o trânsito do feriado estava um horror e levamos bem mais de duas horas para chegar a Exeter. Andei com ela até a plataforma, onde nos despedimos com um grande abraço apertado.

– Seu café é maravilhoso – disse Amber. – E você terá um verão esplêndido, pode ter certeza.

– Você também. Vai conseguir o papel principal numa peça do West End, e depois um papel num filme de Hollywood.

– E você vai ganhar o prêmio Café do Ano, e Rick Stein vai implorar os seus conselhos – brincou ela. – De joelhos, imagino. E nós duas viveremos felizes para sempre.

Capítulo Quinze

Depois que o trem da Amber partiu e que ela havia realmente ido embora, sentei-me no carro e tive um pequeno surto enquanto repensava todas as minhas decisões até ali.

Primeira: eu tinha rompido com o Matthew.

Segunda: sentia uma saudade enorme do Saul.

Terceira: tinha aberto mão de uma vida sensata em Oxford e saltado no grande desconhecido que era morar na Cornualha.

Quarta: eu não tinha nenhum amigo num raio de 500 quilômetros.

Quinta: teria que enfrentar Ruth no dia seguinte, e seria um horror.

Depois disso, respirei fundo, contei até dez e tornei a expirar. E aí telefonei para Rachel, a australiana, e lhe ofereci um emprego.

– Legal – disse ela. – Quando quer que eu comece?

– Amanhã de manhã? Às nove e meia?

– Pode contar comigo.

Desliguei o telefone. Bem, ao menos isso estava resolvido. Pouco depois meu celular apitou com uma mensagem de texto: *Vou levá-la para cear amanhã. Pego você às sete? Bjs, R*

Eu não sabia bem por que Ruth dera para chamar a refeição noturna de "ceia", assim, de repente. Devia achar que isso a fazia parecer mais classe média do que ela realmente era. Lá em casa, sempre fora "chá" durante toda a nossa infância, mas pronto, eu não ia entrar em picuinhas a respeito de ser levada para "cear", mesmo que fosse por minha arrogante irmã mais velha.

Dirigi de volta para o café calma e contemplativa. O sol ia se pondo e o céu estava rajado de faixas roxas e carmesim.

– Agora sou só eu – falei em voz alta. – Só eu.

As palavras não soaram tão assustadoras quanto tinha previsto. Na verdade, me surpreendi ao sentir um lampejo de empolgação. Amber tivera razão, naquela manhã, ao dizer que não achava que eu tivesse sido feliz em Oxford. Olhando para trás, eu também achava que não. Sim, estivera fazendo todas as "coisas certas", procurando agradar Matthew e meus pais com minhas escolhas de carreira, mas, na verdade, a ideia da formação para o magistério tinha me deixado morta de tédio, sufocada.

Bem, agora não havia ninguém me sufocando. Ninguém me mandando fazer nada. Estava tudo inteiramente a meu critério – as tentativas e as vitórias, os fregueses, os custos e os bolos. Sentindo-me animada, ainda que ligeiramente apreensiva, pus a música para tocar e cantei alto em todo o trajeto de volta para Carrawen Bay. Ou melhor, como estava começando a pensar nela, de volta para casa.

Quando finalmente estacionei o carro, já eram quase dez horas da noite e o céu estava bem escuro. Eu gostava do quanto a escuridão era muito mais profunda e aveludada ali, à beira-mar. Não havia toda aquela poluição luminosa que se via em Oxford, o brilho âmbar enevoado que significava que o céu nunca chegava propriamente a seu tom negro como breu. Ali na baía, a escuridão praticamente engolia as pessoas: o mar era de um tom líquido e profundo, e era possível sentir seu aroma salgado e ouvir suas ondas ritmadas, melhor do que se conseguia vê-las. Naquela noite, a lua não passava de uma nesga brilhante, e estrelas prateadas salpicavam o céu de carvão.

Tranquei o carro depressa, olhando em volta e me sentindo nervosa, conforme meus olhos se esforçavam inutilmente para enxergar os cantos sombrios do estacionamento. Era maluquice, já que esse lugar era, com certeza, muito mais seguro do que nossa antiga rua em Oxford, mas, mesmo assim, fiquei com todos os sentidos em alerta ao contornar os degraus que levavam ao deque e à entrada principal do café.

Parei de repente, ao chegar ao meio da escada e ouvir um movimento mais acima, no deque. Um farfalhar. Meu coração disparou, e segurei com força o corrimão, enquanto a adrenalina entrava na minha corrente sanguínea. Seriam ratos? O vento soprando alguma coisa? Ou uma pessoa? Será que Saffron e sua família tinham voltado, em busca de vingança?

Subi os dois degraus seguintes, as pernas bambas, e vi, horrorizada, que havia de fato uma pessoa no deque.

– Ah, merda – disse a pessoa, com uma voz jovem e assustada, ao erguer os olhos para mim.

Era a garota que eu vira antes, a garota sem-teto que tinha dormido ao relento no deque, algumas vezes. Agora, estava meio dentro e meio fora do saco de dormir, como que se preparando para fugir de novo. Mas eu bloqueava sua passagem.

– Desculpa – disse ela, lutando para se levantar e agarrando sua cama improvisada. – Sinto muito mesmo. Vou embora, não se preocupe.

– Não, está tudo bem – falei, sem me mexer. Fiquei tão aliviada por não ser um maluco prestes a me atacar que minhas pernas pareceram fraquejar. – Você não precisa ir embora. Olha... Está com fome? Você comeu alguma coisa?

Ela me olhou, desconfiada. Seu rosto estava quase todo na sombra, mas toda a sua postura era arisca e defensiva: os braços estavam colados ao corpo e pude perceber como estava tensa, como queria fugir.

– Entre – falei, quando ela não ofereceu nenhuma resposta. Procurei a chave da porta na bolsa. – Entre e coma alguma coisa, pelo menos. Temos uma porção de pastéis de forno que sobraram, e bolo.

Ainda assim, ela relutou. Subi para o deque e notei que ela se encolheu, afastando-se de mim. Eu também estava tensa. Realmente não queria que ela tornasse a sair em disparada; não conseguia deixar de me sentir parcialmente responsável por ela, sabendo que a garota dormia ali.

– Venha – repeti, encaixando a chave na fechadura e abrindo a porta. – Estamos com um novo cozinheiro, e ele é incrível. Pelo menos, experimente um dos seus pastéis.

– Tem certeza? – perguntou ela, agarrada ao saco de dormir como se fosse um escudo.

– Certeza absoluta.

Acendi as luzes e segurei a porta aberta. Vi-a espiar pela janela o brilho acolhedor do café iluminado e tive certeza de que não conseguiria resistir.

Estava certa.

– Obrigada – murmurou ela, cabisbaixa, ao entrar pela porta atrás de mim.

Pude então observá-la melhor, e era uma coisinha miúda: só pele e ossos, com o cabelo louro comprido e embaraçado emoldurando um rostinho fino. Quantos anos teria?, pensei. Era difícil saber ao certo. Dezesseis? Dezoito? Catorze? Havia em seus olhos um cansaço que era de partir o coração, e senti uma pontada incômoda por dentro ao rememorar meus próprios anos da adolescência – a casa acolhedora e confortável proporcionada por meus pais, a cama macia, as refeições na mesa, a mesada para as roupas. O que teria dado errado na vida dessa menina, para ela passar as noites do lado de fora do meu café, para ter deixado sua casa para trás?

– Sente-se – pedi. – Deixe-me buscar algo para você beber. Quer alguma coisa quente, ou um refrigerante gelado? Ou os dois?

Seu olhar se deslocou para o cardápio escrito a giz, e ela passou um momento em silêncio. Depois, virou o rostinho fino para mim, com uma expressão de anseio nos olhos.

– Será que eu posso… posso tomar um chocolate quente? Por favor?

Pobrezinha. Era só uma criança.

– É claro que pode – respondi, pegando uma caneca e pondo nela algumas colheradas de chocolate em pó. A garota se expressava bem, eu havia notado, e era bem educada, com aquele "por favor" no final. Seu sotaque era sulista, mas sem os erres ásperos do sudoeste da Inglaterra. – Eu me chamo Evie, aliás – acrescentei, misturando leite quente ao chocolate. – Quer que eu ponha chantilly e uns marshmallows?

– Sim, por favor – disse ela, prendendo uma mecha de cabelo atrás da orelha, com certo constrangimento. – Meu nome é Phoebe – disse, depois de um instante.

Quem saberia dizer se esse era seu nome verdadeiro, ou se ela estava me enganando com um nome falso? Como quer que fosse, achei que tínhamos feito algum progresso. Eu era a Evie, e ela era a Phoebe. Tudo bem. Era um começo, pelo menos.

– Pronto, aqui está – falei, oferecendo a bebida. – Quanto à comida, há dois tipos de pastéis, ou bolos, ou posso fazer umas torradas. O que prefere?

Ela pegou um pouquinho do creme com uma colher de chá e o lambeu. Uma expressão fugaz de prazer perpassou seu rosto, mas depois as cortinas desceram e ela voltou a ficar arisca. Murmurou alguma coisa e baixou os olhos para os dedos sujos, com os quais brincou no colo.

– O que foi? – perguntei, sem saber direito se ela ficaria à vontade, caso eu me sentasse a seu lado. Era como tentar atrair um animal cauteloso para fora do esconderijo, querendo fazê-lo entender que não íamos machucá-lo.

– Quanto custa? – murmurou ela, ainda sem fazer contato visual.

Quanto? Ah, meu Deus, ela estava achando que eu ia cobrar.

– Nada – respondi, firme. – Não a convidei a entrar para fazer uma venda. Eu a chamei porque... – Encolhi os ombros, desamparada. – Porque, desde a primeira vez que a vi dormindo lá fora, fiquei preocupada.

Ela levantou o queixo.

– Não precisa se preocupar comigo – disse, com toda a condescendência glacial e mal orientada que só um adolescente é capaz de usar. – Eu sei me cuidar.

Era muito claro que não era o caso, mas não me pareceu que apontar isso pudesse ajudar.

– Está bem. – Voltei para trás do balcão. – Vou comer um pedaço desse bolo da Rainha Vitória – informei, levantando a tampa de vidro. – E posso lhe dizer que está absolutamente delicioso. Quer que eu corte uma fatia para você também?

Mais uma vez, a hesitação, como se ela pesasse as coisas na balança. O que estaria passando pela sua cabeça? Ela se mostrava obviamente tentada pela comida, mas será que temia, de algum modo, ficar me devendo por isso?

– Já tem uns dois dias – menti –, por isso é provável que eu tenha que jogá-lo fora amanhã. Você me faria um favor, na verdade, se comesse um pouco. Eu preferiria muito que ele fosse comido a vê-lo desperdiçado.

– Sim, por favor – disse ela em voz baixa, bebericando seu chocolate.

– Certo – retruquei, cortando duas fatias e procurando não parecer satisfeita demais.

Eu ainda não ia dizê-lo, mas, agora que tinha visto com meus próprios olhos o quanto ela era jovem e vulnerável, de jeito nenhum ia deixá-la dormir ao relento. De modo algum. Ia fazê-la comer alguma coisa, ver se ela queria tomar um banho, e depois dizer que ela podia ficar no quarto de hóspedes.

O rosto horrorizado do Matthew apareceu na minha cabeça. *Deixá-la ficar? Você nem conhece a garota. Deve ser viciada em drogas. Vai fazer a limpa, roubar todo o seu dinheiro e fugir. Não seja tão ridícula!*

Bem, ele tinha certa razão. Eu não conhecia a garota e, sim, era bem possível que fosse viciada, mas também era jovem e estava dormindo do lado de fora do meu café. Quem quer que ela fosse e qualquer que fosse sua situação, eu não ia mandá-la de volta para a rua.

Pus os pratos na mesa e me sentei.

– Pronto. Você tem sorte por eu não estar mais fazendo os bolos; uma senhora encantadora, chamada Annie, é quem os faz agora. Se este fosse um dos meus esforços caseiros, não seria nem de longe tão gostoso, pode crer.

Phoebe não estava escutando. Estava enfiando uma ponta da fatia na boca e mastigando depressa. Um lampejo de prazer perpassou seu rosto e, de repente, ela pareceu muito mais nova, como uma criança comendo bolo de aniversário num chá comemorativo. Senti um aperto no peito, ao me perguntar por que diabos ela estaria nas ruas, e onde estavam seus pais. E o que me caberia fazer, como a adulta nessa situação?

Brinquei com meu bolo enquanto pensava – eu não estava com fome, na verdade, e só tinha dito que ia comer na esperança de que isso a estimulasse a aceitar uma fatia. Eu não queria fazê-la fugir, assustada, insistindo muito em que ela entrasse em contato com os pais, ou até com a polícia, mas, apesar disso, sentia a responsabilidade moral de fazer *alguma coisa*.

– Escute – falei, depois de algum tempo. – Phoebe, eu tenho um quarto de hóspedes, sabe? Você será bem-vinda para ficar aqui se…

Droga. Foi muita coisa, cedo demais. Ela já começou a se levantar, segurando o saco de dormir velho e sujo.

– Eu estou bem – insistiu. – Já disse, eu sei me cuidar.

Também fiquei de pé, intuindo que a situação ia escapando do meu controle.

– Mas não quero que você tenha que dormir na rua. – Ela já ia andando depressa para a porta, e fui atrás. – Espera, por que não passa a noite aqui, e posso lavar seu saco de dormir para você…

– Não – respondeu ela, rígida. – Obrigada pelo bolo, mas eu tenho que ir.

– Para onde? – indaguei, enquanto ela desaparecia porta afora. – Phoebe… – Mas ela já descia a escada correndo e se afastava. Eu a havia assustado. – Volte quando quiser! – gritei para a escuridão. – É sério, você é bem-vinda aqui!

Ouvi seus passos leves na areia, e então se fez silêncio, exceto pelo barulho do mar. Phoebe desaparecera.

Passei alguns minutos no deque, para o caso de ela mudar de ideia e voltar, mas não voltou. Soprava do mar uma brisa fria, combinada com salpicos de chuva, e eu me senti infeliz e boba por tê-la feito partir para sabe-se lá onde. Onde Phoebe ia dormir agora? Torci para a chuva não apertar. Torci para que ela conhecesse algum outro lugar em que pudesse se abrigar.

Na manhã seguinte, olhei pela janela para ver se Phoebe tinha voltado durante a madrugada para tornar a dormir no deque, mas não havia sinal dela. O tempo estava frio e nublado, mas, de acordo com o serviço de meteorologia, este deveria ser o último dia sem chuva por algum tempo. Pelos meus cálculos, supus que isso significaria outro dia movimentado na praia, mesmo que o sol não viesse dar as caras. No estilo clássico dos turistas de feriado britânicos, todo mundo se arrastaria com obstinação para a areia, sofrendo com arrepios e irritações da pele por causa da exposição ao vento, e também com dedos congelados, entre os que fossem suficientemente malucos para entrar na água, tudo em nome de um feriado à beira-mar. Eles fariam filas de dar a volta no quarteirão para comprar meus chás, cafés e lanches quentes, já podia prever.

Ed chegou às oito e meia e começou a preparar a massa para uma nova remessa de pastéis de forno.

– O que teremos hoje, chef? – perguntei, entregando-lhe um café.

– Vou fazer cordeiro com hortelã, um clássico da Cornualha, e um de legumes – respondeu ele, esfregando pedaços de manteiga na farinha.

– Ótimo. Ainda temos um pouco dos de ontem, então vai haver uma boa variedade.

Ele deu uma piscadela.

– O plano é esse.

– E também temos um novo membro na equipe, que vai começar hoje – informei, ainda relutando em sair da cozinha. Gostava de vê-lo trabalhar, percebi. Além disso, sabia que, em mais ou menos uma hora, começaria a correria do meio da manhã e eu só teria outra chance de vê-lo quando todos os fregueses do horário de almoço tivessem ido embora. – Ela se chama Rachel. É australiana, mas andou trabalhando como garçonete em Londres. Num restaurante chamado Duke's, no West End, acho.

– Ah, é? – Ed não levantou a cabeça de sua preparação da massa, mas senti que ficara tenso por alguma razão.

– É. Já ouviu falar dele?

Ed balançou a cabeça, ainda sem me encarar.

– Não.

Semicerrei os olhos. Tenho certeza de que estava mentindo.

– Ah, meu Deus, não é o tal em que você trabalhava, é? – indaguei, as palavras jorrando feito uma torrente. – Seria meio esquisito, não...?

– Não, não é o lugar em que eu trabalhava – respondeu ele, curto e grosso.

– Qual era o nome do restaurante em que você era chef? – perguntei, curiosa.

Tinha me ocorrido, ao ler o currículo da Rachel, que a rigor eu não sabia quase nada sobre o Ed. Nenhuma referência, histórico, nada. Tudo que eu tinha era a palavra dele, e o deixara assumir o controle da cozinha. Não me entenda mal: eu estava muito grata pela presença dele no café e, até o momento, tudo tinha sido fantástico, mas me passara pela cabeça a ideia de que esse não era um arranjo típico. Outros gerentes de cafés não deviam ser tão descansados em matéria de deixar um perfeito estranho tornar-se seu chef, sem primeiro descobrir umas informações básicas. Bem, outros gerentes de cafés não se encontravam no estado aflitivo de desespero em que eu me vira.

– Evie, eu adoraria bater papo, mas preciso mesmo cuidar destes pastéis – respondeu Ed, e senti estar sendo dispensada educadamente, mas com firmeza. – Tudo bem?

Arqueei as sobrancelhas, mas ele continuava a não olhar para mim, e não notou.

– Ótimo – respondi, e saí a passos rápidos da cozinha. Então ele não queria falar sobre o assunto. Legal. Tudo bem. Não era como se eu o houvesse empregado oficialmente nem nada, afinal. Ele só estava me fazendo um favor, me ajudando na cozinha por uns dias. Eu não podia exatamente ter um chilique e começar a exigir respostas, podia?

Mesmo assim, apesar de não ser da minha conta, a reticência do Ed era meio estranha. Meio... misteriosa. Fiz outra xícara de chá para mim e comecei a escrever os novos recheios de pastel no cardápio, tentando tirar aquilo tudo da cabeça.

Abri o café às nove horas para os fregueses madrugadores em busca do café da manhã. Logo em seguida, minha nova funcionária apareceu (cinco minutos adiantada, perfeito) e imediatamente pôs a mão na massa. Quase na mesma hora, percebi que ela era uma garota descontraída e com nervos de aço, que tinha um sorriso para cada cliente e não temia sujar as mãos. Um milhão de vezes melhor do que a rabugenta Saffron e o Seb, que era um amor, mas meio tapado.

– Há quanto tempo está morando no Reino Unido? – perguntei, entre um freguês e outro.

– Seis meses. Quase sempre trabalhando em Londres, mas passei umas semanas em Edimburgo e Glasgow, visitando parentes e viajando um pouco. Mas aqui é ótimo. É bonito mesmo. No fundo, sou uma garota praiana. Senti saudade do mar.

Eu sorri e disse:

– Acho que, no fundo, também sou uma garota praiana.

Entre servir chás, cafés e pastéis (os novos tinham aspecto e aroma exatamente tão deliciosos quanto os da véspera), descobri que Rachel ainda ficaria por mais seis meses antes de ter que voltar para a Austrália, e estava economizando para dar uma voltinha pela Europa antes disso.

– Eu adoraria visitar Paris. – Ela suspirou, sonhadora. – E passar uma ou duas semanas na Itália. E Amsterdã parece muito legal, ah, e Barcelona... – Abriu um sorriso. – Por isso, é bárbaro você ter me dado um emprego aqui. Vou trabalhar em todos os turnos que você quiser empurrar para cima de mim.

– Cuidado com o que deseja, hein? – respondi.

Ed passou quase toda a manhã na cozinha, mas, quando dei um intervalo à Rachel, às onze e meia, e passei a ser a única atrás do balcão, ele veio me trazer os pedidos, para me poupar de correr para lá e para cá o tempo todo. Havia acabado de trazer dois pastéis córnicos para viagem quando uma coisa estranha aconteceu.

– Oi – disse uma das freguesas, uma mulher de meia-idade com cabelos louros platinados, um bronzeado de Saint-Tropez e óculos escuros de grife na cabeça. Olhava fixo para Ed. – Conheço você de algum lugar, não é?

Falava com uma pronúncia clara e bem articulada, do tipo que nos faz prestar atenção. Interessada – e, sim, está bem, curiosa –, olhei do rosto dela para o dele, e vi Ed enrubescer e parecer mais sem jeito do que eu já o vira.

– Acho que não – disse ele, entregando-me depressa o saquinho com os pastéis e se afastando.

– Eu já o vi, sim, com certeza – insistiu ela, com voz apocopada e confiante. Pensativa, deu uma batidinha no balcão com a unha pintada de vermelho. – Com certeza... – E então uma expressão de triunfo surgiu em seu rosto. – É isso! Não era você o chef no... Ah, como é mesmo o nome daquele restaurante?

– Não, sinto muito – disse ele, esgueirando-se para a cozinha. – Só trabalho aqui. Não sou ninguém.

Fez-se um silêncio incômodo, depois de ele desaparecer, e a mulher ficou olhando fixo, intrigada.

– Que estranho. Eu tinha certeza de que era ele. Em geral, minha memória é muito boa quando o assunto são rostos.

Mordi o lábio. Por que Ed estava sendo tão esquivo?

– São 5 libras, por favor – anunciei, educadamente.

Ela me entregou o dinheiro, ainda com ar perplexo.

– Eu poderia jurar que era ele – disse, falando consigo mesma. – Obrigada.

Ed não saiu da cozinha durante o resto do dia. Havia algo esquisito acontecendo, mas não consegui me animar a perguntar por que ele estava tão esquisito. A última coisa que eu queria era que se aborrecesse e, Deus me livre, fosse embora, justo quando começava a se tornar tão indispensável.

Ainda assim, eu não era boba nem nada. Qualquer um podia perceber que Ed estava escondendo algo importante. Eu tinha que achar um jeito de descobrir por que diabo ele estava fazendo tanto mistério.

A tarde passou sem nenhum grande drama. Os pastéis vinham-se mostrando muito populares, sendo o clássico pastel da Cornualha o campeão de vendas do dia, seguido de perto pelo de frango com legumes. Eu ainda não me decidira sobre o meu favorito. Havia pensado que fosse o de frango, até provar o de cordeiro com hortelã no almoço, tão delicioso que fiquei dividida. No fim do dia, tínhamos vendido todos os pastéis, e todos os bolos também. Rachel fora fabulosa: boa de papo e esforçada e, o melhor de tudo, tinha uma amiga, Leah, que chegaria à Cornualha em breve e também estava à procura de emprego.

– Então, se você precisar de outra garçonete, ela é a pessoa certa – dissera Rachel. – Um montão de experiência, trabalhadora e muito divertida.

– Parece perfeito, obrigada!

Fiquei tão feliz que nem a ideia de sair com Ruth à noite me aborreceu. "Sou tão boa quanto você, Ruth", treinei dizer diante do espelho, depois de passar o batom. "Tão boa quanto. Foi a Amber que disse, logo, deve ser verdade."

Ruth chegou dirigindo um grande Ford Galaxy, com Hugo e Isabelle presos pelos cintos de segurança nos bancos traseiros e Thea no do meio. Ruth e o marido estavam na frente, de modo que abri a porta de correr lateral e olhei para trás.

– Boa noite, meninos – disse. – Estão curtindo as férias?

– Siiiim! – gritaram as crianças em coro.

– Hoje nós visitamos um castelo fantástico em Launceston, não foi, gente? – disse Ruth. – Vistas fabulosas da torre.

– E andamos de barco – contou Isabelle. – Mas Hugo ficou meio enjoado, não foi, Hugo?

Hugo ignorou a irmã.

– Você pode sentar no meio com a Thea, tia Evie – disse ele, inclinando-se para a frente.

Tinha apenas 9 anos, mas possuía um ar de autoridade; eu era capaz de imaginá-lo em alguns anos na Câmara dos Comuns, dirigindo-se do mesmo modo ao primeiro-ministro. Isso se ele próprio não fosse eleito primeiro-ministro, é claro. Conhecendo Ruth, ela já o devia estar preparando para o cargo.

– Isabelle e eu não gostamos de sentar perto dela, porque ela é muito levada – continuou ele.

– É, entre logo, para podermos ir andando – disse Ruth no assento do motorista.

Thea, de 2 anos, abriu-me um sorriso deslumbrante, quando entrei com toda a deselegância.

– Vetido munito – disse, esticando-se e dando tapinhas no tecido com a mão pegajosa. – Vetido munito, tia Xivie.

Atrás de nós, Hugo e Isabelle soltaram gargalhadas altas.

– Tia *Xivie*! Ela acha que você faz um monte de xixi! – disse Isabelle, quase cuspindo as palavras de tanto rir.

– Isabelle! – rebateu Ruth, virando para trás com um olhar severo de reprovação. – Nada de palavras grosseiras, por favor. Sinto muito, Evie. Eles estão agitadíssimos.

– Ah, eu não me incomodo – respondi, colocando o cinto de segurança. – Desde que não seja tia Cacavie, é claro. Talvez eu tenha que fazer sérias oposições a ser chamada por esse nome.

Houve gritos chocados de prazer no banco dos fundos.

– Tia *Cacavie*! – guinchou Isabelle, quase fazendo xixi nas calças, enquanto Hugo roncava de tanto rir, lembrando muito um javali sem fôlego. – Tia CACAVIE!

Linhas rígidas surgiram em torno da boca da minha irmã quando ela deu a partida no carro. Xiii…

– Evie, não os encoraje, por favor – disse ela, com a voz tensa. – Faço o melhor que posso para manter as piadas de toalete fora da vida familiar, mas…

– Mamãe falou TOALETE! – anunciou Thea, toda alegre, e os dois mais velhos recomeçaram a rir.

Suas gargalhadas estridentes eram contagiantes, e não pude deixar de entrar na dança.

– Já chega, crianças! – disse Tim, embora eu tivesse certeza de haver captado um vislumbre dele rindo sozinho. – Fiquem quietos.

Senti certa culpa pelo declínio no padrão da conversa e tentei me redimir.

– Então, onde vocês estão hospedados? – perguntei, muito educada, enquanto Ruth saía de Carrawen e transpunha uma curva fechada à velocidade segura de 40 quilômetros por hora. Uma fila de carros já começava a se formar atrás de nós.

– Numa casinha de veraneio logo na saída de Rock – respondeu Ruth. – Também estivemos lá nos últimos anos, então é quase como se a casa fosse nossa.

Tive uma súbita visão dela falando com seus amigos de Oxford sobre "sua casinha na Cornualha", como se se tratasse de um segundo lar pertencente a eles, sem mencionar que a casa pertencia a outra pessoa e que eles meramente a alugavam. Mas eu devia estar sendo injusta. Seja *boazinha*, Evie, faça um esforço.

– Parece ótimo – falei. – E vocês passaram a semana inteira lá?

– Sim, tivemos muita sorte. – Por mais que eu gostasse de minha irmã (e gostava, sinceramente), ela seria bem mais agradável sem tanta presunção na voz. – Tim conseguiu tirar a semana inteira de folga no trabalho, de modo que vamos ficar até sábado. – Franziu a testa ao dobrar uma esquina e ver um trator chacoalhando mais adiante. – Ah, meu Deus, um trator. Era só o que faltava. Não sei como as pessoas aguentam dirigir aqui.

Reduzimos a velocidade e ficamos colados no trator. Os carros atrás de nós aproveitaram a oportunidade para ultrapassar, em ousados arrancos de aceleração, mas Ruth não pareceu achar que esta fosse uma alternativa. Eu estava começando a ficar com fome e pus a mão na barriga. Seria uma longa viagem.

Virei-me para trás e sorri para Hugo e Isabelle.

– Querem brincar de "Eu vejo com meus olhinhos"?

– Hum… – disse Ruth, algum tempo depois, quando estávamos finalmente sentados no restaurante e havíamos feito os pedidos. – Aqui é agradável.

Era agradável. "Aprazível", até, para quem preferisse esse tipo de vocabulário mais pomposo, como deviam preferir muitos fregueses da casa. Era um restaurante em Tregarrow que fora recomendado pelo exemplar do Tim do Guia de Férias da Associação Automobilística, e estava cheio de casais muito semelhantes aos dois, todos vestindo roupas de grife, acompanhados por filhos de vozes confiantes matriculados em escolas particulares, batizados com nomes como Henry e Celia. Mas acontece que, até chegarmos ali, Thea tinha pegado no sono, e agora estava de mau humor e com o rosto vermelho, enquanto Hugo e Isabelle estavam entediados e reclamando, e fazia pelo menos vinte minutos que meu estômago roncava. Também havia começado a cair uma chuva torrencial.

– Um pouco mais chique do que o café, hein? – disse Tom, com ar condescendente. – Você pode pegar umas dicas, Evie.

– Ahã – respondi, tentando não reagir à estocada dele.

Ora, que se danasse, não dava para ignorar. Estava farta de ser tratada como inferior, inclusive no meu próprio ramo de atividade.

– Mas, na verdade, são experiências bem diferentes, Tim – lembrei, no mesmo tom condescendente. – Meus fregueses vêm da praia, em vez de se arrumarem para uma ocasião especial, de modo que não há realmente como fazer comparações. Nós estamos pensando até em expandir, a passar a abrir em algumas noites, portanto…

– Sério? – perguntou Ruth, surpresa. Lançou um olhar irritado para Hugo, que girava seu garfo sem parar, perto demais de Isabelle. – Dê isso aqui! – sibilou ela, estendendo a mão e lhe arrancando o garfo. – Não vamos querer que isso entre no olho de alguém.

– Sim – falei. – Tenho um novo chef, que está muito interessado em experimentar um serviço noturno nos fins de semana, e por isso pensei em tentar. – Não que Ed e eu houvéssemos conversado mais sobre essa questão, reconheci. Minha esperança era que ele não tivesse desistido da ideia, agora que tivera a experiência em primeira mão de como era trabalhar comigo. – A questão é que, quando a pessoa é seu próprio patrão – acrescentei, em tom arrogante, bem ciente de estar me rebaixando ao nível deles –, ela pode modificar as coisas como bem entender.

Engulam esta, seus assalariados, tive vontade de acrescentar. *Enfiem isto no seu plano de aposentadoria da empresa.*

– É óbvio que você vai precisar do cardápio certo para um serviço noturno – disse Tim, em tom sapiente.

Estava óbvio para mim que todos aqueles anos trabalhando como acadêmico tinham lhe proporcionado uma profunda compreensão do ramo dos restaurantes.

– É claro – respondi, resistindo à ânsia de acrescentar um grosseiro SÉRIO, NÃO DIGA!

– E é óbvio que você precisa de mais funcionários. – Ruth deu uma risadinha. – Parecia bastante caótico quando estivemos lá ontem… Fiquei com pena, sabe? Deu para ver que você estava com dificuldades.

Senti meus punhos se cerrarem embaixo da mesa. *Você é tão boa quanto ela*, Amber me dissera. Lutei para me agarrar a isso.

– Eu queria provar o sorvete do seu café, tia Evie, mas a mamãe não deixou – disse Isabelle, pondo sua mão na minha.

Eu a apertei.

– Bem, então você terá que voltar outra hora – respondi, me esforçando para não deixar que minha irmã me afetasse. *Algum dia ela teve peito para fazer alguma coisa espontânea? Não.* – Temos uma porção de sabores gostosos, Izzy. Baunilha com framboesa, chocolate, crocante de chocolate com hortelã… Qual é seu favorito?

Ela abriu um sorriso. Era meiga, a Isabelle, com suas sardas e o cabelo preto na altura dos ombros, a franja na altura dos olhos.

– Chocolate! – declarou ela, com seus redondos e solenes olhos cor de mel.

Thea empertigou-se em sua cadeirinha, onde brincava com um cachorrinho de pelúcia.

– Qué socolate – disse. – Socolate agola?

– A Thea acha que vamos comer chocolate agora! – Hugo gargalhou, como se fosse a coisa mais engraçada que já tinha ouvido. – Ela acha que aqui é um restaurante de chocolate, onde só se come chocolate!

– Bem, Thea é… – começou Ruth.

– E tudo é FEITO de chocolate! – interrompeu Isabelle. – Até as cadeiras e as mesas! – Ela fingiu mordiscar a mesa de madeira. – Que deliíííícia!

– Ah, isso seria bom – falei, sorrindo para ela. – Vou comer sua cadeira, Izzy. Nham-nham!

– Pare com isso, Isabelle! – repreendeu Tim.

– Vou comer a cadeirinha da Thea, e aí ela vai poder fugir e fazer travessuras – disse Hugo, inclinando-se e fingindo morder a cadeira.

Thea deu gritinhos de animação e acertou a cabeça do irmão com o cachorro malhado. Eu ri. Os meus sobrinhos eram muito mais divertidos do que eu lembrava, mas Ruth e Tim estampavam expressões de reprovação.

– Comportem-se! – sibilou Ruth. – Aqui é um restaurante fino, não um… parquinho. As pessoas estão olhando.

Não havia ninguém olhando, era coisa da cabeça dela, mas Isabelle, agora claramente querendo bancar a pateta, fez uma careta e acenou.

– Oi, gente! – disse, rindo.

– Oi, xente-ente – repetiu Thea.

– Ela disse XENTE – explodiu Hugo. – É assim que se chamam as pessoas que fazem montes de xixi!

– Hugo, Isabelle e Thea, agora CHEGA! – disse Tim, num tom de voz baixo e ameaçador.

Os risinhos e roncos pararam imediatamente, a alegria destruída num instante.

– Desculpa, papai – disse Hugo, baixando os olhos para o colo.

Nossa comida chegou, de modo que o momento acabou, graças a Deus. Foi desconcertante sentir que eu tinha mais coisas em comum com meus sobrinhos do que com minha irmã e meu cunhado. O que dizia isso a meu respeito? Não tive certeza de querer saber a resposta.

– Ah, eu lhe contei? – perguntou Ruth, cortando em pedacinhos a comida da Thea. – Vimos o Matthew na cidade, no sábado, com a... Jasmine, é isso? Ele disse que vocês dois tinham terminado.

Não, ela não tinha contado. Sabia perfeitamente que não havia me contado nada. E Jasmine? Quem era Jasmine? E por que Ruth achava aceitável incluir com displicência nomes de mulheres em histórias sobre o Matthew, diante de pratos caríssimos de peixe com fritas?

– Ah... – respondi em tom neutro, bebericando meu vinho. – É. – Pus um naco de frango na boca e mastiguei, mecanicamente. – Está uma delícia.

– Nós o vimos no posto de gasolina, quando estávamos abastecendo o carro para vir para cá – disse Tim. – Você sabe, aquele logo antes de se entrar no anel rodoviário.

– Ahã – falei, como se não desse a mínima.

Por dentro, vasculhava mentalmente cada conversa que já tivera com Matthew, para ver se conseguia achar alguma lembrança de uma menção dessa tal de Jasmine. Quem diabos era ela, e que diabo estaria fazendo no carro do meu namorado?

No carro do meu ex-namorado, melhor dizendo.

– Eles estavam indo a Malvern, para um fim de semana de caminhadas, disseram – prosseguiu Ruth.

Eu me perguntei se ela estava sendo completamente insensível ou se extraía algum tipo de prazer perverso em me contar tudo isso. De me pôr no meu lugar, como de praxe. Vingança pelo comentário sobre eu ser "minha própria patroa", sem dúvida. Torci para que calasse a boca cheia de batom. Eu não queria saber. Não queria saber sobre fins de semana de caminhadas em Malvern com a Jasmine.

Na verdade, eu queria saber, sim. Queria saber *tudo*.

– Bom para eles – falei, sem conseguir tirar a amargura da voz. – Matthew sempre foi um idiota antiquado. Ele pode pegar seus fins de semana de caminhadas em Malvern e enfiar no...

Parei, lembrando-me das crianças de olhos arregalados, atentas a cada palavra minha.

– A tia Xivie disse IDIOTA – anunciou Thea.

– E ela ia dizer algo ainda MAIS GROSSEIRO – disse Hugo, dando risada.

Felizmente, isso bastou para que Ruth decidisse mudar de assunto e, durante o resto da refeição, conversamos sobre assuntos mais seguros, como jardinagem e as aulas de tênis que ela vinha fazendo. Os chatos, os xixis e os rabos dos ex-namorados não fizeram mais nem uma apariçãozinha, e eu não saberia dizer quem ficou mais aliviada, se minha irmã ou eu. Mas ela havia demonstrado que tinha razão. Mais uma vez, tinha deixado claro quem era superior na família.

Sou tão boa quanto você, Ruth, eu dissera diante do espelho naquela noite, mas não era. E, nesse ritmo, nunca seria. Dei um suspiro e comi minha comida, sem sentir gosto de nada.

Capítulo Dezesseis

A volta para o café foi silenciosa. As crianças cochilaram, e qualquer tentativa de conversa era prejudicada pela chuva torrencial que ribombava no teto do carro. Não me importei. Para mim, já houvera bate-papo suficiente; minha cabeça girava sem parar com a notícia sobre Matthew, e eu não conseguia prestar atenção em mais nada. Quem seria essa tal de Jasmine? Uma nova namorada, ou apenas uma amiga? Poderia ter sido uma confraternização do trabalho e ele apenas lhe ofereceu uma carona? Ou seria ela a verdadeira razão de ele ter rompido comigo?

"Eu estou deixando você ir", dissera ele na ocasião, como se me libertasse generosamente do relacionamento, a contragosto. Tá, sei. Provavelmente só queria me trocar por um modelo novo.

Senti-me humilhada, como se ele houvesse esfregado aquilo na minha cara, como se houvesse montado de propósito um encontro "por acaso" com minha irmã, para que eu descobrisse que ele estava com uma nova namorada. E, dentre todas as maneiras de eu ficar sabendo, dentre todas as pessoas para me darem essa notícia horrível, Ruth era a pior. Isso fez a ferroada doer ainda mais.

Eu já detestava Jasmine. Ela parecia muito chata. Fim de semana de caminhadas em Malvern? Uau, até que ponto alguém podia ser maçante e de meia-idade? Aposto que ela também não era do tipo que fazia sexo escandaloso ao ar livre em Worcester Beacon. Devia levar na bagagem uma garrafa térmica e um cobertor térmico, só por precaução. Além de um kit de primeiros socorros enfiado num bolso das bermudas largas e confortáveis, e um daqueles trágicos bastões de caminhada. *Meu nome é Jasmine, e sou capaz de fazer as pessoas chorarem de tédio com meus conhecimentos enciclopédicos dos líquens e dos cantos de pássaros. Você gostaria de fazer uma caminhada comigo?*

Bem, eles se mereciam. Eu apenas torcia, pelo bem dela, que Jasmine fosse obcecada por limpeza que nem o Matthew. De pura maldade, fantasiei que ela seria uma porcalhona completa, que o deixaria maluco com seus hábitos desleixados. Ou que os dois seriam atingidos por um raio, numa tempestade medonha, quando estivessem no alto do British Camp. Assim eles iam aprender. De grande ajuda seriam o kit de primeiros socorros e os cantos de pássaros da Jasmine nessa hora.

E era bom essa tal Jasmine ser gentil com Saul, foi meu pensamento sombrio, ao seguirmos pelas pistas escuras e encharcadas de chuva. Ela que tratasse de ser muito amorosa com ele. O menino não merecia nada menos que isso. Suspirei, odiando o Matthew e odiando a Jasmine, querendo que a Ruth tivesse ficado de boca fechada. Não queria saber de nada.

Olhei de relance para Thea, que dormia com o dedo na boca, as feições relaxadas e as pálpebras tremendo de leve, sonhando. Era uma gracinha; como é que eu não havia notado antes? O simples fato de Ruth ser um pé no saco não significava que seus filhos também fossem. Os três tinham sido adoráveis – realmente fofos, divertidos e risonhos. Em ocasiões anteriores, nos jantares de domingo na casa da mamãe ou em outras reuniões de família, os dois mais velhos, em particular, sempre tinham sido bastante sensatos e solenes: pequenas cópias da Ruth, na verdade. Mas naquela noite, tinham ficado à vontade, no verdadeiro estilo férias, e eu tinha me divertido bastante. Isso me deixara com ainda mais saudade do Saul, de passar tempo com ele. Torci para que estivesse bem e se divertindo durante as férias escolares. Decidi escrever uma carta para ele. Terminar o relacionamento com o Matthew não queria dizer que eu tivesse que perder o contato com o Saul também.

– Chegamos – disse Ruth, e despertei do devaneio.

Estávamos de volta ao café e eu nem havia notado nossa passagem pelo vilarejo de Carrawen. Abri o cinto de segurança.

– Obrigada pelo jantar – agradeci, educada. – Foi ótimo ver todos vocês. Espero que aproveitem o resto das férias.

– Foi ótimo ver você também – disse Ruth, e Tim resmungou uma ou outra gentileza nos mesmos moldes.

– Vejo vocês em breve – falei, abrindo a porta. – E, sério, seus filhos são fantásticos. Deem boa-noite a eles por mim, ok?

Ruth pareceu surpresa e meio comovida.

– Digo, sim – respondeu. – E obrigada, Evie. Até logo.

Saltei depressa, fechei a porta do carro e dei um adeusinho rápido, antes de correr para a porta da frente. Ainda caía um aguaceiro e, de repente, eu me lembrei da Phoebe e do seu saco de dormir. Torci para que estivesse em algum lugar quente e seco. *Se a encontrar no deque*, pensei com meus botões, *vou arrastá-la para dentro e fazê-la ficar, desta vez. Sem qualquer chance de discussão.* Mas, quando subi correndo os degraus que levavam ao deque, encontrei-o vazio.

Na manhã seguinte, ainda caía uma chuva forte. O mau tempo combinava com meu humor. Não havia dormido bem, atormentada por imagens do Matthew beijando outra mulher. *Jasmine*. Eu tinha mudado de ideia sobre ela ser chata e desmazelada. Agora, na minha cabeça, ela era alta, magra e linda, com o cabelo louro descendo em ondas. Era também uma profissional incrível, com uma porção de amigos e uma esplêndida vida social, além de voluntária num asilo de idosos e amante dos animais. Até minha imaginação estava contra mim, pensei, desolada, enquanto descia para abrir o café.

– Caraca, o que houve? – perguntou Ed, ao chegar para o trabalho e me ver sentada numa das mesas, segurando um café e lançando olhares furiosos para o mar.

As ondas se elevavam e rolavam na baía, indo rebentar nas pedras do pontal distante.

– Nada – resmunguei.

– Não é aquele seu ex de novo, é? O que tinha sumido faz tempo? – perguntou ele, num tom irritantemente animado. – Aquele com quem você gritou no pub, semana retrasada? Não me diga que você resolveu repetir a dose.

– Não – rosnei. – Não é *ele*.

– Ah… – Ed sentou-se a meu lado e cruzou os braços, como se conversássemos sobre algo tão banal quanto o clima. – Algum outro safado, então? Desgraçados, qual é a desses homens? São um pesadelo, todos eles. – Deu uma piscadela. – Acertei?

Ele me provocava e eu não estava no clima para isso. Tomei um gole do café, fechando a cara, e, para minha irritação, ele caiu na gargalhada.

– Ora, vamos, Evie, só estou brincando – disse. – Nossa, se olhar matasse... – Ele me deu uma cotovelada de leve. – Está bem, entendi, você não quer conversar. Vou calar a boca.

Consegui esboçar um breve sorriso, dizendo:

– Desculpa. Só estou farta. Pode me ignorar.

Ele preparou um café para si, tornou a se sentar comigo e disse:

– Preciso cuidar logo dos recheios dos pastéis e das baguetes, mas ainda não falamos do fim de semana, não é? Você continua disposta a abrir o café à noite?

– Sim – respondi, esquecendo momentaneamente o mau humor. – Sim, com certeza. Estive justamente falando disso ontem. A questão é que hoje já é quarta-feira, então ficaria meio em cima da hora para este fim de semana.

– Que nada! – retrucou ele, confiante. – Tem muito tempo. E, se vamos fazer isso, realmente deveria ser nesta sexta-feira. Muita gente vai voltar para casa no sábado, não é, por causa do fim da semana de férias?

– Ah, é.

Era verdade. A baía estava cheia de turistas neste momento, e o movimento seria menor na semana seguinte, quando as crianças voltassem às aulas. Empertiguei mais o corpo, sentindo-me dez vezes mais alerta, de repente.

– Então você acha que a gente deve preparar um cardápio de jantar para esta sexta-feira? Ou seja... depois de amanhã?

– Com certeza. Comece a avisar as pessoas ainda hoje, e mais tarde nós planejamos o menu e encomendamos os ingredientes. Talvez dê para imprimir uns folhetos e distribuí-los na praia.

– Certo – respondi, temporariamente me esquecendo do Matthew. – Também podemos arranjar umas toalhas bonitas, umas velas...

– Esse é o espírito – disse Ed. – Sexta à noite, então. Vai ser ótimo.

Retribuí o sorriso.

– Combinado – disse, sentindo-me muito melhor.

Ed foi para a cozinha justamente quando Annie entrou com sua entrega de bolos. Dessa vez, tinha trazido um bolo de cenoura com cobertura de queijo cremoso e nozes, e um pão de ló de chocolate que ela havia decorado com confeitos prateados.

– Ficou um pouco exagerado – confessou ela, com uma risada. – A sorte é que não acrescentei as jujubas.

Annie também tinha trazido panquecas e biscoitos confeitados, e eu lhe dei um abraço junto com seu pagamento.

– Gostei das bolinhas prateadas – falei. – E, sinceramente, os seus doces têm feito uma enorme diferença aqui. As pessoas ficam voltando para comer mais e, decididamente, o boca a boca está surtindo efeito. Com os seus bolos e os pastéis do Ed, tivemos dias esplêndidos.

Ela abriu um sorriso largo.

– É muito bom saber disso. Martha e o namorado, Jamie, assumiram a responsabilidade de ser meus provadores oficiais e têm sido bastante rigorosos com as críticas, então fico satisfeita com a aprovação dos seus fregueses.

– Bem, transmita meus agradecimentos. Diga a eles para darem uma passada que o café será por conta da casa. E você também, é claro. Gostaria de um, já que está aqui?

– É melhor não – disse ela, consultando o relógio. – Preciso ir para a loja. Mas seria ótimo em outra hora... ou quem sabe para beber alguma coisa, à noite?

– Perfeito. Nós vamos abrir para jantar nesta sexta-feira, então que tal você vir? Por conta da casa, para eu lhe agradecer por todo o seu trabalho árduo.

– É mesmo? Vocês vão começar a abrir para o jantar? – perguntou Annie. – Que ótima ideia! Eu adoraria vir. Vocês estão fazendo reservas, ou...

Peguei um bloquinho que ficava junto do caixa.

– Agora estamos – respondi. – Posso fazer uma reserva para você e Martha?

– Por que não? Reserve uma mesa para três, caso Jamie resolva vir também. Mas vou pagar, é claro. Você não tem que nos convidar.

– Eu faço questão – disse, anotando a reserva.

Ouvi a voz de advertência do Ed, vindo da cozinha:

– Evie, você não está distribuindo de graça todos os seus lucros, está?

Annie riu.

– Pelo menos, alguém aqui está pensando na empresa. É melhor eu correr. O trânsito vai ficar medonho hoje, com essa chuva. Avise-me que bolos você vai querer na sexta-feira, e diga também se posso fazer alguma coisa para ajudar com as sobremesas do jantar.

– Combinado – falei. – Tchau, Annie.

Distribuí os bolos no balcão, depois subi numa cadeira e escrevi a giz no quadro-negro: "Novo Cardápio de Jantar na Sexta-Feira – Façam Suas Reservas!" Era bobagem minha, eu sabia, mas não pude deixar de ficar empolgada. Torci para que a tia Jo estivesse olhando cá para baixo e vendo tudo aquilo. Eu tinha a sensação de que ela me encorajaria até o fim.

Rachel chegou pouco tempo depois e eu lhe passei as informações sobre os planos para sexta-feira.

– Então, se houver oportunidade, veja se consegue mencionar isso aos fregueses e tente fazer umas reservas. Seria esplêndido. Quer dizer – acrescentei, olhando para a tempestade que continuava a nos fustigar –, teremos sorte se houver algum freguês hoje, com esse tempo.

Minhas palavras foram como uma profecia da desgraça. A única pessoa que entrou no café antes das dez da manhã foi o carteiro.

– Obrigada – eu lhe disse. – Imagino que eu não possa tentá-lo a tomar um café enquanto está aqui, posso? Ou a comer um pastel de forno quentinho?

Ele deu uma risada tristonha.

– Eu adoraria um café e um pastel de forno, querida, mas tenho que trabalhar. O trânsito está terrível. Todo o pessoal de férias está tentando se enfiar em museus e castelos para ficarem secos, e engarrafando as ruas.

– Ah, certo. Você sempre pode voltar na sexta-feira à noite, quando teremos um cardápio especial de jantar. Está interessado?

– Desculpa, querida. Tenho que ir andando – tornou a dizer, acenando com a mão enquanto se afastava.

– Certo, tudo bem – retruquei, quando a porta se fechou.

Não estava acostumada a não ter nada para fazer. Desde que havia começado a trabalhar no café, ele estivera bem movimentado. Agora, estava entediada.

– Rachel, vou aproveitar que o dia está calmo e tentar esboçar um panfleto no computador – avisei. – Grite se de repente recebermos uma enxurrada de fregueses famintos, sim?

– Pode deixar.

Havia um pequeno escritório, junto à cozinha, onde Jo costumava manter toda a papelada e os arquivos. Eu mal chegara a entrar nele desde a mudança, e havia poeira no monitor. Tirei o excesso e liguei o computador, girando na cadeira de rodinhas enquanto ele cantarolava até ganhar vida. Durante a espera, abri a correspondência trazida pelo carteiro – quatro envelopes manuscritos. Pareceu estranho ver meu nome neles, seguido pelo endereço "Praia Café, Carrawen Bay". Não reconheci a letra. Seriam contas de fornecedores, talvez?

Rasguei o primeiro envelope e tirei o conteúdo. Senti um aperto no peito ao perceber do que se tratava: uma carta de candidatura ao emprego de cozinheiro e um currículo. Claro, respostas a meu anúncio no jornal. Droga. Eu vinha torcendo em segredo para ninguém se candidatar, para que conseguisse ficar com Ed por um pouco mais de tempo. Era óbvio que não.

O computador estava ligado e funcionando, por isso deixei os envelopes de lado, com a intenção de examiná-los direito mais tarde. Digitei meu panfleto e centralizei o texto, alterando as fontes algumas vezes antes de imprimir.

O café continuava vazio, então decidi abrir meus e-mails. No topo da caixa de entrada havia um do Matthew. Com os dedos trêmulos de nervosismo, cliquei o nome dele e abri a mensagem. Estaria ele escrevendo para se desculpar pela história da Jasmine? Estaria escrevendo para dizer que tinha mudado de ideia, que Jasmine fora um erro terrível e que eu era a melhor mulher do universo?

Uma ova. Escrevia, como logo descobri, para dizer que as contas da luz e do gás tinham chegado e que minha parte delas somava 103 libras.

– Ah, pode tirar o cavalinho da chuva – resmunguei, enfurecida. – Você não vai receber nadinha de mim.

Ora, que cara de pau. Francamente, será que ele não fazia ideia do que era tato, não conhecia as REGRAS dos relacionamentos? Eu tinha a primazia moral – primazia dupla, na verdade, por ter levado um fora *e* por ter sido substituída tão depressa. E ele tinha a coragem de me escrever para dizer que eu lhe devia alguma coisa?

Inflamada pela irritação, cliquei em Responder e digitei, furiosa:

Caro Matthew,
Você só pode estar de sacanagem. Acha mesmo que vai receber um tostão meu, agora que sei sobre você e Jasmine? VÁ SONHANDO.
Evie

Antes que pudesse me arrepender, cliquei em Enviar e a mensagem sumiu. Imaginei a careta que ele faria ao lê-la.

– Dane-se! – falei para a tela do computador, mal-humorada.

Em seguida, peguei meus panfletos e voltei para o café. Embora parecesse meio desonesto, não mencionei ao Ed as cartas dos candidatos ao emprego. Mais tarde eu lhe contaria, garanti a mim mesma. É claro que sim.

Por fim, às onze horas, recebemos nossa primeira freguesa. Era uma senhora de cabelo grisalho, com um casacão cinza longo e uma capa plástica transparente por cima, que ela desamarrou e sacudiu, antes de se aproximar do balcão.

– Santo Deus, está um horror lá fora.

Rachel lhe deu um sorriso educado.

– Com certeza – concordou. – Mas aqui dentro, pelo menos, está quentinho e seco. O que posso lhe oferecer?

– Ah, uma xícara de chá e uma fatia de bolo. Por que não? Quando se chega à minha idade, é preciso comer as coisas boas enquanto ainda pode. E aquele bolo da Rainha Vitória está com uma cara ótima.

– Esse é o espírito – respondeu Rachel, pondo um saquinho de chá num bule e colocando uma xícara e um pires numa bandeja.

– Saindo uma fatia de bolo da Rainha Vitória – falei, cortando o bolo enquanto Rachel preparava o chá. Depois, como nossa freguesa parecia bastante frágil e eu não tinha certeza de que conseguisse segurar a bandeja, saí de trás do balcão e eu mesma a peguei. – Onde quer que eu a coloque?

Ela apontou para a mesa mais próxima e levei a bandeja até lá, arrumando tudo para ela.

– Obrigada, meu bem – disse a senhora, apontando para os lugares vazios. – Sente-se comigo, se não estiver muito ocupada. Eu gostaria da companhia.

– É uma boa ideia – respondi. – Rachel, quer fazer um intervalo agora? Eu mesma vou tomar uma xícara de chá, já que está tudo tão calmo.

– Nesse caso, eu as acompanho – afirmou Rachel. – Vou buscar os chás. Leite e sem açúcar, não é?

– Obrigada – respondi.

A senhora apresentou-se como Florence e nos contou que se mudara de Coventry para Carrawen com o marido em março.

– Tínhamos passado nossa lua de mel na baía, cinquenta anos atrás – contou ela, com o olhar distante –, e também voltamos aqui numa porção de férias de verão, com nosso filho. Sempre foi nosso sonho morar aqui, e assim, quando nos aposentamos, o Arthur, meu marido, disse: "Vamos lá, Flo, vamos fazer isso. Vamos viver nosso sonho."

– Fizeram muito bem – disse Rachel, calorosa. – Sou totalmente a favor de vivermos nossos sonhos.

– Eu também – concordei. – E o que estão achando da nova vida na Cornualha?

Florence sorriu, mas foi um sorrisinho triste.

– Foi ótimo, no começo – contou. – Nós nos sentimos um casal de jovenzinhos, começando de novo. Foi empolgante. Mas... – Ela suspirou, com os dedos trêmulos ao cortar o bolo em pedacinhos. – Mas, duas semanas depois de nos mudarmos para cá, o Arthur adoeceu. Morreu no mês passado. Foi muito repentino...

– Ah, não! – exclamei, pondo a mão no braço dela. – Ah, Florence, eu sinto muitíssimo.

Ela assentiu, sem poder falar por um momento.

– Eu realmente sinto falta dele – disse, com a voz embargada. Tinha empalidecido muito. Secou os olhos com um lenço de papel, assoou o nariz e deu um suspiro longo e trêmulo. – Ainda estou desorientada.

– Aposto que sim – disse Rachel, solidarizando-se. – Você tem família por perto, há alguém que esteja cuidando de você?

Ela tornou a enxugar os olhos e respondeu:

– Não. Todos os nossos amigos moram em Coventry, e é muito longe para eu dirigir até lá. Meu filho está nos Estados Unidos, no momento, trabalha lá como produtor de televisão, então estou sozinha aqui. – Tomou um golinho de chá e nos deu um sorriso fraco. – Desculpem, meninas. Olhem só para mim, me lamuriando sem parar com vocês. Sou só uma velha boba, não prestem atenção.

– Você não é uma velha boba – retruquei, apertando sua mão. – Passou por uma experiência horrível, não admira que esteja abalada.

– Sim. – Ela pôs na boca um pedacinho miúdo do bolo – Está muito bom – disse, após um momento. – Arthur teria gostado. O bolo da Rainha Vitória sempre foi seu favorito.

– Então, é óbvio que ele era um homem de bom gosto – comentou Rachel.

Os olhos de Florence cintilaram.

– Ah, era, sim. Era um homem maravilhoso. Mas vocês não vão querer ficar ouvindo minhas histórias. Que tal me contarem um pouco sobre vocês enquanto saboreio o bolo?

E assim, acabamos tendo um bom papo, nós três, enquanto a chuva continuava a desabar do lado de fora. Eu me lamuriei um pouco sobre o término com Matthew, mas ambas me garantiram que eu estava melhor sem ele. Depois, fiz as duas darem risada contando-lhes sobre o desastre com Ryan.

– Xiii – fez Florence, dando risinhos e levando a mão à boca, feito uma menina.

– Eu conheço esse cara! – disse Rachel. – Tentou se engraçar com minha amiga no pub na semana retrasada. Levou um copo de cerveja na cabeça pelo esforço.

Foi minha vez de rir.

– Não mexa com as australianas!

– Isso aí.

Depois, já que estávamos trocando confidências e continuávamos sem fregueses, ela tratou de nos falar de seus problemas com homens: de como tinha vindo para a Inglaterra, originalmente, com seu namorado, Craig, com quem tinha um relacionamento de vários anos, mas os dois tinham rompido havia dois meses.

– Foi uma dessas brigas bobas, que na verdade não querem dizer nada, mas nenhum de nós quis ceder – disse Rachel, brincando com os pacotinhos de açúcar. – Nós dois somos muito turrões. Aí, quando ele disse "Então vou embora sozinho", eu estourei: "Pode ir." E desde então não o vi mais.

– Ah, que pena! – disse Florence. – Nunca vá para cama sem concluir uma briga, era esse o nosso lema.

Rachel arqueou uma das sobrancelhas.

– Hum... Já se passaram várias noites de lá para cá, para ser sincera. E... nada. Ele é teimoso demais para entrar em contato comigo, e eu também.

– Caramba! – falei. – Nem mesmo um telefonema ou uma mensagem de texto depois de beber uns drinques? Você é durona, moça.

Pela primeira vez desde que a conhecera, Rachel me pareceu vulnerável.

– Sinto saudade dele. E gostaria de não ter deixado a briga se estender por tanto tempo. Queria ter tido coragem de resolver as coisas ali mesmo, naquela hora, em vez ser teimosa e cabeça dura.

– Onde ele está agora? – perguntei. – Por que não o procura?

– Ainda está em Londres, de acordo com o Facebook – disse ela, e deu um suspiro. – Eu devia entrar em contato, não é?

– Sim! – dissemos em coro, Florence com a voz tão severa que me deu vontade de rir.

– Engula seu orgulho – acrescentou ela, em tom mais gentil. – Você não pode deixar as coisas como estão.

Rachel assentiu.

– Ficou meio ridículo, mesmo – concordou. – Acho que eu devia dar o primeiro passo.

– Muito bem – disse Florence, dando-lhe um tapinha no braço.

Era muito meiga, pensei com afeição. Exatamente o tipo de avó gentil e carinhosa que eu sempre havia desejado, distribuindo conselhos bondosos, calcados sobre todos os seus anos de sabedoria.

Justo nesse momento, entrou uma dupla de passeadores de cães, querendo se aquecer com café e pastéis, e Rachel foi atendê-los, sem dúvida feliz com a oportunidade de cair fora da conversa.

– Acho que é hora de eu ir para casa – disse Florence. – Obrigada pela conversa, foi mesmo um prazer. Fico feliz por ter enfrentado a chuva para sair. Procuro ir a algum lugar todo dia, para uma pequena caminhada, caso contrário, começo me sentir sufocada em casa. Mas, agora que sei como vocês são amáveis aqui e como o bolo é delicioso, com certeza vou voltar.

– Faça isso – falei, ajudando-a com o casacão. – Apareça sempre que quiser, Florence. Adorei conhecê-la.

– Bem, talvez eu volte na terça-feira, então – disse ela. – É meu aniversário, e não sei o que mais fazer de mim.

– Com certeza! Podemos fazer uma comemoraçãozinha para você aqui mesmo, não é?

Ela sorriu, e foi como se o sol despontasse.

– Seria maravilhoso – afirmou, com os velhos dedos nodosos tremendo enquanto fechava os botões. – Eu gostaria muito.

Cerca de uma hora depois, o sol realmente apareceu e tivemos um fluxo contínuo de fregueses. Reservei mais duas mesas para a noite de sexta-feira e distribuímos uma porção de panfletos.

– Agora, é oficial – falei para o Ed à tarde, quando fui levar alguns pedidos. – Temos reservas de verdade para sexta-feira, de pessoas que nem conheço! Não há como voltar atrás.

Ed deu uma saída por volta das três da tarde, para poder passear com a cachorra, e Rachel e eu cobrimos as últimas duas horas do turno, que tendiam a ser a parte mais tranquila do dia. Ed tinha dito que voltaria para definirmos o menu da sexta-feira, de modo que me dediquei à limpeza enquanto esperava. Na verdade, gostava bastante de esfregar bem a cozinha e o salão no finzinho da tarde. Matthew ficaria assustado se me visse fazendo faxina nas paredes, no piso e nas bancadas, lavando e passando o esfregão e água sanitária, coisas que nunca me dera ao trabalho de fazer na nossa casa em Oxford, mas eu sentia um orgulho peculiar em deixar tudo em ordem no café, em ter tudo sob controle. Morte aos germes!

Naquele entardecer em particular, eu tinha ligado o rádio e cantava com a Beyoncé enquanto esfregava o piso, e sim, tudo bem, estava até dançando um pouco com o esfregão, balançando o quadril como se fosse uma dançarina popozuda, e não a Sra. Esfregão, com meu velho short jeans e uma blusa cor-de-rosa de alcinha. E, é claro, como você já deve ter adivinhado, no exato momento em que joguei a cabeça para trás, para atingir as notas mais agudas, ouvi uma batida na porta de vidro. Olhei para trás e dei de cara com Ed parado ali, com uma expressão de quem se esforçava muito para não gargalhar.

Na verdade, ele nem estava tentando com muito afinco. Estava rindo com a mão na boca, como se *isso* disfarçasse alguma coisa. Fui destrancar a porta, me sentindo uma verdadeira pateta.

– Boa tarde – cumprimentei, fingindo estar perfeitamente à vontade com o fato de ele ter me visto dançando e cantando com um esfregão, apesar de algo dentro de mim ter definhado aos poucos (minha dignidade, no caso).

– Olá – disse ele. – É aqui que estão acontecendo as audições do *The Voice Cornualha*?

– Engraçadinho. – Resolvi entrar no jogo. – Na verdade, é sim. Posso saber a música que você vai cantar?

– Hum, sim, é... Edvis – disse ele, e acrescentou um "ah-ha-ha" com uma diabólica torcida do lábio superior, *à la* Elvis.

Caí na gargalhada, enquanto ele fazia o rebolado mais esquisito que eu já tinha visto na vida.

– Ai, meu Deus, por um minuto achei que você tinha quebrado a coluna! – Eu ri quando ele parou numa pose dramática. – Bem, receio que tenha sido reprovado na audição, mas entre assim mesmo. Eu estava só terminando a limpeza – acrescentei, sem nenhuma necessidade, já que ainda segurava o esfregão. – Sirva uma bebida para você e sente-se aí. Estou quase acabando.

Ouvi Ed cantarolar "All Shook Up" enquanto eu passava o esfregão nos últimos cantos, e depois o som de uma rolha saindo de uma garrafa.

– Eu trouxe um vinho, espero que não se incomode – disse ele.

– É claro que não me incomodo! – gritei de volta, ao ouvir o *glub-glub- -glub* do vinho sendo vertido numa taça. – Desde que você sirva uma para mim também, é claro.

– Saindo agora mesmo.

Joguei fora a água do esfregão, enxuguei as mãos no short e fui ao encontro dele. Fizemos tim-tim com nossas taças de vinho e sorrimos um para o outro. Ele *era* um colírio para os olhos, admiti. E tinha o que minha mãe chamaria de "um sorriso encantador", que iluminava todo o seu rosto.

– E então, vamos falar sobre o cardápio? – sugeriu Ed, como se eu precisasse de incentivo.

– É claro. Cardápios. Vamos. Pensei em fazermos algo bem simples.

– Com certeza. Estou pensando em três opções de entrada, prato principal e sobremesa. Não precisamos de nada maior nem mais chique, certo?

– Certo.

– E estamos tentando agradar os turistas em férias. Gente que vai querer um jantar diferente, comer alguma coisa que não comeria em casa. Precisamos oferecer uma experiência gastronômica.

– Que não seja de diarreia! – brinquei.

Estava claro que os membros mais jovens e pueris da minha família tinham exercido uma má influência sobre mim, nos últimos tempos. Eu teria que me queixar com Ruth.

– Desculpa. Você tem razão. Uma experiência. E deve ser típica da

Cornualha. Então, vamos servir peixe fresco como um dos pratos principais, um prato vegetariano e um jantar com carne para os carnívoros. Todos feitos com adoráveis ingredientes locais, é claro. – Sorri para ele. – Em outras palavras, peixe com fritas, ovos com fritas ou linguiça com fritas, certo?

Ele bateu com seu bloquinho na minha cabeça.

– Vamos combinar assim: enquanto nossos clientes estiverem comendo seus ovos com fritas, talvez você possa entretê-los com suas "piadas". Vamos guardar a dança com o esfregão e o karaokê para a sobremesa.

Eu ri.

– Talvez até paguem um extra para eu parar.

– Está aí uma boa ideia – disse ele, com o rosto impassível, e pôs uma moeda de uma libra na mesa.

Olhei da moeda para seu rosto e gargalhei.

– A inveja é uma coisa terrível, Edvis – falei, fingindo-me ofendida. – Muito bem, então, vamos dar andamento a esse menu.

Chegamos a um acordo em torno de um filé de cherne-vermelho, um filé-mignon (das vacas mais felizes e bem cuidadas da Cornualha) e um risoto de cogumelos, como pratos principais, duas *bruschettas* diferentes ou um patê de siri para a entrada, e tudo seguido por uma seleção de bolo caramelado com tâmaras, torta de maçã e sorvete, para a sobremesa. Durante esse período, de algum modo entornamos quase todo o Sauvignon Blanc e implicamos um com o outro sem parar. Todo o acanhamento e a conduta esquiva do Ed desapareceram por completo, e nós dois rimos para valer. Pensei nas cartas com os currículos que ainda nem tinha lido e senti uma pontada de tristeza por este ser apenas um arranjo temporário. Ed era muito engraçado e se interessava mesmo pelo café, e, além disso, era um chef tão maravilhoso, que eu já não conseguia me imaginar trabalhando com mais ninguém.

– Esplêndido – comentei, levantando-me, as pernas meio bambas. – Fabuloso. Vou até a loja da Betty agora mesmo, ver se ela aceita deixar alguns panfletos no balcão, e também vou deixar alguns no pub. Espere só para ver, nós vamos lotar na sexta-feira e eles todos vão *adorar*.

Ed estava sorrindo para mim, com uma expressão suave nos olhos, que se enrugavam nos cantos.

– O que foi? – perguntei.

– Nada – disse ele, levantando-se também e pondo o bloco no bolso traseiro das calças. – Até amanhã.

Enfiei uns panfletos na sua mão.

– Toma. – Você pode distribuir para seus vizinhos?

Seus dedos se fecharam em torno dos meus e, por um segundo, senti a centelha. Uma coisa intensa. Uma coisa estonteante. Uma coisa... sim, quem sabe romântica.

E então, da mesma forma súbita, ele retirou a mão.

– Combinado – falou, dando meia-volta e se retirando, de um modo tão profissional, que fiquei me sentindo meio zonza e me perguntando se teria imaginado tudo. Provavelmente. Eu estava meio bêbada, só isso.

– Certo – falei em voz alta, enquanto a porta se fechava atrás dele. – Bem, é isso.

Retirei da mesa as taças de vinho e saí para entregar os panfletos.

Parei primeiro na loja da Betty, preparando-me para algum comentário ferino sobre como eu havia insultado a família da Saffron, ou cometido algum outro crime terrível. Torci para que ela não me botasse para fora de novo. Ela vinha sendo gentil comigo, mas nada exageradamente amistoso. Com certeza ainda faltava muito para conquistar sua simpatia.

– Vou fechar em dois minutos – disse Betty, quando entrei.

Tinha um olhar enfezado, como se eu fosse a coisa mais inconveniente que já havia aparecido em sua loja "de conveniências". Excelente atendimento ao cliente, como de praxe.

– Tudo bem, não vou comprar nada – respondi, aproximando-me do balcão, o que talvez não tivesse sido a melhor resposta.

Os olhos dela tornaram-se mais duros, e seus seios apontaram para a frente como pistolas. Eu tremia nas minhas sandálias de dedo, mas disse a mim mesma que era totalmente ridículo sentir medo. Éramos duas mulheres adultas, caramba. Quão ruim isso podia ser?

– Oi, Betty – falei, no meu tom mais agradável e menos afrontoso. – Vamos abrir o café para o jantar, na noite de sexta-feira, e estamos tentando arranjar mais reservas. Posso deixar alguns panfletos aqui?

Ela olhou com desdém para o panfleto que lhe estendi, sem tirá-lo da minha mão.

– Isso foi ideia dele, daquele sujeito que está trabalhando para você? – quis saber ela.

Encarei-a, ligeiramente confusa.

– Bem... foi uma ideia conjunta. Mas acho que pode ser uma ótima ideia. Talvez traga mais gente para o vilarejo – acrescentei, na esperança de levá-la a achar que, na verdade, ela também poderia se beneficiar disso.

Betty balançou a cabeça.

– Tem algo errado com ele – disse, em tom sinistro. – Dizem por aí que ele não é quem parece ser. No seu lugar, eu não confiaria nele.

Fiquei irritada, certa de que esse era exatamente o mesmo tom de voz maldoso e fofoqueiro que ela havia usado ao falar de *mim*. Eu não teria retaliado se não tivesse entornado uma boa meia garrafa de vinho na última hora, mas, naquelas condições, não consegui me conter.

– Bem, pois eu confio nele, sim – afirmei, tornando a pegar meus panfletos. – Ele é uma boa pessoa e um excelente chef.

Eu já ia acrescentando "Portanto, DANE-SE", mas consegui segurar a língua a tempo.

Ela arqueou as sobrancelhas e cruzou os braços gordos, de tal forma que seu busto avantajado apoiou-se neles como se fossem uma prateleira.

– Não diga que não lhe avisei – retrucou, em tom seco, e começou a arrumar as coisas do balcão com um excesso de minúcias. – Mais alguma coisa?

– Não – respondi, já me virando. – Não quero mais nada.

Capítulo Dezessete

Meus panfletos também não foram recebidos de braços abertos no Velocino de Ouro.

– Eu ficaria com alguns, mas acho que a patroa não ia gostar muito – disse o rapaz alto e bonito atrás do balcão. – Também servimos refeições noturnas aqui, sabe, então...

Ao menos ele se mostrou gentil, o que era bem melhor do que a grosseria da Betty.

– Tudo bem – falei, sentindo-me uma idiota por ter pedido, para começo de conversa. – Eu não tinha pensado nisso. Sem problema. – Então notei o crachá com o nome dele: Jamie. – Ah, você é o namorado da Martha? O pintor?

Ele pareceu satisfeito por ser designado dessa maneira.

– Sim, sou eu. Você é a Evie, certo? A moça para quem a Annie tem feito bolos?

– A própria – respondi. – Ei, a Martha me contou que você vai expor seus quadros em breve. Genial! Gostei muito do quadro que elas têm em...

Parei de falar, porque a expressão dele murchou e seu corpo todo pareceu arriar. Ai, caramba. O que eu tinha dito?

– Foi cancelada – informou Jamie, com o rosto abatido. – Houve um corte no orçamento de arte da prefeitura, por isso a exposição não vai mais acontecer.

– Ah, não! – Fiquei desolada por ele, que parecia muito chateado. – Que pena. É muito azar. Mas você tem talento, Jamie. Eu notei, eles notaram, outras pessoas também o reconhecerão. Tenho certeza de que não é o fim da linha para você.

Jamie não pareceu particularmente otimista.

– É o que a Martha vive dizendo, mas… – Deu de ombros. – Não sei. É muito decepcionante. Eu estava ansioso por mostrar meu trabalho às pessoas, fazer com que ele fosse visto, sabe?

Assinto, sentindo-me solidária. Podia imaginar o quanto ele devia ter ficado frustrado, por ter a exposição na ponta dos dedos só para perdê-la mais tarde. Para mim, era quase pior ficar esperançoso, e ter essa esperança destruída, do que não acontecer coisa alguma.

– Com certeza. Mas não desista. Você é talentoso e nunca se sabe o dia de amanhã. – Abri um sorriso, torcendo para que minha fala soasse animadora, e não condescendente. – Bem, foi um prazer conhecê-lo. Há sempre um cafezinho grátis para você e Martha lá no café.

– Valeu.

Chovia de novo quando voltei para casa, meus pés molhados escorrendo o caminho inteiro nas sandálias de dedo. A leve e morna embriaguez que sentira antes havia desaparecido, e eu mal podia esperar para chegar ao apartamento e vestir meu pijama, tomar uma xícara de chá e ver um programa de tevê vagabundo. Esta era uma vantagem de morar sozinha: podia voltar a acompanhar todas as minhas novelas e séries, sem as expressões sofridas do Matthew nem seus estalidos de reprovação.

Mas, quando cheguei ao deque na área externa do café, vi que Phoebe tinha voltado. Estava sentada no chão com as costas apoiadas na parede, curvada e com os braços envolvendo os joelhos, a chuva molhando tudo a seu redor. Naquela noite, não haveria fuga. Naquela noite, ela parecia derrotada e exausta, olhando para mim como quem dissesse *Bem, estou aqui de novo. O que você vai fazer?*

Destranquei e abri a porta.

– Quer entrar? – perguntei.

Ela assentiu, e nós duas entramos.

– Obrigada – murmurou.

Ficou parada ali, inerte, com o saco de dormir arrastando no chão.

– Olhe – falei, acendendo as luzes. – Eu não conheço você e você não me conhece, mas não posso deixá-la dormir lá fora com esse temporal. Há um quarto de hóspedes aqui e você é bem-vinda para ficar. Também pode comer alguma coisa e tomar banho. O que acha?

Ela tornou a assentir. Pobrezinha, parecia cansada, parecia ter perdido todo o espírito de luta.

– Ok. – Acho que ambas nos sentimos meio esquisitas e sem graça com a situação. – Então, vamos subir. Vou preparar um banho e lhe mostrar onde estão todas as coisas.

Tornou a me ocorrer, enquanto a conduzia pelo apartamento, que, sim, eu estava assumindo um risco, ao acolher essa menina sem saber coisa alguma a seu respeito. Ao que tudo indicava, poderia acordar no dia seguinte e descobrir que todos os meus bens materiais tinham sido furtados, e nunca mais tornar a vê-la. Mas meu instinto me dizia que ficaria tudo bem e que Phoebe não faria nada disso. E ela era só uma criança. Como é que eu poderia fazer outra coisa senão acolhê-la? E, de qualquer jeito, não era como se eu tivesse alguma coisa que merecesse ser surrupiada. Se Phoebe estivesse atrás de joias e talheres de prata, andara acampando na porta do lugar errado.

Abri a água da banheira, joguei um pouco de espuma de banho e arranjei toalhas limpas e um pijama para ela, além de pegar emprestado um robe que pertencera a Jo.

– Pronto. Tome um bom banho de espuma. Vou preparar alguma coisa para comer quando você terminar, está bem?

Ela assentiu, timidamente.

– Obrigada – tornou a dizer.

– Sem problema – retruquei, deixando-a sozinha.

De repente, uma lembrança de quando eu tinha a idade da Phoebe surgiu na minha mente, de uma briga enorme que tive com meus pais porque queria ir ao Festival Glastonbury com meus amigos. No fim, eu tinha partido num rompante para o festival, furiosa, ignorando a proibição deles. (Meus pais temiam que eu me metesse com "as pessoas erradas". Ha! Tarde demais. Eu já fazia parte do grupo das pessoas erradas e adorava.) Terminado o festival, eu não queria voltar para Oxford e, em vez disso, peguei carona até a Cornualha e me refugiei na casa da tia Jo. Apareci na porta dela exausta, fedida e sem um centavo no bolso, e Jo simplesmente me acolheu, sem fazer julgamentos nem perguntas. Na manhã seguinte, ela me atormentou para eu ligar para casa, sim, mas, desde então, sempre fui grata por aquela noite de pura aceitação, quando ela me abriu as portas sem cobrança alguma.

Enquanto Phoebe tomava banho, liguei para Amber, para bater um papo, o que envolveu reclamações sobre Matthew, xingamentos sobre Ruth e algumas reflexões sobre Ed. Ela jurou que derramaria uma bebida em cima do Matthew e da Jasmine, sem-querer-querendo, se algum dia os visse juntos, o que fez com que eu me sentisse melhor. Depois, ela me fez dar risadas, ao me contar sobre sua nova audição para um comercial que promovia comprimidos contra indigestão, e ao me falar das caras angustiadas que tivera que fazer diante da equipe encarregada de escolher o elenco.

– Podia ter sido pior – disse ela. – Meu agente também queria que eu fizesse o teste para um anúncio de pomada para hemorroidas, mas os dois horários se chocavam, então pude escolher. NÃO RIA!

E me deu uma bronca, porque não consegui conter uma risada.

– Espere só, um dia isso tudo vai compensar, quando eu alcançar o estrelato.

– Tá – concordei. – Com certeza. A qualquer momento.

Quando desliguei o telefone, ainda havia silêncio no banheiro, de modo que abri a contragosto os currículos que tinha recebido para o cargo de cozinheiro e os folheei: *Mark Albury, 55 anos, experiência anterior no ramo do fornecimento de refeições: cozinheiro de um pub em Devon. Catherine Walcott, 22 anos, experiência anterior no fornecimento de refeições: nenhuma, porém tinha sido garçonete e aprendia depressa (carinha feliz e ponto de exclamação). Jason Grimshaw, 30 anos, experiência anterior no fornecimento de refeições: trabalhou numa loja de peixe com fritas em Wadebridge. Vicki Groves, 42 anos, experiência anterior no fornecimento de refeições: cozinhou para seus quatro filhos e fez assados e bolos para a Associação de Pais e Professores da escola, em numerosas ocasiões.*

Pus a cabeça entre as mãos, sem me entusiasmar por nenhum deles. Mark Albury tinha boa experiência, admiti, mas parecia haver trabalhado em dez lugares diferentes na última década. Não era bom sinal, certo? Catherine Walcott me irritou sem que eu nem sequer a conhecesse, e precisaria de um treinamento completo, partindo do zero, o que eu não tinha tempo nem experiência para fornecer. E havia ainda o mestre do peixe com fritas e a mamãe Vicky, nenhum dos quais me trouxe qualquer tipo de animação. Minha esperança era que chegassem pelo correio currículos de candidatos mais fortes, na semana seguinte, ou algo assim. Ou talvez Ed reconsiderasse e...

Ouvi a porta do banheiro se abrir e passos leves no corredor.

– Estou aqui embaixo, no café! – gritei, guardando as cartas numa pasta.

Phoebe apareceu, engolida pelo grande robe vermelho da Jo, com o cabelo ainda enrolado na toalha.

– Estava tão bom – disse, agradecida. – Obrigada. – O rosto estava rosado e brilhando, e ela parecia bem e sadia, como se houvesse acabado de tomar banho depois de uma cavalgada, ou de fazer ginástica, e não depois de ter passado dias a fio na rua.

– De nada – respondi. – Hum... – Era estranho ser anfitriã de uma completa estranha. O que Jo teria feito? Bem, ela a alimentaria, para começar. – O que você quer comer? – perguntei, instigada por essa ideia. – Misto-quente? Ovos mexidos? Pastéis de forno?

– Ovos mexidos, por favor – pediu ela. – Quer que eu a ajude?

– Claro – respondi, surpresa com a oferta. – Vamos para a cozinha e faremos tudo juntas.

Coloquei-a para bater os ovos enquanto eu punha umas fatias de pão na torradeira e derretia manteiga numa frigideira. Em seguida, ela pôs os ovos e eu lhe entreguei uma colher de pau para mexê-los, enquanto eu passava manteiga nas torradas.

– Ovos mexidos com torrada são sempre mais fáceis com duas pessoas – disse Phoebe, puxando conversa. – É meio corrido fazer tudo sozinha.

– É – concordei, contendo-me para não perguntar com quem ela costumava fazer ovos mexidos. A mãe, o pai, uma irmã? – Está com uma cara ótima – foi tudo o que eu disse, dando uma espiada na frigideira. – Quer colocá-los nas torradas?

Servi-lhe um suco e voltamos para a área das mesas, onde ela devorou o jantar com animação. As bochechas estavam coradas, e Phoebe já não se parecia em nada com a garota desarrumada, suja e deplorável que estivera do lado de fora, com seu saco de dormir. Ainda era estranho estar sentada ali com ela, mas, ao mesmo tempo, eu tinha convicção de estar fazendo a coisa certa, fazendo o que Jo teria feito.

– Está bom? – perguntei, vendo-a comer.

Ela assentiu.

– Bom mesmo – respondeu. – Obrigada por isto e pelo banho. É muita bondade sua.

– Disponha – falei.

Hesitei, querendo entrar na grande questão não dita de por que ela estava na rua, sabe-se lá quanto tempo fazia, e quais eram seus planos, mas não soube direito qual a melhor maneira de tocar no assunto. Estava bastante segura de que Phoebe não ia sair correndo, como da última vez, especialmente agora que usava um robe, mas, ainda assim, não queria que ela se sentisse acuada e voltasse a desconfiar de mim.

– Escute – falei –, você não tem que me contar nada que não queira, mas... o que aconteceu? Como foi que passou a dormir na rua?

Ela parou imediatamente de mastigar e ficou tensa. Ah, não. Será que eu havia estragado tudo, outra vez?

Phoebe pousou o garfo e a faca.

– É que eu detesto minha mãe – respondeu, sombria, após um momento. – E eu só... – Seus olhos brilharam de emoção e seu rosto foi tomado por uma expressão dura, defensiva. – Eu dei um basta, foi isso.

– Certo – falei, sem fazer mais perguntas por enquanto.

Tinha esperança de que ela preenchesse as lacunas para mim.

– É só que... ela é *esnobe* pra caralho – explodiu. – Desculpa – acrescentou, num murmúrio. – Mas ela é. E não faz ideia.

– E aí você foi embora de casa? Vocês tiveram uma briga, ou algo assim?

– É. – Pôs mais uma garfada de ovos mexidos na boca e achei que era só isso que ia dizer, mas então ela continuou: – Tivemos uma tremenda briga, porque ela não gostava das minhas amigas. Acha que elas são "más influências", ou qualquer porcaria do tipo. Bem, elas *não são*. São minhas *amigas*. Então... – ela deu de ombros – tivemos uma briga e eu... eu fugi.

– Nossa. Então, pelo que entendo, você não é da Cornualha.

Eu já sabia que não seria. Havia nela uma garra, uma intensidade, que deixavam claro que se tratava de uma garota de cidade grande.

Ela balançou a cabeça.

– Londres – disse, ainda de cara fechada.

– É um longo caminho até aqui. – Houve um momento de silêncio, como se ela fosse educada demais para me dizer que eu estava afirmando o óbvio. – Você falou com sua mãe desde que saiu de casa?

– De jeito nenhum.

– Então, ela não sabe onde você está?

– Não. Nem uma pista.

Ela parecia orgulhar-se disso. De cabeça erguida, parecia exasperada, na defensiva.

Contive todas as minhas outras perguntas, sem querer interrogá-la. Ainda não, pelo menos. Ela me deu a impressão de estar prestes a tentar a sorte na chuva, de robe e tudo. Em vez disso, indaguei:

– Quer comer mais alguma coisa?

Phoebe balançou a cabeça.

– Não, obrigada.

– Bem, estou contente por você ter vindo para cá – falei, levantando e recolhendo seu prato vazio. – Este café é um lugar especial, sabia? Era da minha tia e, quando eu era adolescente e tinha todo tipo de briga com a *minha* mãe, e também com minhas irmãs mais velhas perfeitinhas, ela me acolheu e me deixou ficar aqui.

Phoebe me olhava fixo, ansiosa, e eu não soube dizer se tinha ao menos escutado uma palavra do meu pequeno discurso.

– Evie, você não vai… ligar para a polícia para avisar que estou aqui, vai?

Fiz uma pausa.

– Não – respondi, por fim. – Não vou ligar para a polícia. Mas acho que o correto seria você telefonar para sua mãe. Você não tem que contar onde está, mas precisa dizer que está bem, em segurança. Ela deve estar doida de preocupação. Não acha?

Silêncio. Phoebe estudava as unhas com feroz concentração, como se todas as soluções dos problemas do mundo tivessem sido codificadas ali e ela fosse a única pessoa capaz de decifrar.

– Pense nisso – insisti. – Você não tem que fazer nada agora, mas ao menos pense nisso, sim?

Ela assentiu, ainda sem me olhar.

– Sim, vou pensar.

Quando acordei na manhã seguinte, Phoebe já havia ido embora. Eu meio que esperava por isso, para ser sincera; ela parecia um gato independente, que anda sozinho por aí, não o tipo que fica muito confortável num lugar e baixa a guarda. Na mesa, deixara um guardanapo de papel em que tinha escrito "OBRIGADA!" e desenhado uns corações. Também tinha lavado e enxugado a louça dos ovos mexidos da véspera e deixado tudo arrumadinho na bancada. Por mais que se queixasse da mãe, a mulher certamente a criara para ter boas maneiras.

Já não chovia, portanto, para onde quer que ela tivesse ido, ao menos não ficaria molhada e com frio. Eu me perguntei se voltaria à noite, ou se minhas perguntas a respeito da mãe dela a teriam aborrecido.

Ainda assim, eu tinha feito o melhor possível. Phoebe havia jantado, tomado banho e dormido numa cama, com um teto sobre a cabeça. Torci para que esse lembrete dos confortos materiais fosse suficiente para ela deixar de ser tão teimosa e fazer as pazes com sua família.

Martha apareceu em torno das onze horas da manhã, de mãos dadas com Jamie, e não pude deixar de comparar as duas garotas. Martha parecia muito feliz e calma, em contraste com a espinhosa e vulnerável Phoebe.

– Oi – falei. – Faz algum tempo que não vejo os dois. Como vão as férias escolares?

Martha fez uma careta.

– Andei revisando a matéria para as provas a semana inteira, mas o Jamie me convenceu a SAIR DE PERTO dos livros escolares e curtir um pouco de ar puro.

– Consegui um dia de folga no pub – disse Jamie – e pensei em ficarmos na praia. Parece um bom dia para surfar, as ondas estão enormes.

– Eu notei – disse Rachel, com ar saudoso, entrando na conversa. E então, pareceu sem graça. – Desculpem, foi errado ficar ouvindo a conversa alheia. – Sorriu para o casal. – Meu nome é Rachel, surfista frustrada. E com inveja!

– Estes são Martha e Jamie – falei. – A Martha é filha da Annie, nossa confeiteira. E Jamie é um pintor fantástico que também trabalha no pub.

– Ah, é de lá que estou reconhecendo você – disse Rachel. – O Velocino, não é?

– Ele mesmo – respondeu Jamie.

Fiz os cafés enquanto os três conversavam.

– Que tipo de pintura você faz? – perguntou Rachel, e Jamie começou a lhe contar sobre seus quadros, sua expressão uma mistura de entusiasmo pelo que fazia e decepção.

Ele ainda estava tentando superar o desapontamento com o cancelamento da exposição, pensei com simpatia.

Ao me virar para pôr as xícaras de café no balcão, notei, pelo que parecia ser a centésima vez, a tinta descascada na parede, e as palavras da Amber voltaram à minha mente: *Você tem que dar uma ajeitada aqui. Uma demão de tinta, uns quadros nas paredes...*

E, no instante seguinte, uma ideia brotou na minha cabeça. Uma ideia tão boa e uma solução tão óbvia, que quase deixei cair a xícara que estava segurando, de tanta empolgação.

– Ei! – chamei, interrompendo-os. – Tive uma ideia. – As palavras foram saindo aos borbotões, de tão entusiasmada que fiquei. – Por que não expomos seu trabalho aqui no café, Jamie? Faz séculos que ando pensando em renovar o café, e acho que os seus quadros ficariam maravilhosos aqui. E, se as pessoas quiserem comprá-los, melhor ainda!

Ele ficou boquiaberto, depois deu uma olhadela rápida, abarcando todo o salão, como se imaginasse seus quadros nas paredes.

– De verdade? – perguntou. – Você está falando sério?

– É claro que estou falando sério. É perfeito! O café vai ficar incrível com seus quadros. Os fregueses vão adorar. E será como se você fizesse sua própria exposição particular, pelo tempo que quiser.

Jamie passou um momento em silêncio. Parecia perplexo, como se eu tivesse acabado de acertar seu rosto com o menu.

– Que ideia maravilhosa – disse Martha, segurando o braço do namorado. – Não seria incrível, Jay? Sua própria exposição, bem aqui na baía.

– Fantástico – concordou Rachel. – Artista local, café local. Como pode dar errado?

– Se quiser, podemos até fazer uma noite especial – acrescentei, com a ideia crescendo na cabeça enquanto eu falava. – Como uma festinha de inauguração: você chamaria todos os seus amigos, seu professor de arte, quem você quiser. Poderíamos oferecer petiscos e vinho, um verdadeiro vernissage. Com sorte, vender umas peças, e depois deixar as outras em exposição durante o verão. Se você estiver de acordo, é claro – apressei-me a acrescentar, percebendo de repente que ele ainda não dissera palavra.

Jamie mordeu o lábio e, por um segundo, achei que fosse chorar.

– Você faria mesmo isso tudo? – perguntou, no final. – Está falando sério?

– Sim – falei. – É claro que estou falando sério. Achei fantástico o quadro que vi na casa da Annie e da Martha, e ficaria honrada por ter seu trabalho nas paredes do meu café. E todo mundo merece uma chance. Para mim, é realmente um prazer poder ajudá-lo. Se for o que você quer.

– Nossa! – exclamou ele, e seu rosto se abriu num sorriso largo. – Puxa vida, Evie, parece genial. Absolutamente genial. Nem sei o que dizer.

– Diga sim – sugeriu Martha, para ajudar.

– Sim! – disse ele, rindo. – Sim, sim, sim! E obrigado. Vai ser mesmo um barato!

Também sorri. A alegria no rosto dele, a surpresa e a felicidade que claramente sentia, fizeram com que eu também me sentisse radiante.

– Fabuloso. Então, vamos fazer isso. Pense na melhor data para você e vamos fazer acontecer.

Eles tomaram seu café. Jamie ainda com uma expressão bastante aturdida.

– Está bem – disse ele. – Vou dar uma olhada nos meus turnos da semana que vem e volto a falar com você. Obrigado.

Os dois foram embora, Martha já folheando uma agendinha e os dois se inclinando para examinar as páginas. Também me senti animada: pelo Jamie e pelo futuro do café. Um cardápio de jantar, uma exposição de arte – o que mais eu poderia fazer ali? Poderia alugar o espaço a grupos locais, ou para aulas noturnas, festas infantis… De repente, as possibilidades pareceram infinitas. *Isto é só o começo*, pensei, feliz da vida, antes de me voltar para meu freguês seguinte, com um sorriso.

– O que posso lhe oferecer?

Foi outro dia movimentado, com uma porção de fregueses, todos querendo comer. Como sempre, isso era uma faca de dois gumes – eu ficava encantada por sermos tão populares, e por estar começando a reconhecer os clientes assíduos, que voltavam por terem gostado de nossos pastéis de forno e nossas baguetes e bolos (viva!), mas era também um trabalho árduo, e era estressante tentar manter o controle da limpeza e do fluxo constante de pedidos. Eu também estava ciente de que, como chefe da Rachel e do Ed, precisava me certificar de que os dois tivessem intervalos regulares ao longo do dia. A última coisa que queria era ser acusada de exploração trabalhista, fazendo minha equipe literalmente trabalhar até cair.

E assim, com a cabeça cheia de ideias, quando Phoebe entrou no café naquela tarde e começou a tirar os pratos e copos sujos das mesas, sem nem mesmo ser solicitada, eu não soube direito se fiquei mais surpresa ou agradecida.

– Oi – cumprimentei-a, meio perplexa quando ela passou por mim, a caminho da cozinha, com os braços cheios de louça… – Hum… o que está fazendo?

Ela deu um sorrisinho tímido.

– Eu só… só queria agradecer. Pela noite de ontem. E não tenho mais nada para fazer, então, achei que que podia ajudar. Está bem?

– Claro que está! – respondi. – O Ed, o chef, lhe dirá o que fazer com isso aí. Há um avental extra na cozinha, que você pode pôr para proteger sua roupa. Obrigada, querida.

– Sem problema – disse ela, e desapareceu na cozinha.

Phoebe foi uma dádiva dos céus naquela tarde. Foi meiga e educada com os fregueses, incansável no trabalho, e até ajudou no balcão, quando Rachel saiu para um intervalo. No fim do dia, a abracei com força, dizendo:

– Você foi uma superestrela. Obrigada. Acho que todo café merece uma Phoebe.

Ela riu.

– Foi legal. Eu gostei.

– Cuidado – alertou Ed, entreouvindo a conversa. – Ela vai prendê-la aqui todos os dias, se você começar a falar assim.

– Não me incomodo – disse Phoebe, dando de ombros. – Não é como se eu tivesse algo melhor para fazer.

Olhei-a, pensativa.

– Bem, nós precisamos de mãos extras, para ser sincera. Mas não quero tirar vantagem de você, portanto teremos que combinar alguma coisa… – Mordi o lábio, os pensamentos nebulosos. Nem sabia qual era a idade dela, nem se eu estaria desrespeitando alguma lei trabalhista se a colocasse para trabalhar para mim. – Vamos falar disso mais tarde. Quer dormir aqui de novo, ou tem algum outro lugar para ir?

Vi as sobrancelhas do Ed se arquearem diante dessa frase, e ele olhou de mim para Phoebe, surpreso.

Ela assentiu, olhando-me.

– Você se incomoda?

– Não. Não me incomodo. Mas espero que você se dê conta de que vou ficar no seu pé a respeito de você ligar para sua mãe...

– Achei que você diria isso. – Vi que estava pesando tudo, o rosto impassível enquanto raciocinava. Em seguida, tornou a assentir.

– Tudo bem.

– É? Você vai ligar para ela?

Eu não estava esperando por isso.

– Vou. Mas não vou contar onde estou – acrescentou, depressa. – Porque eu não vou voltar nunca mais. Mas vou dizer a ela que estou bem. Só para ela não pirar.

Dei-lhe outro abraço.

– Fantástico, Phoebe. E muito maduro da sua parte. Acho que está fazendo a coisa certa.

Naquela noite, enquanto Phoebe estava no andar de cima, ligando para casa, sentei-me no café com um bloco e uma caneta. Incentivá-la a restabelecer o contato com a mãe tinha me feito lembrar que eu queria me manter em contato com meu filho substituto, Saul, e não tardei a ficar absorta em lhe escrever uma longa carta, bem no estilo bate-papo, falando-lhe da praia e do café e do que eu andava fazendo por ali. *Se um dia você vier de férias à Cornualha, com sua mãe ou seu pai, dê meu endereço a eles, porque seria ótimo rever você*, escrevi, no final. Estava bastante segura de que Matthew nunca viria para esta parte do país, enquanto eu morasse aqui – férias na praia não eram o forte dele, e eu sabia muito bem que ele trataria de ficar bem longe de mim, por medo das cenas dramáticas embaraçosas que pudessem surgir. Quanto à Emily, a mãe do Saul, eu não sabia muito bem o que ela pensaria da minha carta, mas tinha esperança de que lesse as entrelinhas e percebesse o quanto eu gostava do seu filho fabuloso, e de que isso deixasse tudo certo com ela.

Phoebe desceu quando eu estava assinando, *Com todo o amor, Evie*, e se sentou à mesa a meu lado.

– E então? – perguntei. – Como foi?

Ela deu de ombros.

– Tudo bem.

– Aposto que ela ficou contente por ter notícias suas, não foi?

De repente, Phoebe me pareceu muito pequena e jovem.

– Ela começou a chorar – contou-me, e seu próprio lábio inferior estremeceu por um momento, como se ela também pudesse desatar em lágrimas.

– Ah, meu Deus – falei, passando o braço em volta dela. – Devia estar muito preocupada.

– Ficou perguntando onde eu estava e o que vinha fazendo, e disse que estava enlouquecendo de tanta preocupação; que tinha dado queixa do meu desaparecimento à polícia, e que eu tinha aparecido no noticiário e todo mundo tinha saído para me procurar. – Franziu a testa. – E depois, ela meio que gritou comigo, como se estivesse com muita raiva, aí depois ficou pedindo desculpas e dizendo quanto me amava, e que queria que eu voltasse para casa… – Phoebe parecia desconcertada. – Fiquei sem saber o que responder.

– Bom, agora ela sabe que você está bem, isto é o principal – afirmei. – E você pode pensar em todas as outras coisas com calma. Como ficou a situação, no fim da conversa?

Notei que ela estava remexendo num lenço de papel amassado em seu colo e senti uma pontada no coração. Ela devia ter chorado um pouco, sozinha lá em cima, pobrezinha.

– Ela me pediu para voltar, e eu disse não. E foi nessa hora que ela começou a chorar e a dizer "Por favor, por favor, por favor", e a dizer que me amava.

– Deve ter sido pesado – comentei, ao ver que seu lábio recomeçava a tremer.

– E aí ela perguntou se eu telefonaria de novo, daqui a alguns dias, para ela ter certeza de que eu estou bem.

– Viu? Ela se importa *de verdade*. – Eu me senti obrigada a dizer. – Você concordou?

Phoebe assentiu.

– Tive que concordar – resmungou. – Ela estava muito nervosa. Eu nunca a tinha visto assim. – Balançou a cabeça, perdida em pensamentos. – Nem acredito que saiu uma matéria sobre mim na televisão. Não é esquisito?

Meu braço continuava em volta de seus ombros e eu a apertei.

– Você devia saber que ela ficaria nervosa – falei, em tom delicado. – Qualquer mãe ficaria. Mas é só porque ela ama muito você, tenho certeza.

Meu celular começou a tocar.

– Falando no diabo – comentei, ao ver o número de telefone de meus pais piscar na tela. – Oi, mãe – atendi. – Como vai?

– Eu estou bem, querida, mas como vai *você*? – perguntou ela, nervosa. – A Ruth ligou para me contar que você está tendo uma experiência horrorosa no café, que tudo está dando errado, e que está sendo uma experiência terrível para você...

Ah, ela ligou? Isso nem me passou pela cabeça.

– Mãe, está tudo bem – tentei dizer, mas ela me interrompeu, mal parando para respirar.

– Seu pai e eu estivemos conversando e não queremos que você fique sofrendo aí neste verão, especialmente se tiver mudado de ideia sobre voltar para Oxford e começar a fazer seu curso de pedagogia. Aliás, isso foi outra coisa que Ruth nos disse, então...

– Mãe, escute, está realmente tudo bem – reafirmei, começando a ficar exasperada.

Passei o dedo pela garganta, como se a cortasse, e revirei os olhos para Phoebe, que riu. Ela rabiscou alguma coisa num guardanapo de papel e saiu da sala. *É só pq ela ama muito vc*, tinha escrito. Minhas próprias palavras se voltando contra mim. Prendi o riso.

– O que há de tão engraçado? – perguntou mamãe. – Isto não é assunto para risadas, Evie!

– Ah, mãe, pare de se preocupar – retruquei, em tom afetuoso. – Sinceramente, estou me divertindo muito. Foi exagero da Ruth, só isso. Ela me pegou num dia muito movimentado. Você e meu pai precisam vir aqui me visitar, quando tirarem férias de verão. Para verem com os próprios olhos como o café está indo bem.

O engraçado foi que falei exatamente o que sentia, não inventei tudo isso apenas para tranquilizá-la. Realmente *estava* me divertindo muito, agora que havia me adaptado, e queria sinceramente exibir o café a meus pais, queria provar aos dois que estava tendo sucesso em alguma coisa, para variar, a despeito de suas previsões apocalípticas. Lancei-me na descrição do cardápio de jantar que íamos fazer, dos planos para a exposição artística do Jamie, dos bolos da Annie e do brilhantismo do Ed.

– E estamos lucrando – acrescentei, orgulhosa. – Portanto, não há com que se preocupar. Como vocês estão?

Enquanto ouvia as histórias dos feitos do papai na jardinagem e as novidades sobre a última aventura do cachorro, minhas palavras a respeito do café ficavam voltando à minha mente. Eu havia percorrido um longo caminho num curto espaço de tempo, reconheci, com uma onda de prazer e orgulho. E o melhor de tudo era que, pela primeira vez na vida, tinha encontrado um trabalho e um estilo de vida pelos quais realmente me sentia apaixonada.

– Você ainda está aí? – perguntou mamãe, quando perdi a deixa para fosse qual fosse a bomba doméstica de que ela acabara de falar.

– Sim – respondi, olhando pela janela e admirando o pôr do sol, que parecia um sundae de pêssego em calda, com suas riscas douradas e cor de framboesa. – Ainda estou aqui.

Sorri para mim mesma. *Estou aqui.* Gostei do som disso.

Capítulo Dezoito

O dia seguinte era sexta-feira, e eu estava tomada por uma mistura de empolgação e nervosismo a respeito do cardápio do jantar daquela noite. O pedido do mercado atacadista fora entregue, havíamos reservado dois terços das mesas, e Annie prometera buscar velas decorativas e flores em Wadebridge, mas eu continuava com a sensação de estar esquecendo algo.

– Você entrou em contato com o jornal local? – perguntou Rachel. – Devia convidá-los. De preferência, com um fotógrafo, para descolar uma propaganda. Entre em contato com a rádio local, também, para ver se eles fazem uma menção a você.

– Ah, que boa ideia! – concordei.

Ela sorriu.

– Trabalhei numa agência de publicidade, para pagar meus pecados – confessou. – É difícil esquecer velhos hábitos. Posso escrever uma nota de divulgação, se quiser, e circulá-la por e-mail, que tal?

– Fantástico – respondi. – Obrigada, Rachel.

Phoebe não tinha sumido ao raiar do dia, o que me deixara satisfeita. Estava procurando ser útil, tirando as mesas, enchendo e esvaziando o lava-louça e limpando até os cardápios plastificados, quando ficou sem nada para fazer.

– Menus! – exclamei, ao notar o que ela estava fazendo. – Preciso digitar um para mais tarde.

– Posso fazer isso para você – ofereceu ela, ao me ouvir.

– Você precisa tirar um intervalo – respondi. – Não a vi parar nem um minuto desde que abrimos. Ande, pegue um refrigerante e vá passear na praia. E obrigada. Você é uma mão na roda. E você também, Rach. Não sei o que eu faria sem vocês.

Ruth, Tim e as crianças chegaram e, milagre dos milagres, não estávamos totalmente assoberbados na hora, de modo que pude dar atenção a todos eles e deixar que as crianças levassem horas para escolher o sabor dos sorvetes. Senti uma onda de gratidão ao lhes entregar as casquinhas e preparar cafés para Ruth e Tim. *Eu sou capaz, estou conseguindo, olhem só para mim, uma perfeita mulher de negócios*, pensei, dando-me um tapinha nas costas. Torci para que também contassem isso à mamãe, depois do relato alarmista feito a ela no começo da semana.

– Esses bolos estão com uma cara incrível – comentou Ruth, com olhar desejoso.

– E *são* incríveis – falei. – É a Annie quem faz. Lembra-se da Annie, a amiga da Jo? São tão deliciosos quanto parecem, e você sabe o que dizem... – acrescentei, com uma piscadela. – Quando a gente está de férias, não precisa contar calorias.

Ela riu.

– Ah, quem me dera! Mas, por que não? Você me convenceu. Uma fatia daquele bolo de chocolate, por favor.

– É melhor cortar duas – interpôs Tim. – *Nós* estamos de férias, como você disse, e amanhã voltamos para a academia.

– Sábia escolha – retruquei. – Vocês não vão se arrepender dessa decisão.

Todas as crianças me abraçaram antes de irem embora – abraços bem melados, cabe dizer, especialmente o da Thea, que insistiu em me dar vários beijos com a boca suja de sorvete –, e me surpreendeu reconhecer que realmente lamentei vê-los partir.

– Vou passar o verão inteiro aqui, então, se quiserem voltar para outra visita, serão muito bem-vindos – flagrei-me dizendo. Era a primeira vez na minha vida que eu convidava Ruth para algum lugar. – Tenho esperança de que nossos pais também deem uma passada aqui em breve. Não sei ao certo quais são os planos da Lou para as férias...

– Mais um beijo, tia Xivie – exigiu Thea, levantando o rostinho cheio de chocolate na minha direção.

Obedeci, sentindo uma boa porção do chocolate transferir-se para minha bochecha, bem úmido e borrado.

– Espero que não demore muito para a gente se encontrar de novo – falei. Ruth concordou.

– Você tem sorte de morar aqui, Evie. Estou quase com inveja!

Adorei o "quase", como se ela não pudesse dispor-se a ser plenamente invejosa.

– Tenho sorte, sim – concordei. – Agora estou me divertindo muito aqui.

Ela limpou rapidamente meu rosto com um lencinho umedecido, como se eu fosse um de seus filhos.

– Puxa vida, desculpa. Thea é a criança mais lambuzona do planeta.

– Tia Evie – chamou Isabelle, timidamente, encostando-se em mim –, quando eu crescer, quero ter um café na beira da praia igualzinho a você.

Dei-lhe um abraço apertado.

– Seria maravilhoso – respondi, lembrando-me de ter dito exatamente a mesma coisa a Jo, quando tinha mais ou menos a idade da Izzy. – Poderíamos ser vizinhas, não é?

Os olhos dela brilharam.

– Sim!

E eles foram embora, acenando e jogando muitos beijos, e senti uma onda de calor se alastrar pelo meu corpo. Foi como se Ruth e eu estivéssemos de fato no mesmo nível, em vez de ela me olhar de cima, de seu pedestal, como a "história de sucesso" olhando com condescendência para a "fracassada". Pois lá estivera ela com a família no meu café, e nada, absolutamente nada dera errado. Os filhos dela tinham gostado de visitar a tia Evie, tal como eu sempre gostara de visitar Jo. Havia nisso uma bela simetria, uma continuidade que me agradava. *Quando eu crescer, quero ter um café igualzinho a você*, dissera Isabelle, e, fugindo à regra, eu tinha me sentido realmente valorizada, como se tivesse sido aprovada num teste, depois de todos aqueles anos como a ovelha negra da família.

– Que menininha adorável – disse Rachel, sorrindo para mim quando Isabelle voltou em disparada para um último adeusinho risonho. – E que barato ter uma tia que é dona do seu próprio café à beira-mar. Aposto que vai ter gente contando muita vantagem na volta à escola.

As palavras dela me deixaram radiante de prazer.

– Você acha? – perguntei. – Foi engraçado a Isabelle dizer que queria ser igual a mim quando crescesse. Ninguém jamais quis ser igual a mim. Nunca.

– Agora você é um exemplo. – Rachel mexeu comigo. – Não acha, Pheebs?

– Um exemplo perfeito. – Phoebe sorriu, e danou a cantar a musiquinha de *Mogli: O Menino Lobo*. – Iê-iê-iê, eu quero ser como vocês são…

Dei-lhe uma cutucada, rindo.

– Chega! Pare com isso! – reclamei, mas adorando em segredo cada minuto daquilo.

Um exemplo! Eu prezaria o que Isabelle dissera por muito, muito tempo, já sabia disso. Ser admirada por minha sobrinha era o melhor elogio que eu havia recebido em séculos.

Naquela tarde, depois de fecharmos o café e Rachel ir embora, Phoebe me ajudou a cobrir as mesas com as belas tolhas xadrez, em vermelho e branco, que eu tinha comprado no mercado atacadista, e depois desmanchamos os buquês de flores que Annie arrumou para nós, fazendo uma porção de arranjos menores, com apenas uma ou duas flores e folhas, e colocando-os em vasos individuais. Feito isto, imprimi os menus, arrumei os talheres e as velas decorativas nas mesas, pus umas luzinhas coloridas em volta do balcão e prendi outra fileira ao longo do parapeito que circundava o deque. Depois, corri para trocar de roupa: vestir um tubinho preto simples e passar um pouco de maquiagem.

– O que mais você quer que eu faça? – Phoebe me perguntou.

Abri um sorriso para ela, minha fiel e incansável nova assistente.

– Phoebe, você não tem que fazer nada, querida. Hoje você ralou o dia inteiro. Pode jantar aqui como um dos convidados, se quiser. Deus sabe o quanto você merece, depois de todo o trabalho que fez.

Seu rosto se fechou.

– Eu quero ajudar – disse, teimosa. – Você não confia em mim?

– É claro que confio! Só estou dizendo que você não precisa. Não vá achar que precisa trabalhar feito uma escrava, o dia inteiro, porque passou duas noites aqui. – Olhei-a, parada ali, empacada que nem uma mula, os braços cruzados. – Mas, se quiser mesmo ajudar…

– Eu disse que queria, não disse?

– Nesse caso, vou lhe dar umas mesas para servir. Seria ótimo. – Eu não sabia ao certo por que ela estava sendo tão rabugenta, assim, de repente, quando havia passado o resto do dia mostrando-se ávida para agradar. Pus uma das mãos em seu ombro. – Está tudo bem?

– Está – resmungou ela. – É só que... não quero ser um fardo.

– Você não é um fardo – garanti.

– Foi mesmo gentil da sua parte você me deixar ficar, mas...

– Mas o quê? – E então entendi por que ela estava tão tensa. – Olhe, se você está com medo de que eu a expulse num rompante, não se preocupe, porque não vou fazer isso, está bem? Pode ficar durante o fim de semana inteiro e, se quiser se oferecer para ajudar, será ótimo e vou agradecer. Mas você sabe que não pode ficar comigo para sempre, então... – Interrompi a frase. Era difícil achar as palavras certas. Eu não queria que ela se sentisse magoada ou rechaçada, mas, ao mesmo tempo, precisava ser franca e expor os fatos. – Por isso, você precisa começar a pensar no futuro, a fazer planos. – Aliviei o tom, ao ver a expressão de pânico que surgiu em seu rosto. – Eu vou ajudá-la, quer você decida ficar na Cornualha ou voltar para casa, mas você tem que tomar algumas decisões. Não pode fugir para sempre.

Phoebe baixou a cabeça e não disse nada.

– O que está acontecendo quanto à escola, por exemplo? – perguntei. – Nem sei quantos anos você tem, Phoebe. Você vai continuar os estudos, ou vai procurar emprego, ou pleitear uma bolsa, ou...

– Não sei! – gritou ela. – Não sei, está bem?

Nesse exato momento, Ed entrou e, com um soluço, Phoebe passou correndo por ele e saiu porta afora. Soltei um gemido.

– Aiiii! – exclamei, enfiando as mãos no cabelo. – Acho que estraguei tudo.

– O que está havendo? Qual é o caso com ela, afinal?

Dei uma explicação rápida, sentindo-me arrasada e inútil.

– E agora, ela saiu por aí de novo... – Suspirei. – Sei que ela não é responsabilidade minha, mas só quero que fique bem. Ela é muito nova. Jovem demais para viver sozinha aqui. Eu gostaria que pudesse resolver as coisas em casa, mas...

Ed levantou os olhos para o relógio da parede e acompanhei seu olhar. Faltavam vinte minutos para as sete e não demoraríamos a abrir.

– Deixe-a sossegada – disse ele. – Temos coisas demais a fazer aqui para começar a correr atrás dela.

– Eu sei, mas...

– Mas coisa nenhuma – retrucou Ed, em tom delicado. – Escute, você tem sido muito boa para ela. Tem sido mais generosa do que muita gente seria, no seu lugar. Ela sabe disso. Também sabe que o que você disse é verdade, que tem mesmo que tomar algumas decisões e ordenar a vida. Portanto, tire-a da cabeça, por enquanto. Esta é uma grande noite para nós. Precisamos estar na melhor forma, se quisermos fazer isto funcionar.

Assenti. Ele tinha razão.

– Então, vamos lá – disse Ed. – O tempo está passando. Respire fundo e vamos começar.

Os primeiros fregueses a chegar, logo depois das sete, foram Annie, Martha e Jamie, e, ao convidá-los a entrar, vi o café pelos olhos deles e experimentei uma enorme sensação de orgulho. As mesas estavam muito charmosas, com suas toalhas e jarros de flores, e as velas e as luzinhas conferiam ao salão um brilho suave, bonito.

– Não está uma maravilha? – disse Annie, me abraçando. – Jo adoraria o que você fez, Evie.

– Está fantástico. – Martha sorriu. – Parece um restaurante chique!

Dei-lhe uma piscadela.

– Vai ficar ainda mais chique com quadros nas paredes, certo, Jamie?

Ele sorriu.

– Nada de mais chique – disse. – Aliás, está bom se fizermos a exposição na próxima terça, à noite?

– Por mim, está ótimo – respondi. – Isso lhe dará tempo suficiente para convidar todas as pessoas que você quer?

– Sim, muito tempo. Obrigado de novo, Evie. Mal posso esperar.

Levei-os a sua mesa e lhes dei alguns cardápios, e então chegou o grupo seguinte de pessoas, e depois o seguinte. Rachel e eu logo nos atarefamos com os pedidos, servindo drinques e trazendo os aperitivos. Estávamos trabalhando com o regime de o freguês trazer a própria bebida alcoólica, de modo que as pessoas chegavam com garrafas de vinho, pelas quais cobrávamos uma pequena taxa de rolha. O vinho não tardou a fluir, o salão foi enchendo e havia um burburinho agradável de conversa e risadas discretas, além do tilintar de taças e talheres.

Chegaram mais pessoas, algumas sem reserva, então não demorou até todas as mesas estarem ocupadas, do lado de dentro e no deque. Rachel e eu ficamos enlouquecidamente atarefadas, correndo das mesas para a cozinha, da cozinha para as mesas, buscando e levando tudo o mais rápido que conseguíamos.

O movimento era frenético e mal conseguíamos atender todas as mesas, mas tudo corria bem. Nossos fregueses pareciam estar se divertindo, comendo tudo que havia nos pratos e me dizendo quão delicioso estava o patê de siri, e como o café estava lindo, e indagando se aquele evento à noite seria algo regular, porque, se fosse, eles decididamente voltariam. E eu vibrava de adrenalina, felicidade e orgulho, absorvendo aquilo avidamente e gostando de poder transmitir todos os elogios ao Ed. Àquela altura, de fato, eu estava adorando tudo. Adorava trazer os pratos de aspecto incrível e ouvir as pessoas fazerem "ah!" e "oh!" ao recebê-los. Adorava ter como pano de fundo o sol poente, descendo no mar, enquanto as pessoas comiam e bebiam, com o céu transitando aos poucos do cor-de-rosa para o lilás e o azul-marinho. Adorava os aromas dos pratos principais, misturando-se com a fragrância dos perfumes e das loções pós-barba. Era emocionante ver que as pessoas tinham caprichado no visual para vir ao meu pequeno café na baía.

Mas não havia sinal da Phoebe. Toda vez que tinha que servir uma das mesas externas, no deque, eu me apanhava procurando-a na praia, perguntando-me para onde teria ido. Mas, no instante seguinte, alguém me pedia mais pão, ou ketchup, ou bebidas, e eu tinha que deixar aqueles pensamentos de lado e voltar à função de garçonete.

E então, as coisas começaram a dar errado, e todas de uma vez, como era típico. Primeiro, alguém derramou acidentalmente sua taça de vinho em mim, o que não chegou a ser um desastre, embora o vinho tinto, pingando em meus sapatos, não fosse a mais agradável das sensações. Em seguida, quando voltei, depois de limpar o vestido, houve uma reclamação sobre um filé que não estava no ponto que o freguês queria, e tive que levá-lo de volta. ("Sempre tem um reclamão", resmungou Ed, jogando-o na frigideira e aumentando o fogo.) Depois, Rachel deixou um saleiro cair, criando no piso uma longa trilha de sal que teve que ser varrida, e aí uma porção de gente pareceu terminar o prato principal ao mesmo tempo, todos querendo que suas mesas fossem tiradas, e seus pedidos de sobremesa, anotados.

Tive a impressão de que todos faziam sinais e tentavam atrair meu olhar por razões diferentes, e fui ficando mais exausta, tensa e desalinhada a cada segundo que passava. Meus pés estavam me matando, meu rosto estava ficando vermelho, e o salão estava quente, quente demais. Duas pessoas entraram pela porta nesse momento – mais gente que não tinha feito reserva –, e segui na direção delas, prontinha para pedir desculpas por estarmos lotados e perguntar se elas poderiam voltar mais tarde. Notei então que o homem mais alto e mais pesado carregava uma câmera grande, que estava tirando de uma bolsa, e o outro segurava um bloco e uma caneta. Ai, caramba, seriam mesmo os caras da imprensa local? Será que o comunicado da Rachel havia mesmo funcionado?

– Olá, sou o Joe e este é o Paul, somos da *Gazeta da Cornualha do Norte* – disse o sujeito com o bloco. Tinha um rosto miúdo que lembrava um rato, cabelo ralo e olhos ágeis e interessados, que tudo pareciam absorver. – Tudo bem se tirarmos umas fotos?

– É claro – respondi, tentando ajeitar o cabelo e torcendo para a maquiagem ainda estar no lugar. – Sem problema. Que tipo de fotos vocês querem?

O homem da câmera, Paul, quis uma foto do salão inteiro, com todo mundo erguendo as taças de vinho em sua direção (milagrosamente, todos o atenderam), e depois, uma foto minha com Rachel e Ed.

– Claro – concordei. – Só preciso arrancá-lo da cozinha.

Entrei lá às pressas e o vi servindo uns filés e um cherne nos pratos.

– Ed, uns homens do jornal estão aí – anunciei. – Você pode dar uma saída para uma foto rápida?

Ele me olhou de relance.

– Isto está pronto para a mesa três – disse, pegando outro pedido e apanhando mais dois pratos. – Desculpe, estou ocupado demais para fazer outra coisa agora.

– Só vai levar um minuto – insisti, pegando os filés e os equilibrando com cuidado, antes de pegar o cherne. – Quanto mais fotos eles tirarem, maior a chance de usarem uma, e mais espaço teremos no jornal.

Ed balançou a cabeça, mexendo o risoto e servindo uma concha fumegante dele num prato, e disse:

– Sinto muito, mas não vai dar.

Frustrada, levei a comida à mesa três e voltei para o fotógrafo, Paul.

– Ele está muito ocupado na cozinha. Será que pode ser apenas uma foto minha com a Rachel?

O homem bateu devidamente uma foto de nós duas, paradas à frente do balcão. Notei que várias mesas precisavam ter seus pratos retirados, enquanto em outras haviam acabado as bebidas. *Ande logo*, pensei, cada vez mais agitada. Ele parecia bastante agradável, mas era de uma lentidão que me dava nos nervos. Era óbvio que Rachel tinha sentido a mesma coisa, porque disparou de volta para o trabalho, assim que o fotógrafo nos agradeceu.

– Posso tirar uma foto do chef em ação, já que ele está ocupado demais para sair? – perguntou Paul, e Joe fez um gesto afirmativo com a cabeça, acrescentando:

– Seria ótimo. E talvez uma entrevista rápida, se vocês dois tiverem um tempinho?

– Vou ver – respondi, tornando a me dirigir à cozinha, já meio desesperada ante a visão de todos os pratos e copos que se acumulavam nas mesas.

– Oi, moça! – alguém chamou, acenando.

– Um minutinho! – prometi, sorrindo e torcendo para que minha expressão não se assemelhasse demais a uma careta.

Espichei a cabeça pela porta da cozinha e percebi que Paul e Joe tinham me seguido.

– Oi, cara, podemos tirar uma foto para o jornal? – perguntou Paul, com a câmera erguida e caminhando em direção ao Ed.

Para minha surpresa – e constrangimento, para ser franca –, Ed levantou uma das mãos, na clássica pose de quem "se protege dos paparazzi", e deu as costas aos dois.

– Cacete, já disse que estou ocupado! Agora não!

Meu rosto entrou em erupção em reação ao tom agressivo dele. Mal pude acreditar que tinha sido tão grosseiro com esses caras, que só estavam fazendo seu trabalho – e, mais importante, estavam nos fazendo um favor ao virem ao café, para começo de conversa. Será que ele não se importava? Eu tinha achado que sim, mas talvez houvesse entendido mal.

– Mil desculpas – falei, conduzindo-os para fora da cozinha e tentando fazer daquilo uma piada. – Vocês sabem como os chefs podem ser temperamentais. Escutem, se eu lhes der meu e-mail, vocês podem mandar as perguntas, e podemos fazer a entrevista desse jeito? Ou por telefone, mais tarde? É só que estamos muito assoberbados...

Percebi que o jornalista com cara de rato, Joe, em particular, tivera o interesse despertado pelo acesso temperamental do Ed. Cheguei quase a imaginar os bigodes tremendo em seu rosto, o nariz tentando farejar um furo.

– É claro, como quiser. – Seus olhos se estreitaram, e ele deu uma espiada na cozinha, como se alguma coisa o incomodasse. – De onde é que eu conheço aquele cara? – Mastigou a ponta da caneta e virou-se para mim. – Como foi que você disse que ele se chamava, o chef?

– Ed – respondi, e, por saber que ele ia perguntar pelo sobrenome, e por não querer fazer um papel de pateta ainda maior, dizendo que não sabia (que grande patroa eu era!), acrescentei: – Jones. Ed Jones.

– Ed Jones, certo. – Ele rabiscou o nome. – Não me traz nada à lembrança, mas ele é muito familiar...

– Será que alguém pode me atender? – chamou um freguês.

Virei-me e vi um homem de cara vermelha, balançando um copo vazio.

– Num instante – respondi, com um sorriso educado que me parecia mais falso e mais frágil a cada segundo.

Era enorme o meu prazer de ver a imprensa local interessada em nossa noite de estreia, é claro, mas, a essa altura, senti pavor de que eles viessem a escrever coisas menos lisonjeiras, depois de nos verem no auge do caos (e da grosseria, se o Ed fosse incluído na equação). Queria muito que eles fossem embora. Rachel corria de um lado para outro feito um borrão, cuidando sozinha de todo o trabalho e sendo admirável, de modo geral, mas não conseguiria aguentar muito mais tempo. Tudo parecia pender por um fio, como se estivéssemos a uma fração de segundo do desastre.

E então, Phoebe chegou.

– Desculpa – murmurou, ao passar por mim.

Ela lavou as mãos, pôs um avental e pegou no batente na mesma hora, retirando pratos e copos vazios com eficiência e rapidez. Eu teria sido capaz de beijá-la por seu perfeito senso de oportunidade e por ter me salvado de meu próprio colapso nervoso, não fosse o fato de ainda estar com os caras da imprensa ao meu lado.

– Bem, obrigada por terem vindo – agradeci. – Eu lhes ofereceria uma mesa para jantar, mas, no momento, estamos cheios. Agora, se quiserem esperar para provar a comida, serão muito bem-vindos.

– Tudo bem, querida, tenho um encontro marcado com o pub – disse Joe, entregando-me um cartão de visita. – Dê uma ligada sobre a entrevista, sim?

– Farei isso. E leve um dos menus, por favor, se quiser escrever sobre a variedade dos pratos.

Enfiei o papel impresso na mão dele, antes que pudesse recusá-lo, e dei graças ao ver os dois irem embora. Que horror! O que era isso que tinha acabado de acontecer com o Ed? Fora angustiante. Torci muito para que eles não transformassem a matéria numa crítica ferrenha, ou simplesmente desistissem por completo. Por que Ed tinha sido tão grosseiro, tão beligerante?

Mas não havia tempo para pensar nisso agora. Minha clientela precisava de mim e eu tinha que circular e pegar os pedidos de sobremesa e café, antes que alguém começasse a reclamar da lentidão do serviço.

– Obrigada – disse a Phoebe ao nos cruzarmos. – Você salvou meu pescoço.

Com Phoebe, Rachel e eu no time, logo retomamos o controle da situação, e então a primeira leva de clientes terminou o jantar e pediu a conta e, alegria das alegrias, deixou gorjetas gordas.

– Estava uma delícia – disse Annie, me dando um abraço e pondo algumas notas na minha mão.

Eu não lhe entregara a conta, de propósito, e tentei devolver o dinheiro.

– Ei, é por conta da casa, como um agradecimento pelo seu trabalho incrível de confeiteira. Pegue o dinheiro de volta.

– Não. De jeito nenhum. Você mereceu cada centavo. Tivemos uma noite adorável.

– Obrigada. Foi um prazer. E obrigada por terem vindo.

– Amanhã eu dou uma passada para conversarmos sobre terça-feira – disse Jamie.

– Com certeza. Vou esperar, ansiosa. Tchau.

Outras pessoas foram embora e novos clientes chegaram para ocupar as mesas, mas eu já havia começado a relaxar, pois sentia que tínhamos pegado o jeito da coisa. Assim que uma mesa era limpa, ela tornava a ser arrumada com novos talheres e cardápios, e conseguimos não atrasar nenhum pedido. E então, de repente, me dei conta de que estava me divertindo, sentindo-me animada com a noite, depois que alguns momentos de arrepiar os cabelos haviam ameaçado fazer tudo desandar.

Certo, talvez minha opinião fosse tendenciosa, mas parecia, sim, que todos estavam se divertindo, todas as mesas absortas nas conversas e se demorando com o café e as últimas taças de vinho, enquanto o céu enegrecia por completo lá fora. Percebi quanto tivéramos sorte por ter sido uma noite cálida e tranquila, permitindo que os fregueses pudessem jantar no deque ao ar livre. Se tivesse começado a chover, com a casa lotada desse jeito, não teria havido forma de abrigá-los do lado de fora nem espaço no salão para todas essas pessoas. A situação poderia facilmente ter se convertido numa tragicomédia ridícula. Dei um risinho de horror, imaginando as cenas terríveis que poderiam ter ocorrido, e fiz uma pequena prece de agradecimento ao deus dos donos de cafés, agradecendo-lhe por ter mantido meus fregueses secos.

Às onze horas, havíamos terminado o serviço, e nós quatro desabamos numa das mesas, acabados, mas exultantes.

– Fantástico – falei, dando um tapa na palma da mão de cada um deles, consciente de estar com o rosto suado, o vestido cheirando a vinho e o cabelo praticamente em pé, nos pontos em que eu havia corrido os dedos nos momentos de tensão. Mas não dei a mínima. – Absolutamente fantástico! Vocês deram um show, foram todos sensacionais.

Ainda não conseguia encarar Ed nos olhos. Ainda não sabia direito como lidar com sua explosão com o pessoal da imprensa. Quer dizer, certo, todo mundo sabia que os chefs eram propensos a se comportar como verdadeiras divas, mas, francamente, era só a *Gazeta da Cornualha do Norte*, pelo amor de Deus, e não um tabloide vulgar e sensacionalista tentando nos ferrar ou expor.

– Ufa! – exclamou Rachel, deixando os sapatos caírem com um baque no chão e mexendo os dedos dos pés. – Conseguimos. Sem dramas nem desastres. E com uma visita da imprensa local… O que pode ser melhor que isso?

– É – falei, ainda sem encarar Ed. – Foi mesmo… legal. Só espero não ter saído muito maníaca naquela foto.

– Que foto? – perguntou Phoebe, que tinha empalidecido muito. – Para o jornal?

– Sim – respondi, e me dei conta de que ela devia estar entrando em pânico com a possibilidade de sua mãe ver a foto e descobrir onde ela estava.

– Mas não se preocupe, eles saíram assim que você chegou.

– Bem, em resumo, acho que esta noite pede uma comemoração – disse Ed, levantando-se e partindo para a cozinha.

– Falou e disse! – gritou Rachel para ele, e sorriu para Phoebe e para mim. – Sou sempre a favor de comemorações.

– Tomara que ele esteja trazendo o resto daquele bolo de tâmaras caramelado – disse Phoebe, lambendo os lábios. – Estava com uma cara superapetitosa, não é?

Sorri para ela, mas não disse nada. Queria poder estar tão animada quanto as duas. Sim, eu me sentia triunfante pelo fato de a noite ter corrido bem, mas estava desconcertada demais com o estranho comportamento do Ed para relaxar por completo e curtir nosso sucesso. Apesar disso, agora que Phoebe tinha mencionado o bolo de tâmaras, percebi que também ia adorar comer uma fatia. Estava faminta.

Chutei os sapatos e cruzei as pernas, tentando me forçar a melhorar de humor.

– O bolo de tâmaras caramelado seria perfeito – concordei. – Passei a noite toda roxa de fome. Estava nervosa demais para comer antes de abrirmos, e o cheiro de toda aquela comida incrível foi...

Minha voz se extinguiu quando vi Ed ressurgir com uma garrafa de espumante e algumas taças.

– Ah, Ed! – exclamei, comovida com seu gesto. – Isso é o que estou pensando?

Ele assentiu, os olhos procurando os meus com expressão levemente ansiosa, como se soubesse que tinha me deixado muito irritada.

– Você quer saber se este é o espumante mais caro que a loja da Betty tinha para oferecer? É. Pode apostar que sim. Achei que todos merecíamos um agrado. – Olhou de relance para Phoebe. – Bem, pelo menos os que tem idade suficiente.

– Acho que ela pode tomar uma tacinha – decidi. – O que me diz, Pheebs?

Ela sorriu.

– Parece ótimo.

Ed serviu o espumante nas taças de champanhe que tinha desencavado e todos as erguemos ao mesmo tempo.

– A nós quatro – falei. – Por fazermos da primeira noite do Praia Café um sucesso tão grande. Obrigada e saúde!

– Saúde! – responderam todos em coro.

– E a Evie – acrescentou Ed –, por ser não só uma chefe genial, mas também uma pessoa genial.

– SAÚDE! – concordaram Rachel e Phoebe, tocando minha taça com as suas.

As lágrimas brotaram nos meus olhos. Era bobagem me emocionar desse jeito, eu sabia, mas ninguém nunca me chamara de chefe genial até então. Eu nem sequer sabia ao certo se alguém já tinha dito que eu era uma pessoa genial, pensando bem. Se bem que, no instante seguinte, achei que ele devia apenas estar tentando puxar meu saco, pedir desculpas pelo que havia acontecido – e, se fosse este o caso, isso não bastaria.

– Ah, droga – falei. – Bem, já que eu sou a "chefe genial", vou insistir em que todos acabemos com as sobras desta noite. Eu, por exemplo, vou pegar um pedaço daquele bolo caramelado de tâmaras. Acho que vai combinar perfeitamente com este espumante. Quem me acompanha?

Ao terminarmos a garrafa de espumante e comermos todas as sobras de patê de siri com pão francês, risoto de cogumelo, salada e sobremesas, já era quase meia-noite e estávamos todos caindo de sono.

– Amanhã vamos abrir um pouco mais tarde – resolvi. – Dez e meia está bom para todo mundo?

– Joia – disse Rachel. – Por mim, beleza.

Rachel e Phoebe tiraram a louça e as taças da mesa, e Ed pigarreou.

– Você deve estar se perguntando por que tive aquela reação exagerada com os jornalistas – começou, sem jeito.

– Bem, sim, pode-se dizer que isso passou pela minha cabeça.

– Sinto muito por ter perdido as estribeiras com eles. Já tive alguns desentendimentos com a imprensa e não confio em nenhum deles.

– Ed – retruquei, exasperada –, eles são da *Gazeta da Cornualha do Norte*, não do *News of the World*. Só queriam uma foto e duas palavras suas, para poderem incluí-las na matéria. Era uma oportunidade muito boa de divulgação, mas...

– Eu sei – disse ele. – E lamento muito. É só que…

Para minha frustração, antes que ele pudesse terminar a frase, Rachel reapareceu, vestindo a jaqueta, e ele se calou.

– Bem, estou indo – disse ela. – Ed, você se importa de me acompanhar até a rua principal? Hoje não tem lua e está muito escuro lá fora.

– É claro – respondeu ele. O perfeito cavalheiro.

Dei boa-noite aos dois, mais intrigada do que nunca. Por que Ed já tivera "desentendimentos" com a imprensa? Que história era essa?

Tranquei tudo, depois que eles se foram, e notei que Phoebe rondava por ali, com ar encabulado, já sem o sorriso no rosto. Ai, meu Deus, será que estava esperando para ter a Grande Conversa da Vida? Eu não tinha certeza de que poderia lidar com mais nenhum grande drama agora.

– Vamos dormir – sugeri, antes que ela pudesse falar qualquer coisa. – Amanhã conversamos, está bem?

Capítulo Dezenove

O sábado amanheceu frio e nublado, com a praia deserta, comparada a como estivera cheia na semana anterior. Calculei que muitas famílias já deviam ter ido para casa, com o trabalho e as aulas começando na segunda-feira.

Era como fazer a faxina depois de uma festa em casa, tirando as luzinhas e guardando as velas e os vasos da noite anterior. Amontoei as toalhas de mesa para pôr na máquina de lavar, enquanto Phoebe recolhia os cardápios.

– O que quer fazer com eles? – perguntou. – Jogar no lixo? Ou vai usá-los de novo na semana que vem?

Mordi o lábio. Será que *haveria* um jantar na semana seguinte? Eu não tinha tanta certeza de ainda poder contar com Ed na ocasião, e também duvidava de já haver contratado outra pessoa para substituí-lo.

– Lixo – respondi, passado um momento. – Ah, mas… guarde um de lembrança, talvez.

O café tornou a parecer simples e sem adornos, depois de retirarmos todas as quinquilharias e os enfeites, como uma foliona acordando de ressaca e com a pele pálida. Fiquei mais feliz do que nunca ao pensar que logo teríamos os quadros do Jamie nas paredes; ver o lugar decorado para a noite me fizera perceber como ele parecia surrado durante o dia. Umas peças artísticas marcantes seriam a distração perfeita da pintura velha e gasta.

Ed e Rachel chegaram pouco antes das dez com um intervalo de minutos, de modo que não tive oportunidade de pressioná-lo sobre seu estranho comportamento e sua grosseria com os jornalistas. E ele estava meio quieto, sem disposição para as brincadeiras de praxe, mantendo-se reservado. Talvez eu estivesse sendo injusta, pensei. Talvez houvesse esperado coisas demais. Ele só estava me ajudando por uma ou duas semanas, afinal; não era como se fosse sócio do café com igual participação, ou tivesse algum interesse nele a longo prazo. Por que haveria de se importar com o fato de uns caras do jornal local terem aparecido? O que eles escrevessem não lhe dizia respeito.

Mas... mesmo assim. Éramos amigos, não? Não se dava uma rasteira num amigo quando ele dava uma sorte dessas, não é?

Tentei tirar o assunto da cabeça e agir normalmente, mas sentia as coisas tensas entre nós, como se aquilo também estivesse na cabeça dele. Fora aborrecido na noite anterior, e estava prestes a se explicar se Rachel não houvesse interrompido nossa conversa. O que ele ia dizer? E será que tentaria de novo, se tivesse outra oportunidade?

Jamie e Martha passaram de manhã para discutir a exposição dos quadros dele e, munidos de café e um bloco, sentamos para formalizar tudo.

– Lindsay, a dona do pub, disse que vai doar uns vinhos – contou Jamie –, e Annie falou que também vai fazer uma fornada de bolos. O único problema é que... – Ele se remexeu, desconfortável. – Acho que você não vai ganhar nada com isso. Quer dizer, você pode cobrar entrada, ou posso lhe dar uma porcentagem de todos os quadros que forem vendidos, ou...?

– Ah – falei, meio confusa. – Eu nem tinha pensado nisso. Não, você não precisa me dar comissão nenhuma: os quadros são seus. – Fiquei meio sem jeito. – Jamie, eu não fiz esta sugestão por querer ganhar dinheiro. Só queria ajudar.

– Eu te disse – comentou Martha.

Jamie deu um sorriso acanhado.

– Obrigado. Fico muito agradecido, mesmo.

– E eu *terei* os quadros mais bacanas nas minhas paredes, lembre-se – respondi. – É isso que eu ganho com sua exposição: um trabalho artístico pouco convencional, dando vida ao café. Para mim, já é o bastante.

Ed saiu, como de praxe, por volta das três da tarde – "hora da cadela", era como chamava –, e eu o vi se afastar a passos largos, sentindo-me frustrada. Não conseguíramos conversar direito o dia inteiro e, agora, ele fora embora. Eu tinha certeza de que no dia seguinte seria tarde demais para retomarmos o fio da meada da conversa sobre a briga com o fotógrafo.

O sol apareceu por volta das quatro e, de repente, a praia foi banhada por uma bela luz dourada, mas, ainda assim, ela e o café permaneceram calmos. Alguns fregueses apareceram para comer uma fatia de bolo e tomar café, mas o dia foi tranquilo se comparado à correria frenética da sexta à noite. Limpei as mesas sem pressa, enquanto Phoebe e Rachel conversavam atrás do balcão.

– Hoje vou dar um mergulho depois do trabalho, com certeza – ouvi Rachel dizer, as duas contemplando a água cintilante lá fora. – Olhe para isso, cara. Uma praia como deve ser. Quase tão boa quanto as da Austrália.

– Um mergulho seria bom – concordou Phoebe, com um toque de saudade na voz. – Faz séculos que não entro no mar.

– Bem, então venha comigo – retrucou Rachel. – Que tal?

– Sim, mas…

De relance, vi a expressão aflita da Phoebe, que pensou um instante e disse:

– Não tenho biquíni. E não venha sugerir que eu nade nua, porque isso não vai acontecer.

Rachel deu uma risada.

– Você pode pegar um emprestado com minha colega de apartamento, a Gina. Ela é magrinha que nem você e não vai se incomodar. Vamos lá em casa depois do trabalho que eu arranjo tudo para você.

Phoebe ficou radiante.

– Combinado!

Endireitei o corpo, com uma das mãos nas costas.

– Vocês podem dar o dia por encerrado, se quiserem – sugeri. – O movimento está fraco e vocês ralaram à beça ontem à noite. Podem ir, vão nadar, aproveitem o sol ao máximo. Eu me viro por aqui.

Toda risonha, Phoebe pareceu empolgada com a ideia de sair com Rachel, a surfista, e as duas ficaram felicíssimas por irem embora mais cedo. Quando os últimos fregueses se foram, eu fechei o café, curtindo a possibilidade de fechar quando quisesse. Mas, agora, o que fazer? Virei a placa da porta para "Fechado" e me detive ali por um momento, contemplando a praia. Estava realmente maravilhosa, com o belíssimo sol vespertino inundando tudo com sua luz dourada, como uma foto de cartão-postal, a fotografia perfeita.

Sorri, sabendo exatamente o que queria fazer.

Meia hora depois, estava na trilha do penhasco, olhando a praia lá embaixo pelo visor da minha velha e confiável máquina fotográfica. Jo me dera aquela câmera quando eu tinha 25 anos e, nos dois anos seguintes, ela não saíra da minha mão. Era uma Leica antiquada, de segunda mão (elas não eram baratas), mas só me dei conta de quanto aquela máquina era boa ao receber as primeiras fotos reveladas, e todas as imagens eram nítidas e limpas, com cores vivas e fiéis. Depois disso, passei a documentar todos os eventos importantes da minha vida: aniversários, casamentos, férias, a mudança das estações, ou qualquer coisa que atraísse meu olhar.

Eu também tinha uma câmera digital prateada, fininha, que Matthew me dera fazia alguns Natais, mas ainda preferia o volume preto da Leica, os rolos de filme antiquados e aquele visor cristalino, através do qual eu vira tantas cenas. Ela era ultrapassada e sem graça para a maioria das pessoas, exceto para os fotógrafos amadores. Eu a adorava.

Tirei algumas fotos da baía, depois fui perambulando pelo pontal, agachando-me junto à borda do rochedo para bater umas fotos do mar lá embaixo, que colidia contra as pedras e levantava espuma. Agora que ficara de costas para a baía, não havia uma única pessoa à vista – apenas minha câmera e eu, e o vento e a maresia balançando meu cabelo. Era um terreno ermo e deserto ali no alto, com uma grama áspera, de dar comichão, e arbustos mirrados de tojo, que o vento havia açoitado até lhes dar uma forma estranhamente achatada. Aquele ambiente árido pareceu-me dramático e belo, sobretudo quando se podia dar um giro de 180 graus e ficar frente a frente com o movimentado vilarejo de Carrawen e a praia dourada e reluzente, em contraste.

Eu me deitei de bruços, apoiada nos cotovelos, para obter o ângulo perfeito, muito concentrada em captar o exato momento em que as ondas explodiam contra o penhasco. Isso!

– Não está pensando em se jogar, está?

Tomei um susto tão grande que quase deixei a câmera cair no mar. Virei a cabeça e vi Ryan de pé atrás de mim, com uma sobrancelha erguida e um risinho no rosto.

– Ah, meu Deus! – exclamei, enquanto me levantava sem a menor elegância, apanhada desprevenida por seu aparecimento repentino. – Eu quase enfartei. O que está fazendo aqui?

– Vi seu bilhete – respondeu ele, ainda com o mesmo olhar malicioso. – O que você deixou na porta, sabe?

– O que eu deixei na... Ah! – Tinha rabiscado um bilhete para Phoebe, dizendo *Fui caminhar nos rochedos, venha me procurar!*, para o caso de ela voltar antes de mim, pois não queria que ficasse me esperando sozinha do lado de fora. Mas por que diabos Ryan tinha entendido que o bilhete era para *ele*? E por que tinha ido ao café, para começo de conversa? – Aquele bilhete era para a... Deixa para lá.

– Então, aqui estou – disse ele, parecendo não ter ouvido uma palavra. – De volta ao nosso lugar especial, só você e eu.

Deu um passo para se aproximar, os olhos percorrendo sugestivamente meu corpo, e eu já ia recuando, horrorizada, quando lembrei que estava perto da borda do penhasco. Desviei-me para o lado, em vez disso. Meu Deus, isso é que era entender tudo errado. Sim, na adolescência, aquele tinha sido nosso lugar especial, assim como toda sorte de locais desertos de beleza natural que havia por ali, mas, com certeza, ele não podia pensar, nem por um minuto, que meu bilhete tinha sido uma espécie de convite, não é? *Fui caminhar nos rochedos, venha me procurar!*

Meus Deus. Talvez, se o cara fosse tão obcecado por si mesmo e tão idiota quanto Ryan parecia ser nos últimos tempos, ele *pudesse* entender aquilo como uma piscadela sugestiva. O cara havia entendido tudo tão errado que eu nem sabia por onde começar.

– Ryan, o bilhete não foi para você – afirmei, querendo esclarecer aquilo depressa, antes que a situação piorasse mais. – Foi para uma amiga, uma amiga que está hospedada lá em casa.

– Ainda tenho lembranças felizes daqueles tempos – disse ele, aparentemente sem escutar. Estava bêbado, dava para sentir o cheiro de álcool em seu hálito. Tinha os olhos injetados e uma mancha oleosa na frente da camisa polo, como se tivesse derramado comida ali. – Eu e você juntos, nosso verão de amor. Lembra-se?

Ele estava começando a me deixar nervosa. Era isolado e deserto demais ali. Havia um brilho em seus olhos que me fez pensar que ele queria reencenar nosso "verão de amor" – praticamente a ideia mais repulsiva que eu poderia imaginar.

Dei uma espiada no relógio.

– É melhor eu voltar – disse, com ar displicente, torcendo para ele não ouvir as batidas fortes e reveladoras do meu coração. – Enfim, foi um prazer ver você.

Ryan bloqueou a passagem e segurou meu pulso.

– Espere. – Seus dedos eram gorduchos, mas fortes. Havia nele uma frieza, como se eu o tivesse ofendido, e, de repente, tive medo. O alto do rochedo, que parecera tão tranquilo e bonito, minutos antes, transformou-se de repente num lugar de perigo potencial. – Ainda não acabamos de conversar.

A adrenalina disparou pelo meu corpo, o coração batendo ainda mais acelerado. Tentei soltar o braço, mas ele segurou firme.

– Solte meu braço – ordenei com firmeza, como se falasse com uma criança travessa. – Estou falando sério. Solte agora. Senão... senão eu conto a Marilyn.

Ryan riu.

– Contar o quê? Que você me atraiu para cá com seu bilhetinho, que você...

– Ryan, me solta – repeti, mais alto, novamente tentando arrancar o braço do punho cerrado dele. – Aquele bilhete não era para você, eu não te atraí para lugar nenhum. – Ouvi o som de passos se aproximando, estalando na trilha, e gritei: – ME SOLTA!

Ele me largou.

– Tudo bem, não precisa...

– O que está havendo? Evie, você está bem?

Era o Ed, que vinha dobrando a curva e se aproximando depressa, com Lola ao seu lado.

Meu corpo relaxou de alívio, os joelhos mal parecendo capazes de continuar a me sustentar.

– Oi – cumprimentei, feito uma idiota.

Lola veio aos saltos para mim e empurrou o focinho na minha mão, encostando o corpo quente em minhas pernas nuas e abanando o rabo, radiante.

– Você está bem? – Ed tornou a perguntar, fechando a cara para Ryan, como se estivesse prestes a lhe dar um soco. – Pensei ter ouvido um grito.

– Sim – confirmei. – Acho que Ryan entendeu mal algumas coisas. Acho... – Engoli em seco, procurando me recuperar. – Não foi nada.

– Tem certeza? – perguntou Ed, ainda fuzilando Ryan com o olhar. Estava quase confrontando o homem. – Porque, se eu souber que você andou se engraçando com a Evie...

Ryan ergueu as mãos, o retrato da inocência.

– Não fiz nada – gaguejou, lançando-me um olhar de esguelha. Passou a língua nos lábios, parecendo nervoso, de repente. – Você não vai mesmo contar a Marilyn, vai? Ela me mataria se...

– Não – respondi, o medo que sentira dele se esvaindo. Ele era patético. Um cafajeste desleixado e obeso, que a mulher controlava pelos *colhões*. – Vá embora, Ryan.

Ele baixou a cabeça e saiu andando, trôpego. O episódio todo pareceu surreal – Ryan me agarrando, eu gritando com ele –, e tinha sido tão repentino e peculiar que já parecia nem ter acontecido de verdade, como se tudo não passasse de um sonho.

– Puta merda! – resmunguei, zonza diante do que poderia ter acontecido.

Não acontecera nada muito grave, mas, e se Ed não tivesse aparecido naquele momento? O modo como Ryan segurara meu pulso tinha sido bruto; não me agradou pensar em qual teria sido seu próximo gesto.

– Aquilo foi bem esquisito – disse Ed, com os olhos em mim. – Que diabo ele estava fazendo?

Expliquei sobre o bilhete e a interpretação obviamente equivocada do Ryan, e contei como a situação estava apenas começado a degringolar. Estremeci.

– Nossa, como fiquei feliz por você ter aparecido, Ed! – comentei.

E me contive, percebendo que já tinha passado por isso. A donzela em perigo sendo resgatada por um cara: era a repetição de Matthew e do vestido de elfo. O que havia de errado comigo, que me fazia acabar nessas situações ridículas?

Afastei a ideia com firmeza. Não precisava ser salva de novo. Agora, para mim, era independência de cabo a rabo, fim de papo.

– E o que trouxe você aqui em cima, afinal? – perguntei, tentando mudar de assunto. Não queria falar de como me sentira vulnerável, de como estivera em pânico. – É aqui que você e a Lola vêm dar seus passeios?

Ed fez uma careta.

– Bem, sim, às vezes, mas, na verdade, eu estava procurando você. Vi a

Pheebs e a Rachel na praia e quis encontrar você para uma conversa particular. Sobre ontem à noite. Sei que te devo algumas explicações.

Ontem à noite? Minha mente ficou em branco. Ah, é claro, *ontem à noite*! Parecia já ter passado tanto tempo desde que o jornalista andara farejando notícias no café e Ed praticamente o havia expulsado da cozinha.

– É – respondi, devagar. – Tem mesmo, não é?

O alto do penhasco, porém, parecia o lugar errado para termos essa conversa. Qualquer um poderia passar e nos interromper; eu não queria que Ed adiasse aquela conversa de novo.

– Por que não voltamos para o café e conversamos lá? – Apontei para a câmera. – Juro que não vou tentar tirar uma foto sua.

Ele deu um leve sorriso em resposta à minha piada ridícula.

– Boa ideia – respondeu, assobiando para Lola, que se afastara para farejar uma toca de coelho. – Vamos andando?

Seguimos pela trilha juntos, e ele começou a me perguntar sobre a máquina fotográfica e o que eu andara fotografando no alto do penhasco. Enveredamos por uma conversa sobre fotografia e sobre o tipo de fotos de que mais gostávamos e, quando chegamos ao café, Ed estava se oferecendo para me dar aulas de surfe, se eu lhe desse aulas de fotografia. Concordei, rindo, por saber que nada daquilo aconteceria de fato, que era só uma dessas coisas bobas com que a gente concorda na hora. Além disso, ele só continuaria no vilarejo por mais algumas semanas, não é, enquanto bancava a babá da cadela? Senti uma pontada repentina ao pensar na falta que ele faria quando fosse embora de Carrawen e, abruptamente, parei de rir.

Pelo lado bom, o constrangimento de antes havia desaparecido e era como se fôssemos amigos de novo. Meu bilhete continuava na porta do café, mas agora com uma resposta embaixo – *Fui para a casa da Rachel porque a amiga dela vai fazer curry. Ela disse que você também é bem-vinda!* – escrita com a letra arredondada e pueril da Phoebe, seguidas por um endereço.

Sorri.

– Ela é um amorzinho, não é? – comentei, arrancando o bilhete e abrindo a porta. – Vamos entrar. Quer beber alguma coisa?

Um bate-papo rápido, com uma taça de vinho, era isso que eu havia imaginado, seguidos por deitar cedo e desfrutar de nove horas de sono. Mas não. Enquanto eu servia o vinho, Ed perguntou alguma coisa sobre minhas irmãs e, então, não sei bem como, acabamos tendo toda uma conversa sobre irmãos e famílias, que passou para histórias da infância, seguiu por episódios embaraçosos da adolescência e, num terreno mais amplo, para coisas como música, livros e filmes. A essa altura, é claro, eu havia esquecido por completo a razão de ele estar ali e que, na verdade, ele não tinha explicado seu comportamento estranho da noite anterior. Ed também parecia haver esquecido. Só quando eu estava tentando convencê-lo de que *Grease* era um filme muito melhor do que *Cidadão Kane*, por, ah, inúmeras razões, foi que percebemos que tínhamos bebido duas garrafas de vinho e estávamos famintos. Como é que isso tinha acontecido?

– Posso preparar alguma coisa para nós, se você quiser – disse ele, levantando-se e avançando meio trôpego para a cozinha. – O que quer comer?

Lola, acordando de um cochilo embaixo da mesa, levantou a cabeça e o acompanhou com os olhos. Eu também o estava observando, mas, por alguma razão, meus olhos tinham gravitado para seu bumbum. O que eu queria? Hum…

– Qualquer coisa – respondi, forçando meu olhar a se desviar e piscando depressa. O que havia de errado comigo? Eu era tão ruim quanto Colin, a Canalhice em Forma Humana, com olhares pervertidos para meu próprio cozinheiro. – Uma torrada, ou algo assim. Na verdade, que tal um sanduíche? – acrescentei, seguindo-o para a cozinha.

Nooossa, pensei, ao dar com o quadril no batente da porta, incapaz de andar em linha reta. Estava claramente meio bêbada.

Ed me lançou um olhar severo.

– É isso que costuma comer no jantar: uma torrada? Não me diga que você tem esta cozinha enorme, com todos os utensílios que um chef poderia desejar, e tudo que prepara para comer é torrada?

Dei de ombros. Ele tinha acertado em cheio.

– Sim – admiti. – Às vezes, boto queijo por cima – acrescentei, como se isso corrigisse tudo.

Ele revirou os olhos.

– Meu Deus, qual é a sua?

Mas aí, seu olhar cruzou com o meu e tudo ficou meio estranho, como se não conseguíssemos parar de olhar um para o outro. Ele sorria, os olhos formando ruguinhas nos cantos, e de repente, foi tudo tão intenso que meu estômago se embrulhou e comecei a ter medo de estar vesga.

– Qual é a sua? – repetiu ele baixinho, e estendeu a mão para meu rosto, acariciando minha pele com a ponta dos dedos.

Um arrepio percorreu meu corpo em ondas e meu coração pareceu parar de bater. E então, ele se inclinou para a frente e me beijou, o braço me envolvendo e me puxando para si.

Seus lábios eram macios e eu fechei os olhos, e o sangue correu para meu rosto, pulsando sob a pele, e meu coração *estava* batendo, afinal – socando meu peito, na verdade –, e eu mal conseguia respirar, de tão bom e natural que era beijá-lo, bem ali na minha cozinha...

Então ele se afastou, com ar angustiado.

– Ah, meu Deus, desculpa, Evie. Eu não devia ter feito isso. Sinto muito mesmo.

– Não – retruquei, segurando a mão dele –, não precisa se desculpar.

Estava prestes a lhe dizer quanto tinha gostado do beijo... e, caramba, por que paramos mesmo?..., mas as palavras morreram na minha garganta, quando notei como Ed parecia mortificado, como se me beijar tivesse sido uma ideia realmente terrível. Talvez também tivesse sido uma *experiência* realmente terrível para ele; não dava para saber pela sua expressão. De um modo ou de outro, ele estava claramente arrependido.

Olhei para o chão.

– Tem razão – falei, desconsolada. – Estamos meio altos, os dois, e nos deixamos levar.

– É – concordou ele, pigarreando. – Isso mesmo. Sei que você acabou de sair de um relacionamento, e... Bem, eu também. Não é o melhor momento para nenhum dos dois.

Para mim, era novidade esse seu relacionamento, mas procurei parecer despreocupada.

– Cada um está tão mal quanto o outro – retruquei, desenvolta. – Ambos quicando para lá e para cá, feito um par de... de... bolas. – Contraí-me diante da péssima escolha de palavras. – Bem, não *bolas* como em *coragem*, *colhões* – acrescentei, e dei um gemido. – Ai, meu Deus, Evie, cale a boca, só isso. Bêbada e sem noção, esta sou eu. Mas enfim. Nada de beijos, não mais. Entendi. Não é prático, se vamos trabalhar juntos. Então... – Fechei os olhos, torcendo com todas as forças do meu ser para que um deus bondoso dos relacionamentos viesse em meu socorro mandando um raio, um tremor de terra ou alguma outra distração. Infelizmente, não aconteceu.

– Acho que preciso me mexer – supôs ele. – Digo, ir para casa –, como se houvesse algum risco de eu pensar que ele se referia se mexer para dar em cima de *mim*.

– É – concordei, balançando a cabeça com muito mais vigor do que era preciso. – Para casa. É claro. Não se preocupe com a torrada, eu mesma faço a minha. Ah!

Eu tinha acabado de me lembrar da explicação que era para ele ter dado, toda a razão de ele ter voltado para tomar uma bebida, para começo de conversa. Afastei a ideia da cabeça. Não ia lhe fazer perguntas sobre isso nesse momento, decidi. Isso poderia esperar outro dia. Nesse momento, eu queria que ele fosse embora, para poder ficar sozinha e me entender com o fato de que acabáramos de viver a mais erótica sessão de beijos que eu já tivera, bem ali na cozinha.

– Sim? – fez ele.

Dei-lhe um sorriso superfingido e disse:

– Nada. Até amanhã.

Permaneci na cozinha enquanto ele saía com a Lola, depois aninhei a cabeça entre as mãos e soltei um gemido gigantesco.

Era a história da donzela em perigo que havia desencadeado tudo isso, só podia ser. Eu devia ter umas conexões defeituosas, em algum lugar do cérebro, que faziam esses sentimentos loucos e sensuais percorrerem meu corpo toda vez que alguém me salvava de uma situação perigosa. Ou isso, ou eu estava muito mais bêbada do que me convinha e precisava ir dormir.

Fiz torradas para mim enquanto pensava nisso, com a sensação do corpo dele pressionado contra o meu ainda me fazendo palpitar inteira.

Capítulo Vinte

Acordei na manhã seguinte envergonhada e ligeiramente nauseada por ter beijado o Ed num acesso de loucura, embalado pelo vinho. *Qual é a sua?*, dissera ele, daquele seu jeito provocante e afetuoso. Era uma boa pergunta. Qual era a minha, me agarrando com ele, totalmente embriagada? Matthew nem me passara pela cabeça, até Ed se afastar e começar a resmungar que nós dois estávamos nos recuperando de um trauma. Eu estava absorta demais naquele beijo, no fluxo de sangue que tinha sentido de repente, na excitação que perpassara meu corpo. Mas não ele. Seu pensamento tinha se voltado para sua ex, fosse ela quem diabos fosse. Perguntei-me se teria sido a razão de ele fugir para a Cornualha, antes de mais nada. Será que o deixara com o coração partido? Ele tinha dito alguma coisa sobre querer se afastar de Londres, naquela noite em que Amber e eu havíamos conversado com ele pela primeira vez no pub, não tinha? Típico. O primeiro beijo decente que eu dava em décadas, e tinha sido num sujeito que estava claramente ainda apaixonado pela ex. Não era de admirar que tivesse saído com tanta pressa na véspera; provavelmente, mal podia esperar para ficar longe de mim.

Dez minutos depois de ele sair, a porta se abrira outra vez e meu humor havia melhorado horrores – Ed tinha voltado! –, mas era só Phoebe, é claro. Felizmente, estava tão cheia de histórias de mergulhos no mar e curry, e das mochileiras legais que dividiam o apartamento com Rachel, que não notou o rubor nas minhas bochechas nem a expressão ligeiramente perturbada nos meus olhos. Eu tinha pedido licença e me arrastado para a cama, onde o beijo dera voltas e mais voltas, nadando na minha mente e conseguindo até entrar nos meus sonhos, onde evoluíra para uma cena completa proibida para menores, com roupas voando em todas as direções e… bem, você já entendeu.

E agora, estávamos na fria luz do dia, e Ed e eu deveríamos voltar a trabalhar juntos dali a poucas horas. Ia ser... interessante. Eu precisaria ressuscitar todo o meu antigo talento de atriz, se quisesse passar por aquele turno sem entregar o que sentia agora a respeito dele.

Sentei-me e vesti o robe, já não muito segura do que *de fato* sentia pelo Ed. Eu tinha querido beijar sua boca (e todo o resto) e o achado atraente, divertido e *agradável*, mas... Era complicado. Complicado demais para ser pensado de forma coerente estando de ressaca, com certeza. Enfim, essas coisas aconteciam. Ambos éramos adultos e saberíamos superá-las. Certo?

Ao chegar ao trabalho nessa manhã, Ed me lançou um olhar – rápido, inquisitivo, do tipo estamos-numa-boa? –, ao qual respondi com um sorriso profissional, na esperança de que transmitisse a mensagem *Pode apostar que estamos numa boa, nunca estivemos melhor, estamos muito bem, na verdade, está tudo excelente*. O dia foi movimentado, sem muito tempo livre para bate-papo, então não houve um momento ideal para qualquer um de nós abordar com maior profundidade ao que havia acontecido. Era provável que fosse melhor assim, calculei. Digo, ninguém gosta dessas conversas excruciantes, não é? Já tínhamos passado pela coisa do *Opa, desculpe por termos nos beijado, não devíamos ter feito isso*. Eu não queria que ele continuasse a falar do erro que tinha sido, repetindo tudo de novo. Porque, com toda a franqueza, não tivera a impressão de ser um grande erro para mim, na hora. Na verdade, tinha sido ótimo.

Terminado o turno de domingo, paguei os salários da Rachel e do Ed, certificando-me de que ela recebesse as gorjetas da noite de sexta-feira.

– O café vai ficar fechado amanhã – informei. – Todos precisamos de um dia de folga. Então, vejo vocês na terça, está bem?

– Um dia de folga! – disse Ed, com ar de gozação. – E o que você vai fazer?

– Não tenho ideia. Ir à praia cuidar do meu bronzeado, espero. Estou pálida como nunca, passando a semana inteira aqui. E, na verdade... – Engoli em seco. Tinha que ser franca com ele, pôr todas as cartas na mesa. – Recebi uns currículos que preciso examinar. Pessoas que querem assumir o cargo de chef no café. – Estampei um falso sorriso luminoso. – Portanto, você vai gostar de saber que não terá que aguentar trabalhar comigo por muito mais tempo.

– Ah... – Ele pareceu magoado, o que eu não esperava.

Torci para que não achasse que eu o estava dispensando por causa do beijo. Eu não estava *mesmo*. Se tanto, o beijo tinha me feito querer ainda mais que ele ficasse.

Ed revirou os olhos.

– Ah, bom, graças a Deus por isso – falou, em tom jocoso. – Tem sido um pesadelo.

Fez-se um silêncio tenso.

– Você disse que só queria passar uma ou duas semanas aqui, não foi? – indaguei, só para ter certeza.

– Sim, sim. Estou certo de que você pode achar alguém muito mais adequado que eu, alguém que não solte os cachorros nos jornalistas nem...

– Estou certa de que *não vou* encontrar ninguém melhor do que você – retruquei. – Mas a necessidade exige, e essa coisa toda.

– Certo – disse ele, ríspido. – Bem, então aproveite a caça aos talentos. Até terça.

– Até terça – ecoou Rachel, com um aceno de mão. – E obrigada pelo salário. Vou procurar não gastar tudo no pub, logo mais.

Observei-os partir, com a sensação de que Ed fizera uma interpretação totalmente errada de mim. Decerto não achava que eu queria me ver livre dele por causa da briga com o jornalista, não é? Aquilo tinha me aborrecido, mas não o bastante para botá-lo na rua. Eu não *queria* que ele fosse embora; realmente gostava dele. Havia passado a confiar nele, a confiar em seu julgamento, como colega e amigo. Mas...

Suspirei. Talvez o melhor mesmo fosse arranjar logo outro chef, depois do nosso beijo. Fora difícil me concentrar o dia inteiro, estando tão perto do Ed, especialmente na hora de levar os pedidos à cozinha, onde tudo havia começado entre nós.

– Eles são ótimos, não é? – comentou Phoebe, interrompendo meu pensamento. – A Rachel e o Ed, digo. São muito simpáticos.

– É, são ótimos – concordei, me perguntando aonde aquela conversa ia chegar.

Phoebe estava contemplando as grandes ondas lá fora, e havia algo sonhador e distante em seu rosto. Estaria com saudade de casa?, pensei.

– Como são suas amigas, lá na sua casa? – indaguei.

Os olhos dela se iluminaram.

– São o máximo. Engraçadas e muito doidas. Saímos juntas e pegamos emprestadas as roupas umas das outras, e fazemos o cabelo umas das outras. Polly é a mais maluca, um verdadeiro escândalo, do tipo "ai, meu Deus, essa garota é real?". E a Rosa é, assim, a pessoa mais linda do mundo, e todos os garotos gostam muito dela. Zoe é cheia de charme e usa umas peças *vintage* esquisitas, mas tem sempre um visual incrível, e Sasha é inteligente à beça, nerd mesmo, capaz de se lembrar de montanhas de números de telefone e outras coisas, mas é tão falastrona que vive se metendo em encrencas.

Ela abraçou o próprio corpo.

– Eu meio que sinto saudade delas – disse, após um momento. – Queria que todas também estivessem aqui. A gente ia dar muita risada.

– Sei o que você quer dizer. Sinto falta das minhas amigas, especialmente da minha melhor amiga, a Amber. É difícil vir para um lugar novo, onde a gente não conhece ninguém, não é? – Tirei o celular do bolso e o ofereci a ela. – Por que não liga para uma delas, para saber das fofocas?

– De verdade? – Ela encarava meu telefone com tanta intensidade, que era como se fosse capaz de comê-lo. – Tem certeza? Puxa, legal, obrigada.

Ocupei-me com o fechamento das contas, enquanto ela subia com o telefone para descobrir o número no seu celular sem crédito. Cheguei a ouvir o burburinho de risadas e conversa, que de vez em quando chegava ao térreo.

– Não é POSSÍVEL! – ouvi-a guinchar. – Ah. Meu. DEUS!

Sorri para mim mesma. Era bom ouvi-la falar como uma adolescente, para variar, toda cheia de risinhos e voz aguda, e não como uma pequena adulta estressada que tinha que segurar a barra sozinha.

Preparei um prato de salada e me servi do último pastel de forno de frango que tínhamos, depois me servi uma taça de vinho rosé gelado e levei tudo para o deque. A maré estava alta, o mar revolto com ondas enormes e velozes, e lá estavam os surfistas deslizando nelas, as roupas pretas de mergulho reluzindo nas ondas como pele de foca, as pranchas tornando-se parte do corpo, quando eles desciam deslizando, braços esticados, músculos tensos. Um deles tinha um cachorro que pulava de um lado para outro no raso, abanando o rabo, latindo de alegria, e então, num sobressalto, me dei conta de que era a Lola, a cadela do Ed. Será que isso significava que ele era um dos surfistas?

Meu coração bateu mais forte enquanto perscrutava o mar, na tentativa de identificá-lo. Então vi Lola endoidar, quando um certo surfista deu uma guinada em direção à areia e, logo em seguida, riu e fez carinho nela, cujo rabo abanava num frenesi de alegria. Ah. Achei você.

Beberiquei meu vinho e fiquei observando, enquanto um rubor tomava meu rosto. Ed era o único surfista sem traje de mergulho, e meus olhos foram atraídos para seu tronco esguio e seus braços musculosos, para a pele bronzeada visível acima da bermuda preta e comprida que usava. A água escorria do corpo quando ele pegou a prancha e tornou a entrar nas ondas. *Oi, gostosão*, me apanhei pensando, relembrando o beijo e meu sonho erótico, e então balancei a cabeça, irritada comigo mesma. Não, nada de *Oi, gostosão*! Ed era meu cozinheiro, meu *funcionário*, não um objeto de luxúria para minhas perversões, pensei, com severidade. Um funcionário que estava lidando com um coração partido, ainda por cima.

Por outro lado... Meu Deus!, deslumbrei-me, esquecendo tudo isso num segundo, enquanto ele ia remando em sua prancha, e depois esperava rolar a onda grande seguinte. Tinha costas e ombros encantadores – bem torneados e musculosos. Quem poderia adivinhar o que havia escondido sob sua roupa branca de chef?

Momentos depois, o mar se inflou e balançou com a força de uma onda que se formava. *Chuááá*, lá veio ela, e lá veio Ed também, de pé na prancha, mantendo o equilíbrio sobre a onda que avançava para a areia, trazendo-o junto com mais dois surfistas. Notei que eu estava prendendo a respiração enquanto o observava, para soltá-la toda de uma vez, num suspiro de alívio, quando ele chegou à parte rasa e Lola deu pulos para recebê-lo.

Ela não foi a única a correr até o Ed. Uma surfista, vestida de preto e azul metálico, pulou de sua prancha e foi cumprimentá-lo, e tive certeza de ouvi-los rindo, acima do rugido das ondas. Era Rachel.

Ah, certo. Hum. Bem, ela dissera que era surfista, não? Logo, não deveria ser tão surpreendente os dois estarem lá juntos, mas...

Eles não tinham me chamado, pensei, feito criança. Eu não fora convidada. Era errado eu sentir uma pontada de ciúme ao vê-los se divertirem – brincarem, até se poderia dizer – nas ondas, quando não haviam pensado em mencionar isto para mim? Não me diga que ele estava tentando se recuperar da perda da ex comigo, ou com *ela*?

Phoebe apareceu saltitante no deque naquele momento, com a aparência mais feliz que eu já a vira exibir.

– Tudo bem? – perguntei, sem a menor necessidade.

Desviei o rosto dos surfistas, não querendo ver mais nada. O sangue pulsava no meu rosto e na garganta, e eu ficava revendo as imagens deles na praia. Uma variação de uma cantiga infantil começou a soar na minha cabeça: *"Ed e Rachel brincando no mar, S-U-R-F-A-N-D-O..."*

Phoebe estava radiante.

– Incrível. Acabei de falar com a Zoe, e foi muito legal ouvir dela todas as fofocas e saber o que está acontecendo. Ela está, assim, toda apaixonada pelo Max, um garoto da nossa turma, e o convidou para a festa de aniversário dela, tipo um desafio, e ele disse SIM! E agora, ela está em pânico por causa disso, e não sabe o que vestir, e não sabe o que *pensar*, e...

– Quando é a festa? – perguntei, como quem não quer nada.

– É sábado que vem – respondeu Phoebe, roendo a unha do polegar. Ela se sentou numa das cadeiras, as pernas balançando por cima do braço. – Eu queria poder ir.

– Então, vá. O que está te impedindo?

Ela fez um gesto amplo com um braço, indicando a praia.

– Bom, porque eu estou aqui. Mas...

Tomei um gole do vinho e disse:

– Vamos lá, Phoebe. Você bem que podia me contar o que aconteceu em casa. As coisas foram tão ruins a ponto de você não poder voltar para ir à festa da Zoe? Não acha que ela precisa da amiga para ajudá-la a ficar com seu adorado Max?

Tudo aquilo me pareceu um drama de novela mexicana, mas Phoebe realmente parecia estar ficando nervosa com isso, indecisa.

– Bem...

– Sei que você e sua mãe brigaram, mas você não poderia passar um tempo na casa da Zoe, ou na de uma das suas outras amigas? Só até resolver as coisas com a família?

Ela inclinou a cabeça para trás e olhou para o céu.

– Acho que sim – disse, hesitante. – A questão é...

E então a história inteira brotou num jorro de palavras, contando que ela sempre se sentira ignorada pelos pais, porque seu irmão era deficiente e precisava de muita atenção e cuidados extras, e tomava quase todo o tempo deles. E que se cansara de sentir que ninguém se importava com ela, ou perguntava como tinha sido o seu dia, por estarem muito ocupados com o Isaac. E que tinha parado de se dar ao trabalho de tentar se sair bem na escola, por achar que não havia ninguém interessado.

– Por que se dar ao trabalho? – repeti. – Por você mesma, é claro – sugeri, mas ela não estava escutando.

– Comecei a sair com Zoe e as outras meninas, que são "más influências", segundo minha mãe – continuou, cheia de desprezo na voz. – E aí, finalmente, achei que estava conseguindo provocar uma reação nos meus pais. Pela primeira vez na vida, eles realmente notaram o que eu fazia, o que eu usava, onde estava indo. Eu não era mais a "Phoebe boazinha". – Apoiou a cabeça numa das mãos, com uma expressão dura. – Mas o negócio foi que, quanto mais eles reclamavam, mais eu tinha vontade de desafiar os dois. Aí...

– Aí virou um círculo vicioso – completei, com simpatia.

– É. – Ela olhou para o mar e estremeceu quando uma brisa fria veio das ondas. – E então, quando eu fugi, achei que eles ficariam contentes por eu ter ido embora, contentes por não terem mais que se preocupar comigo, agora que só tinham o precioso Isaac.

– De jeito nenhum – afirmei, firme. – De jeito nenhum eles pensariam assim. Olhe, você mesma contou como sua mãe ficou nervosa ao telefone. Devia estar sentindo uma culpa gigantesca pelo fato de a situação ter chegado a esse ponto. Seus pais devem estar ansiosos esperando você voltar para casa para tentarem de novo.

Phoebe balançou a cabeça.

– Acho que não – disse, num tom gélido.

Mas pude perceber claramente a verdade e tive certeza de que isso era só seu orgulho ferido falando.

– O que a Zoe disse sobre sua fuga? – perguntei, após um tempo em silêncio.

– Disse que elas ficaram loucas atrás de mim, que sentiram saudade e... – Phoebe tropeçou nas palavras. – Ela disse que as coisas não são as mesmas sem mim.

– É claro que não!

– E também perguntou, caso eu não fosse voltar, se podia ficar com minha chapinha, porque é melhor que a dela – acrescentou, e um sorriso tomou seus lábios. – Que vaca.

– Bem, só isso já é um bom motivo para voltar. Você não vai querer que suas amigas roubem sua chapinha boa pelas suas costas, não é?

– Não.

Houve uma pausa.

– Eu queria muito ir à festa da Zoe – murmurou ela.

– Pois eu acho que deve ir. – Tornei a empurrar meu celular para ela, por cima da mesa. – Vamos. Ligue de novo para sua mãe. Diga a ela o que você me disse, ponha tudo para fora. Zoe precisa de você. Sua chapinha precisa de você. Sua mãe, seu pai e seu irmão precisam de você. Sei que você não acredita em mim agora, mas é verdade.

Percebi que ela ficou dividida, realmente dividida. E então, empurrou o telefone de volta para mim.

– Amanhã, talvez.

– Está bem – concordei, sem me atrever a forçar mais a barra. Já tinha sido um grande avanço fazê-la considerar a ideia.

E então Phoebe se pôs a observar o mar.

– Ei, olha! Olha lá o Ed, surfando.

Tornei a olhar para a água, agradecida pelo pretexto, mas, ao mesmo tempo, sem ter certeza de que queria ver. E se agora Ed e Rachel estivessem rolando juntos na água rasa, trocando beijos e amassos, como numa cena de *A lagoa azul*?

Phoebe debruçou-se sobre o parapeito, acenando com os dois braços levantados.

– Oooieeê! – gritou.

Pelo jeito, Ed tinha acabado de cair da prancha e estava rindo. Acenou de volta e fez sinal para descermos.

– Venham, vocês duas! – gritou. – A água está ótima. – Estava olhando diretamente para mim e perguntou: – Que tal aquela primeira aula de surfe?

– Ha-ha, acho que não – eu disse, nervosa, me dirigindo à Phoebe. De jeito nenhum ia deixar que ele me visse de roupa de natação, com minhas pernas branco-leitosas e minha barriga de comedora de bolos, especialmente agora que tinha visto como ele era sarado e gato de bermuda. – Amanhã, talvez! – gritei de volta, sorrindo, mas cruzando os dedos embaixo da mesa. – Ou nunca – resmunguei.

Não queria assustar nenhuma criancinha com minhas tentativas de baleia encalhada aprendendo a surfar.

– Rachel também esta lá. Uau, dá só uma olhada, ela é incrível! Oi, Rachel – gritou, tornando a acenar. – Hum… – Ela se virou para mim. – Você acha que está rolando alguma coisa entre os dois?

Engoli em seco, ficando sem graça.

– Sei lá – resmunguei.

– Nossa, o Ed é saradão, né? – continuou, ainda debruçada, olhos cravados nas figuras dos dois surfando. – Tem o corpo bonito. Olhe só aquele bumbum! Bem apetitoso.

Bufei, imaginando a cara do Ed se a ouvisse. A conversa com a amiga pelo telefone parecia ter transformado Phoebe numa pessoa diferente, dez vezes mais animada e atrevida.

– Apetitoso? – repeti, fazendo uma careta. – Qual é a sua?

– Mas é meio velho para mim – prosseguiu ela, ainda olhando para o Ed.

– Não diga! – Sorri. – E há algum garoto em casa em quem você esteja de olho, e que talvez vá a essa festa?

– Bem… mais ou menos.

Phoebe tornou a se sentar, Ed e seu bumbum apetitoso esquecidos, e me falou do garoto de quem estava a fim, chamado Will, e de como fazia séculos que gostava dele. Ao que parece, Will era um tremendo gato, mas andara saindo com Darcey Sheldon, que era a garota mais popular da escola, e por isso Phoebe achava que não teria chance – até Zoe lhe contar, fazia apenas cinco minutos, que tinha visto os dois brigando, ontem, na porta do McDonald's. Agora, Phoebe estava torcendo para ele dar o fora na Darcey, e aí…

Ergui as sobrancelhas e disse:

– É melhor você voltar depressa para lá, garota. Esqueça a chapinha e a história de ajudar sua amiga. Essa é a melhor razão de todas para você voltar para Londres.

Ela riu.

– É – disse. – Talvez.

Passamos mais algum tempo sentadas no deque, eu com meu vinho, Phoebe com uma Coca Diet, e ela estava mais falante do que nunca. Contou tudo sobre sua mãe, que gerenciava uma loja de souvenires em Chelsea, e seu pai, que era jornalista do *Times*; e contou que estava no meio das provas de fim do ensino médio e que queria ser estilista de moda. Quanto mais ela falava, mais achei que estava se convencendo de que seria legal voltar para casa, de que talvez fosse a coisa certa. Tive a impressão de que o que mais a incomodava era a ideia de dar pra trás, de perder a credibilidade e deixar seus pais "vencerem", mas eu tinha esperança de que concluísse que esse era um preço pequeno a pagar.

Ela me abraçou quando escureceu e ambas entramos para dormir.

– Obrigada, Evie. Você é a adulta mais maneira que eu já conheci.

Retribuí o abraço.

– E você, decididamente, é a adolescente mais maneira que eu já conheci. Boa noite, Phoebe.

Capítulo Vinte e Um

Na segunda-feira, a primeira coisa que Phoebe fez foi ir à praia – fazia um dia glorioso –, enquanto eu me dediquei ao problema espinhoso da minha caça ao chef. Havia recebido mais alguns currículos, mas nenhum candidato me saltava aos olhos. O problema era que eu queria o Ed – em mais que apenas um sentido. Depois de vê-lo surfar, tivera outro sonho prazerosamente obsceno com ele, no qual estávamos juntos na praia e ele arrancava meu biquíni (e não caía na gargalhada: era um *sonho*, afinal), e transávamos na areia, e então acordei, absolutamente arfante e excitada, como algo saído de um filme pornô ordinário, e com um leve temor de ter gritado o nome dele durante o sono e acordado a Phoebe.

O sonho me perturbara. Tinha sido muito real e vívido, além de eu haver imaginado tudo com grandes detalhes: ele me envolvendo nos braços, a sensação do seu peso sobre meu corpo nu, os apertos que dei naquele bumbum apetitoso (Phoebe tinha razão) e até seu gemido ao gozar (bem alto e gutural, se você faz questão de saber). E, é claro, por se tratar de um sonho, não havia o menor problema de a areia se infiltrar em partes íntimas e sensíveis. Tinha sido maravilhoso.

Suspirei. Que idiota que eu era, me alvoroçando toda por ele, que claramente não estava interessado. Melhor seria, para nós dois, eu encontrar um novo chef, para o Ed não ter mais que me aguentar ardendo de desejo por ele todos os dias. Era a coisa adulta e profissional a fazer. Assim, peguei o telefone, liguei para três candidatos – o cozinheiro do restaurante de pub, o mestre das batatas fritas e uma mulher que trabalhava numa delicatéssen em Wadebridge – e convidei todos para uma entrevista na segunda-feira seguinte.

Pronto, tinha dado o primeiro passo. Com alguma sorte, um de meus entrevistados seria plenamente satisfatório e eu poderia dispensar o Ed.

Estranhamente entristecida com a ideia, tratei de partir para a praia, com um chapelão de aba mole e um romance bem volumoso, na tentativa de tirar aquilo tudo da cabeça. *Hora de relaxar, Evie*, ordenei a mim mesma, estendendo-me sob o sol na toalha. Ah, se fosse tão fácil.

À noitinha, Phoebe chegou, bronzeada e cheia de areia, o cabelo emaranhado pela água salgada e radiante de felicidade. Havia topado com Rachel, contou, e as duas haviam saído de barco com uma dupla de amigas mochileiras, o dia inteiro. Senti uma fisgada de saudade dos meus amigos, enquanto ela descrevia as façanhas do grupo, e desejei ter ido também.

– Foi muito legal – disse ela. – Nadamos, mergulhamos de snorkel e fizemos um piquenique numa baía deserta, no litoral. Adorei. – Sorriu para mim, com os olhos cintilando, mais verdes que nunca, agora que o rosto estava bem moreno. – Foi o final perfeito para minha aventura na Cornualha.

Minhas sobrancelhas se arquearam.

– O final perfeito... Você vai voltar para casa?

– Vou – disse ela. – Conversando com você ontem e com Rachel hoje, tomei a decisão. O mais importante são os amigos e a família. E o Will Francis, é óbvio, *dã*.

Eu ri.

– Ah, *é óbvio, dã*. E quais são os planos? Você telefonou para casa? Vai quando?

– Meus pais vêm me buscar amanhã. Os dois. – Fez uma expressão sarcástica de espanto. – Vão tirar folga do trabalho e tudo. Vão até deixar o Isaac na casa da minha avó, para passar a noite. Parece que *eu* sou importante assim.

Dei-lhe uma cutucada.

– Você é importante, Pheebs. Trate de não se esquecer disso.

Houve um momento de silêncio e me dei conta do quanto sentiria falta dela. Sim, ela fora espinhosa e arisca no começo, e sim, era melodramática e emotiva, porém também era um amor, cheia de vida e divertida.

– Ah, meu Deus, vou sentir sua falta – falei, envolvendo-a com um dos braços. – E não é só por você ser um ás como garçonete. Venha. Se esta é sua última noite comigo, vou levá-la para jantar fora. Tome um banho e passe um pouco de maquiagem. Nós vamos ao Velocino.

No dia seguinte, o café reabriu. Annie trouxe novos bolos incríveis, inclusive um cheesecake com morangos fresquinhos. Rachel e Ed chegaram cedo para trabalhar e consegui ser perfeitamente fria e profissional, embora imagens dos meus sonhos proibidos para menores tenham surgido na minha cabeça no instante em que o vi. Rachel parecia toda risonha e emotiva, por alguma razão, e, em certo momento, até a peguei cantando, acompanhando uma música melosa que tocava no rádio, como se ela própria estivesse apaixonada. Aquilo me deu uma sensação estranha. *Você acha que está rolando alguma coisa entre os dois?*, Phoebe havia perguntado, ao vermos Ed e Rachel surfando juntos na praia, e eu tinha descartado a ideia na ocasião. Mas, naquele dia, ela parecia, sim, estar numa animação suspeita...

Não. Com certeza, não. Eu estava imaginando coisas, tendo delírios, feito uma louca.

Phoebe passou a manhã inteira vigiando a porta, já que seus pais haviam combinado de se encontrar com ela ali no café. "Na verdade, estou ansiosa para rever os dois", ela me dissera no pub, na noite anterior. "Sei que as coisas não vão se resolver, tipo, de repente, mas... Bem, eu deixei claro o que eu pensava. Com certeza, as coisas vão ser diferentes. Melhores."

– Pheebs – falei, neste momento, ao ver seus olhos na porta pela milionésima vez –, tenho certeza de que sua mãe e seu pai devem estar aflitos para ver você, mas vão levar o quê? Cinco horas para vir de Londres a Carrawen, no mínimo. Mesmo com a maior disposição do mundo, eles só devem chegar aqui à tarde.

Ela sorriu.

– É, eu sei. Só estou irrequieta.

Mais ou menos às onze da manhã, Florence apareceu, a meiga senhora de cabelo grisalho que estivera conosco na semana anterior.

– Feliz aniversário! – cumprimentei-a, lembrando-me na hora agá da nossa última conversa. – O que posso lhe oferecer? Com certeza, você vai comer uma fatia de bolo no seu aniversário, a meu convite.

Seu rosto enrugou-se num sorriso.

– Seria ótimo – disse. – E um bule de chá, por favor.

Levei-os para sua mesa e, como o movimento estava bem tranquilo, sentei-me com ela.

– Como andam as coisas? – perguntei. – Passou uma boa semana?

– Bem, foi calma, sabe? – respondeu, cortando delicadamente o bolo em pedacinhos. – Venho tentando me manter ocupada, mas...

– Quer dizer que não está caindo na farra – brinquei, sorrindo.

– Não exatamente – fez ela, servindo o chá na xícara.

– Sabe, Florence, andei pensando no que você disse da última vez que esteve aqui. Sobre sentir-se meio sozinha, por não conhecer muita gente daqui. Bem, as circunstâncias são um pouco diferentes para mim, mas entendo o que você sente. Também sou nova nesta região e sinto falta de meus velhos amigos.

Ela inclinou a cabeça, os olhos brilhantes como os de um passarinho, mas não disse nada.

– Então, andei pensando... – comecei, torcendo para não estar prestes a dizer uma coisa risivelmente idiota – em fazer uma noite aberta ao público aqui no café, uma vez por semana. Só para mulheres. Apenas um lugar em que elas possam vir bater um papo e comer uma fatia de bolo, talvez trazer uma garrafa de vinho e conhecer umas às outras. Uma espécie de noite para estar com as amigas, para quem quiser vir. – Eu ia continuar, mas Florence me interrompeu.

– Que ideia ótima! Eu seria totalmente a favor. É linda esta parte do mundo, mas não acontece muita coisa à noite. Nada de bingo nem clubes sociais. É disso que a comunidade precisa.

Eu seria capaz de abraçá-la. Era exatamente o que eu havia esperado que dissesse.

– Maravilha – respondi. – Eu estava pensando na próxima noite de quinta-feira para o primeiro encontro. O que acha?

Ela assentiu.

– Perfeito. Vou ficar na expectativa. Uma noite das garotas, hein? – Deu um risinho que a fez parecer vinte anos mais nova. – O Arthur adoraria isso: eu saindo para uma noitada com as garotas, aos 72 anos!

– Cada um é tão jovem quanto se sente – lembrei-lhe. – Ah, e, Florence, se você estiver à toa logo mais, um rapaz do vilarejo vai fazer uma exposição de pintura aqui. Às sete da noite. Vinho e petiscos de graça. Quem sabe não seria agradável passar seu aniversário aqui?

Ela pareceu encantada.

– Seria maravilhoso. Eu estava apavorada com o dia de hoje, por ter que passá-lo sem o Arthur. Meu filho disse que vai telefonar mais tarde, dos Estados Unidos, mas não é a mesma coisa que estar de fato com alguém. Eu gostaria muito de vir.

Rachel estava limpando mesas ali por perto e se aproximou.

– Oi, Florence. Preciso lhe agradecer. Depois do que você disse na semana passada, tomei coragem e fui falar com meu ex.

– Ah! – exclamou Florence, satisfeita. – Parabéns. E o que aconteceu?

– Fizemos as pazes – respondeu ela, rindo de orelha a orelha. – Tivemos uma conversa muito longa, ontem à noite, e nós dois pedimos desculpas. E o melhor é que ele está vindo para a Cornualha na próxima semana!

– Ora, uau! – falei. – Que notícia fantástica!

Então, era por *isso* que ela estivera tão risonha. E é claro que ela e o Ed *não estavam* tendo um romance tórrido. Eu nunca havia acreditado nisso, nem por um segundo. É óbvio, *dã*, como diria Phoebe.

– Esplêndido – concordou Florence. – Fez muito bem. E agora, não se sente melhor por ter aceitado meu conselho?

– Sim – respondeu Rachel. – Eu me sinto muito melhor. – Inclinou-se e a beijou no rosto. – Obrigada. Você é meu novo guru, tudo bem?

– Puxa! – exclamou Florence, enrubescendo um pouco. – Não sei muito bem o que é isso, mas fico feliz por você estar feliz, Rachel. E contente por ver que ele também caiu em si. Maravilhoso.

– Adoro um final feliz – falei, sorrindo para as duas. – Parabéns, Rach.

– Obrigada – disse ela, radiante. – O mundo é um lugar melhor quando se está apaixonado. Não concorda, Ed? – chamou, quando ele vinha saindo da cozinha.

Ed deu de ombros, parecendo muito mal-humorado.

– Como eu vou saber? – resmungou, largando um pedido no balcão.

Ui. Cheguei a me contrair, envergonhada, mas Rachel pareceu apenas divertir-se:

– Ó, céus – falou, num sussurro bem alto –, está aí alguém que poderia tirar proveito dos seus conselhos, Florence.

– Puxa vida – falou ela, com os olhos brilhando. – Um rapaz tão bonito, seria de se esperar que chovesse moças no quintal dele.

Senti minhas bochechas arderem. Ela devia estar certa. Ao que eu soubesse, Ed podia ser o solteiro mais cobiçado de Carrawen, com garotas caindo constantemente a seus pés. E ali estava eu, com minha grande e tola paixonite.

– É melhor eu voltar ao trabalho – comentei, em tom leve, antes que tivéssemos que falar mais desse assunto.

Phoebe foi ficando mais e mais agitada conforme o meio-dia se aproximava, mas, a partir daí, foi mergulhando mais e mais fundo na tristeza.

– Cadê eles? – inquietava-se, mais ou menos a cada meia hora. – Por que ainda não chegaram?

– Pheebs, é uma viagem longa – lembrou Rachel. – Dê uma chance a eles. Mesmo que tenham saído bem cedo, devem ter tido que parar para almoçar e abastecer, em algum momento.

– É verdade – confirmei. – Pode ser que ainda demorem um pouco. Faça um intervalo para almoçar e tire-os um pouco da cabeça. Daqui a pouco estarão aqui, tenho certeza.

– Espero que apareçam logo mesmo – disse Rachel para mim, quando Phoebe se afastou, relutante. – Ela passou esse tempo todo com raiva deles; eu detestaria que eles estragassem tudo, justo agora que ela tentou fazer as pazes.

– Eu sei. Ela vai tomar isso como uma ofensa pessoal, se eles chegarem muito tarde. Vai pensar o pior, achar que não se importam com ela, e aí tudo volta à estaca zero. – Dei um suspiro. – Vamos lá, pais. Não a decepcionem agora.

Às três da tarde, quando eu achava que Phoebe estava a ponto de se desmanchar em lágrimas a cada novo tiquetaquear do relógio, um casal bem-vestido, na faixa dos 40 anos, entrou no café. A mulher tinha as mesmas maçãs do rosto altas e o mesmo cabelo claro da Phoebe, só que os dela eram estilizados num corte curtinho elegante. Mesmo assim, a semelhança era inequívoca. Ela entrou com ar enérgico, inquisitivo, e então seus olhos pousaram na Phoebe, que estava com os braços cheios de louça, e soltou um gritinho.

– Ah, querida! – exclamou a mulher, correndo em direção à filha, que largou a louça na mesa mais próxima, sem olhar, e correu ao encontro dela. – Ah, Phoebe!

Houve um emaranhado de braços, um abraço apertado e palavras abafadas de saudação. Cheguei a ouvir uma ou ambas chorando. Senti um nó na garganta e troquei um olhar marejado com Rachel.

– Olá, pimentinha – disse o homem, com um jeito brusco, envolvendo as duas com os braços e beijando a testa de Phoebe.

Usava camisa de manga curta, calça elegante e sapatos de aparência cara, e parecia completamente deslocado no café.

– Esta é a Evie – apresentou Phoebe, depois de todos se abraçarem e beijarem e trocarem exclamações. Estava corada e com um ar choroso, como se aquilo tudo fosse emocional demais para ela. – Ela me deixou ficar na casa dela. Evie, estes são minha mãe e meu pai, Maria e Bradley.

– Olá – falei, mas Maria já passara para trás do balcão, e me abraçou com tanta força que me tirou o fôlego.

– Obrigada – disse, apertando-me furiosamente. – Ah, obrigada, Evie. Nunca terei como lhe pagar pela sua bondade. – Benzeu-se depressa. – Quando penso na minha menininha lá fora, na rua, à noite... – Abanou a cabeça e vi que estava à beira das lágrimas. – Graças a Deus por você. Graças a Deus por você!

– Tudo bem – respondi. – Ela é um amor.

– Espero que não tenha lhe dado trabalho – continuou Maria, segurando minha mão e me olhando nos olhos. – Phoebe não causou nenhum problema, causou?

Caramba, pensei, levemente perplexa com a pergunta. Deixe-a em paz. Você acabou de ter sua filha de volta, não a faça ir embora outra vez.

– Ela foi ótima – afirmei, olhando para Phoebe, cuja boca havia caído um pouco e cujo rosto assumira uma expressão de mágoa. – Foi fantástica. Não causou problema algum.

– Nós gostaríamos de lhe dar alguma compensação por ter cuidado dela – disse Bradley, tirando a carteira do bolso da calça e pegando um maço de notas.

Encolhi-me de horror.

– Sinceramente, não precisa – retruquei, envergonhada. – Não há a menor necessidade. Foi um prazer ficar com ela. Phoebe deu um duro danado, trabalhando aqui no café, portanto, guarde seu dinheiro, por favor.

– Posso lhes oferecer uma bebida, enquanto estão aqui? – perguntou Rachel, em tom animado, antes que se instalasse um silêncio incômodo.

251

– Um café seria maravilhoso – respondeu Maria, ainda com o braço em volta da filha. Seu rosto parecia muito cansado, agora que ela havia parado de sorrir. Devia ter passado por um inferno, pensei, com um toque de simpatia. E ele também. Não era de admirar que estivessem sendo meio exagerados; no lugar deles, eu estaria dando gritos histéricos. – Obrigada, meu bem.

– Um expresso com espuma de leite para mim, sem açúcar – acrescentou Bradley. – Obrigado.

– Onde vão passar a noite? – perguntei, polidamente, enquanto Rachel entrava em ação.

– Estamos hospedados no Excelsior, na avenida litorânea – disse Maria, fazendo um gesto para trás.

Tentei – e não consegui – impedir que meu queixo caísse. O Excelsior era caríssimo. Várias celebridades tinham se hospedado lá.

– Um quarto excelente, com vista para a praia, uma paisagem magnífica – prosseguiu Maria. – Também fizemos reserva para você, Phoebe, para esta noite. Não queremos incomodar mais a Evie.

– Ela não seria... – comecei a dizer, mas a Phoebe estava fazendo um barulho de engasgo na garganta.

– Vocês foram ao hotel antes de virem me procurar? – perguntou, incrédula.

Fiquei enregelada, estarrecida, acabando de registrar o que Phoebe havia percebido. Na verdade, tive vontade de arrancar a menina daqueles pais monstruosos e insensíveis.

– Foi só um minuto – disse Maria. – Você sabe como eu sou, eu estava louca para... Foi só um minuto – disse outra vez, a voz falhando. – Viemos direto para cá, em seguida.

– Sentem-se – convidei-os. – Vamos trazer os cafés.

Ocupei-me pegando uma bandeja e enxugando-a.

– Puta merda – murmurei para Rachel. – Coitadinha da Pheebs. Minha vontade é mandá-la de volta para a linha de tiro.

– Sei o que você quer dizer – murmurou ela. – Não são muito carinhosos, né?

– Tão carinhosos quanto cobras – respondi, entre os dentes.

Levei as bebidas e também fatias de bolo, para o caso de estarem com fome.

– Sinceramente, ficamos *doentes* de preocupação – ouvi Maria dizer à filha, quando me aproximei, tensa e com a boca franzida como se tivesse chupado um limão. – O que você estava *pensando*?

A pobre Phoebe parecia à beira das lágrimas. Pus as bebidas e os bolos na mesa e hesitei, sabendo que devia cair fora daquele drama familiar privado, mas sem saber ao certo se conseguiria me manter de bico calado. Adivinhe só. Não consegui.

– Sei que esse foi um período difícil para vocês – soltei, antes que pudesse me impedir –, mas também não foi fácil para Phoebe.

Houve um momento de silêncio, e Bradley voltou os olhos para mim, aqueles olhos frios e mortiços, no que me pareceu um terrível movimento em câmera lenta.

– Quer dizer, quando a encontrei, ela estava dormindo *na rua*. – Minha voz tinha se tornado dura. – Estava dormindo na chuva e no frio, noite após noite, e não fazia isso por diversão, entendem? Fazia isso por estar desesperada.

Ai, meu Deus. Cala a boca, Evie. Phoebe parecia prestes a morrer de vergonha. Era a última coisa que eu queria.

– Bem, agradeço sua preocupação – disse Maria, em tom gélido –, mas…

– Espero que vocês se entendam melhor de agora em diante, só isso – interrompi. – Porque eu acho sua filha um encanto. Ela é realmente madura, divertida, leal, além de muito esforçada, e deveria ser motivo de orgulho para vocês. Sei que deve ter sido terrível perder sua filha, eu entendo, mas agora vocês a encontraram, por isso espero que… – Engoli em seco. – Espero que lhe deem o valor que ela merece. É o que eu faria.

Houve outro momento de silêncio tenso, e meu coração pulsava forte. Maria manteve os olhos baixos enquanto mexia no café e, por uma fração de segundo, temi que fosse jogá-lo na minha cara.

– Desculpem – murmurei, segurando a bandeja junto ao peito. – Não é da minha conta. Eu só…

Já ia me afastando para me esconder na cozinha, quando Phoebe falou com a voz embargada:

– Obrigada, Evie.

– É um prazer – respondi, tentando mostrar com os olhos que lamentava muito se tivesse feito tudo piorar. Desejava muito que não.

Voltei ao balcão, com a adrenalina correndo como se eu houvesse acabado de sair de uma luta, e ajudei Rachel a servir os fregueses. Tivemos um período de pico, no qual passei alguns minutos indo e voltando da cozinha – e, durante esse período, Phoebe e sua família sumiram. Nem cheguei a me despedir.

Fui até a mesa com o coração pesado. Devia tê-los irritado de verdade. Então, vi a pilha de notas, cuidadosamente colocada sob um dos pratos de bolo. Contei-as, o coração disparado. Duzentas libras. Aquele dinheiro parecia sujo.

Corri até o deque, mas eles tinham ido embora, desaparecido de vista. Atravessei correndo a cozinha e saí pelos fundos, bem a tempo de ver um Audi prateado muito novo sair do estacionamento. Acenei freneticamente, mas o carro tinha vidros escuros e eu não soube dizer se alguém me viu. Suspirei, sentindo que havia falhado, como se tivesse nadado, nadado, e morrido na praia.

Assim que o café fechou oficialmente, naquela tarde, Jamie, Martha e um dos amigos do Jamie, que aparentemente se chamava Boz, chegaram com os quadros. Boz também trouxera uma furadeira, mas logo se revelou um completo incompetente com ferramentas, fazendo enormes buracos na parede e espalhando pó de gesso em tudo.

– Boz – disse, quase gemendo –, você faz alguma ideia de como usar esse negócio? Quero muito que a parede continue de pé, por favor. Você parece um maldito pica-pau!

– Me dê isso aqui – disse Ed, vindo da cozinha.

Meu eu feminista quis tirar a furadeira do Boz e dizer ao Ed, "Tudo bem, eu cuido disto", mas meu eu realista sabia que, na verdade, era provável que eu fizesse uma lambança ainda maior que o lambão do Boz.

O rapaz entregou a furadeira e Ed fez dez furos, com esmero, nos lugares em que os quadros deveriam ficar, pôs uma bucha em cada um e saiu procurando os parafusos.

– O que foi? – disse, ao ver que eu o olhava.

Ri, meio sem jeito.

– Nada. Só… estou vendo você, todo competente e másculo.

Ele também riu.

– Eu sou sempre competente e másculo.

– Ah, tá – zombei. – E modesto também, certo?

– Naturalmente.

Eu estava agitada com a colocação dos quadros – caramba, estava aflita para *ver* os quadros, ponto final. Mais cedo, passou pela minha cabeça que eu me oferecera para pôr todas as pinturas do Jamie nas paredes sem nem sequer dar uma espiada de antemão. Grande burrice, na verdade. Mais uma vez, um exemplo de minha boca funcionando antes que meu cérebro pudesse alcançá-la. E se, eu me angustiara na noite anterior, os quadros fossem horrorosos? Ou ofensivos? E se mostrassem cenas macabras, ou tivessem um monte de palavrões rabiscados por cima? Poderia realmente ser mais uma bola fora de Evie Flynn, incrível gerente não profissional de um café. Mas, por outro lado...

Quase perdi o fôlego quando Jamie tirou o pano que cobria um dos maiores quadros. Era um belo cenário marinho em tons de azul e verde, com conchas iridescentes e peixes de cintilação suave. Era tranquilizador, sereno e vistoso. Quase se ouvia o som das ondas ao contemplá-lo.

Por outro lado, pensei comigo mesma, com um sorriso, era bem possível que eu tivesse marcado um golaço.

Quando se deu por satisfeito com a disposição dos quadros, Jamie tratou de pôr adesivos numerados ao lado deles e pendurou uma tabela de preços. Os quadros menores eram muito razoáveis, a meu ver, ao preço unitário de 50 libras, os de tamanho médio saíam a 150, e os dois maiores, a 250. Eram todos cenas submarinas de estilo semelhante, mas com temas e cores diferentes, o que tornava cada peça singular. Funcionavam esplendidamente como uma coleção.

– Ah, meu Deus – comentei, fitando aquele mostruário de cores em minhas paredes. – Jamie, eles são maravilhosos! O café não está fantástico?

Ele continuou ajeitando os quadros, fazendo pequenos ajustes, recuando alguns passos, com a cabeça inclinada e estreitando os olhos, examinando a composição do arranjo por todos os ângulos. E então sorriu.

– É incrível vê-los juntos assim. Nunca os vi como uma coleção, na verdade, todos pendurados ao mesmo tempo.

Martha estava encantada.

– Agora, só precisamos que as pessoas comprem todos e encomendem mais uma porção – disse, orgulhosa.

– Bem, não de imediato, espero – falei, e tapei a boca com a mão, envergonhada. – Desculpem, não foi o que quis dizer. Só estou sendo egoísta, porque quero ficar com eles aqui por um tempinho.

Jamie sorriu.

– Não se preocupe. Se todos forem vendidos, eu pinto mais alguns para você.

– Cuidado que vou cobrar, hein?

Olhei em volta, feliz ao ver como o café ganhara vida com as pinturas. Parecia mais classudo, de algum modo, mais alto padrão, mais descolado. *O que acha, Jo?*, pensei, sorrindo com meus botões. *Dê só uma olhada no nosso café!*

Lindsay, a patroa do Jamie no Velocino de Ouro, de cabelo louro, seios volumosos e sapatos vermelhos de salto alto, chegou trazendo os vinhos que ia doar e uma caixa cheia de tacinhas de plástico.

– Pode anotar meu nome para um daqueles quadros pequenos, Jay – disse. – O do coral cor-de-rosa. Vai ficar uma graça no meu banheiro.

– Verdade? Obrigado. – Jamie pareceu encantado, e Martha correu para buscar os adesivos e pôr uma bolinha vermelha ao lado da tela em questão.

– Vendido para a senhora com o vinho! – alegrou-se.

Lindsay sorriu.

– É um prazer. Eu adoraria ficar, mas preciso voltar para o pub. Mas tenham uma ótima noite. – Deu-me uma cutucada. – Está uma beleza isto aqui, garota. Você tem feito um trabalho estupendo, só ouço elogios.

– É mesmo? – deixei escapar, surpresa. – Digo, obrigada. Obrigada, Lindsay.

Annie foi a próxima a chegar, com algumas caixas de cupcakes. Tinha feito a cobertura deles nos mesmos tons de azul e verde dos quadros, além de haver achado uns confeitos brancos minúsculos em forma de concha.

– Ah, estão lindos! – Eu suspirei, ajudando-a a distribuí-los em pratos. – Você é uma lenda, Annie. Uma lenda da confeitaria!

Arrastamos todas as cadeiras e mesas para uma extremidade do café, a fim de que houvesse espaço suficiente para todos circularem e admirarem as obras de arte, e enchi algumas taças de vinho que dispus no balcão, ao lado dos pratos com os bolos, para as pessoas poderem se servir. A única coisa que faltava era Phoebe, notei com uma pontada de dor. Perguntei-me se ela estaria tendo que suportar um jantar penoso no Excelsior naquele momento. Torci para que estivesse bem.

E então, de repente, às sete em ponto, as primeiras pessoas começaram a chegar.

Capítulo Vinte e Dois

Um amontoado de amigos do Jamie – era a melhor maneira de descrevê-los – foi o primeiro grupo oficial de convidados a entrar no café, todos desengonçados e parecendo tímidos em seus corpos magricelas, como se ainda se sentissem garotinhos por dentro. Todos tinham o mesmo cabelo escorrido e pareciam falar resmungando, e trataram de zoar Jamie como fazem todos os adolescentes, embora se percebesse que era uma brincadeira afetuosa e que, na verdade, eles se orgulhavam muito do amigo talentoso.

– Ele só tem verde e azul na caixa de tintas, coitado – zombou um deles, correndo os olhos pelas pinturas submarinas. – A gente devia fazer uma vaquinha para você, Jay, para arranjar outras cores.

– Ei, olhe aqui, Giz, ele fez um retrato seu – disse outro, apontando para um quadro que tinha um peixe grande e laranja, com lábios grossos e carnudos e uma expressão ligeiramente vaga.

Não pude conter um risinho quando me dei conta de quem era "Giz": um garoto alto e magro, com uma cortina de cabelo preto oleoso e uma expressão vazia claramente parecida.

– Cara, eu sabia que um dia você serviria de inspiração – disse Jamie, dando tapinhas nas costas do amigo e rindo. – O próximo top model da Cornualha.

– Vaza – resmungou Giz, bem-humorado, descartando Jamie e toda a implicância com um dar de ombros.

Duas professoras do Jamie entraram pouco depois, ambas na casa dos 50 anos e bem-vestidas, e os garotos prontamente se transformaram em anjinhos. "Tudo bem, professora?", perguntaram, educadamente.

Chegou então um bando de amigas da Martha, todas de cabelo comprido esvoaçante e sandálias de dedo com brilhos; formaram um grupinho risonho e beberam vinho depressa demais, como que com medo de alguém lhes perguntar sua idade e tirar a bebida.

O salão foi se enchendo depressa, e o clima era bom, com um burburinho agradável e amistoso. A noite estava amena, com a luz suave e dourada do sol dançando em faixas sobre as ondas do lado de fora. Eu me comprazia totalmente com meu papel de anfitriã. O café era para isto: reunir a comunidade para uma ocasião especial. Não reconhecia ninguém – e, na verdade, como poderia? Todos eram moradores do vilarejo, tinham em casa suas próprias chaleiras e tabuleiros de bolo aos quais recorrer: não precisavam ir ao café, como os turistas. Gostei da ideia de que, embora o café fosse para os frequentadores da praia, de dia, à noite pudesse ser um local de encontro para os moradores locais.

Esta ideia estava claramente ocorrendo aos outros ao mesmo tempo, percorrendo o salão de modo quase visível, como uma onda. Durante a hora seguinte, um dos amigos do Jamie perguntou se eu consideraria deixar que eles usassem o café para o ensaio da banda, uma noite por semana, já que os pais de todos estavam cansados da barulheira; em seguida, uma das professoras perguntou se seu grupo de leitura também poderia fazer sua reunião mensal ali.

– Temos feito as reuniões no pub, mas lá é tão barulhento que não conseguimos ouvir nossos próprios pensamentos, que dirá discutir os pontos mais sutis da estrutura narrativa! – Deu então uma piscadela conspiratória. – Sem falar nas fofocas. Aqui seria um lugar perfeito.

– Por mim, tudo bem – respondi aos dois. – É claro. Quando quiserem!

Florence chegou nessa hora, justo quando conversava com a senhora do grupo de leitura, Elizabeth, e apresentei as duas, dizendo:

– Florence é nova no vilarejo. Ainda não conhece muita gente.

E a Elizabeth, que era um amor, convidou-a na mesma hora a participar da próxima reunião do grupo de leitura.

– Estamos lendo o novo livro da Kate Atkinson – disse. – Posso lhe emprestar meu exemplar, se quiser.

– Seria ótimo – respondeu Florence, toda contente. – Muito obrigada.

Deixei-as conversando, para cuidar do vinho e tornar a encher as taças das pessoas. Muitos outros convidados tinham chegado, e Jamie parecia tímido e exultante, conversando sobre os quadros com um grupo de pessoas. Apesar de o café estar cheio, não vi outros pontinhos vermelhos junto aos quadros, só o da peça com o coral cor-de-rosa, reservada para Lindsay. Torci para que houvesse pelo menos mais uma venda, pelo bem do Jamie. Mais cedo, ele tinha dito que expor os quadros era o que realmente importava, mas, mesmo assim... resolvi que compraria um, se ninguém mais o fizesse. Na verdade, dane-se, o café estava indo bem, especialmente com o dinheiro que arrecadamos com o jantar da noite de sexta-feira, e as pinturas eram obras de arte genuinamente notáveis.

Eu estava apenas dando uma olhada, pensando em qual deles ia escolher, quando vi que Ed tinha chegado e conversava com uma mulher que não reconheci. Hesitei, querendo ir até lá cumprimentá-lo, mas também estava um pouco sem graça. Se aquele beijo idiota não tivesse acontecido, eu não pensaria duas vezes em ir falar com ele, mas agora... Mordi o lábio. Ele estava lindo, com uma camisa de manga curta típica do verão, com os dois botões superiores abertos, e uma elegante calça jeans azul-marinho. Senti meu rosto esquentar só de olhar para ele.

Estava reunindo coragem para ir até lá – caramba, era o natural a se fazer, não? Evitá-lo só daria a impressão de haver um drama maior entre nós dois do que precisava ser –, quando Rachel entrou com uma mulher alta e esguia, de cabelo preto curtinho e grandes olhos castanhos.

– Evie! Quero que você conheça a Leah – disse, ao me ver, segurando a moça pelo braço e puxando-a até mim. – Leah é minha amiga de Melbourne, que acabou de chegar ao vilarejo. Lembra que eu disse que ela estaria procurando trabalho aqui? Bem, agora que Phoebe foi embora, se você precisar de outra garçonete...

– Pode contar comigo! – emendou Leah, com um sorriso, exibindo os dentes brancos e regulares. As covinhas apareceram em seu rosto moreno quando ela voltou um olhar afável para mim. – Oi, Evie. Este lugar é incrível.

Retribuí o sorriso, sentindo nela uma boa vibração. Pode me chamar de ingênua, mas eu adorava quando as pessoas elogiavam o café. Ele passara a ter uma ligação tão forte com a pessoa que eu era, que isso soava como um elogio pessoal. Ora, pensei. Às vezes era preciso seguir a intuição e, se ela era amiga da Rachel, devia ser uma boa pessoa.

– Oi, Leah – cumprimentei-a. – É um prazer conhecê-la, e seja bem-vinda a Carrawen! Por que não passa aqui amanhã de manhã, para conversarmos sobre o trabalho?

– Legal – disse ela. – Muito obrigada.

Fui encher minha taça – o vinho oferecido pela Lindsay estava descendo muito bem – e peguei a garrafa, para dar uma circulada e ver se alguém queria um pouco mais. E aí congelei no meio do caminho, olhando, horrorizada, ao ver a pessoa que havia acabado de chegar, quase esperando que uma música sinistra começasse a tocar. Era Betty. A terrível, malvada Betty da loja. A última pessoa que eu esperava ver cruzando minha porta. O que ela estava fazendo *aqui*?

Observei-a, disfarçadamente. Estava arrumada, para variar – até então, eu só a vira com um macacão de nylon e sua blusa polo de gola alta. Naquela noite, usava um vestido florido bem espalhafatoso, sandálias anabela e um colar de prata grosso. Fizera um penteado cacheado e estava usando batom. Puta merda. Era como ver a Noiva do Frankenstein entrar no café. *Para quem é essa gentileza toda?*, pensei. E, de novo, *que diabo* ela estava fazendo aqui?

Havia outra coisa estranha. Uma coisa que parecia meio fora de esquadro. Ah. Era isso. Ela estava *sorrindo*. Eu nunca tinha visto sua boca em outro formato que não o de uma careta de escárnio ou o de um sorriso de desdém, mas, agora, ela sorria para os quadros, com o rosto brilhando de apreciação. Caraca. Não me diga que ela era uma aficionada de arte enrustida! Não me diga que tínhamos nossa própria versão do crítico Brian Sewell bem ali em Carrawen?!

Ela vasculhava o salão como se procurasse alguém, e então pegou uma reta em direção ao Jamie, absorto na conversa com uma mulher de ar compenetrado, que estava – eba! – pegando um talão de cheques.

Ah, ótimo, pensei, abafando um grito. Jamie fez uma venda. E aí, no instante seguinte – *Ah, não. Betty, não! Fique longe do pintor, Betty*, exortei-a mentalmente, *não estrague o grande momento do Jamie, pelo amor de Deus!* Se eu bem a conhecia, ela ia fazer algum comentário ferino e rancoroso sobre o evento, e a mulher do talão de cheques ia mudar de ideia sobre a compra. Conhecendo Betty, aquele sorriso no seu rosto era maléfico, um sorriso de bruxa, e ela soltaria uma gargalhada medonha a qualquer instante: *muah-ha-ha-ha!*

Eu tinha que detê-la. Parti às cegas na direção dela, mas Betty era bem ágil nos saltos anabela e rumou direto para Jamie, como se tivesse uma missão. E então, ouvi uma coisa profundamente esquisita:

– Oi, mãe – disse Jamie.

Quase caí de costas. Oi, mãe? Betty era *mãe* do Jamie? De jeito nenhum. De jeito NENHUM! Por um segundo, achei que minha mente ia explodir. Como era possível uma coisa dessas? Sim, era um vilarejo pequeno, e sim, uma porção de gente conhecia todo mundo. Uma porção de gente parecia aparentar-se entre si, mas, mesmo assim… Como eu deixei isso escapar?

E aí veio o medo. *Merda!* Será que eu tinha dito alguma coisa horrível sobre ela na frente do filho? Provavelmente, tagarela como sou. Era quase certo, na verdade. Ai, meu Deus…

– Venha conhecer Verity – disse Jamie, pondo um braço nos ombros da Betty quando ela se aproximou. – Verity, esta é minha mãe, Betty. E, mãe, adivinhe só. Ela acabou de comprar um de meus quadros.

Minha boca estava aberta, mas tratei de fechá-la depressa. Jamie tinha vendido um quadro! Era maravilhoso. Mas, ai, caramba… Eu ainda tentava me recuperar daquela bomba. Como é que ninguém tinha me contado isso? Como é que o Jamie era tão meigo e normal, quando sua mãe era uma verdadeira bruxa velha?

Florence apareceu na minha frente e balancei a cabeça. *Vamos lá, Evie. Controle-se.*

– Estou me divertindo muito – disse ela, com uma piscadela. – Muito obrigada por ter me convidado, querida. Conheci umas pessoas muito amáveis e até comprei um dos quadros pequenos.

– Maravilha. – Foi minha resposta calorosa. – Fico realmente contente. Quer dizer que acabou sendo um bom aniversário, então?

– Ah, foi, um ótimo aniversário. E também tive uma notícia maravilhosa do meu filho, mais cedo, quando ele telefonou: ele vai voltar logo à Inglaterra, para trabalhar num novo documentário. Mal posso esperar para vê-lo.

– Ah, isso é esplêndido! – Os olhos dela estavam úmidos de emoção, que gracinha, e fiquei meio chorosa só de ver. – Fico muito feliz por você, Florence.

– Ele nem acreditou quando disse que ia sair hoje à noite para visitar uma exposição de arte – contou-me, com um risinho. – Disse: "É sério, mãe? Faz muito bem!" – Florence sorriu. – Estou muito contente por você ter me convidado para vir aqui hoje. Eu estaria encarando o teto e me sentindo muito triste, se tivesse ficado em casa.

– Bom, para mim, foi realmente um prazer você ter vindo. E trate de espalhar a notícia sobre nossa noite das garotas, sim? Convide quem você quiser. Quanto mais gente, melhor, é o meu lema.

Percebi que a Betty estava se aproximando de nós. Parecia atipicamente nervosa, com o rosto vermelho, a boca pintada franzida.

– Você tem um minuto? – perguntou.

– É claro. Florence, você nos dá licença?

Betty e eu nos afastamos para um lado, longe da multidão. Ela pigarreou, encabulada, e remexeu num dos brincos gigantescos.

– Quero lhe agradecer – começou, em voz baixa. – Obrigada por ter dado uma oportunidade ao Jay. Meu filho está nas nuvens por causa disso.

Fiquei – não há outra palavra – boquiaberta. Totalmente boquiaberta. A Betty... sendo gentil. A Betty... dizendo obrigada! Será que um daqueles alienígenas de *Os Invasores de Corpos* tinha passado um dia em Carrawen Bay recentemente? Será que, na verdade, o que estava diante de mim era um ser biônico, usando vestido espalhafatoso e batom?

Percebi que a olhava fixo e me apressei em responder:

– O prazer é todo meu. Ele é um rapaz encantador, e seus quadros são fantásticos. Ele merece uma chance.

Agora Betty retorcia as mãos, com um ar incrivelmente constrangido. Uma camada fina de suor brotava em sua testa.

– Também preciso dizer outra coisa: sinto muito. Eu... – Vi que lutava para forçar as palavras a saírem. – Fui meio injusta com você. Eu a julguei mal. E...

Minha nossa! Aquele dia estava ficando cada vez mais esquisito. Eu tinha mesmo ouvido um "sinto muito" e um "obrigada", arrancados por ela daquela boca que só proferia insultos? Cheguei quase a esperar que um raio atingisse o café, como num cenário bíblico do Apocalipse.

– E peço desculpas – tornou a dizer.

Puta *merda*. PUTA MERDA! Achei que ia cair dura. Será que alguém colocou algum alucinógeno no vinho? Eu só podia estar imaginando aquela conversa. Betty parecia tão sem jeito, que senti pena.

– Sem ressentimentos – garanti, quando recobrei o fôlego, depois dessa reviravolta inesperada no rumo dos acontecimentos.

– Eu gostava muito da sua tia – continuou Betty. – Foi muito triste vê-la partir. E, quando você chegou, achei que ia bagunçar tudo e... – Balançou a cabeça, de olhos baixos. Eu nunca a vira tão humilde. Mansa, até. Betty Malévola, mansa! – Bem, eu estava errada. O que você fez pelo Jamie, o que fez pelo café, é mesmo muito bom.

– Obrigada, Betty – falei, ainda meio atordoada. – Eu lhe agradeço por isso. – E em seguida, para aliviar um pouco as coisas, já que o clima entre nós tinha ficado muito sombrio, muito confessional, acrescentei: – Certo! Bem, acho que, depois disso, nós duas merecemos uma bebida, não é?

Servi para as duas uma grande talagada de vinho.

– Saúde! – disse, tocando minha taça na dela. – Ao Jamie e a uma ótima noite!

– Saúde – repetiu Betty. – Estou tão orgulhosa dele que nem sei lhe dizer. Tão orgulhosa.

A noite ia ficando mais estranha a cada minuto, mas eu estava me divertindo. E ter a Betty, minha antiga nêmesis, ao meu lado só podia ser um bom sinal, não é?

Às nove, quatro quadros do Jamie tinham sido vendidos e ele tinha ouvido elogios e cumprimentos a noite inteira. Alguém havia até manifestado interesse em lhe encomendar a pintura de um mural para um banheiro. Dizer que ele estava exultante era um eufemismo gigantesco. Eu também estava exultante. Toda aquela noite fora um sucesso estrondoso. Todos pareciam ter se divertido, e eu tivera uma experiência surpreendente de convívio, conhecendo uma porção de moradores simpáticos, que de um em um me disseram quanto a Jo teria sentido orgulho de mim e como era maravilhoso ver o café indo tão bem. Eu havia convidado uma porção de mulheres para a "noite das garotas" inaugural, inclusive (depois da quinta taça de vinho) a própria Betty, a matriarca do vilarejo. Quem poderia ter previsto isso?

Ed, Annie, Martha, Jamie e minha nova amiga Betty me ajudaram a recolher as taças e os pratos vazios, depois me desejaram uma boa noite e foram para casa. Todos menos Ed, na verdade. Nós nos olhamos num silêncio estranho e encabulado, e eu me senti enrubescer.

– Quer dar uma volta na praia? – perguntou ele, após um momento, pegando uma das garrafas de vinho pela metade que havia sobrado. – Está uma noite bonita.

A noite *estava* bonita – céu flamante em tons de vermelho e escarlate, ar ainda quente, apenas com a mais leve das brisas. E Ed continuava extremamente lindo.

– Sim – respondi. – Quero, sim.

E aí disse "sim" pela terceira vez, para finalizar, e ri.

– Então, vou entender isso como um sim – disse ele, e me estendeu a mão. Segurei-a. E saímos andando juntos para a praia.

– Gostei muito desta noite – afirmou Ed, como se não houvesse nada de extraordinário em estarmos de mãos dadas.

Eu, por outro lado, mal podia respirar, por causa das sensações que percorriam meu corpo inteiro. *Estamos de mãos dadas*, fiquei repetindo mentalmente. *Estou de mãos dadas com o Ed. O que isto quer dizer? Ele superou a perda da ex? O que vai acontecer?*

– Oi? – perguntei, tentando silenciar a vozinha boba na minha cabeça. – Você gostou muito desta noite? Ah, eu também. Não foi o máximo? Aquela gente toda. E a cara do Jamie! Ele pareceu muito feliz.

– Pareceu. Saiu tudo perfeito, não foi? – Ele apertou minha mão, parou de andar de repente e apontou para a duna à nossa direita. – Este parece um bom lugar. Vamos nos sentar aqui.

Eu estava gostando tanto da história de andar de mãos dadas que quase protestei por ter que parar, mas consegui não soltar nenhum comentário idiota.

– Boa ideia – disse, tentando soar descontraída.

Sentamos na areia fria e áspera, com a duna às nossas costas. Uma brisa sussurrava por entre o capim duro e espinhoso que crescia ali, e o vaivém das ondas na praia soava onírico e hipnótico. O céu foi ficando mais escuro a cada minuto, e pude ver as primeiras estrelas surgirem. Como eu gostava de morar na praia, pensei, contente. Já não conseguia me imaginar voltando para Oxford.

Ed serviu vinho em nossas taças e brindamos com elas.

– Sucesso – disse ele. – Sucesso para o café e para você também, Evie. É você que faz dele algo realmente especial.

– Ah, Ed – reagi, sem graça e contente, ao mesmo tempo. – Não sei se é bem isso, não…

– Bem, eu sei. Foi você que fez o evento de hoje acontecer, que reuniu todas aquelas pessoas. Você foi simplesmente… brilhante.

Enrubesci e abri a boca para dizer alguma coisa autodepreciativa, mas ele continuou a falar:

– Estou aqui há quanto tempo? Seis semanas, agora, e esta foi a primeira vez que realmente vi muitas pessoas do vilarejo reunidas. E elas também gostaram disso, dava para perceber.

– Adorei ver tantos moradores aparecerem – concordei. – Foram muito simpáticos, não é? Isso fez com que eu me sentisse parte do vilarejo, como se aqui fosse o meu lugar. E muitos deles também conversaram comigo sobre a Jo, a minha tia que era dona do café. Fiquei com a sensação de que, de algum modo, ela também estava presente, olhando para nós e erguendo uma taça para todos, provavelmente.

A garrafa estava entre nós, fincada na areia, e ele a afastou para o outro lado, para poder chegar mais perto de mim:

– Escute, sobre o que aconteceu na outra noite... – começou. – Eu não queria ter agarrado você daquele jeito, mas...

Eu me encolhi. Ele estava *arrependido*. Não era isso que eu queria ouvir.

– Ai, meu Deus, não comece de novo com isso – interrompi, as palavras saindo confusas, no meu constrangimento. – Sei que foi um erro, sei que não era sua intenção e que, provavelmente, você preferia não ter feito aquilo, mas...

– A questão – disse ele – é que não foi um erro.

E, antes que eu pudesse dizer qualquer coisa, ele se virou para mim, segurou meu rosto entre as mãos e me beijou.

Retribuí o beijo. Ele me envolveu nos braços e trocamos beijos e mais beijos, e foi incrível – exatamente tão fantástico quanto tinha sido na cozinha. A sensação foi de que era a coisa certa, de que éramos feitos um para o outro, de que nosso encontro estava escrito nas estrelas. Estava acontecendo. Continuou a acontecer...

Ele me soltou e sorriu. O céu ao redor era de um tom azul-escuro intenso, mas vi a suavidade do olhar dele e me senti derreter inteiramente por dentro, com todas as terminações nervosas tremendo. Nossa. Ele beijava bem. Beijos fantásticos.

– Você é fantástico beijando – falei, sentindo-me bêbada e zonza, incapaz de impedir que as palavras saíssem sozinhas.

Ele riu.

– Você também não deixa a desejar – replicou.

Deslizou um dedo pela lateral do meu rosto, e todas as minhas células pareceram estremecer.

– Certo, então, esta é a parte em que você me diz que não devemos mais nos beijar, por causa daquela história de traumas amorosos? E aí, eu começo a falar em bolas e a dar vexame, e nós dois ficamos constrangidos?

Forcei um risinho, mas meu coração estava disparado. Eu precisava saber, de verdade.

Ed balançou a cabeça e respondeu:

– Não. Esta é a parte em que eu digo que estou me apaixonando por você.

Começo a rir. Sei que não foi uma resposta apropriada, mas ele me pegou tão desprevenida, que foi uma reação automática, nascida do constrangimento. Além disso, suas palavras soaram como algo tirado de um filme brega.

– Não ria – censurou ele. – Não é para você rir!

– Desculpa. Eu só... – Sorri para ele. – Vamos, fale de novo, e juro que não rio desta vez.

Ele revirou os olhos.

– Meu Deus, às vezes você dificulta tanto as coisas. Está bem. Eu falo de novo. – Segurou meu rosto com uma das mãos e olhou fundo nos meus olhos. – Evie Flynn, estou me apaixonando por você.

Não ri daquela vez. Um calafrio percorreu meu corpo, seguido por um profundo desejo.

– Ed – falei, imprudente, enquanto tomava uma decisão ali mesmo, naquele instante. – Quer ir lá para casa?

Capítulo Vinte e Três

Não vou contar exatamente o que aconteceu em seguida. Não tudo, pelo menos. Certas coisas são muito particulares, não é? Mas direi apenas que tudo se tornou tão passional e urgente ao voltarmos ao interior do café que, quando dei por mim, o balcão acabou sendo batizado de um modo bastante especial. *Evie Flynn, sua assanhada*, pensei, enquanto nossas roupas caíam no piso do café. Por uma fração de segundo, a parte sensata do meu cérebro lançou uma indagação: *Será que é cedo demais? Estamos precipitando as coisas? Deveríamos passar mais um tempo de mãos dadas, só nos amassos, antes de ficarmos nus?*

A parte lasciva do meu cérebro descartou imediatamente essa bobagem. *Ora, cale a boca! Não posso esperar nem mais um segundo. Estou louca de desejo por este homem. E eu... ooooohh.*

Então, é. Sim. O sexo ardente, frenético e picante no balcão foi a ordem do dia. (*Prato especial de hoje...*) E foi bom. Bom demais. Também posso confirmar que minhas fantasias oníricas sobre o som desse homem das cavernas não ficaram muito longe da realidade. Ah, e os sanduíches de bacon que ele fez para nós dois depois foram os mais deliciosos que já comi, ainda que eu tenha tido um ataque de riso ao vê-lo nu usando apenas o avental de chef.

Ele brandiu a espátula para mim, ao me ouvir dar risadas.

– Gordura quente nos órgãos genitais não tem nada de engraçado – disse, em tom severo.

– Desculpa, mas não posso levá-lo a sério quando seu traseiro fica assim de fora, com os cordões do avental pendurados. – Tornei a rir. – Mas é uma bela visão, de verdade. Saída diretamente de um calendário obsceno.

Ele fez pose.

– O que você acha, eu poderia me passar por Mr. Outubro?

– Está mais para Mr. Pautubro – respondi, infantilmente, e ri da minha própria piada sem graça. Pus um avental e fiz uma pose idiota comparável: mão na cintura, olhando por cima de um dos ombros, com ar sedutor, um dos dedos sobre os lábios. – Miss Jantraseiro – informei, com ar recatado.

– Gostei – disse ele, arqueando uma sobrancelha. – Gostei muito, aliás.

Sentamos para comer os sanduíches de bacon numa das mesas, ele me envolvendo com um dos braços, eu aninhada nele. Não sei ao certo o que era mais saboroso, o sanduíche ou Ed.

– Então... – comecei, mas me contive.

Já ia entrando naquele clássico papo confessional pós-sexo, quando a gente começa a contar segredos e intimidades um ao outro, só que, no último segundo, não tive certeza de que ele ia topar.

Talvez ainda não nos conhecêssemos muito bem, apesar de havermos transado num louco frenesi minutos antes. Eu não queria quebrar o encanto começando um interrogatório.

– Então... – Ele engoliu o último pedaço de seu sanduíche e apertou meu ombro. – Acho melhor eu voltar. A pobre da cadela deve estar querendo saber o que ando fazendo.

Senti meus ombros murcharem com a decepção. Tinha me esquecido da Lola. Havia presumido que Ed poderia ficar a noite toda, que nos aninharíamos na minha cama e, com sorte, transaríamos de novo – talvez mais devagar e com mais ternura, dessa vez, fitando os olhos um do outro, observando cada uma das nossas reações. Era óbvio que ele tinha outros planos. Ceeeerto.

Estou me apaixonando por você, dissera ele lá nas dunas, e as palavras me doeram. Teria sido só papo para transar comigo? E agora ia se mandar para casa? Parecia muito mesmo o tipo de comportamento de quem está apaixonado. Pelo jeito, eu devia ter ficado na fase dos beijos por mais tempo em vez de mandar a cautela para o espaço e jogar minha roupa no chão.

Que droga.

– Certo – concordei, tentando soar como se não estivesse chateada. Eu me levantei depressa e, com o sacolejo, afastei seu braço com rispidez. – É isso, então. – Ocupei-me com a louça, me posicionando de tal jeito que ele não pudesse ver minha bunda nua, e desejando estar usando alguma coisa mais substancial do que aquele avental ridículo. Sentia-me muito bêbada, muito cansada e muito nua e, de repente, só queria que ele fosse embora. – A gente se vê amanhã.

Ele me encarou.

– Evie, o que houve? Por que toda essa irritação? – perguntou, segurando meu braço.

O jeito de ele me segurar fez meus dedos escorregarem nos pratos, que, no instante seguinte, espatifaram-se no piso de lajotas, com um estardalhaço terrível. Tive vontade de chorar. Estava dando tudo errado.

– Puta merda – resmunguei entre os dentes, sentindo o pior mau humor de todos os tempos.

– Eu queria *muito* poder ficar – disse ele, ainda segurando meu braço. – De verdade. Não sou chegado a sexo casual, não sou desses. Gosto mesmo de você, Evie. Achei que havia uma coisa boa acontecendo entre nós e gostaria de... de ver o que vem depois.

– O que acontece depois é que tenho que varrer estes pratos quebrados antes que cortemos os pés – retruquei, azeda, ainda sem olhar para ele. Houve uma pausa e senti uma medonha amargura fervilhando dentro de mim. Aí, levantei os olhos para ele. Talvez estivesse sendo injusta. Ele realmente *parecia* sincero, reconheci a contragosto. – Desculpe – eu disse, após um momento. – É que estou cansada e... – Dei de ombros, tornando a desviar os olhos e a me sentir vulnerável. Não queria parecer carente e grudenta, queria parecer confiante e ter o controle da situação. Não era fácil. – É só que achei que você ia ficar – acabei dizendo, carrancuda.

– Eu adoraria ficar. Evie, eu adoraria, mas... Outra hora, está bem?

Aproximou-se e tocou meu rosto, e todo o meu corpo tornou a amolecer.

Assenti, sentindo-me um pouquinho melhor.

– Outra hora – concordei, e já fiquei na expectativa.

Depois de varrermos tudo e de ele ir embora (após um beijo gostoso e demorado à porta), subi para me deitar, mas estava tão elétrica com o que havia acabado de acontecer que dormir pareceu impossível. Minha cabeça dava a impressão de ter retrocedido à adolescência e ficava repetindo *Ah, meu Deus!*, de novo e de novo, entremeado com *Transei com o Ed, e foi incrível!*

Foi difícil resistir a mandar uma mensagem para a Amber e lhe contar tudo. Queria muito fazer isto! Mas eram duas da manhã, e eu sabia que ela dormia com o celular ao lado da cama, de modo que ia acordá-la, e provavelmente ela iria ficar tão chateada comigo que nem se empolgaria direito. Ninguém sairia ganhando com isso.

Em vez disso, mandaria um e-mail, decidi, jogando as cobertas longe e descendo para o térreo. Mandaria uma mensagem longa e picante, desafogando tudo, na esperança de interromper o loop de *Ah, meu Deus!* que continuava a soar na minha cabeça. E aí eu dormiria. Com sorte, tendo outro sonho sordidamente obsceno com Ed, para me distrair entre esse momento e a hora de soar o despertador.

Liguei o computador e preparei uma xícara de chocolate quente, enquanto esperava que ele iniciasse. Abri minha conta do e-mail e já ia pressionando a opção Nova Mensagem quando algo me chamou a atenção na caixa de entrada. Um e-mail da Amber com "Ed" como assunto. Nossa, que coincidência! Será que, de algum modo, ela havia captado telepaticamente nossas aventuras sexuais?

Abri o e-mail, intrigada. E então, quando li a mensagem, senti o corpo enrijecer e o coração despencar. O loop de *Ah, meu Deus!* parou abruptamente, um novo surgindo em seu lugar: *Ah, merda. Ah, merda. Ah, merda!*

Oi, Evie,

Como vão as coisas? Tentei telefonar mais cedo, mas o telefone tocou sem parar. Estava na farra, é, madame? (E quando é que você vai mandar consertar essa droga de secretária eletrônica, pô? Estamos no século XXI, amiga.)

Eu tinha esperança de conversar com você, porque tenho uma coisa séria para contar. Não sei bem como dizer isto, então vou ser direta. Descobri uma coisa horrível sobre o Ed. Eu me lembrei de você ter dito que ele vinha fazendo mistério sobre o restaurante em que trabalhou, e agora sei por quê. Foi uma dessas coincidências: Carla e eu estávamos limpando o estoque da loja e havia uma pilha de jornais velhos que não tinha ido para a reciclagem. Consegui derrubar um balde de água e, por isso, abri um deles para secar o chão – e vi uma foto do Ed no jornal. Achei que estava imaginando coisas, mas era ele, com certeza. Acontece que ele foi acusado de agressão, uns meses atrás, e o restaurante – o restaurante dele – faliu. Também descobriram toda sorte de falcatruas nos documentos: uma grande confusão financeira. Agora ele está falido e parece que a situação está bem ruim. O nome completo dele é Ed Gray, dê uma olhada no Google para encontrar as notícias.

Lamento ser portadora de más notícias, mas realmente achei tudo muito suspeito. É melhor arranjar outro chef rapidinho. E não se envolva com ele de jeito nenhum!

Mudando para um assunto mais animado, eu...

Não pude absorver mais nada. Minha cabeça dava voltas, como se eu tivesse acabado de sair de um passeio de montanha-russa num parque de diversões. Ed, o meu Ed, acusado de agressão? Falido? Negociações financeiras escusas? Não. Não! Eu não podia acreditar. Não queria acreditar. Por favor, não permita que seja verdade...

Reclinei-me na cadeira, incapaz de associar essa história chocante ao Ed que eu havia passado a conhecer e – sim, tudo bem, por quem estava apaixonada. Sem falar em ter mantido relações sexuais tórridas com ele, no meu café, fazia apenas duas horas. Eu estava numa espécie de sonho esquisito, era isso. Estava bêbada e cochilando, e minha mente me pregava peças malucas.

Eu me belisquei. Ai! Tudo bem, então não é um sonho. Eu estava mesmo sentada ali, na vida real, e tudo aquilo era verdade.

Reli todo o e-mail da Amber, mais devagar desta vez, para o caso de ter entendido algo errado. As palavras foram exatamente tão feias e chocantes quanto da primeira vez. *Merda.* Se era verdade, então... Detive-me antes de ir mais longe. Não podia ser verdade. Simplesmente não podia. Os jornais viviam cometendo erros, não é? E talvez a própria Amber houvesse entendido mal. Havia usado o jornal para secar água, afinal – talvez a água tivesse borrado as letras e a foto, talvez aquele cara nem fosse o Ed, para começo de conversa.

Talvez.

No entanto, quanto mais eu pensava nas palavras da Amber, mais tinha um medo insidioso de que, a rigor, pudesse haver nelas um fundo de verdade. Detestei ter que admitir, mas os fatos se encaixavam: ele era genioso, eu mesma vira isso, na hora em que tinha achado que ia socar o Ryan. E toda aquela paranoia, o medo de ser reconhecido pelos fregueses, e o modo como se recusara a deixar que tirassem sua foto para o jornal – tudo combinava. Que outra razão um chef talentoso como o Ed teria para fugir para a Cornualha e se esconder por semanas a fio, se não se envergonhasse do que havia acontecido? Lá se ia minha teoria de que ele havia deixado Londres por causa de uma desilusão amorosa. Isso era muito mais complicado.

– Ai, *saco*! – Eu gemi, entrando em desespero.

Não era de admirar que ele não quisesse me contar nada sobre seu restaurante. Não era de admirar que não tivesse dado nem mesmo seu sobrenome. Apoiei a cabeça nas mãos, querendo muito que nada daquilo fosse verdade. Bem, só havia um jeito de descobrir.

Abri outra aba no navegador, entrei no Google e hesitei. Senti-me uma covarde por caçá-lo dessa maneira na internet. Não deveria apenas ir diretamente até ele e fazer as perguntas, obter as respostas da própria fonte?

Sim. É claro que deveria. Seria absolutamente correta essa postura. Mas eram duas da manhã e eu não conseguia esperar mais. Precisava saber de tudo neste exato momento, antes que meu cérebro implodisse.

"Ed Gray chef", digitei na barra de busca, detestando-me um pouco por isso. E aí, antes que pudesse mudar de ideia, pressionei Enter.

Um segundo depois, a tela estava cheia de links. Obriguei-me a examiná-los. Havia links para o *Guardian*, o *Times*, a BBC News, o *Independent*, e avistei as palavras "falido" e "conduta violenta" antes mesmo de chegar à metade da página. Certo, então parecia ser tudo verdade. Essas eram fontes boas, confiáveis. Não era possível que todos aqueles jornalistas houvessem entendido mal a história: ela estava ali, preto no branco. E o que eu devia fazer?

Não se envolva com ele de jeito nenhum!, tinha aconselhado Amber. Bem, era meio tarde para isso, não?

Era o meio da madrugada, eu havia bebido litros de vinho e devia rastejar de volta para a cama e apagar, para dar um descanso a meu cérebro. Mas é óbvio que não ia fazer isso. É óbvio que não descansaria enquanto não houvesse vasculhado obsessivamente cada matéria sobre Ed, catando todos os fatos que fosse possível e me torturando um pouco mais a cada site.

Já havia passado das três da manhã e meu chocolate quente jazia lá, intocado e não mais correspondendo à própria descrição. Eis o que descobri: Ed tinha sido proprietário de um restaurante do West End chamado Silvers, que servia a moderna culinária britânica com um toque especial, segundo a crítica da *TimeOut* na internet. Sua média no site Toptable era de quatro estrelas. "Comida excelente, vamos voltar", escrevera um crítico. (Agora não, eles não voltariam, pensei com amargura.) Além disso tudo, também descobri que Ed havia administrado o restaurante com sua esposa – sim, sua *esposa* –, Melissa, embora eles estivessem separados desde os acessos violentos do marido. ("SAINDO DA FRIGIDEIRA", dissera a manchete do *Sun*.) Ela havia pedido o divórcio, ele havia decretado falência e, em seguida, os dois sumiram do mapa.

Que história adorável. Que leitura perfeita para a hora de dormir. A única coisa que faltou foi "E todos viveram infelizes para sempre".

Minha cabeça continuou a girar, tentando entender aquilo tudo. Betty tinha sugerido que havia alguma coisa suspeita a respeito dele, não é? Será que ela sempre soubera? E por que o Ed resolveu se envolver com meu café, para começo de conversa, considerando o que havia acontecido com o Silvers? Seria tudo um golpe complexo, um daqueles "grandes golpes" que a gente via no seriado *Hustle*, um golpe em que ele teria planejado me roubar, desde sempre? Seria uma armação contra mim?

Não. Com certeza, não. Eu não era tão ruim assim na avaliação do caráter, era? Tinha confiado nele, gostado dele, ele me parecera autêntico. Mas, por outro lado, tinha se revelado um criminoso violento, e eu não tinha identificado isso, tinha?

Encare a verdade, Evie. Uma vez otária, sempre otária.

Desliguei o computador quando minha cabeça começou a doer e subi, para passar o resto da noite me virando de um lado para outro na cama e tentando não chorar no travesseiro.

Devo ter pegado no sono, porque acordei com outra ressaca, achando que poderia morrer a qualquer segundo, com uma sede dos infernos e a cabeça latejando. Os acontecimentos da véspera foram rolando na minha mente, um após outro, o que resultou num desespero crescente.

Viva! – a festa do Jamie!

Uau! – a transa com o Ed!

Ah, merda! – descobri que ele era um vigarista mentiroso, violento e falido.

Argh! – eu estava com a pior ressaca de todos os tempos e com vontade de não levantar da cama nunca mais.

– É ótimo estar viva – falei com sarcasmo, e fechei os olhos, na esperança de ter imaginado por completo os eventos finais da noite anterior.

Mas não tinha, não é? Nem mesmo minha imaginação maléfica seria capaz de me castigar de forma tão perversa, com uma reviravolta tão terrível dos acontecimentos. E o pior, me dei conta com um gemido, era que eu teria que confrontar o Ed com o que havia descoberto. Como poderia não fazê-lo? Como poderia fingir que estava tudo bem?

Ah, fantástico. O dia já era um desastre completo e fazia apenas dois minutos que eu estava acordada.

De alguma forma, arrastei-me até o chuveiro, onde esfreguei furiosamente a pele, como se pudesse lavar as lembranças de onde Ed havia me tocado, da sensação de seu corpo contra o meu. Não, não estava funcionando. Na verdade, só pensar nessas coisas fazia aumentar meu desapontamento com o colapso tão rápido de nossa relação. Ah, Ed... por que você tinha que se revelar um homem tão *ruim*?, pensei, desolada. Especialmente quando eu pensava que você era tão, tão bom.

Não pude engolir o café da manhã. Não sentia o menor entusiasmo pela ideia de passar o dia inteiro servindo comida e bebida. Não sentia entusiasmo por nada, pensando bem, a não ser voltar para o consolo da minha cama e passar vários meses lá. Minha pele estava pálida, manchada e áspera como um par de botas velhas. Pela primeira vez, considerei seriamente nem abrir o café, apenas pendurar a placa de "Fechado" e barrar a entrada de todos.

Aí, imaginei a expressão de desapontamento da Jo, se eu fizesse uma coisa dessas. Lembrei-me das palavras gentis que todos tinham dito sobre o café na noite anterior. Lembrei-me de que, no fim das contas, eu era uma mulher de negócios e tinha que encarar o que aconteceu como uma experiência comercial infeliz. Esquecer o romance, esquecer toda aquela bobagem sentimental. Era tudo um monte de besteira – e mais do que hora de eu me dar conta disso. E eu não tinha feito nada errado nessa trapalhada, o

Ed é que havia tentado me enganar. Eu manteria a cabeça erguida, mandaria o Ed embora e contrataria um dos meus candidatos a chef para seu lugar.

– Só uma experiência comercial infeliz – murmurei para mim mesma, quando fui ligar a cafeteira. Acontecia com qualquer um. Eu a superaria com o tempo. Algum dia.

Então gelei. Os dois aventais estavam em cima do balcão, os que Ed e eu tínhamos usado na noite anterior. *Mister...* como é que eu o tinha chamado? Pautubro, era isso, lembrei, com uma careta. Já não parecia tão engraçado. Na verdade, me deu vontade de chorar. Peguei os dois e os enfiei na máquina de lavar da cozinha, para tirá-los da minha frente.

– Bom dia, minha linda!

Ouvi a voz e os passos do Ed e enrijeci. Desejei não ter descoberto aquilo tudo na noite anterior. Se eu ainda estivesse no escuro sobre seu passado, poderia ter replicado com um "Bom dia, meu gostoso!", ou algo igualmente descontraído e sexy; poderíamos dar uns amassos ali mesmo, na cozinha, sorrir um para o outro, sentir felicidade e paixão e, provavelmente, um tesão abrasador.

Em vez disso, senti-me vazia. Sentia apenas dor, e ela não vinha apenas das toxinas da ressaca. Ele devia ter me contado, pensei, arrasada. Não devia ter me feito de boba.

– Bom dia – respondi em voz baixa, fechando a porta da máquina de lavar.

Respire fundo, Evie. Vamos acabar logo com isso.

Ele parou à porta, ao ver meu rosto.

– Está tudo bem? – perguntou, apreensivo.

Balancei a cabeça.

– Não. Na verdade, não, Ed...

– Se é por eu não ter ficado, lamento muito – interrompeu ele. – Eu me senti péssimo ontem, ao ir embora. Só tenho que cuidar da cachorra por mais uma semana, e depois disso, vou poder...

– Não – retruquei, cortando sua fala. – Não é isso.

Um silêncio incômodo tomou conta da cozinha.

– Ah – fez ele, confuso. – Bem, o que houve? Você não está arrependida de ontem, está?

– Não. Bem... não. Enfim, não me arrependo de ter transado com você.

Ele se retraiu, como se não tivesse gostado do que eu disse. Azar o dele. Agora, a coisa ia ficar séria.

– Evie, você está parecendo fria mesmo. O que houve? Não estou entendendo.

Cruzei os braços.

– Eu também não entendo, Ed Gray – respondi, cuspindo seu nome. – Não compreendo por que você não me contou sobre sua esposa ou da falência do seu restaurante, nem de você ter sido acusado de agressão. Não entendo nada disso.

Houve um silêncio terrível, latejante, quando acabei de falar. Ele pareceu horrorizado, e meu coração partiu-se um pouco mais. Então, era verdade. Apesar de ter visto todas as reportagens e as fotografias dele na internet com meus próprios olhos, ainda havia um pedacinho de mim que tinha esperado que não fosse verdade. Errou de novo, Evie.

– Como foi que você… digo, quando é que você… – Sua voz foi-se extinguindo e ele baixou a cabeça. Eu nunca o tinha visto tão inseguro, tão abatido. – Não é o que você está pensando – disse, após um momento.

– É mesmo? – retruquei. – A questão, Ed, é que não sei o que pensar. – Respirei fundo, já detestando ter esta conversa. – Eu gostei de você. Gostei mesmo. Achei que você era uma boa pessoa. Mas, agora que vi tudo aquilo na internet, eu…

Ele levantou repentinamente os olhos.

– O que você quer dizer?

Foi minha vez de hesitar, ao ver o brilho defensivo e quase raivoso em seus olhos.

– Eu não conseguia dormir ontem à noite, por isso abri meu e-mail – comecei, resolvendo não acrescentar a parte sobre querer escrever um e-mail piegas com fofocas sobre ele. – Minha amiga Amber me mandou uma mensagem, dizendo ter visto uma matéria sobre você nos jornais, e…

A essa altura, ele estava irritado, os dentes cerrados e o corpo tenso, como que prestes a ter um acesso de raiva.

– Ah, sei, deixe-me adivinhar: você resolveu fazer um trabalho de detetive, não foi? Fez umas buscas no Google e achou umas fofocas interessantes? – Deu um murro na bancada, e eu recuei um passo, lembrando das alegações de agressão e me sentindo acuada. – Uau, isso é ótimo. Fico muito contente por você ter feito isso. Já tirou suas conclusões a meu respeito, não é? Está tudo ali, preto no branco, então deve ser tudo verdade.

– Pare de gritar comigo – falei. – E, sim, está certo, fiz buscas sobre você. E ainda bem que fiz isso! Você ia me contar alguma dessas coisas, ou ia só continuar me tratando feito uma idiota?

Houve um momento de silêncio. Comecei a achar que ele ia concordar que, sim, tinha planejado me enrolar feito uma idiota, quando ele balançou a cabeça.

– De que adianta? – resmungou, amargurado. – Não vai fazer diferença.

Precipitou-se para a porta e eu fiquei olhando, enquanto minha mente levava um segundo para entender.

– Espere! O que está fazendo? – chamei. – Aonde você vai?

– Aonde você acha que vou? – gritou, virando para trás. – Não posso ficar aqui se você acredita naquela merda toda. – Parou junto à porta e me lançou um olhar frio, como se me odiasse. – Eu me demito.

E, com isso, saiu do café, enquanto eu o fitava de queixo caído. Certo. E agora? Eu tinha acabado de perder meu chef, assim como todo o resto?

Pus uma das mãos no rosto, atordoada. Bem, parecia que sim. E, de verdade, o que eu estava esperando? Que ele dissesse, *Ops, é, você me pegou no flagra, mas isto não muda nada, muda?* Não foi exatamente uma surpresa que ele se pusesse na defensiva e fosse embora. Eu teria feito o mesmo, se alguém houvesse acabado de descobrir que eu era uma criminosa mentirosa e violenta.

Senti certo mal-estar quando estas palavras me vieram à cabeça. Porque ainda não podia propriamente aplicá-las ao Ed, em nenhum sentido real. Ele não uma pessoa ruim. Sempre fora tão charmoso. É, mas não chegou realmente a negar nada, não é?, assinalou meu cérebro, muito prestativo. *Não pareceu ter pressa em contar seu lado da história. Isso é que era ser esquivo. Isso é que era agir como culpado!*

Soltei um gemido e fui preparar um expresso para mim.

Expresso triplo. Precisava de alguma coisa que me sacudisse, me tirasse de mim mesma, desse um choque em meu corpo para fazê-lo lembrar que estava acordado e precisava funcionar direito. Uma coisa era certa: com aquela discussão ainda em mente e sem um cozinheiro, aquele ia ser um dia difícil para mim.

A porta se abriu e eu me virei, esperançosa. Seria o Ed voltando, para consertar as coisas e se explicar?

Não. Eram Rachel e Leah, ambas num clima irritantemente animado e sem ressaca. Droga.

– Bom dia – falei, tentando esconder minha decepção.

– Oi, Evie – responderam em coro.

Apanhei-me dando uma rápida olhadela no balcão, pois de repente a consciência pesada me atormentou, com a ideia de que eu podia ter deixado minha calcinha por ali, ou talvez houvesse uma mancha de... bem, você sabe. Fluidos secos. Parecia bem limpo, mas eu ia me certificar de dar uma boa esfregada quando tivesse chance.

– Eh... querem café? – perguntei, me lembrando dos bons modos.

Preparei cafés para nós três, depois mostrei os macetes à Leah.

– Acho que o Ed não vem hoje, então vou ligar para uma agência de empregos temporários, para ver se podemos encontrar alguém para cobrir o turno dele – fui inventando enquanto falava. – Mas, caso contrário, talvez eu tenha que ir para a cozinha preparar o almoço, está bem? Mas a Rachel vai ajudar você, e então, vamos ver como ficamos.

Vamos levar na conversa, em outras palavras, pensei comigo mesma, amarga. Se bem que ficar sozinha na cozinha teria certo atrativo, eu tinha que admitir. Nem metade do atrativo de quando o Ed estava lá, preparando os pratos, porém ao menos eu não teria que manter um sorriso enquanto servia os fregueses o dia inteiro. Ao menos poderia manter a cabeça baixa e ficar nos bastidores. É claro que isso significava que eu teria que fazer todos os pratos, como entendi uma fração de segundo depois. Não estava certa de que aguentaria o cheiro de ovos e bacon fritando sem vomitar por toda parte.

Não tive sorte com nenhuma das agências que tentei.

– Talvez eu possa arranjar alguém amanhã – foi a melhor oferta que recebi.

– Sim, por favor – respondi, cansada, embora tivesse a secreta esperança de que as coisas não chegassem a isso. Ed certamente voltaria e resolveríamos nossos problemas, não é?

O som da porta do café se abrindo interrompeu meus pensamentos e saí depressa do escritório, torcendo para que fosse o Ed reaparecendo graças à força da minha telepatia. *Eu não estava falando sério. Desculpe ter saído e largado você aqui. O mínimo que posso fazer é explicar...*

Não era o Ed. Mesmo assim, ao menos foi a segunda melhor coisa: Phoebe. Veio sozinha, com ar bastante inseguro. Usava uma blusinha cáqui sem mangas, saia jeans e tênis Converse cheio de purpurina, nenhum dos quais reconheci. Os pais deviam tê-los trazido para ela.

– Oi – falei, me aproximando dela. – Você está bem? Que bom que veio; eu ficaria triste se você voltasse para Londres sem se despedir.

Dei-lhe um abraço apertado, emocionando-me ao pensar na partida dela. Seu cabelo estava brilhante e macio e ela cheirava a shampoo e perfume. Todos os traços de rata de praia haviam sumido; quem entrou no meu café naquele dia foi uma garota da cidade.

– Tudo bem – respondeu ela. – Tivemos uma conversa. As coisas estão... bem.

– Tem certeza? Espero não ter dito o que não devia, ontem. Eu só... só não queria que eles brigassem com você. Mas peço desculpas, se eu tiver dificultado as coisas.

– Tudo bem. – Uma covinha apareceu no seu rosto quando ela sorriu. – Na verdade, eu meio que gostei de você ter dado uma bronca nos dois. Foi um barato.

– Ai, droga! – Eu gemi. – Eu não pretendia dar uma bronca, só queria defender você. – Dei de ombros. – Você é uma pessoa que vale a pena defender, Pheebs, só isso.

– Obrigada. E obrigada também por todo o resto. Gostei muito mesmo de ficar aqui com você.

– Não foi nada. Adorei ter você aqui. – Senti que ia me preparando para chorar; nunca fui boa em despedidas. – E não suma, viu? Se precisar de um emprego, depois de terminar as provas, no próximo verão, e quiser passar um tempo na Cornualha, sabe onde me encontrar. Você é sempre bem-vinda.

Phoebe tornou a me envolver em outro abraço, e senti um nó enorme na garganta.

– Obrigada – disse, o rosto enfiado no meu ombro.

– Cuide-se – respondi, minha voz soando embargada.

Rachel se aproximou e também se despediu, e depois, Phoebe pôs a cabeça na cozinha.

– Ué! Cadê o Ed? – perguntou, surpresa. – Não veio hoje?

Forcei um sorriso alegre e disse, com ar displicente:

– Ele não vem trabalhar hoje. Eu digo a ele que você veio se despedir. *Isto é, se eu voltar a vê-lo um dia.*

Quando Phoebe foi embora, eu me retirei furtivamente para a cozinha, onde preparei uma xícara grande de chá e desejei que as coisas não precisassem mudar. Minha vida inteira estivera em constante mudança nos últimos meses. Era exaustivo.

– Dois sanduíches de bacon, Evie – disse Rachel, irrompendo porta adentro e prendendo um pedido no espeto. – Um branco, um integral.

Pisquei para afastar as lágrimas que espreitavam nos cantos de meus olhos.

– Saindo! – respondi, ligando a grelha, tirando algumas fatias da embalagem e procurando me impedir de pensar na Phoebe e no Ed e em todas as outras coisas que estavam me entristecendo.

A questão – como a parte racional do meu cérebro insistia em assinalar – era que eu viria a saber do passado suspeito do Ed em algum momento. Não era algo que se pudesse esconder para sempre. E, talvez, apesar do tanto que as coisas parecessem terríveis agora, talvez fosse melhor assim. Eu havia descoberto, estava lidando com isso, o choque e o sofrimento se atenuariam em algum momento, e todos seguiríamos em frente. Melhor saber agora, antes que eu estivesse realmente envolvida, certo?

– Um bacon com ovo no pão branco e duas torradas de pão integral, para viagem – disse Leah, entrando com outro pedido.

– Um misto quente no pão branco, para viagem – acrescentou Rachel, dois segundos depois.

Tudo bem. Agora eu estava oficialmente ocupada demais para pensar no Ed – ou em qualquer outra coisa. E isso era bom. Preparei os pedidos no piloto automático, procurando não ter ânsia de vômito, e, maravilha das maravilhas, eles realmente ficaram com um aspecto comestível, e nem pus fogo na cozinha. Não conseguiria fazer nenhum novo pastel de forno – conhecia meus limites –, mas haviam sobrado alguns da véspera e isso teria que bastar.

Eu tinha feito um longo percurso em minhas poucas semanas como dona do Praia Café, disse a mim mesma, virando o bacon com um estilo muito profissional. Quem se importava com o Ed, afinal?

* * *

Aquele foi um dos dias mais estressantes que já tivera no café. Por mais que tentasse, não conseguia deixar de esperar que o Ed aparecesse e pudéssemos resolver as coisas, mas, na metade do dia, a dura realidade tinha se instalado e eu havia desistido de que ele desse as caras. Todos os pastéis de forno tinham sido vendidos à uma da tarde, e fiquei totalmente estressada com todos os pedidos de sanduíches, especialmente porque acabaram a maionese de ovos, a maionese de atum e o frango *al pesto*, em rápida sucessão, e tive que preparar às pressas outras porções. O dia estava quente e úmido e a cozinha estava abafada e pegajosa, e, em alguns momentos, tivemos clientes fazendo fila do lado de fora, apesar dos esforços de Rachel. Leah era ótima, porém, como seria inevitável, um pouco mais lenta, já que era seu primeiro dia.

Depois das cinco, quando acabamos a limpeza e Rachel e Leah foram embora, eu me sentei em uma das mesas e simplesmente caí em prantos. Saiu tudo de uma vez: meu cansaço, meu aborrecimento com a descoberta da véspera, o horror de meu confronto com Ed, logo cedo, e todo o sofrimento daquela tarde, sem falar nas três queimaduras dolorosas de gordura que eu tinha no pulso, por fritar ovos a manhã inteira.

Ed ficara furioso por eu ter procurado informações sobre ele na internet, mas, sério, o que ele esperava que eu fizesse depois de ter descoberto uma coisa tão terrível a seu respeito? Como eu poderia *não* ter buscado informações sobre ele, depois do e-mail da Amber? E Ed não devia ter mencionado seu passado suspeito a mim, em primeiro lugar?

Que trouxa eu tinha sido, deixando que ele entrasse na minha cozinha sem verificar nada a seu respeito. Eu havia ignorado todos os sinais de advertência, até ser tarde demais. E agora, estava pagando o preço.

No entanto, apesar disso tudo, de tudo que eu havia descoberto, era da bondade dele que eu ficava lembrando. De como ele me havia ajudado tanto e tornado o café um lugar melhor, junto comigo. Ele tinha sido um parceiro e um aliado, além de qualquer outra coisa, e isso tornava sua traição mil vezes pior. Como eu poderia, algum dia, voltar a confiar em alguém?

Eu pensara nele o dia inteiro, me perguntando o que estaria fazendo, como se sentia. Estaria fazendo as malas para deixar a Cornualha e se esconder em outro lugar? Será que se sentia encurralado, agora que eu havia descoberto a verdade? Torci para que me conhecesse o bastante para não achar que eu começaria a espalhar boatos pelo vilarejo, mas seu jeito de me olhar, logo antes de sair do café, pisando duro, tinha sido o de alguém que me odiava. Talvez ele achasse que eu era uma fofoqueira. Talvez já tivesse ido embora.

No fundo, eu ainda tinha uma pequena e tênue esperança de que ele fosse aparecer para conversar. É claro que aquela conversa furiosa não poderia ser a última, não é? Eu teria ido à sua casa se tivesse a mais vaga ideia de onde ele morava, mas, surpresa!, seu endereço era mais uma das informações sobre ele de que eu não dispunha. Como o fato de ele ter sido casado etc.

Enchi a banheira. *Com certeza*, pensei, *vai ser só eu entrar na banheira para ouvir uma batida na porta, lá embaixo, e será ele.*

Entrei na banheira, preparada para pular fora dela num instante e correr de robe para a porta da frente. Não houve batida alguma.

Depois, apliquei no cabelo um creme de hidratação, vesti um pijama aconchegante e me acomodei no sofá da sala, diante da novela *Coronation Street*. *Com certeza*, pensei, *se eu estiver sentada aqui, com uma toalha enrolada na cabeça, ele vai bater à porta e me verá neste estado deplorável.*

Esperei. Até diminuí um pouco o volume da televisão, para não perder nenhuma batida na porta. Não houve batida alguma.

Quando a novela terminou, tirei o creme do cabelo e tive uma conversa longa e muito pesarosa com Amber por telefone. Estava morta de cansaço. Queria muito dormir cedo, mas sabia que, se me deitasse – era a lei de Murphy –, haveria uma batida na porta e blá-blá-blá. Obriguei-me a ficar acordada até umas nove e meia, e então admiti a derrota e encarei os fatos. Ele não viria. Não haveria batida alguma na minha porta aquela noite. *Esqueça, Evie. Vá dormir. Talvez ele volte amanhã.*

Afundei na cama e tentei encontrar uma posição confortável, mas não pude impedir uma ideia terrível de se alojar na minha cabeça: *Se o Ed não voltar amanhã... o que vai acontecer?*

Capítulo Vinte e Quatro

A quinta-feira começou como outro dia horroroso. Mais uma vez, nem sinal do Ed. Mais uma vez, clima quente e úmido, sem uma brisa para agitar o ar abafado. Uma chef da agência de empregos chegou por volta das onze horas, o que já era melhor do que nada. Chamava-se Wendy e era mais ou menos da idade de mamãe, com físico de lutadora, tatuagens pretas ao longo dos braços e cabelo tingido de preto, preso com um arco de plástico cor-de-rosa.

– Tudo certo, benzinho – disse, com um sotaque nortista que o Marlboro tornara mais áspero, quando Rachel a levou até a cozinha.

Estendeu uma pata grossa e quase quebrou meus dedos com seu aperto férreo.

– Oi – falei, perdendo temporariamente toda a circulação sanguínea na mão. – Eu sou a Evie. Obrigada por ter vindo. Como você se sai fazendo pastéis de forno?

– Pastéis? Sou campeã, querida – garantiu ela. – Deixe-me lavar as mãos que já, já pego no batente.

Wendy foi um sopro de ar fresco. Era trabalhadora, fazia um pastel decente – embora não com a mesma finura do de Ed – e tinha a risada mais obscena e rouca que eu já ouvira. Morava em Tregarrow, a uns 3 quilômetros de distância, e fora merendeira escolar nos últimos dez anos, até os cortes orçamentários a considerarem supérflua, semanas antes.

– Sinto falta dos meus meninos – disse, tristonha. – Nunca tive nenhum, e a gente se apega muito aos molequinhos, quando os vê quase todo dia.

– Quer dizer que agora você está procurando um emprego de horário integral? – indaguei, como quem não quer nada, me perguntando se a solução para meus velhos problemas com cozinheiros estaria ali, bem na minha frente.

Wendy balançou a cabeça e respondeu:

– Na verdade, não, querida. Meu marido não está bem e não posso deixá-lo por horas a fio. As refeições escolares eram ótimas para mim: só umas duas horas fora de casa e voltar. E este arranjo aqui é perfeito, já que trabalho só meio expediente. Agora, mais do que isso... – Tornou a balançar a cabeça. – Não. Ele tem todas essas consultas e sei lá o quê no hospital, sabe como é, por isso não posso pegar turnos regulares. – Deu-me uma cutucada com um dos enormes cotovelos carnudos. – Não me diga que estava prestes a me oferecer o trabalho – disse, com uma gargalhada.

Dei-lhe um sorriso e respondi:

– Azar o meu, hein? Mas sorte do seu marido.

Wendy deu uma piscadela.

– Ainda bem que ele sabe disso – disse, pressionando o rolo de pastel na massa.

Outra coisa boa aconteceu, logo depois da chegada da Wendy. O carteiro trouxe uma carta com o selo de Oxford e, quando virei o envelope, curiosa, li "Do Saul", numa letra meio tremida, seguido por seu endereço. O café estava bem calmo e aproveitei a chance para dar uma fugida ao escritório e abri-lo em particular. Caíram duas cartas, uma do Saul e uma da Emily, sua mãe. Li primeiro a do Saul.

Querida Evie,

   Obrigado pela carta. Estou estudando os romanos na escola. Eles eram LEGAIS. E ontem fiz dois gols na escolinha de futebol. O papai leu mais um pedaço do livro dos Moomins para mim, mas ele não faz direito as vozes que nem você, por isso é a mamãe que tá lendo para mim agora. Thingumy e Bob são muito engraçados!

A mamãe disse que podemos visitar você no litoral!

   Com amor,

   Saul

   P.S.: Tô com saudade.

   P.S.2: Aqui está uma foto do dragão de Lego que eu fiz. bjbjbjbj

Passei um momento em silêncio, relendo as palavras e sentindo um nó na garganta ao imaginar o rostinho dele franzido de concentração, a ponta da língua saindo da boca, sentado para escrever aquilo tudo. Será que estava falando sério sobre vir me visitar, ou seria só uma daquelas vagas promessas feitas pelos pais, e mal interpretada por ele?

Li a carta da Emily para descobrir.

Cara Evie,

O Saul ficou todo contente com a sua carta. Obrigada. Foi mesmo muita bondade sua. Ele sente sua falta, de verdade, e isso não me surpreende: a nova namorada do Matthew parece uma alface molhada, melosa e insossa. Fico pensando se ele está na crise da meia-idade!

Curiosamente, minha irmã Amanda mora não muito longe de você, em Bude, e vamos passar uma semana lá em agosto. Gostaria muito de dar um pulo aí para dizer um oi, se você concordar. O Saul está realmente impressionado por você ter seu próprio café, do lado da praia, e fala nisso sem parar desde que você escreveu!

Tudo de bom,

Emily

Ela havia escrito o número de seu celular no final, e a sensação foi a de uma oferta de amizade. A ideia de rever Saul encheu-me de novo de pura e dourada felicidade. Eu não o havia perdido. Poderia manter o contato com ele. E Emily tinha soado genuinamente amistosa em sua carta, o que era ótimo.

– Nem tudo vai mal – murmurei comigo mesma, voltando a sair para me juntar a minha equipe.

Somente o novo buraco em forma de Ed na minha vida me impediu de sorrir.

Wendy foi embora depois de fazer uma porção de pastéis saborosos e concordou em voltar das onze às duas, nos três dias seguintes, num arranjo que convinha a ambas. Senti-me confiante para cuidar sozinha dos pedidos de café da manhã logo cedo, e depois ela estaria lá para cobrir a correria do almoço quando eu precisasse. Pus dois bolinhos num saco de papel e o entreguei a ela, quando ia saindo.

– Para você e seu marido. E até amanhã.

– Ah, obrigada, querida – respondeu ela, lascando-me um beijão no rosto. – Adeusinho.

O resto da tarde transcorreu sem incidentes, mas eu estava com a mesma sensação de vazio da véspera, na hora de fechar. Por que Ed não tinha voltado? Seria mesmo isso, tudo acabado entre nós, depois de uma briga de cinco minutos? Era óbvio que ele não se importava comigo se nem achava que valia a pena explicar a história toda, apresentar alguma justificativa.

Bem, dane-se, pensei, irritada. Eu não queria esse tipo de pessoa na minha cozinha ou na minha vida. Agora que tinha a Wendy Músculos, tinha minha carta do Saul e tinha minha noite das garotas para organizar, eu não precisava do Ed nem da sua história nos meus ombros.

Eu não sabia ao certo o que esperar da noite das garotas naquela noite. Martha e Annie tinham dito que viriam, assim como Florence. Eu não vira Betty desde a festa do Jamie, e não tinha certeza de que ela ainda estivesse planejando dar uma passada. Portanto, potencialmente, seria só uma pequena reunião, mas era legal assim, eu não me importava.

Juntei as mesas, para distribuir melhor as cadeiras, acendi algumas velas e liguei umas luzinhas, e então deixei uma travessa tentadora com alguns cupcakes no balcão, para que as pessoas pudessem se servir. Queria que a noite fosse informal e agradável para todas, e queria um clima caseiro no café, para elas se sentirem mais como convidadas do que como clientes. Por isso, tinha decidido não cobrar os bolos e pedido que as pessoas trouxessem o próprio vinho se quisessem tomá-lo. Torci para isso funcionar e para todas gostarem de se encontrar regularmente. Eu gostaria, com certeza.

Annie e Martha foram as primeiras a chegar, Annie trazendo uma bandeja de brownies com cobertura de chocolate.

– Não posso deixar você abrir mão de todo o seu lucro – disse, colocando-os num prato –, por isso pensei em dar uma contribuição.

Florence chegou em seguida, com Elizabeth e algumas outras mulheres, Michaela e Alison, que eram do grupo de leitura e trouxeram vinho e pacotes de batatas fritas. Florence estava toda empolgada por ter acabado de saber que seu filho, Francis, estava de volta ao Reino Unido e viajando para a Cornualha para passar uns dias com ela.

– Liguei meu celular e tudo – disse, mostrando-me o aparelho. – Assim, se ele chegar cedo, poderá me avisar. – Deu uma piscadela. – Mas eu disse que talvez ele tivesse que esperar no carro, do lado de fora, porque não quero perder nada da noite das garotas!

Eu ri.

– Fez muito bem. Fico feliz por você saber suas prioridades.

Minutos depois, apareceu Tess, a vizinha da Annie, com outra amiga, Helena, e entraram Betty e sua irmã, Nora. Em seguida vieram Rachel, Leah e algumas de suas amigas mochileiras, com garrafas de vinho branco e pacotes de Doritos. De repente, o salão estava cheio e todas conversavam.

Olhem só isso, pensei, com uma onda de prazer ao ver todas aquelas mulheres, de adolescentes a avós, bem ali sob meu teto. Elas riam, contavam casos, reencontravam-se com velhas amigas e faziam novas amizades. Era exatamente o que eu tinha imaginado. Era perfeito. Bem, seria se não houvesse ainda aquela dor surda dentro de mim, o que significava que, em alguns momentos, eu parava de prestar atenção no que as pessoas diziam, presa em minhas sofridas indagações sobre Ed.

– Quando é que o Ed vai voltar, Evie? – perguntou Rachel, puxando-me para a conversa. – Ele está doente ou só tirando um período de folga?

– É… Não sei direito – respondi, cautelosa.

– Era para ele voltar para Londres na semana que vem, não é? – continuou Rachel, franzindo a testa. – Tenho certeza de que ele disse algo sobre isso.

Dei de ombros, arrasada. Eu não fazia ideia. Que surpresa, mais uma coisa que ele não tinha me contado!

– Seu palpite é tão bom quanto o meu.

– Bem, ele cancelou a assinatura do jornal – disse Betty, se metendo na conversa. – Passou lá na loja hoje de manhã para dizer que não a queria mais.

Senti-me nauseada ao ouvir essas palavras e caí sobre uma das cadeiras. Então ele estava mesmo indo embora, sem mais nem menos, sem sequer se despedir. Será que a noite de terça não tinha significado *nada* para ele?

– Foi muita gentileza ele me contar – resmunguei.

Houve um momento tenso de silêncio.

– Vocês se desentenderam? – perguntou Rachel, hesitante.

– Mais ou menos.

Não queria contar a história completa, pois Ed me odiaria ainda mais por espalhar fofocas dele, mas todas as pessoas na minha extremidade da mesa (Rachel, uma neozelandesa chamada Suze, Florence, Betty e Nora) pareciam muito solidárias, e eu acabara de tomar uma taça de vinho muito depressa, e aquela era a noite das garotas, na qual era permitido compartilhar assuntos do coração, e assim...

– Nós tivemos um pequeno romance. – Quase deu para ouvir os *oh* abafados e o farfalhar das roupas, quando todas se curvaram para chegar mais perto, sem querer perder uma palavra da fofoca. – Achei que estávamos nos entendendo, que estava tudo bem entre nós.

– E o que aconteceu? – perguntou Leah.

Suspirei.

– Tivemos uma briga. Não posso dizer sobre o que foi, mas Ed ficou colossalmente furioso e saiu porta afora num rompante. – Dei de ombros. – E não o vejo desde então.

– Ah, céus – disse Florence, parecendo preocupada. – Você tentou fazer as pazes, pedir desculpa? Nunca vá para a cama sem encerrar uma briga, era isso que o Arthur e eu sempre dizíamos.

Dei um sorrisinho.

– Eu tentaria, se pudesse, mas nem sei onde ele mora.

– Ah, mas eu sei! – Betty se apressou a dizer. – Mora lá na Bay View Terrace, número onze, acho.

Virei-me de frente para ela.

– É mesmo? Esse é o endereço dele?

– É – confirmou ela. – É lá que o jornal tem sido entregue desde que ele chegou ao vilarejo.

Todas começaram a falar ao mesmo tempo.

– Você deve ir, não é longe. Talvez ele ainda esteja lá.

– Vá lá e resolva isso, não é bom deixar essas coisas para depois.

– Ed é louco por você, dá para ver. Anda, vá fazer as pazes.

Esta última fala foi da Rachel, e senti as lágrimas brotarem nos meus olhos.

– Você acha? – perguntei, girando entre os dedos a haste da minha taça de vinho.

– Acho! Ele é totalmente apaixonado por você. Cem por cento. Vi o jeito que ele olha para você.

Meu coração acelerou. Decisão tomada. Eu assumiria o controle: aproveite o dia, vamos lá, Evie! Mas, primeiro, talvez precisasse de mais uma taça de vinho. Para tomar coragem, essas coisas.

– Então está bem. Vou lá hoje, mais tarde, quando terminarmos aqui.

– Não, não vai, não – disse Betty, mandona. – Você vai agora mesmo. Nós ficamos de olho nas coisas aqui para você.

Fiquei nervosa, indecisa. O que fazer? Não havia tanta coisa assim para vigiar, para ser franca. As pessoas poderiam servir-se dos bolos e todas estavam bebendo seu próprio vinho, logo…

– Vá – disse Florence. – Vá, sim. Diga-lhe que você se arrependeu e quer fazer as pazes.

– A melhor parte do rompimento – cantarolou alguém – é a reconciliação…

Ri e me levantei.

– Está bem, está bem. Eu vou.

Ouviu-se um viva em toda a sala e pus as duas mãos no rosto, sentindo-me aturdida, esperançosa e mais do que um pouco nervosa.

– Eu não demoro.

– Demore o tempo de que precisar – retrucou Florence.

– Boa sorte! – gritaram Rachel e Leah quando saí.

E, com isso, parti para a noite. Bay View Terrace, número onze, lá vou eu!

Já eram nove da noite, mas o ar permanecia úmido e abafado como tinha sido o dia inteiro. Alguém – Annie, acho – falara que a previsão da meteorologia do fim da tarde alertara, sobre chuvas muito pesadas no sudoeste, e pude sentir a tempestade se formando. As calçadas estavam empoeiradas e secas quando caminhei pela rua principal e senti o calor no meu rosto. Nem me dera ao trabalho de me olhar no espelho para ver se eu estava apresentável, percebi, tamanha minha ânsia de chegar à casa do Ed e falar com ele. Ajeitei o cabelo durante a subida íngreme da rua, fazendo uma pequena oração à Deusa da Vaidade para eu não estar completamente medonha. Ah, Bay View Terrace – lá estava a rua, à minha direita.

Meu coração batia para valer quando entrei na ruazinha tranquila, cheia de casas geminadas, caiadas de branco. Não havia postes de luz e o sol estava se pondo, enchendo os jardins de sombras. De nervosismo, eu mal conseguia respirar ao passar pelas casas – número um, dois, três – e comecei a me perguntar que diabo ia dizer ao Ed quando ele atendesse a porta. Quatro, cinco, seis. E se batesse a porta na minha cara e se recusasse a falar comigo? Sete, oito, nove, dez.

Bem, eu logo descobriria. Número onze. Eu tinha chegado.

Cruzei a pequena entrada e parei. A casa era tão bonita e graciosa quanto suas vizinhas, com glicínias viçosas na parede da fachada e uma roseira esparramada sob a janela da frente. Pude aspirar o perfume das rosas brancas e aveludadas que ali floresciam. Mas, ao contrário das vizinhas, aquela casa não possuía luzes acesas. As cortinas dos cômodos da frente ainda estavam abertas. A decepção me invadiu quando percebi quanto ela parecia silenciosa e deserta. Será que o Ed nem sequer estava lá?

Bati na porta, tentando ouvir o latido da Lola e o som de qualquer vida lá dentro. Silêncio. Talvez eles estivessem no quintal, eu disse a mim mesma. Ou talvez Ed houvesse ido ao pub.

Mas, parada ali, à luz quente e fragrante da noite, tornando a bater e bater, lembrei-me do que Betty dissera sobre o cancelamento da assinatura do jornal e me dei conta de que havia chegado tarde demais. Ele já havia deixado a baía. Teria voltado para a esposa, Melissa?, foi o que me perguntei, amargurada. Ou teria ido para um lugar totalmente diferente, para dar em cima de uma nova otária, como eu?

– Canalha – falei, chutando com veemência o degrau da entrada.

Então caminhei de volta para o café, tentando não chorar.

Estava tão absorta em meu sofrimento que quase morri de susto ao chegar ao pequeno estacionamento do café e ver uma figura saindo das sombras, perto de um carro que não reconheci.

– Ah! – Soltei um grito abafado, levando a mão à garganta, enquanto o coração batia em ritmo mais acelerado.

Seria o Ed?, pensei, com o coração na boca. Ou seria, na verdade, algum perturbado mental à espreita? Não seria o Ryan outra vez, não é?

– Desculpa, não tive intenção de assustá-la – disse o homem, vindo na minha direção. Estava escurecendo mais a cada minuto, mas ele me pareceu ter uns 40 anos, alto e magro, de calça jeans e blusão cinza de manga comprida. – Aqui é o Praia Café, certo? Carrawen Bay?

– Sim, isso mesmo. Em que posso ajudá-lo?

– Ah, ótimo. Sim, acho que minha mãe está aqui, não? Eu só queria fazer uma surpresa. – Estendeu a mão. – Francis.

Sorri para ele.

– O filho da Florence – afirmei, e apertei sua mão. – Eu sou a Evie, a dona do café. Venha comigo, estamos fazendo uma reunião só para garotas.

Francis abriu um sorriso largo.

– Foi o que ela mencionou por telefone. Estava toda empolgada. Tem certeza de que posso entrar?

– Acho que podemos abrir uma exceção para os filhos que estão longe há muito tempo. Venha, é por aqui.

Demos a volta até a entrada do café e eu o fiz entrar. Florence soltou um gritinho, empolgada, e correu para abraçá-lo. Um grande *ah!* brotou como um suspiro de todas no salão e, em seguida, senti muitos olhos se voltarem para mim, querendo saber o que tinha acontecido.

– Então...? – Rachel deu a deixa.

Virei o polegar para baixo.

– Não estava. Acho que se mandou, foi embora da cidade.

Foi a vez de um *ah* de comiseração percorrer o lugar. Era como estar numa pantomima, só que, infelizmente, ninguém gritava um animado "Ele está atrás de você!".

– Canalha nojento – disse Betty, estalando a língua, indignada. Balançou a cabeça. – Nunca confiei nele. Pessoalmente, sempre achei que havia alguma coisa suspeita.

Florence e o filho já tinham se separado e ela correu os olhos brilhantes pelo salão.

– Pessoal, quero que vocês conheçam meu filho, Francis. Francis, todas estas são minhas novas amigas.

Começou a apresentar todas, e percebi que Francis arregalava os olhos, surpresa de ver sua mãe de repente com tantas novas amigas de todas as idades.

– Puxa! – exclamou ele, no final. – E isso acontece sempre, digo, vocês todas se reunirem aqui, para comer bolos e fofocar?

Houve uma ligeira hesitação e, mais uma vez, senti todos os olhos se voltarem para mim.

– Bem, espero que seja uma reunião frequente – respondi, passado um momento. – Na verdade, esta é nossa primeira reunião, mas eu gostaria muito que aqui fosse um lugar para todas as mulheres de Carrawen darem uma passada e baterem um papo nas noites de quinta-feira. Sendo assim, por que não?

Alguém deu um grito de alegria, mais alguém começou a bater palmas e, quando eu menos esperava, todas aplaudiram e davam vivas. Sorri, sentindo um arrepio na nuca. Foi... encantador. Como se aquele fosse o meu lugar.

Annie me entregou uma taça de vinho.

– Saúde a todos – disse, erguendo a dela. – Acho que este é o começo do Clube da Quinta-feira de Carrawen Bay, concordam?

E, então, todos erguemos nossas taças e brindamos uns aos outros, e foi maravilhoso. Que se danasse o mentiroso do Ed. Eu que esquecesse esse Ed que fugia furtivamente noite adentro. Eu tinha todas essas mulheres fabulosas à minha volta – e um Francis realmente atônito – e, para mim, isso era o bastante.

Capítulo Vinte e Cinco

No dia seguinte, sexta-feira, começou a chover. A princípio, fiquei contente quando o calor foi soprado para longe pelas brisas frescas e molhadas que vinham do mar, mas, depois de quatro horas seguidas de uma chuva torrencial, que não dava sinal de amainar, apanhei-me desejando que ela parasse. Rachel, Leah e eu não tínhamos nenhum freguês para atender, e, por falta de outra coisa para fazer, acabamos empenhadas em faxinar a área em que os clientes se sentavam, esfregando paredes e rodapés e até as próprias cadeiras. Eu estava decidida a me distrair com o trabalho. Tão logo eu parava, lá vinham as ideias tristonhas sobre o Ed tentando se infiltrar de novo na minha cabeça.

Quando Wendy apareceu, só havíamos atendido uns poucos clientes, então lhe disse para fazer apenas metade do número habitual de pastéis de forno, pois de modo algum precisaríamos da porção completa com um tempo daqueles.

– *"Summertime..."* – ouvi-a cantar, com sua voz grave e rouca – *"And the living is rainy..."* Como não amar esta porcaria de verão britânico?

Ao meio-dia, Francis apareceu, encharcado apesar do grande guarda-chuva preto que carregava.

– Ora, olá – falei, surpresa. – Está tudo bem? O que posso lhe oferecer?

– Um café e algumas palavras, se for possível – respondeu ele, sacudindo o guarda-chuva e espirrando água em tudo.

– Dá azar ficar de guarda-chuva do lado de dentro – resmungou Wendy, em tom lúgubre, do lugar em que se colocara ao sair da cozinha para bater papo conosco.

Francis arqueou uma sobrancelha para ela e sorriu, dizendo:

– Azar é voltar à Inglaterra justo quando o tempo ficou ruim. Deixei uma onda de calor nos Estados Unidos, ao que parece.

Servi-lhe um café e o levei para uma das mesas junto às janelas, onde meu olhar foi atraído pelas furiosas ondas cinzentas, que rugiam em seu vaivém, e pela chuva, que continuava a cair torrencialmente. Caramba, estava terrível lá fora, com a maré subindo de forma ameaçadora. Perguntei-me sobre o que Francis quereria conversar, o que havia de tão urgente para ele ter atravessado aquele aguaceiro todo para chegar ao café.

– Obrigado – disse ele, abrindo um pacotinho de açúcar e mexendo seu conteúdo na xícara. – Muito bem, é o seguinte. Não sei se minha mãe lhe disse, mas sou produtor de televisão...

– Sim, disse – interrompi. – E com muito orgulho.

Francis sorriu.

– Obrigado. Bem, fui encarregado de fazer uma nova série de documentários para o Channel 4 sobre a sociedade do século XXI. A Grã-Bretanha falida, o colapso da sociedade, a razão por que ninguém mais conversa com ninguém, muito menos conhece os vizinhos. – Ele franziu o nariz. – Mas também estou apresentando o lado oposto: comunidades prósperas, geniais, que a gente ainda encontra, onde as pessoas se ajudam e se apoiam.

– Que ótima ideia – comentei.

– Eu tinha planos de começar a filmar em Bristol e Londres, captar algumas comunidades de lá... há uma enorme população portuguesa perto de Stockwell, na parte sul de Londres, por exemplo... e contrastar a união delas com os bairros mais díspares das áreas mais próximas. Não estava planejando fazer nenhum trabalho aqui, só passar uns dias com minha mãe, mas...

– Mas...? – provoquei, querendo saber aonde aquilo ia chegar.

– Quando entrei aqui, ontem à noite, e vi minha mãe cercada por tanta gente agradável, fiquei realmente comovido. E também aliviado... Sei que tem sido difícil para ela desde que meu pai morreu, isolada de mim e de todos os velhos amigos. Por isso, para mim, foi incrível chegar aqui e ver que, na verdade, ela está bem. Eu não esperava encontrar justo aqui, na porta da minha mãe, o tipo de comunidade unida que estava procurando, muito menos que ela estivesse envolvida nesta comunidade.

Bebi um gole de café.

– Florence é muito agradável. Fico contente por estar se sentindo melhor.

– Então – prosseguiu Francis, apoiando um cotovelo na mesa e me encarando com um olhar intenso –, eu gostaria de fazer umas filmagens para o documentário aqui na baía, e gostaria de saber se posso me concentrar no seu café como um centro para a comunidade. Talvez eu possa vir à sua próxima... como se chama mesmo? Clube da Quinta-feira? Ou então, minha mãe mencionou que o grupo de leitura também vai se reunir aqui, ou...

– Espere, espere – pedi, me perguntando se teria ouvido mal. – Você quer filmar coisas aqui no café para um programa que vai passar no Channel 4?

Ele confirmou com um aceno da cabeça.

– Para a nova temporada do *Dispatches*. Pode ser?

– Uau! – exclamei, ainda não chegando propriamente a assimilar a ideia. – É mesmo? Uau! – Descobri que estava dando risinhos feito uma idiota. – Ai, meu Deus. Preciso cortar o cabelo – soltei, e me senti sem graça por minha vaidade. – Quer dizer... Sim, por favor! UAU!

Dei um pulo da cadeira e gritei para Rachel e Leah:

– Adivinhem, meninas! Vamos aparecer na televisão!

As duas deram gritinhos, e então Wendy veio correndo da cozinha, toda alvoroçada, e perguntou se daria tempo de pôr maquiagem, porque de jeito nenhum ela ia aparecer na tevê sem seus produtos, e todas ficamos ligeiramente agitadas e um pouco estridentes. Que divulgação incrível para o café, fiquei pensando. Uma pequena entrada no horário nobre, em rede nacional – podia ser melhor do que isso?

Francis estava rindo.

– Por que vocês não vêm se juntar a nós? – perguntou, fazendo sinal para todas se aproximarem. – Digam-me o que acham que devemos filmar.

Mais gritinhos e risos quando Rachel, Leah e Wendy correram na mesma hora para a mesa e se espremeram conosco nos bancos.

– Esperem até o maridão saber disso – disse Wendy, olhos brilhando de empolgação. – Que bom que eu aceitei o emprego temporário aqui, Evie. Agora, Francis – continuou, dirigindo-se a ele em tom severo –, tem certeza de que não pode fazer o programa inteiro sobre nós? Pessoalmente, acho que temos muita coisa a oferecer ao Channel 4.

Quase me engasguei com o café ao ver a expressão atônita do Francis, e fui gostando cada vez mais da Wendy a cada hora que passava. Ao contrário de outro chef que eu poderia citar, ela não parecia ter a menor timidez diante das câmeras.

Francis disse que sua decisão de filmar ali ia "atrapalhar toda a programação de filmagem", em suas palavras, mas que acreditava poder trazer a equipe na terça-feira seguinte.

– Nesse dia, era para fecharmos um trabalho sobre a comunidade afro-caribenha de St. Pauls, em Bristol, mas podemos adiar isso para quarta-feira ou, num aperto, para quinta. Por isso, se houver alguma chance de vocês fazerem sua noite das garotas na terça-feira, em vez da quinta, poderemos gravar um pouco disso.

Também conversamos sobre ele entrevistar outras figuras da comunidade, como a Lindsay, do pub, a diretora da escola primária e a Betty, em sua posição de Rainha do Comércio. Ele disse interessar-se pela coexistência das figuras públicas e particulares do vilarejo: sobre haver um nível de atividade que só dizia respeito à diversão dos turistas em férias e um nível separado, mais oculto, que dizia respeito à vida dos moradores locais. Tudo me soou ótimo.

Vi, porém, que Wendy foi murchando ao meu lado enquanto discutíamos essas ideias, e pouco depois descobri por quê: ela se dera conta de que, na verdade, não estaria presente em nenhuma das filmagens do café.

– Wendy, você terá que vir aqui na terça à noite – eu disse. – É nossa noite das garotas, prestes a ficar famosa. Traga um vinho e uns salgadinhos, e você poderá bater um bom papo com as mulheres de Carrawen Bay.

– Mesmo não sendo realmente do vilarejo? – perguntou ela, e eu já ia brincando e dizendo que ah, é, na verdade, se ela não era do vilarejo, não teria permissão para entrar, quando detectei certa vulnerabilidade em seu rosto.

Pensei em quantas vezes ela chegava a sair à noite, dado que parecia cuidar do marido durante grande parte do tempo.

– É claro – respondi. – Especialmente se você trouxer uns petiscos saborosos para dividir. Em dois tempos, vai ter uma penca de novas melhores amigas.

Ela pareceu se animar.

– Beleza. Então, pode contar comigo. Vou usar meu vestido mais chique e tudo. Agora, Francis, você trate de pegar meu melhor lado na gravação, viu? – acrescentou, apontando o dedo para ele. – E, pelo amor de Deus, não me filme quando eu estiver com a cara cheia de bolo, não importa o que tenha que fazer. Caso contrário, o Channel 4 vai ter que ser ver comigo!

Francis deu uma risada e trocamos um sorriso. A Wendy ficaria incrível na tevê, eu já sabia.

A notícia sobre o programa de televisão se espalhou pelo vilarejo feito fogo em palha seca, e todos os moradores pareceram superempolgados com a ideia.

– É justamente disso que Carrawen Bay precisa, uma boa propaganda – disse Betty, o rosto se enrugando com um sorriso, quando dei uma passada na loja mais tarde naquele mesmo dia. – Esse programa pode nos pôr no mapa, aumentar dez vezes o número de turistas.

– Eu sei, vai ser ótimo – comentei, feliz da vida. – Nem acredito que meu pequeno café estará no Channel 4. Queria que a tia Jo pudesse estar aqui para ver isso.

– Ela ficaria muito orgulhosa, querida. Muito orgulhosa. Ah, e você já viu a *Gazeta* de hoje? Tem uma boa crítica sobre o jantar que você ofereceu. – Pegou um exemplar do jornal e o folheou para procurar, página após página após página, até quase chegar às notícias esportivas, no final. – Pronto, aqui – disse, por fim, pondo um dedo no jornal.

Inclinei-me para ver. Em meio a alguns anúncios espalhafatosos sobre outros restaurantes, horóscopos e uma reportagem sobre uma produção em cartaz no teatro de Newquay, havia uma pequena foto de Rachel e eu, de bochechas muito rosadas, abaixo da manchete "CASA CHEIA PARA O CARDÁPIO DE JANTAR DO PRAIA CAFÉ". Corri os olhos rapidamente pelo texto, com o coração aos pulos.

Nova proprietária do Praia Café, em Carrawen Bay, Evie Flynn, 39, ...

– Trinta e NOVE? – esbravejei. – Eu tenho 32, seus sacanas insolentes!

... lançou um cardápio de jantar para quem estiver em busca de comida local feita na hora, servida num belo cenário à beira-mar.

– Eles copiaram o release inteiro – percebi, revirando os olhos. Ainda assim, poderia ter sido pior.

Com preços razoáveis e um cardápio sazonal simples, a clientela pode saborear uma comida excelente enquanto o sol se põe na pitoresca Carrawen Bay. O café funciona no sistema BYO (traga sua própria bebida) e cobra taxa de rolha de 2 libras. Com certeza, podemos garantir uma atmosfera descontraída e afável, com muitos clientes satisfeitos. Para reservas, telefone...

O sorriso desapareceu do meu rosto. Foi o trecho "Para reservas..." que acabou comigo. Quem saberia dizer se e quando eu voltaria a ter um cardápio de jantar, agora que Ed tinha sumido? Por mais fabulosa que fosse a Wendy, eu não poderia lhe pedir para cumprir um turno à noite toda semana. Enquanto isso, o que eu diria quando as pessoas telefonassem para reservar uma mesa? *Ah, sinto muito. Só pudemos abrir naquela sexta-feira. Ambiciosa demais, essa sou eu!*

Olhei para nossa foto e senti uma fisgada por causa daquela noite maluca, caótica, e dos sentimentos de vitória que se seguiram. Agora era óbvia a razão por que Ed não quisera que tirassem sua foto, é claro.

– Obrigada, Betty – falei, tentando não soar chorosa. – Vou levar um exemplar.

Faria um recorte e o guardaria num livro de recordações, decidi. E talvez um dos entrevistados que eu ia receber na segunda-feira se dispusesse a tentar outro menu de fim de semana comigo. Sem dúvida, um deles daria conta do recado. Eu só precisava ter fé.

O fim de semana passou e nada de Ed entrar em contato ou dar as caras. Eu estava resignada com o fato de ele ter ido embora, mas isso não fazia com que me sentisse melhor. Na verdade, eu me achava mais idiota a cada dia que passava. Estivera vulnerável, recuperando-me do rompimento com Matthew, percebi tristemente, e ele havia tirado proveito disso.

– Mas foi tanto minha culpa quanto dele – choraminguei ao telefone com Amber. – Ele não me forçou a nada, fui uma presa fácil. Só... só achei que ele era melhor do que isso. E, na verdade, não passava de um...

– Um babacão – sugeriu Amber, para ajudar.

– É, exatamente. Um babacão completo. Um lobo em pele de chef.

Amber estava numa maré de sorte. Fora chamada pela BBC a fazer uma segunda audição para um novo papel que seria introduzido no seriado *Holby City*.

– Estou me borrando de medo – disse ela, animada –, mas empolgada também. Talvez essa seja a minha chance, Evie. Sei que é o que eu sempre digo, mas essa pode ser mesmo minha chance!

– Estou aqui de dedos cruzados por você.

Minha irmã Louise me surpreendeu, ligando para bater papo naquela noite.

– Quando podemos ir até aí para visitá-la? – perguntou. – Os filhos da Ruth não param de falar sobre a visita ao seu café, e os meus estão todos aflitos para ir também.

– Verdade? – indaguei, surpresa, com um calorzinho se formando no peito.

– É! Parece que não a vemos há séculos, Evie. Tem sido estranho aqui, sem você.

– Tem?

– É claro que sim! E eu fiquei muito triste quando soube do Matthew, aliás. Que idiota! Mas nunca achei que ele fosse bom o bastante para você, se quer saber.

– Não? Quer dizer... obrigada.

Percebi que estava embasbacada diante de todas as revelações que iam chegando pelo telefone e fiquei feliz por não haver ninguém por perto para me ver.

– E então, quando podemos ir? Que tal no último fim de semana de junho?

– Esplêndido! – respondi, ainda meio perplexa.

Louise e seus filhos queriam me ver. Eu, a ovelha negra! Sei que, na maioria das famílias normais, isso não seria nada fora do comum, mas, para mim, foi como o homem pisando na Lua. Flagrei-me sorrindo pelo resto da noite toda vez que me lembrava da conversa.

Na segunda-feira, o café ficou fechado e entrevistei meu rol de candidatos para o emprego de chef. A funcionária da delicatéssen de Wadebridge me informou que não estaria disponível para trabalhar nos fins de semana nem nos feriados (que, por mero acaso, vinham a ser nossos dias de maior movimento). O mestre das batatas fritas cheirava claramente a álcool, a despeito da bala de hortelã que mastigava. O ex-chef de pub, com seus 50 e não sei quantos anos, tinha um problema horrendo de higiene pessoal e confessou ter perdido o último emprego devido a uma briga com o gerente do restaurante.

– Não foi nada sério – disse, pouco convincente, enquanto eu ficava ali de olhos arregalados, horrorizada. – Não machuquei ninguém.

Resumindo, eram todos um caso perdido. E, como se não bastasse, recebi uma visita-surpresa do Carl, que entrou quando eu estava na metade da terceira entrevista do dia, perguntando se poderia ter seu antigo emprego de volta, já que fora inesperadamente "dispensado" do último local de trabalho. O ex-chef do pub virou-se de um modo tão agressivo que achei que ia desafiar Carl para um duelo.

– Carl, na verdade estou fazendo entrevistas para o cargo de chef neste momento – respondi, irritada. – E creio que, no seu caso, a resposta seja não.

– Mas... – começou ele.

O ex-chef do pub empertigou-se na cadeira, ameaçador:

– Você ouviu o que ela disse. – Meio que esperei que começasse a estalar os nós dos dedos. – Cai fora.

Toda a experiência das entrevistas foi sumamente deprimente. Mal pude acreditar que não havia um único candidato adequado, capaz de chegar perto da mestria do Ed. Eu tivera uma sorte danada com ele, percebi. E senti sua falta mais do que nunca. Telefonei para Wendy e implorei que ela me fizesse mais alguns pastéis de forno para a semana seguinte, depois tornei a ligar para as agências de empregos, para saber se havia alguém que pudesse se interessar pelo emprego a longo prazo. Elas não me pareceram esperançosas.

– Vamos ver o que podemos fazer – falaram. – Mas você está isolada aí. É mais difícil achar alguém quando as pessoas precisam de carro para ir e vir do trabalho.

Mergulhei na melancolia. Talvez eu houvesse sonhado alto demais. Talvez tivesse sido por isso que Jo havia acabado empregando pessoas incompetentes como o Carl e a Saffron. Talvez eu tivesse me precipitado ao dispensar o Carl mais cedo, quando ele apareceu com o rabo entre as pernas. Deveria lhe dar outra chance?

Soltei um grande suspiro, contemplando pela janela a chuva forte, que começara a apertar de novo. Recontratar o Carl seria um claro retrocesso. Eu podia estar desesperada, mas não tanto assim. Não. *Ainda não está na hora de desistir, Evie*, lembrei a mim mesma. No dia seguinte eu teria a equipe da televisão, e havia também a noite das garotas. Seria uma noite fabulosa – todas as mulheres do vilarejo pareciam estar marcando cortes e escovas de cabelo de urgência com Sheena, a cabeleireira que atendia em casa, e discutindo animadamente o que vestiriam, na expectativa de aparecerem na televisão. O café prosperava, a comunidade me aceitara e havia uma porção de coisas boas acontecendo.

Ainda não está na hora de desistir. Eu continuaria a repetir isso para mim mesma até finalmente acreditar.

Dormi mal na noite de segunda-feira. Não só fiquei me revirando de um lado para outro, pensando se algum dia ia encontrar um chef tão bom quanto Ed, e em todas as coisas que queria fazer para deixar o lugar perfeito para a filmagem do dia seguinte, mas a chuva voltou a martelar torrencialmente e um vento feroz soprou em rajadas ao redor do café. O prédio tinha uma estrutura bem desordenada, uma mistura de partes novas e antigas. A cozinha e a área do salão tinham apenas um andar, tendo sido acrescentadas posteriormente à estrutura original, enquanto a parte central mais antiga, onde ficava o apartamento, possuía dois andares, como a ponte de um navio. Nessa noite, com a ventania uivando ao redor e o prédio estalando e rangendo, tive mesmo a impressão de estar num navio em alto-mar. No fim, enfiei uns protetores nos ouvidos para bloquear o barulho, pus o travesseiro sobre a cabeça e acabei adormecendo.

Quando acordei na manhã seguinte, o sol brilhava e sorri ao pensar na equipe de filmagem chegando a Carrawen dali a poucas horas e captando em filme toda a sua beleza ensolarada. Viva! Naquele dia, eu não deixaria me abater pelo problema do chef: este era o dia em que meu café à beira-mar seria filmado para o Channel 4. Senti-me como uma noiva na manhã do dia do casamento, nervosa e agitada, e torcendo para que tudo corresse bem. *Por favor*, permita que tudo dê certo, pedi entre os dentes. Seria típico da minha sorte acontecer alguma desgraça na hora da filmagem, como uma praga de ratos ou gafanhotos emergindo da cozinha, tudo sendo transmitido em rede nacional. Seria dar adeus ao café, em outras palavras.

Mas isso não ia acontecer. *Não* aconteceria naquele dia. O universo tinha me proporcionado um golpe de sorte ao pôr Francis no meu caminho, e eu ia provar ao país inteiro que o Praia Café, em Carrawen Bay, era o melhor estabelecimento da Cornualha.

Tomei uma chuveirada rápida e desci calmamente para tomar o café da manhã. E foi então que soltei um grito de susto e desolação, seguido por muitos xingamentos e vontade de chorar. Ah, meu *Deeeus*...

– Não! – exclamei, angustiada, lágrimas brotando nos olhos. – Ah, não! Hoje não!

Por que isso tinha que acontecer justo hoje?!

A tempestade devia ter sido ainda pior do que eu imaginara. Meus protetores de ouvido também pareciam ter comprovado sua resistência de padrão industrial, capazes de bloquear os barulhos mais altos – como o do telhado do meu café ruindo durante a noite.

Porque, sim, era uma desgraça. O universo estava apontando o dedo e rindo de mim, com a barriga de tanto gargalhar por causa da pedra mais recente que havia colocado no meu caminho para estragar tudo. Fiquei olhando para cima e para baixo, na esperança de ter cometido um erro, de estar sonhando, ou de aquilo ser um truque bizarro da luz, mas não: havia mesmo um rombo gigantesco no teto. Dava para ver o céu azul-pálido através dele. Havia enormes pedaços de gesso no chão, bem no meio do café, rodeados por imensas poças de água da chuva, como ilhas num lago.

Merda. *Merda*. Merda elevada à megazilionésima potência. Tornei a conferir, olhando para cima e para baixo. O rombo continuava lá. Os escombros no chão continuavam lá.

Murchei de desolação, me apoiando numa das paredes. As lágrimas corriam por meu rosto. Já era o programa de tevê. Já era a gloriosa vitória da noite das garotas. Como é que eu poderia sequer abrir o café, com o risco de pedaços do teto caírem na cabeça dos clientes? Estava tudo cancelado. Lá se ia a sensação de ser uma noiva na manhã do casamento – agora, eu me sentia como a noiva largada no altar depois de lhe ser arrancado, no último minuto, o "felizes para sempre" que fora prometido.

Está bem. Controle-se, Evie. Faça alguma coisa a respeito. Seja prática, comece a resolver o problema. Coisas piores já aconteceram. Talvez o pessoal da televisão espere uns dias até eu consertar o teto e mandar limpar tudo. Mas, ah, logo hoje tinha que dar tudo errado...

Após alguns minutos torcendo as mãos, fiz o que qualquer homem ou mulher de negócios dotados de competência e assertividade faria numa crise: telefonei para meu pai.

– O seguro está em dia? – foi a primeira coisa que ele perguntou.

Boa pergunta. Eu não fazia a menor ideia.

– Está – respondi, cruzando os dedos.

– Se houver muitos estragos, você vai precisar chamá-los para fazer uma vistoria. Não comece nenhuma reforma sem o aval deles. Você pode perder a cobertura se começar os consertos por conta própria.

Suspirei.

– Mas eu preciso de tudo consertado para hoje à noite, pai. Vai haver uma equipe de televisão filmando aqui e...

– Esta noite? – Ele bufou. – Só se você tiver muita sorte.

Liguei para a seguradora (eu *estava* com os pagamentos em dia, felizmente). Eles disseram que precisariam de dois dias úteis para mandar alguém vistoriar a propriedade, para que eu pudesse pleitear e receber a indenização do sinistro. Respondi que não dispunha de dois dias. Dois dias estavam fora de cogitação. Pedi que viessem mais cedo, digamos, dali a uma hora. Aliás, cheguei a usar a expressão "estou implorando", e deixei escapar algumas lágrimas.

A mulher do outro lado da linha não chegou propriamente a rir por causa da minha falta de noção, mas imagino que tenha chegado perto.

– Sinto muito – disse em tom meloso, soando como se não desse a mínima. – O mais cedo que podemos ir é na quinta-feira.

Desliguei o telefone e tornei a me debulhar em lágrimas.

E agora?

Capítulo Vinte e Seis

Eu estava à beira do desespero quando Rachel e Leah apareceram para trabalhar.

– Meu Deus, o que aconteceu aqui? – perguntou Rachel, arregalando os olhos quando a deixei entrar. – Isso foi por causa da tempestade?

– Caramba! – exclamou Leah. – Que bagunça! – Fez então um ar ainda mais horrorizado. – Mas e a filmagem?

Suspirei.

– Acho que a filmagem está suspensa – respondi com tristeza. – A seguradora não vai cobrir meu prejuízo a menos que eu passe pela lentidão estúpida da burocracia deles, e não tenho como bancar outra pessoa para vir fazer o conserto. – Corri as mãos pelo cabelo. – Acho que eu seria capaz de subir no telhado e tentar remendar o buraco sozinha, só que...

Rachel balançou a cabeça.

– De jeito nenhum, Evie. É melhor você não fazer isso.

– Não – concordei. – E não é só o telhado do lado de fora; o teto aqui dentro também é um problema enorme. Já caiu uma porção de gesso, e não sei quanto mais vai...

Dei um pulo quando um pedaço enorme de gesso cinzento despencou da borda do buraco e se espatifou no chão, como que para provar minha afirmação. Leah gritou, e nós três nos afastamos, assustadas, olhando para o teto com desconfiança, como se tudo pudesse desabar sobre nossa cabeça.

– Ai, cara! – Eu gemi. – Olhem, talvez vocês devam ir para casa. Não é seguro aqui. Não vamos abrir hoje.

Senti vontade de chorar, sem saber realmente o que fazer.

– Puxa, amiga – disse Rachel, passando um braço pelos meus ombros. – Eu também estava muito ansiosa: o grande dia do café.

– Eu sei. Mal posso acreditar. Essas coisas sempre acontecem comigo. Eu e meus sonhos idiotas de grandeza...

– Bem, ainda temos o dia de hoje – disse Leah, com as mãos na cintura. – Eles só vão filmar à noite, portanto... – Tornou a levantar os olhos para o buraco no telhado, assumindo uma expressão de dúvida. – Com certeza podemos fazer *alguma coisa*, não é? Deve haver um construtor local que possa atender a uma emergência.

– É, mas tenho que pensar no custo – retruquei, também olhando para o buraco. O céu azul parecia zombar de mim através dele. – Pode ser um conserto de centenas ou milhares de libras, e não tenho essa grana. – Dei outro suspiro. – Vou ter que aguentar até o seguro liberar o dinheiro. Ver se Francis pode esperar um pouco.

Rachel fez uma careta, como se isso lhe parecesse improvável, mas não teve coragem de falar.

– Hum... Mas ele parecia estar com pressa, não é?

Houve um momento doloroso de silêncio, e eu estava prestes a mandá-las embora, dar os próximos dias de folga, quando Leah falou:

– Tenho uma ideia – disse, pensativa. – Por que não pedimos ao Jono para dar uma olhada? Ele já trabalhou em canteiros de obras, talvez possa lhe dar alguma orientação.

Jono era um de seus amigos mochileiros, se eu bem lembrava.

– Já seria alguma coisa – concordei. – Ele deve entender mais disso do que nós, talvez tenha ideia do preço. Ele está por aqui hoje?

– Ainda estava dormindo quando saímos – disse Rachel. – Leah, pode ir lá tirá-lo da cama? Chame o Craig e os outros caras também. Eu fico para ajudar na limpeza, Evie.

Leah saiu.

– Obrigada – falei. – Vou pegar o esfregão e a vassoura. – Então, parei. – Você disse que Craig está aqui? Quer dizer, seu Craig?

Ela corou violentamente.

– É – confirmou. – Ele chegou ontem. É *muito* bom vê-lo de novo.

Abracei-a, esquecendo momentaneamente meu café destruído.

– Ah, isso é ótimo. Um viva para você e o Craig! Quer dizer que está tudo bem, não é?

– Sim – respondeu Rachel, radiante. – Tudo bem mesmo. Só quando o vi foi que percebi a saudade que estava sentindo dele. Estou superfeliz por termos voltado.

– Ah, olha só você ficando toda envergonhada. Estou impressionada por ter conseguido se afastar dele. Florence também vai ficar toda contente, não é?

Começamos a fazer a limpeza com cuidado, evitando ficar embaixo do rombo do teto, enquanto íamos secando devagar o imenso lago de água da chuva acumulada no chão. Annie chegou pouco depois, com novos bolos, e soltou um grito de susto ao ver o que tinha acontecido.

– Ah, não! – exclamou, arregalando os olhos, desolada. – Ah, que pena! De todas as horas para isso acontecer, justo antes da sua grande noite!

– Eu sei. – Notei que Annie tinha cortado o cabelo e me senti ainda pior. Sabia que ela não tinha dinheiro sobrando para gastar em coisas banais como aquilo. Devia ter ficado empolgadíssima com o programa de televisão para fazer isso. – Você por acaso conhece um telhador bonzinho e amigo que pudesse vir aqui resolver por um preço camarada? – perguntei, e fiz uma careta, ao ouvir como soava patética e desesperada.

– Não – admitiu ela, pondo as caixas de bolo numa mesa e franzindo a testa –, mas... deixe-me pensar. Quem poderia ajudar? – Seu rosto se iluminou. – Bem, pessoalmente, não conheço nenhum telhador, mas sei de alguém que deve conhecer. Talvez valha a pena tentar.

– Quem? – perguntei.

– Me dê dois minutos – disse ela, com um brilho no olhar. – Não estou prometendo nada, mas... dois minutos!

E disparou para fora do café antes que eu pudesse perguntar mais alguma coisa, e seguiu apressada em direção à avenida principal.

Um lampejo de esperança tomou conta de mim, mas, quando os dois minutos se transformaram em cinco e, depois, em dez, a breve onda de otimismo esvaziou-se aos poucos. Rachel e eu continuamos tentando secar a água do chão, mas era muita coisa, e o gesso empapado deixava manchas cinza nas lajotas do piso.

Então a porta tornou a se abrir.

– Estamos fechados! – falei, automaticamente, enquanto me virava.

Então me levantei, quase envergonhada ao ver que era Francis com uns dois sujeitos.

307

– Só estamos dando uma passada para confirmar os detalhes para logo mais – disse ele, e parou, assimilando o cenário de devastação. – Ah! Puxa vida.

– Sim – concordei, tornando a desanimar por completo ao visualizar o café pelos olhos dele. – Eu ia telefonar, Francis. Talvez tenhamos que adiar a gravação. Seria possível adiarmos a filmagem por um ou dois dias, até eu resolver isto?

Cruzei os dedos por trás do cabo do esfregão, mas ele já balançava a cabeça.

– Sinto muito – respondeu. – Já estamos com o cronograma apertado, até por eu ter introduzido esta parte extra, para começo de conversa, que realmente acho que não...

Ele e a equipe trocaram olhares.

– Acho que poderíamos apenas trocar a locação – sugeriu um deles. – Filmar no pub ou...

Francis não pareceu convencido.

– Mas era este lugar aqui que eu realmente queria. A atmosfera não será a mesma no pub. É barulhento demais, para começar, e não vai haver toda a vibração comunitária que estamos procurando. Droga – acrescentou, coçando a cabeça.

Vi que alguns membros da equipe pareciam irritados, obviamente nem um pouco satisfeitos por terem sido arrastados até a Cornualha por um capricho de Francis, só para a coisa toda afundar antes mesmo de acontecer.

– Sinto muito – lamentei, desolada. – Estou tentando resolver o problema, mas...

Parei e olhei pela janela ao notar que um grupo de pessoas vinha andando pela praia em direção ao café. Lá estavam Annie e Leah, mas também vários homens que não reconheci, alguns carregando caixas de ferramentas. Outros falavam aos celulares.

– Espere aí – murmurei. – O que é isso?

Rachel espiou pela janela.

– Bem, ali estão o Craig e o Jono – disse, apontando os dois homens logo à frente – e, quanto aos demais, bem... para mim, parece a cavalaria. – Ela sorriu para Francis e disse: – Acho que você está prestes a ver a comunidade de Carrawen Bay em ação. Na verdade, talvez deva começar a filmar agora mesmo.

Levei a mão à boca, incrédula.

– Ai, meu Deus – murmurei – Eles todos estão mesmo aqui por minha causa? – Soltei uma risadinha nervosa. – Não pode ser! Impossível!

Rachel apertou minha mão.

– Pode acreditar, amiga. – Ela riu e saiu correndo para o deque. – Oi, rapazes. Por aqui!

Ela estava certa. *Era* mesmo a cavalaria de Carrawen Bay – para ser mais exata, o namorado da Rachel, Craig (que era lindo de morrer), Jono, de Auckland, Alec, o marido da Betty, que trabalhava como faz-tudo antes de se aposentar, Tim, o carpinteiro, e Wes, o mestre de obras.

– Isto é só o começo – disse Annie, com um largo sorriso, enquanto todos subiam a escadinha para o café. – Assim que contei para a Betty que a noite das garotas estava correndo risco, ela correu para o telefone. Ligou para vários amigos do Alec. A notícia circulou, e todo mundo vai ajudar.

Fiquei boquiaberta e, por um momento, mal consegui falar, de tão perplexa, tamanho meu espanto diante da generosidade das pessoas e sua disposição de ajudar. Então me voltaram à lembrança as palavras do meu pai, sobre a seguradora não indenizar os gastos se eu fizesse a reforma por conta própria.

– Esperem! – pedi, quase envergonhada por começar a falar em dinheiro, quando todos haviam vindo tão depressa me socorrer. – Hum… quanto vai custar isso? Digo, é o máximo, não me entendam mal, mas não tenho muito dinheiro, então…

O marido da Betty riu.

– Querida, você é um amor – retrucou, com um sotaque mais denso que coalhada. – Depois do que você fez pelo Jamie, a patroa arrancaria a minha cabeça se eu lhe cobrasse alguma coisa. Além disso – acrescentou, dando uma cutucada em mim e uma piscadela para os amigos –, o pessoal vai lá em casa logo mais para ver a luta de boxe. Estávamos querendo tirar Betty de casa à noite. Mas, *psiu*, você não me ouviu dizer isso, sim?

Também ri.

– Não ouvi nada – garanti.

– Vamos cuidar disso para você, menina, não se preocupe – disse Tim, o carpinteiro. Meu palpite era que estava na casa dos 50, um sujeito baixo, magro e musculoso, de cabelo grisalho e olhos azuis que contrastavam com a pele muito bronzeada. – O Bob, nosso telhador, também está a caminho, e mais tarde um dos rapazes vai refazer o teto de gesso para você.

– Isto é incrível! – Eu ouvi Francis dizer em voz baixa a sua equipe. – É perfeito para o programa. Vamos começar a gravar.

E assim começou a faxina geral da cavalaria de Carrawen. E não foram só trabalhadores da construção civil que apareceram para ajudar. Era óbvio que a notícia se espalhara de casa em casa, e gente de todo o tipo apareceu para dar uma mãozinha. Jamie e seus amigos vieram ajudar, as mulheres do grupo de leitura trouxeram esfregões, baldes e desinfetante, e Lindsay, do pub, mandou até seu faxineiro com instruções para me ajudar, além de me enviar uma garrafa de vinho. ("Para beber em caso de emergência", estava escrito no rótulo.) Enquanto isso, Francis e sua equipe ligaram as câmeras e filmaram tudo.

Mantive-me ocupada na cozinha, servindo bebidas, bolos e sanduíches de graça a todos, pois era o mínimo que eu podia fazer. Wendy, ao chegar, foi pegando os pedidos de pastéis (exagerando a encenação, sem a menor vergonha diante das câmeras) e, em seguida, preparou tudo.

– Não é o máximo? – disse, com um sorriso largo.

Eu não poderia estar mais de acordo. Na verdade, nem conseguia acreditar que aquilo tudo estivesse acontecendo – que tanta gente houvesse aparecido para me ajudar. Lá estava eu, a donzela em perigo de novo, só que, dessa vez, não tinha precisado de um homem para me salvar. Dessa vez, o vilarejo inteiro havia corrido para me socorrer. Isso é que era comovente. Isso é que era de admirar. Ali estivera eu, fazia apenas uma hora, maldizendo a porcaria do meu azar, quando, na verdade, eu era a mulher mais sortuda do mundo, tendo ao meu redor essas pessoas incríveis, que souberam do meu infortúnio e vieram me ajudar.

Senti um nó tão grande na garganta, ao entregar cafés aos operários da construção, aos faxineiros e a todos os outros que haviam aparecido para dar uma mãozinha, que mal conseguia falar. Não fazia muito tempo, eu me perguntara se isso era um pesadelo. Agora, estava convencida de que só podia ser um sonho bom. Um sonho realmente adorável, desses água com açúcar, que é impossível que sejam verdadeiros.

Então ouvi uma voz conhecida atrás de mim:

– Evie? Ah, meu Deus! O que aconteceu aqui?

E eu soube com certeza absoluta que só podia estar sonhando, porque a voz era muito parecida com a do Ed, o que era impossível. Eu devia estar febril, concluí, ignorando a voz. Atordoada com o susto. Porque Ed tinha ido embora, não é? Logo, não podia de jeito nenhum...

– Evie – disse a voz, de novo, e então ele parou diante de mim, e meus olhos se arregalaram o máximo possível, como se não conseguissem assimilar o que viam, como se houvessem esperado nunca mais revê-lo.

– Ah – falei, feito uma idiota. E, em seguida: – Você voltou.

– Que diabo aconteceu aqui? – perguntou ele, correndo os olhos pela aglomeração de pessoas e pelo teto danificado.

Meu choque ao vê-lo deu lugar a um súbito acesso de raiva. Ele achava mesmo que podia entrar na minha vida de novo, sem mais nem menos?

– Que diabo aconteceu *com você*? – retruquei, bem grosseira.

Ele baixou a cabeça. Parecia cansado, notei, exibindo uma barba de um ou dois dias por fazer, além de olheiras profundas.

– Sinto muito – disse Ed. – Sinto muito por ter ido embora, e por não ter sido franco com você desde o começo. Devia ter contado tudo antes, mas...

– Cuidado com a cabeça! – gritou Tim, o carpinteiro, entrando com algumas ripas, e saímos da frente para deixá-lo passar.

– Olhe, realmente não posso conversar agora – expliquei a ele –, mas não fuja, está bem? Quero muito conversar com você.

Ele assentiu.

– Também quero conversar – disse, com expressão séria. – E não vou fugir para lugar nenhum. O que posso fazer para ajudar?

– Vá se apresentar a Wendy na cozinha. Você vai gostar muito dela.

Em poucas horas, o café parecia novinho em folha. O buraco no telhado tinha sido fechado e impermeabilizado, ganhando novas telhas. Por dentro, o teto fora consertado, recebendo novas placas de gesso.

– É melhor deixar secar por alguns dias – disse o gesseiro, Mark (acho que era esse o nome dele. Enfim, era marido de uma das mulheres do grupo de leitura). – Uns dois dias devem ser suficientes, e aí você pode passar a tinta.

Comovida, abracei todos e tentei lhes pagar pelo tempo que tinham gasto me ajudando, mas nem uma única pessoa concordou em aceitar meu dinheiro.

– Está tudo bem, querida – disse um dos trabalhadores. – Mas, sabe, o aniversário de 21 anos da minha filha está chegando. Podemos fazer uma festinha para ela aqui no café?

– É claro, com certeza! – respondi, encantada. – O prazer seria meu. Avise-me qual data quer e podemos conversar sobre os detalhes, está bem?

Tim, o carpinteiro, quis saber se eu voltaria a abrir o café para eventos noturnos, mas não consegui me dispor a olhar para Ed, que zanzava pelo café, muito sem graça, como se não soubesse o que fazer.

– Não sei ao certo – admiti, com franqueza. – Mas, se abrirmos, Tim, traga sua esposa e vocês dois poderão jantar por conta da casa, sim? O mesmo vale para todos aqui. Estou em dívida com vocês. Obrigada. Vocês são o máximo!

Eu estava tão esgotada com aquela sequência extraordinária de acontecimentos – e tão aflita para conversar com Ed, ainda por cima – que, terminado o trabalho de reconstrução, resolvi fechar o café pelo resto do dia. Era impossível simplesmente servir pastéis e sorvetes como se nada tivesse acontecido. Pelo modo como Rachel estava aninhada junto a Craig, imaginei que não se importaria muito de ganhar a tarde de folga.

– Vejo vocês mais tarde, na nossa noite das garotas – disse a ela, Leah e Wendy, quando as três saíram.

Francis e sua equipe guardaram seu equipamento, todos com ar muito satisfeito.

– Uau! – exclamou Trev, o técnico de som, sorrindo. – Foi muito legal. Tem certeza de que você não providenciou tudo isso para aparecer na tevê?

– Até parece! – respondi, rindo.

Então soltei um gemido ao perceber, tardiamente, que não estava usando um pingo de maquiagem nem tinha secado o cabelo com o secador naquela manhã. Hum… Vai ficar irresistível na sua estreia na televisão, Evie.

– Na verdade – acrescentei, olhando para mim mesma e me dando conta, tarde demais, do short jeans surrado e da camiseta roxa que estava usando, ambos salpicados de pó de gesso e água sanitária –, não sei se vocês vão poder chamar isso de "programa de qualidade", quando estou uma baranga. Droga! Cadê o pessoal do cabelo e maquiagem quando a gente precisa dele? – Todos riram. – Vou estar com uma aparência melhor mais tarde, prometo. – E então, com um medo súbito de eles acharem que tinham passado tempo suficiente no meu café por um dia, acrescentei: – Vocês vão voltar, não é? Para a noite das garotas?

– Ah, vamos! – confirmou Francis. – Estamos ansiosos. Até logo, Evie.

Depois saíram, e apenas Ed e eu ficamos parados ali, sem jeito. O café pareceu muito silencioso e vazio depois de tanta atividade. Engoli em seco.

– Então... – comecei, na mesma hora em que ele disse "Bem..." em um tom igualmente constrangido.

Ambos rimos, nervosos, e nos encaramos nos olhos pela primeira vez. Ele continuava lindo como sempre, pensei, com o coração acelerando, e eu continuava a gostar dele exatamente como naquela noite fatídica em que tínhamos dormido juntos. Senti a centelha entre nós, aquela pulsação de desejo, mais forte que nunca, porém...

Porém.

Eu continuava sem saber aonde ele fora, o que tinha feito, lembrei a mim mesma. Esse era o homem que me deixara em polvorosa, que me fizera chorar no travesseiro nas últimas noites. Gato escaldado tem medo de água fria, pensei, baixando os olhos. Não me deixaria enganar outra vez.

– Será muito abuso eu fazer um café para nós? – perguntou ele, rompendo o silêncio.

– Não – respondi, tentando soar descontraída e confiante. – Se bem que, na minha opinião, depois de o meu teto desabar e de eu ser filmada para o Channel 4 parecendo um lixo, acho que a situação pede alguma coisa mais forte. Quer uma cerveja?

– Você não está parecendo um lixo, Evie – disse ele. – Mas, sim, eu gostaria muito de uma cerveja. Por favor.

Tirei duas garrafas de San Miguel da geladeira – certo, tudo bem, também foi para tomar coragem – e as abri. Depois, sentamos um de frente para o outro, com as garrafas na mesa entre nós. Muito bem. Eu meio que esperava que trompetes começassem a soar. *Que as explicações comecem!*

Ed pigarreou.

– Passei os últimos dias em Londres – disse, sem nenhum preâmbulo. – Tinha umas coisas para resolver... reuniões com meu advogado e meu contador. E ontem também estive no tribunal. – Fez uma careta de sofrimento, desviou os olhos para o teto e me encarou de novo. Suas mãos tremiam. – Não a culpo por ter lido aquelas coisas a meu respeito na internet – disse, abalado. – Eu teria feito o mesmo. Eu deveria ter contado tudo desde o começo. Na verdade, tinha plena intenção de fazer isso naquela noite em que vim para cá e nós acabamos ficando bêbados e nos beijando. Mas... – Ele baixou a cabeça. – Perdi a coragem no último minuto.

Senti pena dele, não pude evitar.

– Conte agora – insisti. – O que aconteceu?

Ele deu um enorme suspiro.

– Foi uma confusão danada. Mas o resumo é que eu administrava o Silvers, o restaurante, com a Melissa, minha esposa na época. No começo, fomos muito bem. Boas críticas, casa cheia todo fim de semana, tudo corria às mil maravilhas. – Fez uma careta. – Bem, era o que eu pensava, pelo menos. Infelizmente, a verdade é que Melissa estava tendo um caso com um de nossos fornecedores, e os dois haviam arquitetado um plano para me ferrar.

Fui bebendo a cerveja enquanto escutava, os olhos cravados nele.

– Ela sempre havia cuidado da contabilidade, mas o que eu não sabia era que tinha começado a desviar dinheiro para ele, fazendo pagamentos superfaturados. Acontece que o restaurante estava no meu nome e era eu que aprovava as contas. Não me dava o trabalho de verificar os detalhes, porque... bem, eu confiava nela.

Assenti. Era compreensível.

– Um dia, a Receita fez uma auditoria das contas. É óbvio que eles achavam que havia alguma coisa suspeita acontecendo. Embora a fraudadora tenha sido a Melissa, o culpado fui eu aos olhos da lei, porque as contas estavam no meu nome.

– Que merda. Mas você não pôde dizer a eles que não tinha sido você?

Ed balançou a cabeça.

– Não é assim que funciona, infelizmente. – Ed parecia tão triste que tive vontade de abraçá-lo. Não, não, lembrei a mim mesma, depressa. Nada de abraços. Primeiro os fatos, antes de qualquer outra coisa. – E, então, tudo veio à tona: ela estava tendo um caso fazia meses e planejava me deixar.

Não pude deixar de estremecer. Que traição. Que facada nas costas.

– Nossa – comentei, baixinho. Matthew podia ter sido um babaca, porém ao menos não tinha me sacaneado de um modo tão espetacular. – E aí, você teve que assumir a culpa?

Ed fez uma careta.

– Eu não queria. Na verdade, meu advogado insistiu em que eu a envolvesse no processo, a dedurasse e distorcesse as coisas para que o foco recaísse sobre ela.

– Bem, claro, e com toda razão – falei. – E por que você não fez isso?

– A questão... – disse ele, desviando os olhos. – A questão foi que ela me disse que estava grávida.

– Ah.

– E não suportei a ideia de um filho nosso crescer e descobrir que tínhamos enfrentado um processo público enorme nos tribunais, estraçalhando um ao outro... que é o que teria acontecido.

– E, por isso, você assumiu a culpa – comentei, compreensiva.

Foi nobre da parte dele, pensei.

Ed confirmou com um aceno da cabeça.

– É. Bem, assumi, até descobrir que não era realmente o meu filho que ela estava carregando. Este foi o primeiro erro dela em toda essa história: me contar que o bebê era filho do Aidan. Filha do Aidan, melhor dizendo. A menina nasceu há duas semanas. Quando descobri isso, há uns dois meses, tudo mudou. E foi por isso que tomei um porre e dei um soco na cara dele.

Tudo foi se encaixando.

– A acusação de agressão – falei, juntando as peças na cabeça.

– Sim. Não me orgulho disso, mas... – Tomou um longo gole da cerveja. – Bem, está certo, até que gostei de quebrar a cara dele. Devia ter feito isso há muito tempo.

– E o que aconteceu ontem no tribunal?

Ed sorriu, mas foi um sorriso amargo, e havia uma expressão dura em seu olhar.

– A acusação de agressão foi retirada e anularam a condenação por fraude. A polícia levou Aidan e Melissa para interrogatório, e eu estou livre de suspeitas.

– Meu Deus! – falei, olhando-o fixo. – Que pesadelo!

Não era de admirar que ele houvesse buscado refúgio na Cornualha. E também não era de admirar que tivesse escondido toda essa história.

– Por isso, lamento não ter sido sincero, mas agora você sabe.

Ed havia assumido uma expressão ansiosa, como se temesse meu julgamento.

– Obrigada por me contar – falei, num tom que pareceu formal até mesmo para os meus ouvidos. – E o que vai acontecer agora? Por quanto tempo você ainda vai ter que ser babá de cachorro? E... o que vai fazer quando acabar seu período aqui?

– Bem... – Ele estendeu o braço e tocou minha mão. – É sobre isso que eu queria falar com você.

315

Senti meu corpo inteiro palpitar e fervilhar por dentro quando seus dedos longos e fortes envolveram os meus.

– Sim? – instiguei-o, sentindo o coração enlouquecer de repente.

– Passei a gostar muito daqui – disse Ed, com os olhos nos meus. Foi como se as paredes do café sumissem de repente, como se só existíssemos nós dois no mundo, fitando um ao outro naquele momento. – Gosto de trabalhar no café, gosto muito das pessoas daqui… Quer dizer, isso que aconteceu hoje foi incrível. Nunca teria acontecido em Londres.

Tentei fazer piada, subitamente dominada pela intensidade do seu olhar.

– Ah, foi só porque eles queriam aparecer na tevê – retruquei, com uma risadinha.

Ed balançou a cabeça.

– Não. Bem, sim, em parte, mas também foi por sua causa. Porque você é muito especial e… encantadora.

Enrubesci, sentindo as bochechas arderem com o elogio e a ternura da voz dele.

– É sério – disse Ed. – Voltei para Londres e só conseguia pensar na saudade que sentia deste lugar. Na saudade que sentia de você. Eu não conseguia pensar direito nem tomar decisões sobre o futuro, com esse processo judicial pairando sobre a minha cabeça. Tinha medo que tudo desse errado, que eu acabasse sendo condenado, até preso. Mas, agora que acabou, é como se uma névoa houvesse se dissipado. Quero fazer planos, quero tornar a olhar para a frente. Quero… – Ele apertou minha mão, e foi como se um raio atravessasse meu corpo. – Quero ficar com você.

Não tive como impedir: soltei algo que era uma mistura de risada e grito, de tão feliz e emocionada que fiquei com o que ele disse.

– Também quero. Senti muita saudade de você. Quando você foi embora, eu me senti péssima, como se tivesse estragado tudo, como se nunca houvesse conhecido você de verdade. E agora que você voltou, estou muito, muito contente e…

E então nos beijamos, e tive certeza de que era isso, esse era o meu "felizes para sempre". E me senti de novo como uma noiva no dia do casamento, como se este fosse o dia mais feliz e mais perfeito da minha vida.

Epílogo

Três meses depois

– *Pssssiu*, já vai começar.

– Ah, meu Deus! Depressa, alguém quer outra bebida?

– Não, só venha sentar, e ande logo. Cadê minha mãe? Mãe! Está começando! Vem para cá.

Era uma noite de quinta-feira no fim de setembro, e o Velocino de Ouro estava abarrotado, sem um lugarzinho vazio. Lindsay mandara montar o telão, que costumava guardar só para os jogos da Inglaterra, e todos vibraram quando apareceu o logotipo do Channel 4.

– Lá vamos nós!

"E agora é hora de *Dispatches*", disse em tom suave a locutora. Alguém soltou um viva. "E o programa de hoje se chama *Grã-Bretanha: Somos Unidos?*"

Todos tornaram a dar vivas, e Ed sorriu para mim. Estávamos no pub para assistir ao documentário que Francis e sua equipe tinham feito e, em seguida, por ser final da temporada, faríamos uma festa na praia, para comemorar o verão incrível que tivéramos. Eu tinha usado o dinheiro dos pais da Phoebe para bancar um bufê, bebidas e fogos de artifício, e mal podia esperar.

Tinha sido o melhor verão da minha vida. Assim que seus amigos voltaram de viagem e ele lhes devolveu a cadela, Ed foi morar comigo e estava a meu lado desde então. Eu o amava. Decididamente, estava apaixonada. Ele me fazia rir, me fazia feliz, e eu gostava mais dele que de qualquer homem com quem já tivesse me envolvido. E seus sanduíches de bacon pós-sexo também eram imbatíveis.

Com ele de novo na cama, digo, na luta, estávamos administrando o café juntos. Contratamos Wendy para assar os pastéis de forno, que ela fazia em casa e cujos lotes entregava a cada dois dias; havíamos ramificado as atividades, criando um serviço de bufês para casamentos e outras festas, e tínhamos instalado um novo gazebo na área do deque, para podermos oferecer jantares todas as sextas-feiras e sábados do verão, quaisquer que fossem as condições do tempo. Fomos ganhando cada vez mais destaque e, depois que o pai da Phoebe mandou um de seus colegas do *Times* fazer uma crítica do café para o suplemento de sábado, num dia de agosto, não paramos de trabalhar nem um segundo pelo resto da temporada.

A conselho de seu advogado, Ed tinha movido uma ação por danos morais depois do processo no tribunal e, recentemente, ficáramos sabendo que receberia uma grande indenização em fevereiro. Ele me perguntou o que eu acharia de ele investir esse dinheiro na expansão do café e, a princípio, hesitei, lembrando o que a tia Jo sempre dizia: jamais misture sua vida profissional com sua vida amorosa. Mas, depois, olhei para o rosto compenetrado e encantador do Ed e soube que Jo ficaria maravilhada por eu ter encontrado um homem tão, tão bom.

– Parece esplêndido – respondi, feliz.

– O único problema é que talvez precisemos tirar umas férias longas durante a obra. Calculo que haja dinheiro suficiente para passarmos algumas semanas em um lugar realmente incrível. O que acha?

– Acho… que você é o máximo! – respondi, atirando-me em seus braços. – Sabe, eu sempre quis ir à Índia…

Ele sorriu.

– Então vamos fazer isso. Eu nunca soube dizer não a um curry de peixe goense.

Enquanto isso, levaríamos as coisas num ritmo um pouco mais lento no café, abrindo apenas nos fins de semana e dispondo de algum tempo de folga durante a semana. Nossa noite das garotas, às quintas-feiras, continuou sendo um sucesso, e eu andava pensando em criar também um clube de fotografia. Haviam pedido ao Ed para fazer um curso de culinária para os moradores do vilarejo, e ele também estava me ensinando a surfar. Tudo ia bem.

Enquanto isso, no telão, o programa havia começado, com a câmera oferecendo uma panorâmica de um conjunto habitacional que parecia deserto.

Havia janelas quebradas, lixo soprado pelo vento nas calçadas, e o parquinho infantil tinha sido vandalizado e estava coberto de pichações. "Os políticos e os historiadores nos dizem que a sociedade entrou em colapso", disse o narrador em *off*, "que já não existe comunidade, que nossa população se tornou insular, que o ser humano se dessensibilizou. O propósito original deste documentário era examinar as causas dessa 'sociedade falida' e examinar os efeitos que ela tem surtido sobre nós."

– Animador – comentou alguém, provocando uma risada geral.

"Entretanto", prosseguiu a voz em *off*, "ao viajarmos pela Inglaterra, de bairros pobres urbanos à zona rural, de centros industriais a destinos de férias" – apareceu uma foto da baía, e todos soltaram o que só posso descrever como guinchos animados –, "começamos a questionar a validade dessa suposição. Começamos a nos perguntar se a Grã-Bretanha está mesmo tão desarticulada, afinal. Nossa primeira parada foi Bristol, onde visitamos a região de St. Pauls…"

A tela mostrou ruas de casas georgianas e vitorianas e senti que perdia minha concentração, nervosa demais para ouvir direito, enquanto a narrativa descrevia uma história resumida dessa parte da cidade.

– Tá bom, tá bom, vamos logo à parte que interessa – resmungou alguém atrás de mim, e eu ri, concordando inteiramente.

Meu celular apitou, trazendo uma mensagem da minha mãe. *Mal posso esperar para ver seu café na televisão, querida*, dizia. *Seu pai e eu estamos assistindo. Estamos muito orgulhosos de você. Bjs*

Eu ainda estava me acostumando a ver meus pais se orgulharem de mim. Era uma nova experiência para todos, e algo que acalentava meu coração. Eles haviam passado uns dias no vilarejo em agosto e só tinham feito irradiar orgulho e felicidade desde o instante em que pisaram no café. "Aqui você está sentindo-se em casa, como acontecia com a Jo", dissera mamãe mais de uma vez, deslumbrada com todos os eventos que organizávamos e com o sucesso do café. "Você está se saindo *muito* bem, Evie!" "Estamos muito felizes por você", dissera papai, me abraçando. "Parabéns, querida."

As palavras deles tinham me envolvido como o mais aconchegante dos cobertores. Talvez eu não passasse de uma pateta crescida, por ainda querer que meus pais se orgulhassem de mim, mas, caramba, a sensação era muito boa. Eu já não era a ovelha negra da família nem tampouco um fracasso.

Finalmente, após ter encontrado meu sonho e estar prosperando nele, eu me sentia uma igual. Louise e sua família também tinham nos visitado por dois fins de semana, assim como a Ruth, e me descobri numa nova e adorável posição de "tia favorita". Claro, acho que os sorvetes de graça ajudaram, mas continuava a ser maravilhoso me sentir amada.

Reli a mensagem de mamãe, com um nó na garganta, e a mostrei para Amber, que estava sentada ao meu lado.

– Que fofa – disse ela. – Bem, também estou orgulhosa. Você se saiu bem, amiga.

– E você também – lembrei-lhe. – Srta. Nova Enfermeira de *Holby City*! Vou vender seu autógrafo depois que você for embora, sabe disso, não é?

Ela riu, mas pude ver que ficou radiante. Depois dos seus milhões de audições e testes e papéis insignificantes, Amber tinha finalmente tirado a sorte grande: havia conseguido um contrato de seis meses para trabalhar em *Holby City*, no papel da nova enfermeira-chefe sem papas na língua que todos adoravam detestar. Seu primeiro episódio havia acabado de ir ao ar e ela tinha recebido críticas fabulosas. Já havia uma fila de jornalistas querendo entrevistá-la e, o que era ainda melhor, ela estava contracenando com um tremendo gato, chamado David, que fazia o papel de um dos enfermeiros. Segundo Amber, havia certa química entre os dois, decididamente, e ela já ansiava por umas brincadeiras tórridas de médico e enfermeira, em caráter privado, num futuro próximo.

No telão, a filmagem sobre St. Pauls havia acabado e o pub ficou em silêncio, aguardando para saber qual seria o foco seguinte do documentário. "A seguir, um pedacinho de Portugal na zona sul de Londres e por que tanta gente gosta de morar num vilarejo litorâneo em particular", disse a locutora. O pub inteiro voltou a aplaudir quando uma imagem de dois segundos da baía surgiu.

Começaram os comerciais e houve uma corrida ao bar. Ouvi então um sotaque australiano familiar, quando Rachel e Leah irromperam pub adentro, com Craig e Luke a tiracolo.

– Não perdemos nada, não é? – gritou Rachel, ansiosa, dando uma espiada no telão.

– Não se preocupe, ainda não fomos ao ar – respondi, sorrindo para ela.

Craig e Rachel estavam felizes juntos desde que ele aparecera em

Carrawen, e fazia um mês que Leah tinha conhecido Luke num festival de surfe em Newquay. Por uma dessas coincidências perfeitas, os dois tinham morado a uns vinte minutos um do outro em Melbourne. Era o destino, com certeza. Eu sentiria muita saudade de Rachel e Leah, meus dois braços direitos. Elas iam partir no fim de semana para uma excursão-relâmpago pela Europa com os namorados, depois de terem trabalhado durante todo o verão no café, incansáveis e animadas. O café não seria o mesmo sem elas. Mas tudo que é bom chega ao fim, certo?

Bem, nem sempre. A relação maravilhosa que eu tinha com o Saul, por exemplo, pareceu continuar, com ou sem Matthew. Fiel à sua promessa, Emily o trouxe para me visitar e quase chorei de felicidade ao revê-lo. Ed assumiu as rédeas do café enquanto eu passava uma tarde adorável com Saul, Emily e Dan na praia, construindo castelos de areia, remando e ensinando o Saul a pegar onda.

– Muito obrigada – falei a Emily, enquanto Saul e Dan estavam distraídos cavando uma trincheira gigantesca até a água. – Eu senti muita saudade do Saul. Ele é simplesmente o melhor menino do mundo.

– Ele é, não é? – respondeu Emily, sorridente, enquanto o observávamos conversando com um menino que havia aparecido para ajudar a cavar. – Ele também estava muito empolgado para ver você. E... – Ela remexeu nos óculos escuros, tentando encontrar as palavras certas. – E é bom também poder conhecê-la melhor, Evie. O Matthew foi um idiota ao deixar você ir embora. E ao me deixar ir embora também, aliás. Nem imagino o que ele vê nessa tal de Jasmine. Ela tem tanta personalidade quanto... quanto uma parede vazia. Não chega nem perto de qualquer uma de nós, francamente.

Eu ri, gostando muito mais da Emily, agora que ela estava nesse clima relaxado de férias.

– Bem, quem saiu perdendo foi ele – comentei. – Se bem que não consigo mais me imaginar com Matthew. Acho que não combinávamos mesmo.

Emily arqueou uma das sobrancelhas e disse:

– Mas tudo que acaba bem é bom, não é? Parece que tudo correu fantasticamente bem para você depois que vocês terminaram.

Sorri e levantei os dedos cruzados.

– Até aqui, está tudo bem – confirmei.

⁎

Novamente no pub, um silêncio nervoso pairou sobre todos ao começar a segunda parte do programa.

– Lá vamos nós – disse Ed, cutucando-me com o cotovelo.

E então, entre vivas e gritos, a tela mostrou nossa baía e a câmera correu de um lado a outro da praia. "Escondido no norte da Cornualha fica o pequeno vilarejo de Carrawen Bay", disse o narrador. "Para o público, é uma estação de veraneio idílica, com uma bela praia e casas com telhado de colmo. Mas, e as pessoas que vivem lá o ano inteiro? Será que a comunidade local foi fragmentada pelos proprietários de casas de veraneio e pelas hordas de turistas?"

– É claro que não! – gritou alguém, e o pub inteiro riu.

"Conhecemos a dona do café local, Evie Flynn, recém-chegada ao vilarejo, que tem paixão por manter viva e em plena atividade a comunidade de Carrawen", prosseguiu o narrador. Enrubesci furiosamente quando uma imagem minha, atrás do balcão do café, apareceu na tela. Alguém assobiou e mal consegui continuar olhando, então espiei a tela por entre os dedos. "Durante o dia, Evie serve aos turistas seus pastéis de forno e chás completos da Cornualha, mas, à noite, o café torna-se um centro em que os moradores locais podem se reunir. Ali se reúne o grupo de leitura, assim como a banda local, e Evie também tem uma 'noite das garotas' semanal, para as mulheres de Carrawen Bay." Um grito bem alto se elevou ao surgir na tela parte da filmagem da nossa noite das garotas na terça-feira, aquela que eu havia pensado que não teria como acontecer, depois de o teto desabar na noite anterior.

– Olha lá eu!

– Olha a Wendy!

– Lá está a Flo, toda chique.

– E a Nora!

"Na verdade", continuou o narrador, "no dia em que chegamos para iniciar a filmagem em Carrawen, uma grande tempestade destruiu parte do telhado do café. E uma coisa extraordinária aconteceu".

Nesse ponto, a tela mostrou Alec e Jono dando duro no telhado, Tim serrando ripas de madeira no tamanho certo para os consertos do teto de gesso, outras pessoas limpando o chão, e Wendy entregando seus pastéis de forno com uma piscadela e uma reboladinha…

Fiquei de olhos marejados ao me lembrar daquele dia e segurei a mão do Ed. Ele a apertou com força e me deu um beijo.

"Quem pode dizer que a Grã-Bretanha está fragmentada, quando um vilarejo inteiro se reúne para ajudar uma amiga numa hora de aperto?", perguntou o narrador, e tive que assoar o nariz, completamente emocionada. Isso mesmo, quem?

Quando o programa terminou, acho que todos estavam comovidos. Carrawen Bay estivera na televisão, no horário nobre... e não é que havíamos mandado ver? Não mostramos ao mundo que nosso vilarejo, nossa comunidade, nossa gente eram motivo de orgulho?

Caramba, acabei de ver vc na tv, veio a mensagem da Phoebe. *VC É FAMOSA!* Sorri. Ela havia telefonado algumas vezes no verão e estava indo bem. Saíra da casa dos pais para morar com sua amiga Joe por uns tempos, mas estava namorando com o lendário Will Francis, o gato mais gostoso de 17 anos de Earlsfield, de modo que a situação não ia tão mal. Phoebe tinha voltado para a escola e parecia feliz, o que era o mais importante.

Subi na cadeira, sentindo-me meio zonza e exultante.

– Quem quer ir a uma festa na praia?! – gritei. Os vivas em resposta quase me derrubaram no chão. Sorri. – Eu estava esperando que vocês dissessem isso. Então, vamos. Para a praia!

Ed, Amber e eu fomos na frente, de mãos dadas, descendo para a areia, seguidos por uma multidão contente. O céu estava escurecendo e a primeira brisa fria de outono nos envolvia. As noites quentes de verão já tinham ido embora fazia tempo, mas a praia estava tão cheia como numa tarde de calor. Craig, Luke e alguns outros rapazes acenderam uma fogueira, Elizabeth, do grupo de leitura, estourou a primeira rolha de champanhe e, em pouco tempo, todos comiam cachorro-quente, uma sopa picante de abóbora e bolo de gengibre, com os rostos iluminados pela luz dourada do fogo.

Lá estava Annie, que havia juntado dinheiro suficiente com o trabalho extra de confeiteira para ela e Martha tirarem férias no exterior, pela primeira vez na vida. Lá estava Jamie, que vendera pelo menos vinte dos seus quadros por meio do café, no correr do verão, e começaria seu curso superior de belas-artes em Falmouth dentro de poucas semanas. Lá estava

Florence, cercada por um grupo de novos amigos, e lá estava o Seb, que havia tirado nota máxima em todas as provas e logo se formaria no ensino médio, que gracinha.

Corri os olhos por todas essas pessoas que havia passado a conhecer, com uma forte e maravilhosa sensação de que tinha encontrado o meu lugar. Esta era minha casa, estes eram meus amigos, e não havia nenhum outro lugar no planeta em que eu preferisse estar.

– Um viva a todos! – gritou Ed, levantando sua taça. – Viva!

– Viva! – gritaram todos de volta, num alegre urro.

Ed se curvou para me beijar, e eu retribuí o beijo. E soube que, apesar de eu ter acabado de viver o melhor verão da minha vida, o outono, o inverno e a primavera seguintes seriam tão bons quanto, com aquele homem a meu lado. Eu mal podia esperar para saber o que aconteceria depois.

As cinco praias favoritas de Lucy Diamond

Tal como Evie, sou uma rata de praia e não consigo pensar em nada melhor do que mergulhar no mar ou me refestelar ao sol na areia. Aqui estão minhas praias favoritas, com as razões que lhes garantiram tal posto:

Praia de Coogee, Sydney, Austrália: Passei três meses morando a dois passos desta praia, numa época em que trabalhei em Sydney, e é provável que nunca mais more num lugar tão bonito! Além de tomar banhos de sol e fazer churrascos na areia, eu também adorava nadar na piscina natural escavada nas rochas. E, é claro, também gostava das noites barulhentas no famoso bar CBH.

Praia de Brighton, Brighton, Inglaterra: Moramos em Brighton durante cinco anos e tenho enorme afeição por essa praia. Perfeita para observar as pessoas, passear pelo calçadão ou passar uma tarde ensolarada num dos muitos cafés e bares descolados à beira-mar. Fabulosa.

Praia de Haad Rin, Koh Phangan, Tailândia: Fiquei hospedada num chalé de madeira nessa praia durante duas semanas enquanto viajava. Era maravilhoso abrir as pequenas venezianas todas as manhãs e ver o mar a poucos metros de distância. Fui também a uma das lendárias Festas da Lua Cheia na praia e dancei até o sol nascer. Inesquecível.

Enseada de Sennen, Cornualha, Inglaterra: Meus pais passaram sua lua de mel em Sennen e nos levaram de volta à enseada para muitos períodos de férias quando eu era pequena. Tenho lembranças felizes de surfar com meu pai, nadar e construir castelos de areia. E do peixe com fritas servido na hora do chá, é claro!

Lyme Regis, Dorset, Inglaterra: Meu marido me pediu em casamento no porto de Cobb, em Lyme Regis, e este foi um dos momentos mais românticos da minha vida. Uma praia encantadora, com um toque de litoral rústico e muita personalidade.

Como fazer o perfeito chá completo da Cornualha

Receita Clássica de Scone
(serve 8 porções)

- 350 g de farinha de trigo com fermento
- ¼ colher de chá de sal
- 1 colher de chá de fermento em pó
- 85 g de manteiga
- 3 colheres de sopa de açúcar refinado
- 175 ml de leite
- 1 ovo batido (para a cobertura espelhada)

Preaqueça o forno a 200°C. Misture a farinha com o sal e o fermento. Corte a manteiga em cubos e junte-os à mistura, até adquirir a textura de migalhas de pão. Acrescente o açúcar.

Aqueça o leite, derrame-o na mistura seca e mexa até ficar homogêneo.

Polvilhe farinha de trigo em sua superfície de trabalho e suas mãos, depois trabalhe a massa com a ponta dos dedos. Dobre-a algumas vezes, depois achate-a e forme um círculo de aproximadamente 4 centímetros de altura.

Pegue um cortador de 5 centímetros e o afunde numa porção de massa. Corte quatro *scones* dessa rodela, depois torne a moldar a massa restante para cortar mais quatro *scones*. Pincele a parte superior com o ovo batido e ponha os *scones* num tabuleiro.

Asse por dez minutos, até que cresçam e fiquem dourados.

Sirva-os quentes ou frios, com manteiga, coalhada ou geleia, além de um bule de chá e sua louça mais bonita. A vista do mar é preferível, mas não essencial. Aprecie!

Agradecimentos

Um imenso obrigada a Jenny Geras, por sua contribuição editorial, e ao resto da equipe da Pan – Thalia, Chloe, Ellen, Michelle e Jeremy –, por ser tão maravilhosa. Obrigada a Simon Trewin, da United Agents, por ter me ajudado a desenvolver a ideia original, e a Imogen Taylor, que disse aquele importantíssimo primeiro "sim" a este livro.

Por fim, como sempre, meu agradecimento ao Martin, pelos papos animadores e pelo apoio, pela disposição de conversar sobre meus personagens como se fossem pessoas reais, e por cuidar de tudo de maneira tão admirável quando fui à Cornualha buscar a praia perfeita para escrever sobre ela.

LEIA UM TRECHO DE OUTRO LIVRO DA AUTORA

A CASA DOS NOVOS COMEÇOS

Capítulo Um

Georgie Taylor puxou o freio de mão, desligou o carro e olhou para o boneco em forma de bolinha verde peluda que passara muitos anos pendurado em seu espelho retrovisor.

– Então chegamos a Brighton – disse ela, erguendo um ombro dolorido e depois o outro, em uma vaga aproximação da aula de ioga que um dia frequentara. – Estamos bem longe de casa, não é?

Como era de se esperar, o boneco não respondeu. Simon, o namorado de Georgie, teria rido se a visse conversando assim com uma pequena criatura inanimada de cabelo espetado, mas ela se afeiçoara muito ao rosto sorridente do bonequinho, que nunca julgava sua terrível baliza ou ré instável com seus grandes olhos de plástico. Às vezes, olhava para ele depois de uma péssima ultrapassagem, e era como se compartilhassem aquele pequeno momento, que nunca seria confessado a Simon. O que acontece no carro fica no carro. Ou algo do tipo. Pensando bem, talvez estivesse pensando demais naquilo.

Enfim, ali estava: Dukes Square, seu novo endereço, sua nova cidade, sua nova vida! *Olá, Brighton*, pensou, descendo do carro, as pernas rígidas e pesadas depois de dirigir cinco horas rumo ao sul. *Então você é assim.* Ela olhou para o outro lado da estrada movimentada próxima à praça, em direção à praia, onde o sol quente de abril fazia o mar cintilar como mil paetês. Passara de carro pelo Palace Pier alguns minutos antes, com suas montanhas-russas e barracas de suvenires, e lá embaixo vira a orla com seus postes vitorianos e suas grades azul-claras. Sentia o cheiro de batata frita, algas marinhas e diesel, algo tão diferente do ar limpo, úmido e cheirando a grama a que estava acostumada em Dales. Apesar do receio que tivera ao empacotar tudo o que tinham em Yorkshire para a mudança, não podia deixar de experimentar uma ligeira animação. Morar perto do *mar*! Iam mesmo morar perto do mar, só os dois, num pequeno e aconchegante ninho de amor. Uma nova aventura. Um novo capítulo. Muita diversão à frente!

Oi!, mandou uma mensagem para Simon. *Já cheguei! Você tá vindo?*

Georgie examinou o horizonte enquanto esperava a resposta sorrindo feito boba ao imaginar o namorado subindo a colina em sua direção e os dois correndo em câmera lenta com os braços estendidos. Afinal, tinham passado duas semanas inteiras afastados. Duas semanas sem conseguir dormir direito, ouvindo todo tipo de barulho estranho que a casa deles fazia no escuro e preocupada de ter deixado alguma janela aberta. Duas semanas em que ele aproveitara a hospedagem em um hotel de luxo em Brighton, dedicando-se ao novo trabalho. Uma verdadeira eternidade para duas pessoas que passaram toda a vida adulta juntas.

Georgie e Simon namoraram durante todo o ensino médio, depois estudaram juntos na Universidade de Liverpool e voltaram a Stonefield após a formatura. Então arrumaram emprego na cidade – ela como bibliotecária e ele como arquiteto. Embora ela não fosse lá uma bibliotecária muito dedicada, preferindo os dias chuvosos, quando a biblioteca ficava mais silenciosa e podia ficar sentada chupando bala e lendo romances policiais, Simon, ao contrário, acabou se revelando muito talentoso. Em cinco anos, seu estilo singular despertara o interesse de todo tipo de pessoas no norte da Inglaterra, e um antigo chefe pedira sua contribuição para aquele novo projeto em Brighton: transformar uma imensa mansão vitoriana abandonada nos arredores da cidade em um hotel moderno. Seria o maior projeto de sua carreira até o momento, e ele ficara empolgado por seu design ter sido escolhido dentre todos que haviam concorrido à vaga.

– Querem que eu gerencie todo o projeto. Seria loucura recusar – dissera ele, os olhos brilhando. – Vão ser apenas seis meses, e é a minha chance de fazer meu nome, Georgie. Pode ser um passo decisivo.

Como era uma namorada legal e generosa, Georgie ficara feliz por ele, e orgulhosa também. É *claro* que queria que ele "fizesse seu nome", é *claro* que esperava que ele desse esse místico passo decisivo. Mas, como também era humana, não conseguia ver como poderia conciliar essa novidade na carreira dele com o "felizes para sempre" com que *ela* sempre sonhara – o cachorro, os filhos, a adorável casa espaçosa em Yorkshire, e talvez mais um cachorro, por via das dúvidas –, e isso a fazia sentir-se um pouco angustiada.

– E o que *eu* vou fazer enquanto você passa seis meses lá? – perguntara, tentando disfarçar a irritação. – Ficar à toa?

Ele parecera um pouco aflito com a pergunta. E pela expressão dele, que evitava olhar nos seus olhos, dava para ver que não fazia ideia, como se a pergunta de Georgie não tivesse lhe cruzado a mente durante todo o processo de decisão. Como se ele não se importasse!

– Podemos conversar pelo telefone, pelo Skype... – sugerira, hesitante.

– Durante seis *meses*?

Georgie tinha ficado horrorizada em ver como Simon parecia indiferente diante da perspectiva de passarem tanto tempo afastados.

Enquanto isso, em Stonefield, sua melhor amiga, Amelia, ficara noiva recentemente (no Dia dos Namorados, a maldita) e já começava a falar sobre vestidos de noiva. Suas amigas Jade e Sam também se casariam no verão. Quando Simon lhe dissera naquela noite que tinha algo para lhe falar, Georgie presumira que – finalmente! – chegara sua vez de ouvir o pedido, e sentira o coração palpitar. No passado, já se perguntara (muitas vezes) como reagiria àquele momento: dando um grito de alegria, atirando os braços em torno do pescoço dele, fazendo uma dancinha da vitória ou talvez um espontâneo *high-five*. Mas parecia que ela ia ter que esperar um pouco mais para descobrir.

Então, após uma pausa longa demais, em que franzira a testa, inseguro, como se tentasse descobrir a coisa certa a dizer:

– Que tal... ir comigo?

Ela não queria *ter que* ir com ele, essa era a questão. Principalmente quando a oferta fora tão sem entusiasmo, como uma reconsideração em vez de uma proposta séria. Ela preferiria que os dois continuassem em

Stonefield, brincando de casinha em sua pequena casa geminada, com seu acolhedor fogão a lenha, indo ao pub com os amigos toda sexta-feira à noite, ouvindo os sinos tocarem na velha igreja de pedra todo domingo de manhã. (Ok, talvez não a parte dos sinos. Na verdade, era um pé no saco ter que acordar tão cedo, e de matar quando estava de ressaca.) Aventurar-se em um lugar novo onde não conhecia ninguém, onde não tinha emprego nem amigos? Soava terrível. Por outro lado, sempre que imaginava seu namorado sozinho em Brighton por seis longos meses, cercado por todo tipo de tentações, enquanto ela estava presa no norte do país, não lhe parecia uma alternativa melhor.

– É melhor ficar de olho nele – opinara Amelia, preocupada, mordendo o lábio e girando o anel de noivado no dedo.

A amiga fora à despedida de solteira de uma prima em Brighton no ano anterior e agora se considerava uma especialista no lugar.

– Aquilo lá parece até o Velho Oeste nos sábados à noite, estou lhe falando. Despedidas de solteira. Despedidas de solteiro. Gente de bunda de fora e mau comportamento por toda parte. Eu nunca deixaria o Jason longe da minha vista por cinco *minutos* naquele lugar, que dirá por seis meses, Georgie.

Georgie era a primeira a admitir que seu namorado era extremamente atraente, com seus ombros largos de jogador de rúgbi, cabelo loiro e sorriso aberto, e foi imaginá-lo cercado por um bando de mulheres loucas por sexo, talvez até mesmo laçado por uma vaqueira vestida de maneira vulgar, que finalmente colocou o último prego no caixão. Não que ela não *confiasse* em Simon, disse a si mesma. Ia se mudar para morar com ele porque era uma namorada leal e solidária, só isso. E ele faria o mesmo por ela, não faria? Não a seguiria até o outro lado do país se estivesse em seu lugar? Claro que sim.

Enfim, eles iam se arriscar e mergulhar de cabeça. Ele se mudara quinze dias antes e, enquanto isso, ela se demitira da biblioteca, guardara vários dos pertences dos dois num depósito – bem, na verdade, na garagem dos pais dela – e alugara a casa deles por seis meses. Nesse meio-tempo, Simon arrumara um lugar para morarem e ali estava ela, aparentemente no centro da devassidão, embora o ambiente distinto em que se encontrava parecesse bem mais respeitável do que imaginara.

Ela deu uma olhada na grande praça que subia da orla, cercada em três lados por construções do período regencial pintadas de branco e creme, com janelas panorâmicas e um enorme gramado no centro. E se perguntou qual daqueles prédios seria sua nova casa. ("Sério? Vai deixá-lo escolher seu *apartamento*, sem nem visitar primeiro?", guinchara Amelia, com a mão no pescoço, pois sempre fora meio dramática. "Você… confia mesmo nele", dissera, embora Georgie pudesse ver em seu rosto que, na verdade, queria dizer "… é completamente louca".)

Mas Georgie sentia-se confiante. Dera a Simon instruções bem específicas sobre o que esperava de sua casa nova: vista para o mar, para começar, ou, pelo menos, enormes janelas por onde pudesse espiar o resto do mundo lá fora. Uma espaçosa e linda sala de visitas, onde receberia os amigos (não que conhecessem alguém ali, mas ela sempre fora o tipo de pessoa que fazia novas amizades em banheiros femininos, ônibus e até mesmo no elevador de uma loja de departamentos certa vez). Um quarto grande o suficiente para abrigar seus livros. ("Você não precisa trazer todos os seus livros", dissera ele. "É *claro* que preciso!", replicara, espantada com a sugestão.) Uma sala de estar com lareira. ("Para assar castanhas", sugerira Georgie de maneira sonhadora. "Em *abril*?", replicara Simon, incrédulo. "Está bem, para fazer amor diante dela então", dissera ela, sabendo que seria mais convincente.) Ah, sim, e um jardim, caso decidissem ter um cachorro, fora seu último pedido. ("Não vamos ter um cachorro", dissera ele sem rodeios, mas Georgie, que adorava cachorros e não conseguia pensar em nada que tornasse um lugar mais acolhedor do que um vira-lata saltitante de olhos brilhantes, ignorara sua última declaração. Simon só precisava se acostumar com uma ideia às vezes, era isso.)

Ainda não havia sinal do namorado, então ela começou a subir a colina para procurar sua nova casa, no número onze. ("Ah, a décima primeira casa, isso é sinal de sorte", dissera Amelia imediatamente quando Georgie passara o endereço. Sua amiga gostava muito de astrologia e levava a coisa toda extremamente a sério. Amelia Astral era como a chamavam na escola. "A décima primeira casa na astrologia é a casa dos amigos, esperanças e desejos, objetivos e ideais. Não poderia ser melhor!")

Sete… nove… onze. Lá estava. Uma imponente porta preta, três andares, aquela linda janela panorâmica em arco no térreo… Resumindo, o tipo de casa antiga elegante, de onde se podia imaginar damas vitorianas saindo, as longas anáguas farfalhando nos degraus pintados de branco. *Está vendo só, Amelia*, quis mandar numa mensagem, e pegou o celular para tirar uma foto, bem na hora em que uma enorme Land Rover empoeirada com janelas escurecidas veio da estrada principal lá embaixo, atrapalhando a vista. O motorista virou de repente o veículo em uma vaga (com uma segurança invejável, era preciso dizer; em um Land Rover, o motorista com certeza não precisava da compaixão de um bonequinho peludo), então saiu do carro: uma mulher de cabelos alaranjados e óculos escuros, usando um vestido preto assimétrico, uma enorme bolsa com estampa de zebra no ombro e aparentemente repreendendo alguém ao telefone.

– Depois não diga que eu não avisei – alertou ela sarcasticamente enquanto caminhava pela calçada.

Georgie engoliu em seco quando a mulher subiu os degraus do número onze.

– Bem, isso não é problema meu, é? – disparou ao telefone antes de desligar abruptamente.

A mulher olhou para o relógio, franziu a testa e ficou parada, com os braços cruzados, com ar de quem estava à espera de alguém. Georgie tinha quase certeza de que aquela mulher intimidadora deveria ser sua nova senhoria. E, como Simon ainda não respondera sua mensagem – nem aparecera –, só havia uma maneira de descobrir.

– Bem na hora! – declarou a mulher, os lábios pintados de vermelho se abrindo em um grande sorriso quando Georgie se aproximou e se apresentou, hesitante. Seus olhos eram tão azuis e brilhantes quanto o mar, e pareciam bem aguçados e atentos ao encararem Georgie. – Olá, meu nome é Angela Morrison-Hulme. Sou a proprietária dos apartamentos. Prazer em conhecê-la.

Georgie queria estar vestindo algo um pouco mais glamouroso do que uma calça jeans desbotada, uma camisa listrada e seus tênis velhos e fora de moda que pareceram uma boa ideia quando tinha 400 quilômetros de estrada pela frente. Seu cheiro provavelmente também não era dos melhores, agora que tinha parado para pensar.

– O prazer é meu – respondeu, sua voz emergindo como um balido nervoso. – Não sei direito onde Simon, meu namorado, está, mas ele deve chegar a qualquer minuto. Aliás, meu nome é Georgie Taylor. Oi.

– Muito bem, Georgie Taylor – respondeu Angela, que, diferente de sua nova inquilina sujinha, exalava um cheiro forte de perfume, que provavelmente custara mais do que o carro de Georgie. – Não posso esperar o dia inteiro pelo seu namorado, então deixe-me lhe dar isto. – Ela soltou dois conjuntos de chaves do imenso molho barulhento que tirou da bolsa. – Esta chave é da porta da frente do prédio, ok? A menor é do seu apartamento. Se perdê-las, há uma taxa de 20 libras para a substituição, mais o risco de provocar minha famosa ira, então não as perca, está bem? – Então riu alto para mostrar que estava brincando. Pelo menos, era o que Georgie esperava. – Vamos entrar?

* * *

CONHEÇA OS LIVROS DE LUCY DIAMOND

A casa dos novos começos

O café da praia

Os segredos da felicidade

Uma noite na Itália

Para saber mais sobre os títulos e autores da Editora Arqueiro,
visite o nosso site e siga as nossas redes sociais.
Além de informações sobre os próximos lançamentos,
você terá acesso a conteúdos exclusivos
e poderá participar de promoções e sorteios.

editoraarqueiro.com.br